해방 60년, 한국어문과 일본

목원대학교 편

보고사

간행사

　일제 강점기 식민지배에 대한 평가는 생각처럼 그리 단순한 문제가
아닌 듯하다. 해방 후 상당기간동안 우리의 인식은 지극히 선험적 수
준을 벗어나지 못하고 있었다. 침략자의 폭력성이 두드러지고, 갈수록
악화된 집단적 광기가 민족사의 영원한 단절을 우려해야 할 만큼 폭
압적이었던 기억을 가지고 있는 우리로서, 식민지시대 한국과 일본의
관계를 단순히 빼앗고 빼앗긴 관계로 설정하는 일은 어찌보면 지극히
자연스런 인식 태도일 것이다. 그러나 이같은 인식 태도는 1980년대
중반 이후 크게 활기를 띠어 온 다양한 논의들을 통해서 반성적 성찰
의 필요성이 많이 강조되어 왔으며, 여러 가지 수정적 견해들이 제기
되어 오기도 했다. 지금까지의 식민지시대 인식에서 가장 큰 문제점
으로 지적되어 온 것은 지나친 정치·경제사적 편향성이었다. '억압'
과 '수탈'이라는 거대 담론 위에 논의될 수밖에 없는 이같은 편향성
위에서는 자연히 선-악의 이분법적 인식방법이 강요될 수밖에 없다.
그러나 사실 이러한 편향성 위에서는 인간과 사회의 본질문제를 제대
로 파악해 내기 어렵다. 그것은 대단히 복합적이고 중층적인 의미구
조로 이루어진 것이기 때문이다.

　본서는 해방 60주년을 맞아 과거 일제의 식민통치가 우리의 어문생
활에 미친 영향이 무엇일까 고찰해 보고자 하는 의도에서 기획되었다.
일제의 식민지배는 우리의 어문생활에도 막대한 영향을 끼쳤다. 그 영
향은 두 가지 각도에서 생각해 볼 수 있다. 하나는 우리가 흔히 '창씨개

명'이나 '친일문학'을 떠올리는 것과 같은 부정적 측면의 영향이고, 다른 하나는 우리문학의 근대성에 결부된 것과 같은 긍정적 측면의 영향이 그것이다. 이 분야의 인식도 다른 정치·경제사 중심의 인식과 마찬가지로 선험적 차원의 획일적 수준을 벗어나지 못했다. 우리 고유의 말과 글을 말살시키고자 했던 식민지배정책이 폭로되고, 그 결과 일본어에 오염된 우리 언어의 실상이 강조되었다. 작품에 대한 사전검열과 탄압정책을 비판하며, 부끄러운 '국책문학'이나 '황도문학'의 실상이 제시되기도 했다. 그러나 우리 고유의 언어와 문학에 대한 일제의 간섭이 이렇듯 일방적인 것일 수만은 없다. 살아 있는 인간 정신의 표현인 언어와 문학이 생명 없는, 흙을 빚어 그릇을 만들고 돌을 쪼아 불상을 만들어 내는 것과는 다른 때문이다. 그래서 이 책의 편집의도는 식민지배의 영향 가운데 지금까지 논의를 제기하는 일이 조심스럽고, 말 꺼내기조차 과히 편치 못했던 측면들까지 아우르는 다원적 논의의 마당이 되기를 기대하는 것이었다. 그렇기는 해도 주제가 보다 한정되지 않은 까닭에 제기된 논의가 깊이를 더하지 못하고, 다루어진 내용들이 다소 산만해진 느낌이 없지 않은 것은 이 책의 한계이다.

집필에 참여해 주신 여러 필자들의 노고에 깊이 감사드린다. 넉넉지 못한 고료에도 흔쾌히 청탁을 허락하시고 옥고를 보내 주신 뜻은 너 나 없이 이 땅의 학문적 열도가 더욱 달아오르기를 바라는 붉고 뜨거운 마음의 표현이리라 믿는다. 허경진 교수님의 조언과 협조는 특히 과분했다. 거듭 감사드린다. 아울러 사무적으로 여러 가지 지원을 아끼지 않으신 목원대학교의 방재인 선생, 온갖 궂은 일을 도맡아 애써 준 이승이 선생, 그리고 어려운 시기에 출판의 모험을 결단해 주신 보고사에도 감사드린다.

2006년 2월
편집책임 표 언 복

목차

식민지시대 말기 암흑기 문학 친일파 작가에 대한 재평가

'북촌'과 '남촌'에서 식민지 근대 바로 읽기

『토지』와 일본

최유찬*

1. 한국근대역사의 형상화

2005년은 한민족이 일본 제국주의의 식민 지배를 벗어나 광복을 맞은 지 60년, 한 갑자(甲子)가 되는 해이다. 60년이란 이 세월은『토지』에서 다루어지고 있는 한국근대역사의 전 기간과 맞먹는 시간이고, 소설에 형상화된 역사 시간의 전체가 하나의 마디를 이루고 있다고 보는 셈법에 의하면 또 하나의 새로운 마디를 이룰 수 있는 기간이다. 저 갑오동학혁명의 불길로부터 시작된 한국의 근대가 일본의 식민지배라는 어둠 속을 헤쳐 오는 고난의 길이었듯이 남북분단과 6·25전쟁으로 서막을 연 한국현대사도 결코 순탄한 길은 아니었다. 4월 혁명과 5·16쿠데타, 개발독재와 유신독재, 광주항쟁과 6월 항쟁, IMF 사태 등 굵직굵직한 사건만을 열거해도 거친 세월의 자국이 또렷하다. 또한 이라크전쟁과 일본의 우경화, 거대중국의 탄생으로 대변되는 급변하는 국제정세는 지금 현재도 한민족의 앞날에 서광이 비칠 것이란 낙관적 전망을 어렵게 하고 있다. 사람들이 뒤를 돌아봄

* 연세대학교 교수

으로써 앞을 내다보는 지혜를 가지고자 하는 데는 이런 까닭이 있는 것이 아니겠는가.

『토지』는 지금까지 여러 각도에서 조명되어왔고 그 가운데 많은 사람들은 이 작품을 역사소설이란 시각에서 분석·평가했다. 작품이 1890년대부터 해방까지의 우리 근대사를 그리고 있으므로 이런 대응은 매우 당연하고 타당한 것으로 보인다. 현재로부터 그리 멀지 않은 시대를 그린 소설을 역사소설이라고 해야 하는지에 대해서는 가부간의 토론이 있을 수 있겠지만 한국근대사의 역동적인 현실이 작품 속에 재현되어 있다는 사실을 숨길 수는 없겠기 때문이다. 그런 이유로 이 소설은 작품이 연재되던 당시부터 많은 역사학자들의 논의 대상이 되어 긍정·부정의 평가를 받아왔다. 그 내용들을 살펴보면, 부분적인 비판이 있다하더라도 전반적인 의견은 소설이 역사적 진실에 접근한다는 평가가 주조를 이룬다. 더욱이 이 소설이 이룬 역사적 재현의 성과는 한국 근대사에만 국한된 것도 아니다. 동아시아역사를 이해하기 위해서 이 소설을 읽을 필요가 있다고 학생들에게 독서를 권장했다는 어떤 역사학자의 개인적 술회는 이 소설에 대한 역사학계의 평판이 과장된 것이 아님을 말해준다. 이 소설이 단순한 역사적 사실의 제시를 넘어서 깊이 있는 역사의 분석과 해석을 보여준다는 하나의 방증이라 할 것이다. 그러나 『토지』에서 역사적 사건에 대한 직접적 묘사를 찾아보기는 힘들다. 최초의 완간본이 16권으로 되어 있는 방대한 규모의 이 소설에서 역사책에 오름직한 사건의 전말을 충실히 전달하고 있는 경우는 거의 찾아보기 어렵다. 그럼에도 불구하고 독서를 마친 독자에게 동아시아의 근대 역사가 눈에 잡힐 듯이 선연히 떠오르는 것이 이 소설의 사후효과다. 일견 모순되는 듯이 보이는 이러한 현상은 이 작품에 대한 이해를 위해서는 서술과정에 대한 면밀한 고려가 수반되어야 함을 말해준다. 『토지』에 나타난 일본의 문제를 검토하고자 하는 이 글의 목적을 위해서도 그 작업은 필수적이다.

『토지』는 표면적으로 갑오동학혁명이 끝난 1897년부터 1945년의 해방까지의 사건들을 다룬다. 하지만 소설에서 이 연대는 실제적으로는 조금 더 거슬러 올라가게 된다. 그 이유는 이 작품이 지닌 고유한 서사방법과 관련된다. 곧 역사를 형상화하되 역사적 사건을 직접 묘사하는 것이 아니라 그 사건이 끝난 다음, 그 사건으로 일어난 여파, 사람들의 일상생활에서 일어난 작은 파동들을 그리는 방법 때문이다. 따라서 5부로 구성된 『토지』의 각 부의 맨 앞에는 갑오동학혁명, 한일합방, 3·1운동, 만주사변, 태평양전쟁의 발발과 같은 거대한 역사적 사건들이 자리 잡고 있으나 그것들은 커다란 공백으로 처리되고 실제 서술은 사람들의 자잘한 일상생활에 대한 묘사로 이루어지고 있는 것이다. 그런데 독자가 그 자잘한 일상생활의 묘사를 따라 읽다 보면 공백으로 되어 있던 역사적 사건이 환기되는 구조가 『토지』의 고유한 형상화방법인 것이다. 그리스의 비극작가 에우리피데스의 「트로이의 여인들」에서 선례를 찾을 수 있는 이러한 구조 덕분에 『토지』는 역사적 사건을 직접 묘사하지 않고도 그 형상을 실감나게 제시하는 효과를 거두고 있는 것이다. 이 방법은 작가에게 적어도 두 가지 이점을 제공하는 것으로 볼 수 있다. 그 하나는 작품 속에서 개별 인물에 대한 구체적인 탐구가 가능해짐으로써 소설이 인간학이란 문학 본연의 임무를 충실히 수행할 수 있게 한다는 점이다. 이는 역사적 사건이 중심이 됨으로써 개별 인간의 모습은 자취를 감추게 되는 다른 역사소설과 이 작품이 차이를 지니게 되는 주요원인이다. 둘째는 60년이란 시간과 동아시아 전체를 무대로 하는 이 소설에 서사적 통일성을 가져다주게 된다. 바꾸어 말해서 한국근대 역사 전체를 포괄하는 이 소설의 시공간에서 일어난 사건들을 어느 것 하나 배제하지 않으면서 작품의 통일성을 획득한다는 것은 무리를 무릅쓰지 않으면 가능한 일이 아니다. 그러나 사건을 중심에 두지 않고 개별 인간의 삶을 그리는 것은 그 인물의 삶이 물리적 정신적으로 통일되어 있는 만큼 쉽게 일관성을 유지할 수 있다. 『토지』는 이 인물들의 삶이 지닌 연속성과 일관성을 바탕으로 서사의 흐름에 단절을 일으키지 않으면서 통일성을 획득할 수 있었던 것이다. 이 소설이 모자이크적인 구성을 가진 것은 이와 연관되는 일이다. 하나의 중심인물이 아니라 7백여 명의 인물이 제각기 독자적인 삶을 유지하면서 일구어내는 독특한 생활의 색깔과 정조, 복잡한 연관들을 형상화하기 위해 작가는 점묘의 방법을 구사한 것이다. 작품의 초반부에서 유기적인 사건구조를 가진 듯이 보였던 이 소설이 후반부로 갈수록 하늘의 별들처럼 사건이 영성하게 흩뿌려져 있는 듯한 느낌을 주는 것은 바로 이 점묘의 방법이 낳은 결과인 것이다. 『토지』가 한국근대역사를 형상화하는 방식은 이와 같은 소설구조와 불가분의 관계를 지니지 않을 수 없었던 것이다.

한국근대사에서 핵심이 되는 사항은 근대성의 문제이다. 민주적 원리에 입각하여 주체적으로 민족국가를 건설하고 생활을 합리적인 바탕 위에 구축하는 일 등이 근대화의 핵심적인 과제들이었던 것이다. 이와 관련하여 한국의 근대화 과정에서 일본의 역할이 긍정적인가 부정적인가를 놓고 왈가왈부하는 것은 초점을 벗어난 논란이다. 한국근대문학이 일본 근대문학의 소산이라고 할 수 없듯이, 또 일본의 존재와 상관없이 근대화를 이룬 세계 수많은 나라의 사례를 통해 알 수 있듯이, 논의의 초점은 일본의 역할문제가 아니라 근대화가 바람직한 일인가, 또는 어떤 식으로 근대화가 이루어져야 할 것인가 하는 문제여야 하는 것이다. 이러한 문제들에 관해서 『토지』는 풍부한 화제를 던져주고 있다. 우선 이 소설에는 한국이 근대화되는 과정이 생생한 일상생활의 구체적 정경 속에 표현되어 있다. 1부의 무대인 경남 하동 평사리에 등장한 <조준구>의 홀태바지에 대한 묘사로부터 시작해서 불이 나 잿더미로 변한 용정촌의 시가지모습, 전차가 왕래하는 종로거리, 담배 가게, 이발소, 목욕탕이 들어선 소도시 일본인 가게 주인들의 가당치도 않은 횡포 등이 세세하게 묘사된다. 그 변화 과정은 대체로 시간의 흐름에 따라 배치되어 있어 자연스럽게 문물이 바뀌어 가는 모습을 드러내준다. 이 묘사들 속에는 단순히 외면적인 풍경만이 그려져 있는 것이 아니다. 홀태바지는 일본인 병정의 모습과 대비되고, 용정촌의 시가지는 새로 들어선 일본영사관과 함께 소개된다. 마찬가지로 일본의 자본이 들어와 조선인 상권을 빼앗아가고, 동양척식주식회사가 들어서면서 농토를 빼앗기고 유리걸식하게 된 농민의 사정, 그런 가운데서도 마코 담배를 피우고 비누를 쓰며 눈깔사탕을 먹게 된 조선인 서민의 생활이 묘사되는 것이다. 그것은 근대적 문물이 사람들의 생활 속에 깃들어 가는 양태이다. 이제 사람들은 한의사 대신 양의를 찾게 되고 훈장에게 배우는 대신 교사에게 배우며 성악가와 무용가라는 신종 예술인들의 활동을 화제로 이야기할 수 있게 된 것이다. 그러한 문물제도는 점차 사람들의 의식과 정신을 바꾸게 된다. 서울물을 먹어 영악하게 된 <두만>이가 <최참판>네를 우습게보기 시작한 것은 좋게 보아서 신분차별의식이 없어지는 한 양태일 것이며 아나키스트나 사회주의자, 탐미주의자가 등장한 것도 생활의 변화에 따라 일어난 정신의 풍경이 변모된 모습을 드러내주는 양상일 것이다. 이처럼 『토지』는 사람의 심리·감정으로부터 사회 문물제도가 변화하는 양상을 통해 한국사회의 근대화 과정을 형상화하고 있다. 그것은 조선사회의 변화에 대한 소묘에 그치지 않고 한반도 주변의 국제사회의 판도변화를 읽을 수 있게 해주는 장치를 갖추고 있는 것이다.

역사소설로서 『토지』가 가진 장점 가운데 하나는 그것이 한국의 근대 역사에 대한 충실한 묘사임과 동시에 동아시아 역사, 나아가서 문명의 세계사적 전환에 대한 비판적 시각을 보여준다는 점에 있다. 그 양태는 비근한 예로 동학에 대한 묘사에서 찾을 수 있다. 익히 알려져 있듯이 동학은 19세기 동아시아문명이 맞닥뜨리게 된 위기에 대한 한민족의 주체적 대응 가운데 하나라고 할 수 있다. 조선왕조의 질서가 와해될 위기에 봉착한 단계에서 도래한 서양문명의 충격은 새로운 정신적 구심을 요청했고 동학은 그러한 요구에 부응할 수 있는 내적 기제를 갖춘 정신적 사회적 운동으로 등장했다. 이 동학운동은 민중들 속으로 급속하게 퍼져갔고 그로 말미암아 발생한 갑오동학혁명은 조선을 식민지로, 일본을 자본주의국가로, 중국을 반식민지 국가로 만든 운명의 전환점이었다. 그것은 중국의 태평천국의 난과 같이 봉건체제에 대한 반발이면서 그 난과는 달리 프랑스대혁명과 같은 이념혁명의 성격을 지닌다는 점에서 세계사적 의미를 지니는 것이었다. 근대의 대표적인 이념혁명으로 프랑스혁명과 볼세비키혁명을 꼽는다면 갑오동학혁명도 그에 준하는 성격을 갖춘 사회변혁운동이었던 것이다. 『토지』에서 동학세력이 주요 묘사대상이 되는 것은 이러한 인식에 말미암는다. 뿐만 아니라 『토지』는 연해주의 사회주의 세력과 만주·북간도의 항일무장세력, 상해의 임시정부와 서울의 지식인운동 및 여타 사회운동들의 상호관계를 시야에 넣고 있다. 이러한 양태는 이 작품이 동아시아역사에 대한 포괄적 시각을 갖추고 있

음은 물론 세계사적 시각에서 그것을 조명하고 있다는 사실을 입증
해준다. 『토지』에 근대문명에 대한 근본적 비판이 내재하고 있다고
하는 것은 이러한 사실들과 연관된다. 일본이 경부철도를 놓고 신작
로를 뚫은 것은 식민지에서 생산되는 원료를 착취하는 데 목적이 있
었다. 함흥비료공장이나 동양척식주식회사를 세운 데에도 조선의 노
동력과 식량을 헐값에 사들이는 것 이외의 목적이 있을 수 없다. 그
래서 태평양전쟁을 일으킨 다음에 조선은 일본의 병참기지가 되고
조선인은 그들의 전쟁놀이에서 총알받이 노릇을 해야 했던 것이다.
곧 일본 식민당국은 근대화라는 미명 아래 마코 담배와 비누와 눈깔
사탕을 주는 대가로 조선인의 식량과 목숨을 빼앗아 간 것이다. 식민
지 근대화가 지닌 본질을 이렇게 인식할 때 세계사적 문명전환인 근
대성 자체에 대한 반성은 불가피하다. 『토지』가 한국의 근대사, 나아
가서 동아시아 근대역사를 형상화의 대상으로 삼으면서도 역사적 사
건보다도 개별 인물들의 묘사에 더 힘을 기울인 것은 이러한 입장에
서 문명 그 자체에 대한 반성적 성찰을 진행하기 위한 하나의 방편이
라고도 볼 수 있는 것이다. 인간들이 만나 일으키는 것이 역사적 사
건이라 해도 그 사건 자체에 집중하는 경우 인간은 실종되기 십상이
다. 그러므로 사건을 제대로 이해하기 위해서는 거기에 연관된 인간
들을 깊이 파헤치지 않으면 안 된다. 『토지』의 작가가 역사적 사건을
공백으로 남겨놓고 개별 인물들의 동태에 관심을 기울인 데는 이러
한 인식이 내재한 것으로 볼 수 있는 것이다. 『토지』에 나타난 일본
의 모습은 이 인식과 긴밀하게 연결된다.

2. 일본론

지난 2001년 9월 일본의 아사히신문사에서 발행하는 『週刊朝日百科』에는 <한국·조선의 문학>이 특집으로 실렸다. 여기에는 『토지』에 대한 짤막한 소개 글이 실렸는데, 그 제목은 '일본론으로 쓴 소설'이다. 이 글의 필자인 정현기 교수는 왜 소설 『토지』가 일본론인가를 세 가지로 나누어 설명하고 이 작품이 완성됨으로써 "한국현대문학사는 비로소 1920년대로부터 씌어지기 시작한 소설적 일본론"[1]을 완결했다고 주장했다. 이 주장에서 간취되는 바 정현기 교수는 한국근대문학 초창기부터 일본이라는 존재는 끊임없이 문학적 형상화의 대상이 될 수밖에 없었고 『토지』가 씌어짐으로써 그 작업이 마감 지어질 수 있게 되었다고 인식하고 있는 것이다. 정현기 교수는 글의 모두에서 이 작품이 '일본론이자 한국근대사를 구상화한 것'이라고 균형 잡힌 시각을 보여주면서도 일본론에 집중하여 논지를 전개하고 있는데, 글이 일본의 독자를 상대로 하는 지면에 발표되는 점을 감안한 배려라고 하겠다. 그러므로 그 과장법을 고려하면 『토지』의 형상화 대상은 한민족의 삶이고 좀더 사회학적인 용어를 쓴다면 한국근대사의 구상화인 셈이다. 이를 좀더 일반론적 입장에서 설명하면 소설 속의 갈등에서 한민족이 갈등의 주역들 가운데 주체 자리를 차지하고 있다면 그 반대쪽에 자리 잡고 있는 존재가 일본인 것이다. 이른바 '나와 너의 관계', '자아와 세계의 상호우위에 입각한 대결'이 서사라고 한다면 '너'쪽에 해당하는 존재가 일본이다. 이와 같은 파악은 소설의 갈등구조를 분석하는 데서나 작품에 표현된 일본의 형상을 구체적으로 고찰하는 데 유용한 입지를 제공해준다.

---

1) 정현기, 「日本論として書かれて小說」, 『週刊朝日百科』 112호, 2001. 9월호.

소설의 초두에서 갈등은 크게 보아 신분간의 관계로 볼 수 있다. 먼저 소설전개의 주축인 <최참판>가의 경우에는 젊은 <윤씨 부인>이 훗날 동학장수가 되는 <김개주>에게 겁탈을 당하여 <김환>을 낳고, <김환>은 이부형인 <최치수>의 아내이자 형수인 <별당아씨>와 함께 도주한다. 그런가 하면 서사의 또 한 축인 <이용>은 본처인 <강청댁>과 무당의 딸인 <월선>이 사이에서 갈등을 느끼고 있다. 서사가 <최참판>가와 마을사람들 사이의 관계로 구성되어 있다고 해도 신분질서가 문제되고, 서사의 기축을 이룬 양편의 내부를 살펴도 신분차이가 갈등요소가 되고 있는 것이다. 이 갈등구조는 서울손님인 <조준구>가 등장하면서 점차 바뀌어 간다. <조준구>는 처음에는 별 볼일 없는 객식구이지만 <최참판>가의 당주 <최치수>가 죽고, 실질적으로 집안의 기둥인 <윤씨부인>이 호열자로 죽은 다음에는 평사리의 제왕이 된다. 그 과정에서 마을 사람들은 <조준구>편과 <최서희>편으로 나뉘기 시작하는데, 결정적인 결렬은 곰보목수 <윤보>가 이끄는 마을 사람들이 <조준구>를 습격한 사건이다. 이 사건으로 일단의 평사리 사람들은 북간도로 이주하게 됨으로써 2부 이후의 서사 무대는 평사리와 북간도를 포함한 동아시아 전체로 확대되는 것이다. 여기서 이러한 갈등의 전개가 <김개주>, <김환>, <윤보> 등 동학운동과 관련을 맺는 인물에 의해서 추동된다는 점을 유의할 필요가 있지만 그보다 더 중요한 요소는 <조준구>가 일본과 맺는 관계이다. 개명양반 <조준구>는 생긴 것도 우스울뿐더러 마을사람들이나 하인들은 그를 보면 끊임없이 일본인을 연상한다. 소설은 그의 모습을 이렇게 묘사하고 있다.

"검정빛 양복에 모자, 구두를 신은 서울의 신식 양반 조준구는 상체에 비하여 아랫도리가 짧은데다 두상은 큰 편이었으므로 하인들 눈에도 병신스럽게 보였을 것이며, 하인들은 그것을 양복 탓이라고 생각하는 모양이다. 조씨댁 내림이 그러하였던지 생시 조씨부인도 작달만한 몸집에 다리가 무척 짧았었다.

'왜놈들 병정이 말 타고 가는 거를 보았지마는 같은 홀태바지라도 저렇지는 않든데?'

'그것사 그눔들 전복(戰服)이니께 다를 테지.'

'전복이 머고, 같은 홀태바지 아니가. 그놈들은 늘씬해 뵈든데.'

'큰 칼 찼인께 니 간이 콩알만해져서 그리 뵀일 기다. 그보다 갓끈도 아닐 긴데 모가지는 와 그리 쫄라맸일꼬?'"(1권 140쪽)

"뽕잎을 따가던 마을 처녀들이 준구를 보자 왜인인 줄 잘못 생각하였던지 옆길로 빠져 부리나케 달아난다. 준구 뿐만 아니라 치수도 그들에게 두려운 존재였었지만. 조준구는 딱정벌레 같았다."(1권 151쪽)

양복을 입은 사람은 일본인이라는 생각은 견문이 많지 않은 그 당시의 시골사람에게 있을 수 있는 선입견이겠으나 반복해서 그 사실을 환기하는 데는 분명 이유가 있으리라고 추측할 수 있다. <조준구>는 일본어 몇 마디 하는 것을 재산으로 삼아 그들에게 선을 대기 위해 동분서주했고 평사리에 와서도 기회 있을 때마다 우연히 알게 된 일본헌병대장을 들먹이며 일본인들과의 친분을 강조했다. 노일전쟁이 진행되어 가는 데 따라 <조준구>의 친일 발언의 횟수는 더욱 잦아졌고 마을 사람들이 봉기한 다음에는 내놓고 일본군대의 비호를 받았다. 이러한 양태는 소설 속의 갈등의 내용과 주체가 처음과는 달라졌음을 가리켜준다. 소설이 시작할 무렵 조선조 이래의 신분갈등이 해결해야할 주요 모순이었다면 1부가 끝나갈 즈음에는 민족세력과 친일세력의 갈등구도가 뚜렷하게 드러나게 된 것이다. 그 갈등구도에서 <조준구>는 일본을 대리하는 일종의 상징이다, 이런 관점에서 보았을 때 2부에서 <조준구>의 역할을 대신하는 존재는 <김두수>이다. 두 사람의 차이점은 같은 친일파로되 <김두수>가 일본 헌병보조원을 거쳐 순사부장에 오른, 공직을 맡고 있는 자라는 점이다. 따라서 <조준구>의 행위가 어디까지나 민간인의 신분으로서 간접적으로 행해지는 친일행위라면 <김두수>의 행위는 일본의 관헌이 민족세력과 직접적으로 대립하는 공적인 성격을 지니게 된다. 그것은 상징적인 차원이나 정황에 근거해 유추해 볼 수 있는 갈등이 아니라 직접적으로 치열하게 맞붙는 대결의 구도를 지니고 있다. 여기에서 돌아보아야할 문제는 <조준구>와 <김두수>로 이어지는 인물선이 지니고 있는 성격이다. <조준구>는 일종의 파렴치범의 범주에 들어갈 사악하고 흉물스러운 인물유형이라면 <김두수>는 고도의 기능을 갖춘 진정한 악의 존재다. 이것은 2부 이후의 사건의 전개가 선악의 갈등구도로 고정된다는 사실을 말해준다. 그렇기 때문에 이러한 갈등구도는 3부 이후에도 이어지고 더 심화된다. 3부의 중간 부분에는 재일조선인 5천여 명이 학살된 관동대지진이 들어 있고, 4부에서는 만주사변, 만보산사건이 일어나면서 일본의 존재가 조선인의 생활 속 깊숙이 스며들었다는 사실을 입증해준다. 그 구체적인 사례는 5부에 이르러서 면직원과 이장, 구장들조차 조선인의 징병과 징용에 발 벗고 나서는 데서 찾아볼 수 있다. 이제 일본은 조선인의 일상 속에서 뚜렷한 존재를 지니게 된 것이다. 곧 소설의 진행 속에 일본인이 직접 등장하는 경우는 많지 않지만 그 대리인이나 주구라고 볼 수 있는 존재들이 잇달아 등장하면서 일본의 존재는 서사적 갈등의 견고한 한 축을

형성하는 것이다. 이 일본의 존재는 그 주구들에게 악을 행하도록 종
용하는 상징적 존재라는 점에서 근본악에 해당하는 것이다.

『토지』의 기본 갈등을 형성하는 대립의 한 축이 온 세계에 편만해
있으면서도 그 실상은 장막 뒤에 감추어져 있는 일본이라는 악의 존
재라고 할 때 다른 한 축을 형성하는 존재는 무엇인가를 물을 수 있
다. 이 관점에서 돌아보았을 때 우선 떠올릴 수 있는 존재는 동학세
력이다. <김개주>와 <윤씨 부인>, <김환>과 <별당아씨>, <길상>
과 <최서희>의 관계로 이어지는 성적 결합의 양상에서도 드러나듯
이 『토지』는 신분사회에서 반상의 구별이 없는 근대적 평등사회로의
이행과정을 서사의 큰 흐름으로 잡고 있다. 여기서 <김개주>와 <김
환>은 혈연으로 맺어진 부자관계이며, <김환>과 <김길상>은 정신
적으로 맺어진 부자관계이다. <김환>과 <김길상>이 해란강가에서
몇 날 며칠을 씨름하며 뒹구는 장면이 길게 묘사되는 것은 그 정신적
상속의 상징 행위를 강조하는 것이라고 볼 수 있는 것이다. 곧 서사
의 중심축인 <최참판>가의 여인들이 관계하는 인물들은 모두 동학
의 세력과 연관을 갖는 것이다. 이 양상은 <김개주>에서 <김환>으
로 이어진 동학의 적통이 <송관수>로 이어지고 그밖에도 <윤보>,
<강쇠> 등의 비중 있는 인물들이 모두 동학 쪽의 사람이라는 점을
감안하면 일본에 대립하는 한 축의 중심이 동학세력이라는 점을 부
인하기는 어렵다. 그러나 이 사실을 지나치게 강조할 필요는 없다. 그
이유는 일본의 존재가 1부, 2부, 3부, 4부, 5부로 전개되면서 확대되었
던 것과 마찬가지로 한민족 주체세력의 구성도 점차 확대되고 있기
때문이다. 그것은 동학의 교세확장이나 항일전선의 확대와는 무관한
일이다. 일본 제국주의의 침탈이 노골화되고 자심해질수록 그로부터
억압받고 고통 받는 한민족의 마음은 차차 하나로 결집되기 때문이

다. 1부에서는 갑오동학혁명을 위요한 계급갈등이 초점에 놓이지만 2부에서는 독립운동가들이 대거 등장하면서 민족세력과 일본세력의 갈등구도가 성립하고, 3부 이후로는 한민족과 일본의 대립이 전면적으로 뚜렷하게 표현되기 시작하는 것이다. 『토지』가 역사적 사건의 직접적 묘사보다 개별 인물의 삶을 통해 한국 근대의 역사를 조감한 방법은 여기서 빛을 발하게 된다. 그 이유는 식민지배자의 억압과 강탈이 자행되면 될수록 깊어지는 한민족의 한과 염원이 그 방법을 통해 효과적으로 묘사될 수 있기 때문이다.

일본제국주의의 통치 아래서 살아야 했던 한민족의 삶은 그 과정 자체가 험난한 고난의 길이었다. 『토지』는 이 수난의 삶을 시대의 흐름에 따라 매우 적절하게 묘사하고 있다. 1부는 아직 일본침략자의 정체가 분명히 드러나지 않은 단계이기 때문에 민중이 겪는 고난은 신분사회의 질서나 자연적 재앙에 말미암은 것으로 표현된다. 어머니가 살고 있는 집에서 하인노릇을 해야 했던 <김환>의 통곡이나 신분상승을 가로막는 양반에 대한 <귀녀>의 원한, 무당의 딸이었기 때문에 사랑의 좌절을 겪어야 했던 <월선>의 정한은 모두 신분사회질서에 원인을 둔 것이다. 그리고 한발과 기근, 호열자의 창궐에 의한 죽음은 자연적 재앙에 속한다. 그러나 1부 후반부로 가면서 이 양태는 조금씩 변화된다. <최참판>가의 하녀 <삼월>이에게 닥친 불행이나 농민 <정한조>의 무고한 죽음은 <조준구>라는 악인의 소행에 말미암은 것으로 보이지만 거기에서는 점차 일본의 존재가 뚜렷이 부각된다. 1부 말미에서 일본 군인들에 의해 저질러진 양민의 학살은 이제 일본이 조선 땅의 실질적 지배자로 군림하게 되었음을 보여준다. 2부가 북간도에서 시작되는 것은 조선이 일제의 식민지가 됨으로써 삶의 터전을 잃은 한민족이 타국의 땅을 전전하게 된 정황을 압축적

으로 시사한다. 물론 개중에는 한말에 들어온 이주민도 있지만 그들
의 삶조차도 일본세력의 침노를 받지 않을 수 없는 상황에 내몰린다.
이런 측면에서 <공노인>의 양녀 <송애>의 전락이나 교사 <윤이
병>의 죽음, <심금녀>의 자살 등은 <김두수> 개인이 저지른 죄악
의 산물처럼 보이지만 그 <김두수>라는 인물이 일본세력에 의해 조
종되는 주구의 상징이란 점을 감안하면 근원적으로는 일본 침략이
낳은 희생물이다. 한민족 개개인의 삶을 구렁텅이로 골아넣은 이 일
본이란 배후세력은 3부의 관동대지진에서 이제 실체를 드러내게 된
다. 자신들의 필요에 의해 조선인을 집단적 희생양으로 만드는 악행
을 자행한 것이다. 3부 이후에 민족의 문화에 대한 담론이 부쩍 증가
하는 이유는 일본의 침략이 궁극적으로 조선민족의 말살로 이어질
것이라는 현실적 위험에 대한 대응이다. 4부에서 일제의 침략은 만주
로 뻗친다. 그들은 만주침략의 도화선을 만들기 위해 만보산사건을
조작하며, 중일전쟁을 일으키고 마침내는 수십만의 양민을 도살하는
남경대학살이란 만행을 저지른다. 5부가 태평양전쟁 이후의 시대를
다룬다는 점을 감안하면 일본의 침략야욕은 이제 동아시아를 넘어
전 세계를 대상으로 하게 된다. 이러한 일본제국주의의 침략야욕이
조선민족에게 어떤 희생을 강요했는가 하는 것은 4부와 5부에 걸쳐
서 민중의 입에서 흘러나오는 신음소리를 통해 짐작할 수 있다. 그
신음소리를 대변하는 존재가 <정한조>의 아내이자 <정석>의 어머
니인 <성환할매>다. 억울한 누명을 쓰고 남편이 죽은 뒤 어렵게 키
운 아들마저 일제 관헌에게 쫓기는 신세, <성환할매>는 너무나 비통
한 눈물을 흘려 눈가가 짓물러진다. 집안이 풍비박산 났을 뿐만 아니
라 어린 손녀마저 일본군 장교가 강간해 성병을 얻게 되고 손자는 징
병에 끌려가게 된 것이다. <성환할매>가 실명상태에 이른 것은 이런

사건들의 충격때문이다. 이와 같은 비탄의 삶은 <성환할매> 혼자만 겪는 것이 아니라 한민족 공통의 것이었다. 그렇기 때문에 구생도명을 위해 움츠리고 굽실거리고 지리산으로 숨어들어도 그들의 입에서 흘러나오는 말은 한결같이 '일본은 망해라!', '일본놈은 망할 것이다'는 단 한 마디이다. 그것은 신음소리이자 비탄이고 저주였던 것이다.

　식민지시대 조선에서 일본의 존재는 한민족의 생명을 옥죄는 굴레이고 불행의 원천이었다. 그들은 농토를 빼앗고 상권을 장악했으며, 노동력과 식량, 원료를 수탈해갔다. 온갖 죄악이 일본이라는 이름으로 행해졌지만 그 존재가 누구에게나 명확하게 드러나는 것은 아니었다. 조선인이 일차적으로 맞닥뜨린 존재는 동네구장이거나 면직원, 순사, 가게주인이었다. 그들 대부분은 식민지배자의 주구가 된 친일파이거나 조선 사람이나 마찬가지로 아들딸 낳고 사는 일본의 서민이었다. 그들은 자신들이 가진 작은 권력, 조금 높은 사회적 지위에 만족하면서 조선인들의 고통스런 삶에 비해 자신들이 누리는 유족한 생활에 상대적 우월감을 느끼는 그렇고 그런 부류일 뿐이었다. 그러나 악의 원흉으로서 일본의 힘은 그런 부류의 인간들을 통해서 작용했다. 경찰, 군인, 면직원이 식민의 기구였고 일본인 지주, 가게주인, 자본가가 식민의 첨병이었다. 조선인들이 생활 속에서 부대끼는 고통은 그들로부터 오는 것이었고 일본이란 존재는 멀리 있는 높은 산처럼 희미한 그림자로만 그늘을 드리울 뿐이었다. 그런 점에서 그 존재는 악의 본산, 디아블로였다. 『토지』에서 일본과 일본인을 구분하는 것은 그 차이를 인식하기 때문인 것이다. 그렇다면 그 식민기구의 꼭두각시들 뒤에 숨은 악의 존재, 일본은 이 소설에서 어떻게 형상화되고 있는가?

3. 반일론

『토지』의 작가는 수년 전에 발표한 한 글에 자신이 반일작가임을 공개적으로 언급한 사실을 적고 있다.[2] 원주에 있는 자기 집을 찾아 온 일본의 평론가 <가와무라(川村泰)> 씨와 잡지『문예』의 편집자 <다카기(高木有)> 씨를 상대로 그는 자신이 왜 반일작가인지 구체적으로 설명한 내용을 글에 옮겨 적고 있는 것이다. 그러나 작가의 직접적인 발언이 없다고 하더라도 소설 『토지』는 그 사실을 웅변으로 말해주고 있다. 이 작품을 '일본론'이 아니라 '반일론'으로 볼 수 있게 하는 증거는 소설 도처에서 쉽게 찾을 수 있기 때문이다. 그 증거는 크게 세 가지로 분류할 수 있다. 첫째는 작품에 표현된 일본의 행위에 대한 묘사를 통해 드러나는 것이며, 둘째는 작품 속 인물들의 담론을 통한 비판, 셋째는 일본의 본질에 대한 추구를 통해 드러난다. 이 세 가지는 서로 얽히는 경우도 있고 구체적인 사실이 어느 항목에 해당하는지 모호한 경우도 있다. 담론 또한 행위의 한 형태이기 때문이기도 하며, 일본의 본질에 대한 추구가 인물들의 담론을 통해 이루어지기도 하기 때문이다.

아리스토텔레스의 말을 빌 것도 없이 문학, 곧 시는 행동을 모방한다. 더욱이 소설이나 희곡에서 행위는 가장 중요한 묘사대상이다.『토지』에서 서사의 기본 요소인 '나와 너'의 한 쪽을 일본이 맡고 있다고 할 때 일본의 행위가 주요한 묘사대상이 된다는 것은 당연한 일이다. 그러나 앞에서 서술한 바와 같이 일본의 행위는 소설의 상황이나 개별 인물의 행동으로 대체된다. <조준구>나 <김두수>, <우개동> 같은 인물의 역할이 일본의 행위를 상징하는 것으로 볼 필요가 있는 것

---

2) 박경리,『생명의 아픔』, 이룸, 2004. 31쪽.

이다. 그럼에도 불구하고 일본의 존재가 직접적으로 드러나는 경우도
있다. 동학혁명에 대한 일본군의 개입이나 평사리의 농민봉기에 대한
일본군의 개입은 그 한 형태이다. 더 나아가서 민비시해나 을사늑약,
1910년의 국권찬탈은 숨길 수 없는 일본의 행위이다. <이동진>이 가
족과 고향을 버리고 만리타국으로 떠나는 것도 그 일본의 행위에 대
한 반응이며 의병을 일으키지 못해 안달하는 <김훈장>의 초조감도
그 대응의 한 양상이다. 그러한 사례는 부지기수이다. 토지조사사업
과 동양척식주식회사의 발족은 만주, 북간도 유이민의 발생과 무관할
수 없으며, 관동대진재, 만보산사건, 만주사변, 태평양전쟁도 한민족
의 삶에 직접적인 영향을 끼치게 되는 일본의 행위에 속한다고 할 수
있다. 이 행위들은 직접적으로 묘사되지 않지만 등장인물들의 운명을
좌우하는 요인이 된다. 관동대진재에서 희생된 5천 명의 조선인은 말
할 것도 없고 의병으로 활동하다 살해된 사람, 감옥에 갇혔다가 죽은
사람, 먹을 것이 없어 굶어죽은 사람, 징용에 끌려간 사람, 징병에 끌
려간 사람, 정신대에 끌려간 사람이 모두 일본의 행위에 희생된 존재
들이다. 『토지』에서 이 희생자들의 모습은 집단적으로 소개되지 않는
다. 각자의 개별적인 상황 속에 놓여 있는 존재로, 생활의 굴레 속에
서 발버둥치면서 꿈과 소망을 잃고 스러져가는 존재로 형상화된다.
그렇기 때문에 이 개별적인 사건들을 묘사하는 작가의 시선이 중요
해진다. 이 소설에서 한이 중요한 문제로 대두된다는 것은 작가의 시
선이 향하는 방향을 가리켜준다. 한은 소망이다. 다른 말로 하면 삶의
의지이고 생명의 충일을 위한 기도이다. 이 한이 발생하는 것은 현실
의 삶이 고통이고 꿈의 좌절이기 때문이다. 그러나 한은 외부의 대상
을 지향하지 않는다. 외부에 적을 설정하여 복수를 꿈꾸는 것이 아니
라 자신에게 책임을 돌리고 내면적 성찰을 통해서 초월을 지향하는

것이다. 그렇기 때문에 한은 자칫 퇴영적 정서로 간주되기도 하는 것
이나 『토지』에서 그것은 매우 긍정적인 삶의 태도로 받아들여진다.
한을 삭이는 과정에서 인간적 성숙이 이루어지고, 그 성숙을 통해서
일본의 극복, 나아가서 초월의 길을 추구할 수 있기 때문이다. 일본의
행위가 지닌 야만적이고 비인간적인 성격은 이 조선인의 한, 한민족
의 집단적 한을 야기한다는 데서 드러난다. 이에 비해서 한민족의 주
체적 대응은 이 한을 통해서 승화된다. 그러므로 식민지 근대화론이
지닌 허구는 이 한의 정서를 통해 설명할 수 있는 것이다. 작가는 조
선 사람들의 한 맺힌 삶을 사실적으로 묘사함으로써 일본의 행위를
비판하는 것이다.

　두 번째 반일론의 증거라고 할 수 있는 인물들의 담론은 담화의 성
격과 주체를 고려할 때 세 가지로 나눌 수 있다. 하나는 인물들의 일
본에 대한 감정적 반응이나 짧은 대화를 통해 드러나는 일본에 대한
인식이며, 다른 하나는 주로 지식인들의 지성적인 대화 속에 표현되
는 일본론, 마지막은 서술자의 담론이다. 이 가운데 첫 번째는 담론이
라고 할 만한 여지도 별로 없는 즉흥적이고 단발적인 반응들을 가리
킨다. 그러나 일본에 대한 인식과 감정은 이 수준에서 가장 잘 포착
될 수 있다. 주로 농민이나 노동자, 서민들의 입에서 내뱉어지는 이
짧은 발화들은 가장 적확하게 사물의 본질을 지적하는 경우가 많기
때문이다. 이와 같은 짧은 발화들의 한 사례로 '왜놈'이나 '왜병'이란
용어의 사용을 들 수 있다. 이 용어가 일본인들의 체구가 적다는 것
만을 지적하는 것이 아님은 물론이다. 그것은 무의식 속에 박혀 있는
일본에 대한 인식이고, 그들 행위의 정당성을 인정하지 못하겠다는
무심결의 태도표명이다. 이 용어가 <이동진>이나 <김훈장> 같은 반
일적 인물들에게서도 사용된다는 것은 그 함축된 의미가 사태에 대

한 인식과 불가분의 관계를 지닌다는 것을 말해준다. 그렇긴 하지만 이러한 단발적이고 즉흥적인 반응 속에 일본에 대한 인식과 감정이 충분히 표현될 수는 없다. 이런 측면에서 지식인을 중심으로 전개되는 일본에 관한 담론의 변화양상을 주목할 필요가 있다.

  1부에서 일본에 관한 지식인의 담론은 <이동진>과 <최치수>, <김훈장>과 조준구 사이에 이루어진 담화들 속에서 찾을 수 있다. 그러나 <이동진>과 <최치수>의 대화는 선문답으로 시종하고 <김훈장>과 <조준구>의 대화는 친일파와 위정척사파 사이에 나누어지는 담론이다. 서로 엇나갈 수밖에 없는 이 대화들에서 <김훈장>의 발언이 그 중 반일본론에 가깝지만 그것도 비분강개에 그칠 뿐 일본의 본질을 파악한 것은 아니다. 이 양상은 2부에서도 이어진다. 2부에서는 <권응필>, <이동진>, <송영환> 등의 간도 쪽 독립운동 세력 인물이 등장하고 <김환>, <송관수> 등의 동학 쪽 인물들의 움직임도 두드러지며, <이상현>, <서의돈> 등의 젊은 지식인들도 등장한다. 그러나 이들 사이에 이루어지는 담론은 주로 주체 세력을 어떻게 모을 것인가 하는 문제와 주변정세에 대한 분석에 초점이 모아진다. 따라서 일본에 대한 지식인의 담론이 본격화되는 것은 3부 이후의 일이다. 특히 관동대지진으로 인연이 맺어진 <유인실>과 <오가다 지로>, <조찬하> 등의 대화는 민족문화비교론이라고 할 수 있을 정도로 조선과 일본의 문화가 지닌 특질로 향하고 거기서 일본의 본질에 대한 언급이 집중적으로 이루어진다. 이는 민족문화론이 식민지배자의 민족말살 정책에 대한 대응으로서 민족문화의 유전자를 보전하는 일에 이어지기 때문이다. <유인실>은 연인사이라고 할 수 있는 일본인 <오가다 지로>를 상대로 이렇게 이야기한다.

"신라와 고려는 불교가 바탕이 되고 조선은 유교, 그러니까 칼로써 인민을 다스리지 않았다는 얘기가 되겠지요. 서양의 기사나 일본의 무사에서 연상되는 것은 신라의 화랑인데 어찌해서 무예를 닦는 소년들에게 꽃 화자의 이름을 붙였는가, 그리고 남모(南毛)와 준정(俊貞)이라는 아름다운 아가씨를 화랑의 우두머리로 했는가…죽이는 것을 피하고 싶었다, 가능하다면, 글쎄요. 모르겠어요. 다만 막연하게 그 세계를 알 것도 같고…칼로써 힘을 빼고 황폐해진 정신으로, 파괴가 있을 뿐 창조는 없다, 당연하지 않습니까? 당신들이 즐겨말하는 조선의 사대주의 그게 진실이라면 고유하고 독특한 문화는 있을 수가 없지요. 평화는 무력(無力)이 아니예요. 평화는 한의 대상이며 생명에의 지향이에요. 오늘날 결과가 어떠했든, 이건 악의 승리, 하지만 결정은 아닌 거예요."(11권 288쪽)

칼의 문화와 생명의 문화라는 말로 요약될 수 있는 <유인실>의 분석은 일본을 '악'이라고 규정하는 데 도달한다. 악이란 무엇인가? 찰스 프레드 앨퍼드는 "악이란 인간을 통해서 발현될 뿐 아니라 인간의 정신 안팎에서 인간에게 작용하는 '적의에 찬 보편적 힘'"[3]이라고 정의한다. 이 정의에 비추어 볼 때 일본은 이웃을 굴복시킬 수 있는 힘을 가졌고 칼을 숭상하는 문화를 가졌다. 칼로 무장한 '보편적 힘'이 타민족을 말살하려는 적의, 이것이 있었기 때문에 일본은 조선을 침략한 데 이어 만주를 병탄하고 중일전쟁을 일으키며 태평양전쟁을 도발하는 만용을 부렸던 것이다. 이와 같은 칼부림 앞에 놓인 조선인은 공포를 느끼고 비명을 지를 수밖에 없었다. 그리고 민족의 유전자인 문화를 지키기 위해 안간힘을 써야 했다. <유인실>이 <오가다 지로>의 아이를 낳은 뒤 독립운동에서 일역을 담당하기 위해 만주로

---

3) 찰스 프레드 앨퍼드, 『인간은 왜 악에 굴복하는가』, 이만우 옮김, 황금가지, 18쪽.

달아난 것은 개별적 인간인 일본인과 집단으로서의 일본을 구별하는 인식에 말미암는다. 그 인식은 남경학살에 대한 <권필응>의 발언에서 다시 나타난다.

"아무리 일본 인종이 극악무도하다 하더라도 일본인 전부가 악귀일 수는 없는 일. 군에 끌려나온 사내 모두가 짐승일 수는 없는 일. 헌데 어찌하여 모두 악귀가 되고 짐승이 되었는가. 그런 만행은 다소간 정복자의 속성이라 하더라도 오만의 군대가 삼십만의 비전투원을 학살하다니. 자네들은 일본 군부의 작전이라는 생각은 아니했다 그 말인가?"

"그, 글쎄올시다."

"중국 땅이 일본 땅의 몇 배인가? 중국의 인구는 일본 인구의 몇 배인가? 그래도 생각이 안 나는가?"

"……"

"대저, 잔인성이란 용기 있는 자보다 용기 없는 자의 속성인데, 일본 민족은 매우 소심하고 겁이 많은 민족인 게야. 자고로 칼로써 다스려지는 백성이 그런 것은 당연지사, 한데 그들의 용감무쌍은 어디서 왔는가. 그 나라는 변혁이 없었고 섬나라, 가두어진 상태, 그 속에서 칼로 길들여졌다는 것은 무엇을 의미하는가. 거역과 선택이 없는 용기란 오로지 복종하는 그것인 게야. 그런 틀 속에 있다가 틀이 빠져버리면 어떻게 되겠나? 갈팡질팡 소심하고 왜소하고 가련한 모습, 마치 가둬 길렀던 새가 새장 밖으로 나가도 날지 못하는 것처럼. 청일전쟁, 노일전쟁, 그리고 만주사변하고는 다르거든. 그건 국지전쟁의 성격으로 틀 안에서 싸운 거고…대륙에다 개미같이 풀어놓은 군대, 그들을 짐승으로 만들지 않으면 악귀로 만들지 않으면 어쩌겠나."

중국이란 대국의 땅덩어리와 문화에 위축되기 십상인 병사들의 공포심을 마비시키기 위한 군부의 작전이 남경학살의 배후에 있다는 시각이다. 일본인 개인은 소심하고 겁이 많지만 그런 그들이 집단이 되면 만용을 부리게 되는 원인에 대한 분석인 셈이다. 지식인의 담론은 4부, 5부에 들어서면 지나치다할 만큼 장황하게 이어진다. 그것이 뜻하는 바는 더 이상 행위가 가능하지 않은 상황이라는 것이다. 치안 유지법과 사상범 보호 관찰령을 통해 조선인의 행동은 완전히 족쇄가 채워진 것이다. 그런 속에서 유일하게 가능한 행위는 살기 위해 몸을 낮추어 숨는 것이었고 그들이 살아있다는 징표는 입을 달작거리면서 내는 말소리뿐이었다. 많은 사람이 지리산으로 숨어들어 숨을 죽이는 그 정황을 작가는 이렇게 해설하고 있다.

> "산 속에 은신한 결사적인 청년들을 모아서 일제의 대항 세력으로, 또 앞날을 위하여 사회주의 혁명의 기층 세력으로 무장하게 하는 것이 이범호의 조급한 희망이었다. 물론 사촌형 이범준의 지시이기는 했지만, 그러나 일제에 대한 대항세력이든 장래에 있을 혁명에 대비하는 세력이든 그 어느 것이든 투쟁적 색채가 강렬한 데 비하여 해도사나 김강쇠 쪽은 이범호를 견제하면서 어디까지나 자구책의 한계를 넘어서는 안 된다는 생각들이었다. 그러니까 이범호를 혈기 넘치는 만용으로 보는 것이며 궁극의 목적은 독립인만큼 일제의 패망을 숨죽이며 기다리는 것이 현명하고 그 때까지 젊은이들을 살아남게 하자는 의견인 것이다."(16권 186쪽)

일제 말기까지 일본에 대해 투쟁노선을 견지하고자 하는 항일운동 세력이 전혀 없었던 것은 아니었다. 그러나 현실적 여건은 그들의 행동을 가능하게 하지 않았고 그렇기 때문에 노선이 어떤 것이든 세상은 적멸의 세계인 듯 조용할 수밖에 없었으며 나지막하게 두런거리는 소리만이 산산골골을 메우고 있었던 것이다. 이러한 죽음의 상태 속에서 울려오는 말소리에 대해 작가는 특별한 의미를 부여한다. 예컨대 "그때 나는 무당이 되는 것만 같았다. 내 미움과 저주가 분명히 그 계집한테 가서 꽂힌다는 느낌말이야. 그건 참 이상한 체험이었다." 와 같은 서술이 여러 곳에 출현하고 있는 것이다. 바꾸어 말해서 사건이 행동에 의해 만들어지는 것과 같이 말씀이 사건을 빚어내는 사태를 강조하는 것이다. 곧 '일본놈이 망해야 산다', '일본은 망한다'와 같은 조선 민중의 말씀들이 현실적 사건으로 바뀔 가능성을 시사하는 것이다. 서술자의 담론이 반일본론의 한 방식이 되는 것은 이와 관련된다.

작가는 소설 창작방법론을 강의하면서 창작자의 나르시시즘을 경계한 바 있다. 소설가가 작품 속의 특정 인물과 자신을 동일시하거나 그 인물을 이상화하는 경우 작품은 파탄에 이른다는 견해이다. 이 사실을 참조하면서 『토지』를 돌아볼 경우 서술자의 담론이 초기와 후기에 달라지고 있음을 간파할 수 있다. 예컨대 1부에서는 친일파 <조준구>와 위정척사파 <김훈장>의 대화를 제시한 뒤 "실정을 모르는 김훈장의 계획도 황당한 것이지만 동학에 대한 조준구의 공포도 황당무계한 것이다"고 대상으로부터 거리를 두는 서술형태를 취한다. 그러나 4부, 5부에 이르면 서술자의 직접적 개입이 눈에 띄게 증가한다. 예컨대 남경학살 후 일본정부가 낸 성명을 소개한 다음 이렇게 서술하고 있다.

"남경 거리에 피도 채 마르지 않았는데, 수십만의 원혼이 통곡하며 방황하는 모습이 보일 듯도 한데 심장에 철판을 깐 일본 정부는 도탄에 빠진 인민의 괴로움을 국민정부가 무시한다 하며 전가하는 성명을 발표했는데, 남경 함락이 있은 지 한 달가량이 지난 1938년 정월 16일, 실은 성명이 발표되는 그 시각에도 남경에서는 학살이 자행되고 있었다."(12권 326쪽)

작가의 육성을 그대로 들을 수 있는 이러한 서술자의 개입은 작가의 실수라고 볼 수 있는가? 작가는 4부를 연재하다가 한 동안 집필을 중단한 적이 있다. 창작자로서 자신의 긴장이 해이되었다는 판단에 따라 자의로 집필 중단을 선언한 것이다. 그러나 다른 한편에서 생각하면 길게 이어져온 소설의 진행 속에서 작가는 자신을 작중 인물의 하나로 여기게 되었는지도 모른다. 이것은 작가의 일본의 본질에 대한 탐구의 내용이 몇몇 작중인물의 담화와 일치하는 데서 그 사정을 엿볼 수 있다.

행위와 사건의 묘사, 그리고 작중인물의 담론을 통해서 일본은 악의 존재로 형상화된다. 그러나 작가의 반일론은 거기에서 그치지 않는다. 악으로서 일본의 본질에 대한 본격적인 탐구가 행해지는 것이다. 이 일본의 본질에 대한 탐구는 주로 지식인들의 담론을 통해 제시되기 때문에 담론을 통한 비판에 포함할 수도 있지만 현상의 제시와 그 원인의 분석은 차원이 다른 문제이기 때문에 구분해 살필 필요가 있다. 작가는 일본에 대해 논한 한 글의 제목을 '신들이 사는 나라'라고 표시한 적이 있다. 천황을 현인신(現人神)으로 여기는 나라, 거대한 땅덩어리와 인구를 지닌 중국조차도 기껏해야 천자(天子)라는 이름을 사용했을 뿐인데 '하늘의 황제'라는 이름을 자기들의 왕에게 부여하고 그를 신처럼 떠받드는 나라라는 뜻이다. 작가는 이 천황의 존재를 부인하지 못하기 때문에 일본에는 진정한 사상이 없다고 단정한다. 이 견해는 소설 속 인물인 <제문식>의 말 속에 등장한 것

그대로이다.(11권 208쪽) 이 양상은 작가의 일본의 본질에 대한 탐구의 대부분에서 나타나는 것으로서, 그것은 소설에서 등장인물과 서술자의 발언내용이 일치하는 대목에서 쉽게 찾아볼 수 있다. 그 내용의 대강은 '신들이 사는 나라'에 나오는 것과 거의 동일하다. 작가는 일본인들이 칼을 숭상하는 역사를 가지고 있으며 자살을 미학으로까지 끌어올린 민족이라는 것, 2차 세계대전을 일으킨 장본인으로서 잔혹하고 대담무쌍한 행동을 펼치게 된 원인은 어디에 있을까 하는 질문을 던지며 이렇게 말하고 있다.

"일본은 집단적 심리에의 경향이 짙다. 그것은 집단에 대한 복종을 뜻하며 따라서 권력에 약하고 강자숭배는 거의 생리적인 것으로 나타나는데 이 점에 대해서도 일부 한국인은 매우 바람직한 장점으로 꼽는 것 같다. 사실 복종은 단결이며 민족의 역량을 한 곳으로 모아 발전으로 몰고 가는 원동력이 되는 것을 부정 못한다. 그러나 연약한 짐승들이 무리를 지어 포식자로부터 자신을 지키며 생존해가는 것과는 다르게 인간의 경우에는 생존의 한계를 넘어선 욕망이 있기 때문에 왕왕 그것은 화약고가 되어 폭발하는 속성을 지니고 있다. 이웃을 파괴하는 것은 물론 스스로도 깊은 화상을 입고 재기 불능한 경우가 있으며 2차 세계대전은 바로 그와 같은 본보기라 할 수 있을 것이다. 그러면 꽃다운 소년들의 자폭행위나 전원옥쇄, 그 같은 용기는 무엇에서 오는 걸까. 만세일계(萬世一系)와 현인신이라는 헛된 멍에, 바로 그것이다. 그것을 옹위하는 군국주의, 군국주의를 존속하게 하는 것 또한 현인신이라, 두개인 동시 불가결의 동체다. 칼은 물리적으로 육신을 구속하고 현인신은 정신을 사로잡고, 이같이 옥죄이는 공간을 상상해볼 것 같으면 참 이상하다. 괴기한 것들이 떠오르니 말이다. 정교하게 만들어진 인형이 있고 손바닥만 한 연못에는 성냥개비 같은 다리가 걸려 있고 생명을 일그러뜨린 분재

가 보이고 세련된 포장, 장 종지 같은 작은 술잔, 손가락 끝에서 노
는 앙증스런 우산하며, 기능으로 갈고 닦으며 달려온 역사의 비극을
소름 끼치게 한다. 비상을 꿈꿀 수 없는 사로잡힌 영혼에게 깃드는
것이 허무주의다. 그리고 쾌락이다. 남경학살, 백주의 난행은 일본군
의 전략이지만 뒤집어 보면 그로테스크와 에로티시즘의 여실한 참
극, 절망 없이 그것을 했을까."[4]

　일본은 동양에서 제일 먼저 근대화에 성공했다. 동양사회 가운데
서는 서양의 봉건제에 가장 가까운 사회체제를 갖추고 있었고, 합리
주의적 태도가 서양의 문명을 받아들이는 데 유리하게 작용한 측면
이 있다. 그러나 그들의 합리주의는 천황의 존재에 의해 지엽말단에
만 적용되고 만다. 근본적인 것을 생각하려면 천황을 부정해야 하는
데 그것을 할 수 없으니 설명이 되지 않는 일은 천황에게 돌려버리고
만다. 태평양전쟁을 성전이라고 미화하고, 원자폭탄의 세례를 받은
세계 유일의 국가라는 것을 구실로 하여 전쟁피해국이라고 자임한다.
이런 일들은 모두 근본을 추구하지 못하기 때문에 일어난 일이다. 전
쟁으로 점철된 역사 속에서 권력 앞에 굴종하는 데 길들여지고, 근본
을 따지지 못하고 쇄말사에만 합리주의를 적용하는 것이 습관이 돼
꿈을 잃은 채 눈앞의 권력과 물질적 이익의 추구에만 급급해 있는 상
태, 거기에서 삶은 무의미하다는 허무주의가 싹트고, 그로테스크, 에
로티시즘을 추구하는 문화가 생겨났다는 것이 작가의 생각이다. 그들
이 이웃의 다른 민족들에게 악의 존재가 된 것은 그 문화의 논리적
결과인 셈이다. 『토지』의 반일론은 여기에 이른다. 그것은 일본의 집
단주의와 유물주의, 문화의 기형성에 대한 비판이다. 그러나 이러한

---

4) 박경리, 앞의 책, 33~34쪽.

부정이 끝은 아니다. 조선을 물리력으로 지배하는 일본의 부정성을 비판하는 데서 그치고 그 부정성을 극복할 비전을 제시하지 못한다면 그것은 진정한 반일론이라고 할 수 없다.『토지』가 반일을 넘어서 극일의 차원으로, 협소한 민족주의를 넘어서 인류보편의 넓은 세계로 나아갈 수 있었던 것은 그 비전을 하나의 세계관으로 형상화할 수 있었기 때문이다.

4. 생명의 세계로

조선은 오래도록 농본주의 국가였다. 사농공상이라 하여 선비 다음에 농민을 꼽고, 농자천하지대본이라 하여 여러 산업 가운데서도 특히 농업을 중시하였다. 이러한 문화적 배경은 전통적으로 상업을 중시하고 농부를 돼지백성이라 하여 최하층 계급으로 보는 일본과는 다른 인간적 품위를 조선의 농민에게 부여하였다.『토지』의 중심인물 가운데 한 사람인 <이용>은 그런 점에서 조선 농민의 전통적인 품성을 고스란히 간직한 전형인물이라고 할 수 있다. 그가 <월선>이란 한 여인을 지극히 사랑하면서도 부모가 맺어준 본처와의 인연을 함부로 버리지 않는 것은 도리 때문이다. 그 도리는 유교의 윤리만도 아니고 법률적으로 강제되는 규범도 아니다. 다른 사람을 수단으로 여기지 않고 인격으로 대우하고자 하는 태도가 인간의 도리를 생각하게 하는 것이다. 그러므로 그는 자신의 행위가 타당한지 그렇지 않은지를 외면적 규제의 원리에 따라 생각하는 것이 아니라 자신의 내면에 비추어 판단하는 것이다. 그는 부모의 뜻을 존중하기 위해서 마음에 맞지 않는 여자일지라도 아내로 받아들이는 것이며, 사람이면

마땅히 그렇게 해야 하기 때문에 의병에 나서는 것일 뿐이다. 내면화
된 도덕이 행동의 준거가 되는 것이자 대상과 자기를 함께 고려하는
관계적 사유를 통해 사태를 판단한다. 자신에게 힘이 있다 하여 함부
로 이웃을 침범하지도 않고, 자기 힘이 까마득히 미치지 못하는 대상
이라 하여 굴종하지도 않는다. 의연히 자신의 중심을 세워 인간의 품
위를 지키고자 하는 노력이 그의 일생 동안 지속되는 것이다. 어릴
적에 그와 함께 자란 <최치수>는 <이용>을 이렇게 평가한다.

> "사람이 존엄하다는 것을 용이놈은 잘 알고 있지요. 그 놈이 글을
> 배웠더라면 시인이 되었을 게고 말을 타고 창을 들었으면 앞장섰을
> 게고 부모 묘소에 벌초할 때마다 머리카락에까지 울음이 맺히고 여
> 인을 보석으로 생각하는, 그렇지요, 복 많은 이 땅의 농부요."(1권
> 120쪽)

이용은 사랑하는 여인의 목숨이 경각에 달려 있다는 전갈을 받고
도 산판일을 계속한다. 달려가 보고 싶은 생각이야 굴뚝같았겠지만
끝내 일을 마치고서야 길을 나선다. 돈 몇 푼을 더 벌고자 하는 것도
아니고 여인의 목숨이 좀더 지탱할 수 있으리라는 의학적 지식이 있
는 것도 아니다. 그의 살아온 삶은 그렇듯이 자기 절제와 인내로 다
져졌을 뿐이다. 아니면 사랑하는 여인이 자기를 보지 않고는 눈을 감
지 않으리라는 믿음이 그렇게 하도록 시켰는지도 모른다. 거기에는
합리적인 사고만으로는 잴 수 없는 그 무엇이 있다. 사랑에 대한 믿
음인지 인연에 대한 깨달음인지 섭리에 대한 신앙인지 알 수 없지만
인간의 자연(自然), 도리가 그러하다고 생각하므로 그렇게 할 뿐이다.
이 양상은 <이용>의 사랑하는 여인 <월선>이에게서도 찾아볼 수

있다. 그녀는 무당의 딸이다. 신분 때문에 사랑하는 사람과 인연을 맺지 못하고 낯선 남자를 따라가 살다가 보고 싶은 정을 어쩌지 못해서 고향에 돌아온다. <최참판>가 <윤씨부인>의 배려로 하동에 주막집을 내고 살지만 그녀의 생활은 끝없는 기다림의 연속이다. <이용>의 얼굴을 볼 수 있는 장날을 기다리는 것이 삶의 보람이며, 일년 한 철 산판일이 끝나고 이용이 찾아오는 그 때를 기다리는 것이 기쁨이다. 두 사람의 마지막 상면 장면은 이렇게 묘사된다.

> "임자."
> "야."
> "가만히,"
> 이불자락을 걷고 여자를 안아 무릎 위에 올린다. 쪽에서 가느다란 은비녀가 방바닥에 떨어진다.
> "내 몸이 찹제?"
> "아니요."
> "우리 많이 살았다."
> "야."
> 내려다보고 올려다본다. 눈만 살아 있다. 월선의 사지는 마치 새털같이 가볍게, 용이의 옷깃조차 잡을 힘이 없다.
> "니 여한이 없제?"
> "야, 없십니다."
> "그라믄 됐다. 나도 여한이 없다."

<월선>은 <이용>을 만나보고 이틀 만에 숨을 거둔다. 두 사람의 평생은 모두 한스런 삶이었다. 신분의 차이 때문에, 부모의 명령이기 때문에 사랑하는 사람과 부부의 인연을 맺지 못하고 무수한 그리움과 기다림의 세월을 보냈다. 그 기다림과 그리움의 시간은 한 맺히는

인고의 세월이었다. 그럼에도 불구하고 두 사람은 이제 여한이 없다. 자기들 마음대로 할 수 있었던 세상도 아니고 특별히 뜻을 세울 수 있었던 세월도 아니지만 그들이 할 수 있는 정성과 노력을 다해서 살아온 삶이기 때문이다. 여기서 한은 원한이 아니다. 모든 사람이 뜻을 이루거나 기를 펼 수 있는 세상은 아니기에 거기에 원한을 품을 이유는 없다. 인간은 무소불위의 능력을 가진 것도 아니고 무한한 생명을 보장받은 존재도 아니다. 대지의 뭇 생명들처럼 한 때 이 세상에 나와 살다가 시간이 지나면 사라져야 하는 하루살이 같은 존재일 뿐이다. 그 사실을 이해하면 자신의 마음대로 되지 않고 풍족한 삶이 아니었다고 해서 이 세상에 원한을 품을 필요는 없다. 그렇다고 해서 사랑하는 사람을 만나서 아들딸 낳고 잘 살고 싶은 소망이 없는 것은 아니다. 그 소망과 꿈이 있기 때문에 좌절을 겪고 슬픔을 느끼는 것이 인생이다. 그 좌절과 슬픔을 견디어 나가기 위해서 사람에게는 인내와 자기절제가 필요하다. 내 뜻대로 되지 않는다고 해서 남에게 분풀이하거나 내 것을 만들기 위해서 남의 것을 빼앗는다면 인간사회의 질서는 유지될 수 없다. 약육강식의 논리가 횡행한다면 인간사회는 동물세계의 생태로 전락하게 된다. 소망이 좌절되더라도 그것을 자기 안에서 삭여야 하고 더 근본적으로는 욕망 자체를 비워야 한다. 욕망을 비우는 것이 어렵기 때문에 사람들은 욕망의 한계를 스스로 조절하는 자기절제를 배우고 가르치는 것이다. 일본이 조선을 병탄한 데 이어 만주사변, 중일전쟁, 태평양전쟁으로 치달은 것은 그 절제를 모른 채 무한욕망을 추구한 것이다. 그 결과는 이웃의 다른 민족에게 더 이상의 비극이 있을 수 없는 참화, 대재앙이 되었을 뿐만 아니라 그들 자신에게도 불행이었다. 그에 비길 때 <이용>과 <월선>의 자기절제와 인내, 한의 삭임은 근본적으로 방향을 달리하는 삶의 태도이자 방법이다.

　『토지』에는 <이용>이나 <월선>이 말고도 한을 지닌 많은 인물이
등장한다. <김개주>와 <김환>의 부자가 그렇고 <정한조>와 <정
석>, <송광수>와 <송영광>, <임명희>와 <유인실>, <봉순이>와
<이양현> 등 이루 셀 수 없이 많은 인물이 한을 지니고 살아간다.
일제 말기로 들어서면서 가혹한 식민지배의 결과 조선 민중의 대다
수가 한 맺힌 세월을 보내야 했기 때문에 특별히 어떤 사람의 한이
더 짙다든지 더 크다고 말할 수 없을 정도로 한은 사람들의 일반적
인 삶의 정서가 된다. 『토지』는 이 시기 민중들의 삶을 집중적으로
묘사하는 까닭에 한의 바다라고 할 만큼 작품의 색조 자체가 한으로
물들여진다. <조병수>와 같이 불구의 몸이 되어 부모에게서조차도
버림받은 사람이 있는가하면, 살인자의 아내로 극도의 빈궁체험을
했기 때문에 돈의 노예가 된 <임이네> 같은 경우도 있다. 그 처해
있는 처지가 다르고 원인도 제각각이지만 너나할 것 없이 한을 품고
살아간다. 그러나 각 인물들은 자신의 한을 어떤 식으로 삭이고 처리
하느냐에 따라 인간 됨됨이가 달라진다. 똑같이 살인자의 아들인
<거복이(김두수)>와 <한복이>의 삶이 그 양상을 잘 보여준다. <거
복이>는 살인자의 아들이 된 자신의 한을 원한으로 받아들여 사람들
에게 앙갚음하려고 함으로써 악귀 같은 인물이 된다. 이에 비해서 동
생인 <한복이>는 한을 삭이고 열심히 살려고 노력함으로써 사람들
에게 인정받는 인물이 된다. 이와 같이 한을 삭임으로써 아름다운 인
간이 된 대표적인 인물로 <조병수>, <송관수>, <김길상>, <주갑
이> 등을 들 수 있다. 이와 반대로 악귀 같은 인간이 된 인물로는
<조준구>, <김두수>, <임이네>, <지삼만>, <우개동> 등을 들 수
있다. 이 악귀 같은 인물들의 공통성은 끝없는 욕망의 추구, 물질주

의라고 요약할 수 있다. 자본주의나 사회주의를 막론하고 근대문명
은 합리주의 이면에 유물론, 물질주의를 내포하고 있는 것이라고 보
면 『토지』는 바로 이 근대문명에 대한 비판이 되는 것이다. 그런 측
면에서 아름다운 인물들은 새로이 도래해야할 세계에 대한 작가의
비전을 보여준다고 해석할 수 있다. 김진석은 이 아름다운 인물들이
속을 비우는 존재, 소내(疎內)하는 존재라고 개념화하면서 그들에 대
한 작가의 형상화방법을 이렇게 설명한다.

> "인물들은 살아 있는 순간순간 지나가는 대화나 생각, 느낌을 초
> 월하여 미리 존재하는 실체가 아니다. 다르게 말하자면, 꽉 채워진
> 실체로 인물이 우선 존재한 후에 거기에 낱낱의 행위나 대화나 느낌
> 이 우연적으로 부가되고 첨가되는 게 아니라는 것이다. 인물이란 오
> 히려 환원될 수 없는 대화와 생각, 느낌, 그리고 동작과 함께 그때그
> 때 생겨나고 변화하는 흔적 또는 그늘일 듯하다. 다만 인간의 몸짓
> 이 대화나 생각, 또는 느낌만큼 다양하고 가볍지 못하기에 사회는
> 이 흔적이나 그늘을 지속적인 대상의 형태로 투영시키고, 바로 그
> 이유로 흔적이나 그늘은 점점 더 꽉 채워지고 딱딱해진 인물, 매순
> 간 완결된 행위와 사건을 지향하는 인물로 변조되어 가는 것이다.
> 그렇다면, 보일 듯 말듯한 일이지만, 인물들은 단단한 의미로 채워
> 진 행위의 주체라기보다는, 오히려 거꾸로 불투명한 말들과 생각이
> 지나가는 궤적이며 지나간 흔적 또는 그처럼 잘 드러나지 않는 이면
> 이 아닐까. 또 햇살이 비치는 순간에는 그들로 인해 생기는 그늘 같
> 은 것이 아닐까."[5]

---

5) 김진석, 「소내하는 한의 문학: 『토지』」, 『한 · 생명 · 대자대비』, 솔, 1995, 255~
256쪽.

욕망을 비운 인물들은 존재 자체가 투명해진다. 그 투명의 상태를 김진석은 시냇물에 햇살이 비칠 때 생기는 물결의 그늘 같은 것이라고 설명한다. 『토지』의 인물들은 존재 자체가 그렇게 얇아지고 투명해져서 잠자리 날개 같은 모양을 띠게 된다는 것이다. 이렇게 욕망을 비워 존재 자체가 얇아진 모습이 작품에서는 김길상이 그린 관음보살상에 대한 묘사 속에 보인다. 관음보살의 가장 큰 특징은 뭇 생명에 대한 자비심이다. 김길상이 관음보살상을 조형한 것은 조선민족이 악의 존재에 의해 생명의 위협을 받고 있는 상황에 대한 하나의 대응이다. 김길상이 조형한 그 관음보살상은 다른 인물의 눈에 이렇게 비친다.

> "오른 손에 버들가지를 들고 왼손에는 보병을 든 수월관음, 또는 양류관음이라고도 하는 데 아름다웠다. 눈이 부시게 아름다웠다. 청초한 선에 현란한 색채, 가슴까지 늘어진 영락이며 화만은 찬란하고 투명한 베일 속의 청정한 육신이 숨쉬고 있는 것만 같다. 어찌 현란한 색채가 이다지도 청초하며 어찌 풍만한 육신이 이다지도 투명한가."(13권 310쪽)

일제 말기의 상황에서 가장 중요한 일은 생명을 보존하는 일이었다. <김길상>이 원력을 세워 관음상을 조형한 것은 그 생명을 지키고자 하는 바램을 나타낸다. 그 원력이 더러운 욕망으로 덧칠되어 있다면 청초하고 투명한 관음상은 가능하지 않았을 것이다. 그러나 관음상만 투명한 것은 아니었다. 서술자는 <서희>의 모습을 '찬 이슬에 날개를 접은 나비같이 숨만 쉬고 있는 것 같'다고 묘사하기도 하고 '만석꾼 살림의 최서희나 나룻배 뱃삯을 선뜻 내놓을 수 없는 박서방이나 눈이 멀어버린 성환할매, 살아보고 싶은 뜻을 잃은 상태는

매일반이었고 그리고 그것은 평등했다'고 서술하기도 한다. 당시의
절박한 상황을 서술자는 '한이 된다는 말도 이제는 사라지고 없는 것
같았다. 희망이 없는 캄캄한 절벽, 어디서 빛줄이 새어들어 한을 풀
새날을 기다려 본단 말인가'라고 표현하고 있다. 그 절망의 깊은 속에
서 사람들이 할 일은 아무 것도 없었다. 다만 다같이 속을 비우고 한
가지만을 기원할 수밖에 없었다. 그것은 염력에 의존하여 일본의 패
망을 기원하는 것이다. 한 등장인물은 "죽어라, 죽어라, 망해라, 망해
라, 절실하게 간절하게 생각하면 상대가 그리 된다는 거야"라고 말한
다. 조선인의 씨를 말리려는 듯 독이빨로 갈아대는 일제의 흡수 앞에
서 한민족이 할 수 있는 유일한 일은 신음처럼 내뱉어지는 일본에 대
한 저주였다. 그것은 생명을 지키려는 안간힘이었고 영성이 있는 존
재의 마지막 부르짖음이었다. 그래서 『토지』가 마지막에 도달한 것은
이 세계 모든 생명의 존엄함에 대한 믿음, 생명사상이었다.

　작가의 관점에 따르면 생명사상은 한민족의 역사 속에서 계속 그
범위가 좁혀졌다. 근대의 유물주의는 이미 생명과 대립하는 이데올로
기가 되었고, 조선시대의 유교도 인간에만 초점을 맞추는 인본주의적
윤리였다. 이에 비해 고려의 불교는 대자대비를 말하는 점에서 유교
보다 폭이 넓지만 그 이전의 샤머니즘에 비하면 턱없이 좁아진 것이
다. 작가는 인류의 태고적 신앙으로서 샤머니즘은 모든 위대한 존재
들에 대한 경모, 생명의 영성에 대한 믿음이라고 본다. 작가는 구체적
으로 이렇게 말한다.

　　"우리 민족이 살아온 자취를 더듬어봅시다. 대충 추려내면 역사의
　시작에서부터 저 북방, 우리 조상의 고토에서 그들 인간들은 생명
　있는 모든 존재에 깃들였을 영성을 믿었습니다. 오래된 거목의 그

융성한 생명을 숭상하고 그것에 깃들인 영성에 예배하며 공경하고 간절하게 영성과의 교신을 바랐던 것입니다. 그들은 또 영성의 불멸을 믿었으며 영혼이 간 곳을 추구하였습니다. 이 세상을 하직하고 가버린 내 혈족, 그리운 사람들과의 재회를 꿈꾸며 공간 어느 곳에선가 머물고 있을 그 영혼들과 교신을 그토록 안타깝게 시도하였던 이른바 샤머니즘, 자연과 생명의 경이로움 앞에서 영성을 인식한 그들, 그것은 인간사회 초기의 위대한 직관이었습니다. 여기서 우리가 느낄 수 있는 것은 영혼의 깊이와 공간의 확대인데 무한을 지향한 우주관이라 할 수 있고 무한히 깊은 곳에 잠재된 생명의 비밀이라 할 수 있겠습니다."[6]

　사람은 무한한 우주 속에서 유한자로 산다. 유한하기 때문에 죽을 수밖에 없고 사랑하는 사람과 이별할 수밖에 없다. 그러나 인간은 기억을 지니고 있고, 유한성을 넘어서고자 하는 욕망을 가지고 있다. 불교의 윤회설이나 기독교의 부활의 개념은 모두 그 유한성이나 기억과 관련이 있다. 저 세상으로 간 부모님을 만나고 싶고, 사랑하는 사람과 영원히 행복하게 살고 싶다는 소망, 거기에서 유한자의 한이 생긴다. 그러나 무한욕망을 추구하는 경우 만족은 있을 수 없다. 유한자로서 자신의 한계를 인식하고 다른 생명의 존엄을 인정한 바탕 위에서 청빈하게 사는 것, 나아가서 뭇 생명을 기르는 삶, 이것이 바람직한 삶이란 것이 생명사상의 주장이다. 『토지』의 아름다운 인물들은 모두 이 생명사상과 연결된다. 물질과 권력에 대한 탐욕이 인간을 악인으로 만들고 그 궁극의 자리에 군국주의 일본이라는 존재가 놓인다면 생명의 영성을 추구하는 존재들, 자신의 한을 삭여 승화시키는

---

6) 박경리, 『문학을 지망하는 젊은이들에게』, 현대문학사, 1995, 249~250쪽.

존재들은 아름다운 인간의 모습을 띠게 되는 것이다. 김진석은 아름다운 인물들의 '이런 실존적 태도들은 세상을 안으로 성기게 하면서 자신들의 실존도 안으로 성기게 하고 소방하게 한다'고 말하는 데 인간의 자유는 거기서 가능하게 되는 것이 아닐까.

　『토지』의 전체상을 한 마디로 표현하면 수많은 별들이 반짝이는 푸르른 밤하늘의 모습이다. 무한한 하늘을 배경으로 별처럼 반짝이는 생명들을 형상화한 것, 그것이 『토지』가 보여주는 생명사상의 구체적인 모습이다. 무한 속의 유한, 거기에서 빛나는 별들은 생명의 불꽃을 피우는 유한자로서의 한을 지니지만 자신의 욕망을 비워 투명해짐으로써 밤하늘의 푸르름과 같은 아름다움의 극치를 이룬다. 그것은 욕망에 더께가 얹혀 있는 식민지배자 일본으로서는 상상도 할 수 없는 새로운 삶의 비전이다. 『토지』가 단순히 일본론도 아니고 반일론을 펼치는 데서 그친 것도 아니며 극일의 처방을 하려는 것도 아니라는 것은 이로써 입증된다. 그것은 모든 생명이 동등하게 존엄하다는 인식에 바탕을 둔 생명사상으로서 인류 모두가 다같이 보편의 세계로 나아가 넓은 세상에서 마음껏 자유를 누리자는 주장이자 권유이다. 주갑이의 '새타령'처럼 훨훨훨 날아보자는 유혹이다.

안중근의 「장부가」와 그 영향

허경진*

　대부분의 의병장들은 유림(儒林)이거나 문인이어서 그들이 지은 작품이 많았으며, 이에 대한 연구도 여러 편 발표되었다. 그러나 안중근은 문인이 아니지만 독립운동을 하는 과정에서 한시와 국문시가를 몇 편 지었으며, 거사 이후에 그를 추모한 시들이 많이 지어졌다. 그는 하얼빈역에서 이토오 히로부미를 살해하여 이천만 동포에게 희망과 용기를 주고, 중국인과 일본인들에게 우리 민족이 살아 있음을 알렸을 뿐만 아니라, 거사를 실행에 옮기기 전에 자신의 기백을 읊은 「장부가(丈夫歌)」를 미리 『대동공보』에 보내 신문 독자들이 대한독립의 염원을 절실히 느끼게 했다. 그를 살인혐의로 기소한 일본 검사는 방종무뢰(放縱無賴)한 살해범이라고 표현했지만, 안중근 자신은 사형 집행을 기다리며 『동양평화론』을 집필하였다. 이토오 히로부미의 죄 15가지를 들어 그를 처단했지만, 자신의 궁극적인 목표는 한국과 일본, 중국이 평화 공존하는 데 있음을 밝힌 것이다. 그의 문학작품이 문학을 통한 일본 극복이라고 할 수 있다면, 『동양평화론』은 한

＊ 연세대학교 교수

국과 일본의 상극(相剋)을 넘어선 상생(相生)의 제안이라고 할 수 있
다. 우리 문학사에서 이러한 작품은 거의 없었기에, 그가 「장부가」를
짓게 된 배경과 그에 대한 추모시를 연구 대상으로 삼았다.

1. 안중근의 학문

안중근이 어떤 책을 읽었기에 「장부가」를 비롯한 한시와 노래를
지을 수 있었는지, 그의 학문 수준부터 조사할 필요가 있다. 그 단서
는 안중근 자신이 중국 여순 감옥에서 한문으로 기록한 『안응칠 역사』
와 공판기록에서 찾아볼 수 있다. 공판기록에는 안중근과 우덕순·조
도선·유동하 세 동지의 교육정도가 밝혀져 있다.

> * 유동하 : 교육을 거의 받지 못했다고 해도 과언이 아니며, 고국
> 을 떠나 오랫 동안 러시아 령에 있었으므로 러시아의 문자와 언어에
> 는 남들과 보통 대화에 지장이 없을 정도이다.
> * 조도선 : 교육은 거의 받지 못한 것이나 다름없다.
> * 우덕순 : 학문이라고는 『천자문』 『동몽선습』 『통감』 제2권까지
> 배웠다는 것을 그 자신이 진술한 바이며, 그 정치사상은 천박하나
> 독립에 대한 견식이 있으며 그런 기초는 한국의 언문 섞인 신문들이
> 다. 주로 『황성신문』 『대한매일』 등을 보았다는 것은 스스로 말한
> 것이며 또 『대동공보』도 그의 보고들은 것이다.
> * 안중근 : 안은 정규학업을 좋아하지 않았던지 이런 집에 살면서
> 도 약간의 성경과 『통감』 9권까지와 한역(漢譯) 만국사(萬國史) 및
> 조선사를 읽었다고 한다. 한국의 『대한매일』 『황성신보』 『제국신보』,
> 샌프란시스코의 『공립신문』, 블라디보스톡의 『대동공보』 등에 의하
> 여 정치사상을 함양하였다.

이 기록에 의하면 안중근이 한문을 가장 많이 배워, 한시를 지을 자질이 있었음을 알 수 있다. 우덕순과 안중근, 두 사람 다 여러 가지 신문을 읽어 정치사상, 특히 독립정신을 함양하였는데, 이러한 신문에는 우리 말로 된 가사체의 노래가 많이 실렸으며, 독립정신을 부르짖은 노래들이 특히 많았다. 따라서 이 두 사람도 자신의 생각을 많은 사람들에게 널리 알리기 위해 가사체의 노래로 표현할 생각을 자연스레 하게 되었을 것이다.

공판기록에서는 안중근을 "이런 집안에 살면서도"라고 표현하였는데, 한학(漢學)을 하던 양반 집안에 태어났으면서도 한문을 깊이 배우지 않았다는 뜻이다. 안중근은 여순 감옥에 갇혀 있으면서 1909년 12월 13일부터 1910년 3월 15일까지 『안응칠 역사』라는 자서전을 기록했는데, 그 첫머리에 아버지의 한문 수준을 이렇게 기록하였다.

　　(진해현감을 지낸 할아버지의 아들 6형제는) 모두 문한(文翰)이
　넉넉했다. 그 가운데서도 아버지의 재주와 지혜가 뛰어나 8,9세에
　이미 사서삼경(四書三經)을 통달했고, 13,4세 때에 과거 공부와 사
　륙변려체(四六騈麗體)를 익혔다.

아버지 안태훈은[1] 진사가 되었으니, 공판기록에서 말한 '이런 집안'은 바로 진사에 합격할 정도로 문장이 넉넉한 집안이다. 그러나 갑신정변이 실패하자 안태훈은 집안 살림을 팔아 황해도 신천군 청계동 산속으로 이사갔다. 6,7세에 산골 소년이 된 안중근은 한문학교(서당)에서 8,9년 동안 보통 학문을 익혔다. 그가 학문에 힘쓰지 않자 부

---

1) 『사마방목』에는 안태훈의 이름이 실려 있지 않아, 그가 언제 진사시에 합격했는
　지 확실치 않다.

모와 교사들이 꾸짖거나 친구들이 권면했는데, 그는 학문에 힘쓰라고 권면하는 친구에게 이렇게 대답하였다.

"네 말도 옳다. 그러나 내 말도 좀 들어 보아라. 옛날 초패왕 항우가 말하기를 '글은 이름이나 적을 줄 알면 그만이다'라고 했는데, 만고영웅 초패왕의 명예가 오히려 천추에 남아 전한다. 나도 학문을 가지고 세상에 이름을 드러내고 싶지는 않다. 저도 장부요, 나도 장부다. 너희들은 다시 내게 권하지 말라."

안중근이 자신을 초패왕(楚覇王) 항우(項羽)에게 비유했는데, 항우가 '이름이나 적을 줄 알면 된다'고 했지만 마지막날 밤에 자신의 운이 다했음을 탄식하며 「해하가(垓下歌)」를 지었던 것같이 안중근 자신도 학문에 힘쓰지 않았지만 거사 전에 「장부가」를 한문과 국문으로 지었다. 그는 어린 시절부터 학문에 뜻을 두진 않았지만, 최소한 자신의 기개를 한자로 엮을 정도의 실력은 갖추고 나서 신체단련에 힘썼던 것이다. 아름답게 표현하려고 애쓰지 않았지만 자신의 뜻을 감동적으로 잘 나타냈을 뿐만 아니라 많은 동포들을 감동시키고 격발시켰으니, 어느 시인의 시보다도 더 큰 효용성을 지녔다. '학문보다는 장부로 이름을 남기겠다'던 어린 시절 그의 말 한 마디만 보더라도, 그가 문학의 효용성을 누구보다 잘 알고 있었음이 확인된다. 그는 말이나 글자만 앞세운 시인이 아니라 장부답게 행동하면서 「장부가」를 지은, 시와 행동이 일치한 시인이 되었다.

감옥에서 간수나 친지들에게 써준 휘호 내용을 보면 그의 머리 속에는 수십 권의 한문 서적이 들어 있음을 알 수 있다. 이러한 학문세계가 상황에 따라 한시나 국문노래로, 또는 한문구절로 나타났다. 감옥에서 쓴 휘호는 거의 사자성어 중심인데, "思君千里, 望眼欲穿, 以表寸誠, 幸勿負情(임 생각 천리길을 뚫어지게 바라봅니다. 작은 정성

바치오니 행여 이 정을 저버리지 마소서)" 같이 임금(또는 민족)을 향한 그리움을 노래한 사언시는 「사미인곡」을 연상케 할 정도로 서정적이어서, 그가 시인의 자질을 타고났음이 재삼 확인된다.

2. 안중근의 한시와 국문시가

그의 한시는 「장부가」가 가장 널리 알려졌지만, 그가 기록한 『안응칠 역사』에는 그보다 1년 전에 지은 한시가 실려 있다.

> 사나이 뜻을 품고 나라 밖에 나왔다가
> 큰 일을 못 이루니 몸 두기 어려워라
> 바라건대 동포들이여 죽기를 맹세하고
> 세상에 의리 없는 귀신은 되지를 말자
> 男兒有志出洋外, 事不入謀難處身.
> 望須同胞誓流血, 莫作世間無義神.

이 시는 의병 참모중장으로 부대를 이끌고 1908년 6월에 두만강을 건너 함경북도에 진출했다가, 일본군의 습격을 받고 두세 명만 남았을 때에 그들을 격려하기 위해 지어준 것이다. '이 생각 저 생각을 한참 하다가 시 한 수를 동지들에게 읊어 주었다'고 했으니, 당일에는 한자로 쓸 겨를이 없어 입으로 읊기만 했다가 뒷날 여순 감옥에서 한문으로 기록한 듯하다.

그의 대표작인 「장부가」는 거사하기 사흘 전날 밤 김성백의 집에서 편지와 함께 쓴 것이다. 유동하는 돈을 빌리러 나가고, 방 안에는 안중근 혼자 차디찬 상 위에 앉아 한시를 지었다고 한다. 공판기록에 그의 창작 동기가 밝혀져 있다.

> 재 : 안에게 묻겠는데, 이 언문의 노래와 한문시는 그대가 밤에 김
>   성백의 집에서 쓴 것인가?
>
> 안 : 그렇습니다.
>
> 재 : 이것은 어떤 것을 느껴 쓴 것인가?
>
> 안 : 그것은 나의 목적을 쓴 것입니다.
>
> 재 : 그리고 사실 심리 때 물어보았다고 되여있는데, 그대가 신문
>   사 앞으로 편지를 썼다고 하는데 그 편지가 이것인가?
>
> 안 : 그렇습니다.

거사가 성공한 뒤에 일본 경찰이 다른 의도로 발표할까봐, 그는 중
국에서도 조판하기 쉬운 한시를 지어 자신의 거사 동기를 미리 밝힌
것이다.

> 장부가 세상에 처함이여!
> 그 뜻이 크도다.
> 때가 영웅을 지음이여!
> 영웅이 때를 지으리로다.
> 천하를 웅시함이여!
> 어느날에 업을 이룰고.
> 동풍이 점점 참이여!
> 장사의 의기가 뜨겁도다.
> 분개히 한 번 감이여!
> 반드시 목적을 이루리로다.
> 쥐도적 (이등박문)이여!
> 어찌 즐겨 목숨을 비길고.

어찌 이에 이를 줄을 알았으리오!
사세가 고연하도다.
동포 동포여!
속히 대업을 이룰지어다.
만세! 만세여!
대한 독립이로다.
만세! 만만세여!
대한 동포로다.
丈夫處世兮. 其志大矣.
時造英雄兮. 英雄造時.
雄視天下兮. 何日成業.
東風漸寒兮. 壯士義熱.
忿慨一去兮. 必成目的.
鼠竊○○兮. 豈肯比命.
豈度至此兮. 事勢固然.
同胞同胞兮. 速成大業.
萬歲萬歲兮. 大韓獨立.
萬歲萬萬歲. 大韓同胞.

그의 친필 시에는 쥐도적(鼠竊) 다음에 두 글자가 ○○로 가려져 있는데, 일본 경찰이 이토오(伊藤) 두 글자를 쓰지 못하게 한 것이다. 본인이 한시로 짓고, 국문으로도 번역하였으니, 한문을 모르는 일반 독자들을 위한 것이다. 1차적인 독자는 블라디보스톡 일대의 『대동공보』 독자였겠지만, 대한 독립을 염원하는 모든 대한의 동포를 독자로 지은 시이다. 어려서부터 장부로 이름 남기기를 바랐던 그는 첫 구절부터 자신을 장부라고 표현하였다. 그 표현은 분에 넘치는 표현이 아니라, 말과 행실이 일치하는 정확한 표현이다.

그는 차디찬 상 위에서 이 시를 지었다고 했는데, 침상뿐만 아니라 조국의 운명이 차가워질수록 그의 피는 더 뜨거워졌다. 첫부분은 마지막 승부를 앞둔 초패왕 항우의 모습이자 그의 시 「해하가」의 말투이지만, 분개한 마음으로 한번 가서 목적을 이루겠다는 다짐에서는 연(燕)나라를 지키기 위해 진왕(秦王)을 암살하러 떠나는 자객 형가(荊軻)의 모습과 「역수가(易水歌)」의 말투가 나타난다. 연나라 태자 단(丹)과 지사들이 차가운 바람 쓸쓸하게 부는 역수(易水) 가에서 비분강개한 노래를 부르면서 자객 형가와 헤어지는 모습은 사마천의 『사기』 가운데 압권인데, 안중근은 우덕순과 헤어지는 자신의 모습을 형가에 비유한 것이다.

안중근이 지은 노래는 국문으로도 여러 편이 전파되었는데, 과연 그가 지었는지는 확실치 않다. 『안응칠 역사』에 언급되어 있지 않기 때문이다.

> 원수 이등박문의 마지막 날이 가까워 왔으니
> 손가락을 잘라 나라 원수 갚을 것을 맹세하노라.
> 백의 동포 만세 소리 울려 퍼지니
> 대지를 뒤흔들고 오주를 진동하겠네. ─「장부가」

이중연이 독립군가를 모아 편집한 『신대한국 독립군의 백만용사야』[2]에 실린 이 노래를 안중근이 지었다면, 연추(煙秋) 하리에서 12 동지와 함께 동의회를 조직하고 손가락을 잘라 그 피로써 '대한독립' 네 글자를 쓰며 조국과 민족을 구하기로 맹세했던 1909년 2월이었을 것이다. 그러나 이 시의 친필이나 원문은 남아 있지 않고, 안중근이

---

2) 혜안, 1998, 102쪽.

지은 독립군가로 불려지다가 국문으로 정착되었다.

안중근이 지었다고 전해지는 노래가 또 있는데, 『독립군 시가집-배달의 맥박』(송산출판사, 1986) 368쪽에 실린 「이등도살가」이다. 안의사가 이등박문을 도살하기 위해 하얼빈을 향해 가는 열차에서 읊었다고 한다. 연시조 형태로 실려 있다.

> 만났도다 만났도다 원수 너를 만났도다
> 너를 한번 만나고자 일평생에 원했지만
> 천신만고 거듭하여 가시성을 더듬었다.
>
> 너를 한번 만나려고 수륙으로 몇만리를
> 혹은 윤선 혹은 화차 노국 청국 방황하고
> 앉을 때나 섰을 때나 앙천하고 기도하고
>
> 우리 민족 이천만을 멸망까지 시켜놓고
> 금수강산 삼천리를 소리없이 뺏으려니
> 살피소서 살피소서 주 예수여 살피소서
>
> 궁흉극악 네 목숨이 나의 손에 달렸으니
> 지금 네 명 끊어지면 너도 원통하리로다
> 덕 닦으면 덕이 오고 죄 범하면 죄가 온다
>
> 너를 오늘 만나보니 너 뿐일 줄 아지마라
> 너희 민족 오천만을 오늘부터 시작하여
> 한 놈 두 놈 보는대로 내 손으로 죽이리라

그런데 이 노래 구절은 우덕순이 지은 가사 「의거가」 앞부분에 거의 그대로 나온다. 그 다음에는 이렇게 계속된다.

> 십개강국 속이어서 속내장을 다빼먹고
> 그리고도 무슨부족 그욕망을 채우려고
> 여기저기 뛰고뛰는 쥐새끼가 되었구나
> 또누구를 속이려고 누구땅을 뺏으려고
> 그다지도 쏘다니나 교활한놈 늙은도둑
> 너를찾아 만나려고 이다지도 급하구나
> 지극공의 무사하고 인자하고 사랑크신
> 우리주님 대한민족 이천만을 모두함께
> 사랑하고 아끼시어 보살피어 주옵소서
> 늙은도둑 만나도록 해주기를 바라오며
> 정거장서 밤낮잊고 천만번을 기도하니
> 만나려던 이토오를 마침내는 만났도다 (중략)
> 오늘이날 네목숨은 내손안에 있는구나
> 지금네명 끊어지면 너역시도 원통하리

공판기록에 의하면 이 노래는 우덕순이 지었다고 한다. 안중근이 유동하에게 준 돈지갑 속에 들어 있었기 때문에, 박은식이나 김택영, 이건승이 지은 안중근 전기에서 모두 우덕순이 안중근의 노래를 듣고 화답한 것이라고 했다. 안중근이 한시로 지었으면 우덕순도 한시로 화답해야 했지만, 한문실력이 그만 못해 우리 말로 화답한 것이다. 김택영이나 이건승 모두 노래가락(俚歌)이라고 표현했다. 우덕순은 1946년 2월 6일 안중근을 회고하면서 이 노래 짓게 된 배경을 이렇게 기록했다.

"안(安)은 전문(電文)을 쓰더니 또 무엇을 쓰고 앉었기에 나도 편지도 쓰고 마음에서 울어나는대로 노래도 지었지요. 그것이 그 다음 신문에도 났었습니다. 그때 나는 우수산인(憂愁散人)이라는 호를 썼었지요."

그렇지만 앞부분이 안중근의 이름으로 따로 전해지는 것을 보면, 창수(唱酬)하는 한시의 관습에 따라 기차 안에서, 또는 김성백의 집에 마주앉아 앞부분을 안중근이 짓고 뒷부분을 우덕순이 지었다고도 볼 수 있다. 시 속의 화자(話者)를 안중근으로 놓고 보더라도 전혀 무리가 없기 때문이다. 이 노래는 1910년 2월 18일자 『대한매일신보』에 「우덕순의 시가(時歌)」라는 제목으로 몇 구절이 바뀌어 실렸다. 이 노래의 몇 구절은 다시 떨어져나와 안중근이 지은 독립군가로 전해졌다.

> 만났도다 만났도다
> 원수 너를 만났도다
> 너를 한번 만나려고
> 노청양지(露淸兩地) 지날 때에
> 앉은 때나 섰을 때나
> 살피소서 살피소서
> 구주 예수 살피소서
> 너의 짝패 몇 만이나
> 오늘부터 시작하여
> 몇 해이든 작정하고
> 대한 칼로 다 베이리 - 「원수를 다 베이리」[3]

---

3) 이중연, 『신대한국 독립군의 백만용사야』, 혜안, 1998, 103쪽.

이제 와서 이 노래를 안중근이 직접 지은 것인지 확인할 방법은 없다. 안중근의 작품들은 의병시가에서 독립군노래로 넘어오는 과도기에 지어졌기 때문이다. 처음에 한시로 지은 것을 보면 의병시가의 전통을 이은 것이 분명하지만, 언제부턴가 독립군 사이에서 노래로 불려지면서 처음의 형태와 달라져 정확한 작자를 알 수 없게 된 것이다. 입에서 입으로 전해질 때에는 작자 이름이 문제되지 않다가, 뒷날 문자로 기록되면서 누군가 몇 글자를 윤색하거나 이름이 잘못 붙는 경우가 많다. 유동문학(流動文學), 적층문학(積層文學)이 독립군노래 같은 구비문학의 특징이기도 하기 때문이다. 그러나 이 노래들이 안중근 때문에 지어지고 불려진 것만은 확실하다.

안중근의 「장부가」가 한시, 시조, 가사, 노래의 여러 가지 장르로 발전해 독립군의 군가로 불려졌음이 확인되었으니, 우리 문학작품 가운데 가장 널리, 그리고 오랫 동안 읽혀지고 불려졌음을 알 수 있다.

3. 거사 이후 『대동공보』에 실린 노래

『대동공보』는 블라디보스톡에 거주하던 동포들에 의해 구국운동의 일환으로 1908년 11월 18일 창간되어, 1910년 9월 1일까지 약 2년 동안 간행된 한글 민족지이다. 동포의 사상을 계몽하여 문명한 곳으로 나아가게 하며 국가의 독립을 쟁취한다는 주의를 지녔는데, 차석보, 최재형, 유진률, 윤필봉, 이강, 미하일로프 등의 임원들이 모두 안중근의 의거를 후원하였다. 이 신문은 이토오 히로부미가 살해되자마자 기다렸다는 듯이, 국내외에서 가장 빨리 살해 소식을 알렸다. 『대동공보』는 논설과 기사, 공고 중심의 신문이었지만, 안중근의 거사

이후로는 그의 뜻을 이어받는 시가가 많이 실렸다.

　　　쇼쇼흔풍 역슈상에
　　　장스 흔번 건너가니
　　　텬하 이목 진동호고
　　　됴흔 쇼식 요격호니
　　　박랑스즁 흔방퇴논
　　　우듀생식 호엿거든
　　　하물며 지금 셰상에
　　　국권광복 못홀숀가

　11월 15일자에 실린 「불평가」는 안중근의 시를 그대로 받아 첫 구절을 시작하더니, 박랑사(博浪沙)에서 창해역사를 시켜 진시황을 철퇴로 쳤다가 역시 실패한 장량(張良)의 고사까지 덧붙였다. 중국 명사들은 안중근을 의로운 자객이라고 했는데, 「불평가」의 작자도 그를 자객으로 인식한 것이다.

　　　반갑도다 반갑도다
　　　어허 이 말 반갑도다
　　　장흔도다 장흔도다
　　　어허 이 일 장흔도다
　　　반갑도다 이 말이여
　　　장흔도다 이 일이여
　　　박낭사즁 쓰든 철퇴
　　　지금이라 업겟는가
　　　소소한풍 역슈상에
　　　장사 일거 불반일세

애국 일성 끝난 피로
억만총금 겁이 업시
용맹잇게 뛰여들어
소래 한번 크게 치니
악독지독ㅎ든 귀신
혼비백산 간 곳 업네 (줄임)
천참만륙 칠적놈들
너의 죄를 도라보라
아유첨용 요구ㅎ여
난의 포식 잘 지내며
삼천리ᄂ 떠나가도
너 혼ᄌ만 호강ㅎ고
이천만은 다 죽어도
네 일신만 살녀ㅎ나

「소식 듯고 긔운난다」는 슈청거색산인이 12월 6일자에 발표한 노래인데, 이토오 히로부미와 아울러 을사 칠적까지 비판하였다. 이 노래는 12월 10일에도 계속 연재되었다. 문학작품이 실리지 않던『대동공보』에 안중근의 「장부가」이후로 많은 시가가 실리게 된 것이다.

4. 안중근을 추모한 독립군가

향산(向山)이 지은 「송안중근선생」,『독립군시가집-배달의 맥박』에 실린 「순국오열사가」등도 알려졌지만,『독립군가곡집-광복의 메아리』에 실린 「용진가」가 가장 씩씩하게 군가풍으로 불려졌다.

　　　배를 갈라 만국회에 피를 뿌리고
　　　육혈포로 만군 중에 원수 쐐죽인
　　　이준공과 안중근의 용진법대로
　　　우리들도 그와같이 원수 쳐보세.

　「용진가」는 1910년대 독립군의 대표적인 노래인데, 동명왕·이순신·을지문덕·이준·안중근 같은 선열들의 전공을 본받아 원수를 소멸하자는 군가이다. 『배달의 맥박』에는 제목이 「독립군 용진가」로 되어 있다.

　　　노적 이등박문을 할빈서 습격
　　　육혈포 세 발로 쏘아 죽이고
　　　대한만세 부르짖은 안중근 의기
　　　우리들은 모범으로 삼아야겠다

　「영웅의 모범」은 1910년대 항일 영웅들의 의기를 모범으로 삼아 적개심을 고취하는 노래인데, 의병 및 독립군 진영에서 불려졌다. 1915년 개성 한영서원에서 구전하는 창가를 수집 발간한 것을 당시 경기도 경찰부에서 적발하여 인멸시켰는데, 이 작품은 한영서원 발간의 창가집 가운데 46번째 것으로 경기도 보고서에 일역되어 있던 것을 우리 말로 옮긴 것이다. 박제상·조헌·이순신·곽재우·최익현·안중근 등을 영웅의 모범으로 삼자는 노래인데, 이를 통해서 안중근을 추모한 노래가 국내 독자들에게까지 널리 읽혀졌음을 알 수 있다.

5. 중국에서 지은 추모시

박은식이 1912년에 한문으로 지어 1914년경 상해 대동편집국에서 간행한 전기『안중근』에는 6명의 서문과 함께, 양계초와 김택영을 비롯한 중국과 조선의 여러 시인들의 추모시가 실렸다.

1913년 10월 26일 상해 어느 곳에서 추도회가 모였는데, 19명이 한글로 지은 추도문은 한글 활자가 없어서 조판하지 못하고 동인(同人)·무명(無名)·삼강(三岡)·경농(警儂)·동성(東醒)이 지은 연구(聯句)와 성암(醒庵)·지산(志山)·창주(滄洲)·청령(靑齡)·일석(一石)·반오(般吾)·철아(鐵兒)가 지은 한시만 이 책에 부록으로 실렸다. 이를 보면 중국 곳곳에서 추모하는 글이 많이 지어졌음을 알 수 있다.

> 푸른 하늘 대낮에 천둥소리 진동하
> 전 세계 많은 사람 간담을 놀라게 했네.
> 영웅 한번 성 내자 간웅이 거꾸러지니
> 독립만세 삼창에 조국이 되살아났네.
> 白日靑天霹靂聲. 六洲諸子膽魂驚.
> 英雄一怒奸雄斃, 獨立三呼祖國生.

「할빈 소식을 듣고(哈爾濱卽事)」라는 이 시는 이 책에 실리지 않았는데, 이 시를 지은 신규식(申圭植)은 호를 예관이라고 했다. 육군부위(陸軍副尉)로 있던 1905년에 을사오적의 흉계로 을사조약이 강제 조인되어 조선민족이 일제에 예속되기 시작하자, 지방진위대 동지들을 규합하여 일본군과 대결하려 하였다. 그러나 그 계획이 실패하자 울분을 이기지 못해 음독자살을 기도했는데, 집안사람들이 발견해 목숨은 건졌지만 오른쪽 눈의 시신경이 손상되어 흘겨보게 되었다. 자호를 예관(睨觀)이라 한 것은 자신의 눈이 사시(斜視)가 되었다는 뜻만이 아니라, 일제의 만행을 흘겨본다는 뜻이기도 하다. 상해임시정부 법무총장과 외교총장을 역임한 그는 1922년 상해에서 세상을 떠났는데, 동지들이 탄생 60주년을 기념해 사천성 중경에서 1939년에 『아목루(兒目泪)』라는 시집을 간행해 주었다. "(나라를 빼앗긴) 소년의 눈물"이라는 제목의 이 시집에는 1909년부터 1922년까지 10여년 사이에 지은 166수의 율시와 산문시가 실렸는데, 그는 안중근의 소식을 들을 때마다 「여순에서 의롭게 죽다(旅順就義)」, 「안중근의사의 죽음을 슬퍼하며(輓安義士重根)」라는 시를 지었다. 추도회에서 함께 짓는 경우도 많았지만, 신규식같이 혼자서 지은 시도 많았다.

중국인의 추도시 가운데 대표적인 시는 국부 손문(孫文)이 지은 시인데, 1917년 러시아 블라디보스톡 한인신보사에서 간행한 『애국혼(愛國魂)』에 실려 있다.

> 공은 삼한을 덮고 이름은 만국에 떨쳐
> 백세를 살진 못했지만 죽어서 천추에 드리웠네.
> 약한 나라 죄인이요 강한 나라 재상이건만
> 처지를 바꿔보면 이등도 죄인일세.
> 功蓋三韓名萬國, 生無百歲死千秋.
> 弱國罪人强國相, 縱然易地亦藤候.

중국이 일본과 적국이 되기 전이라, 손문이 이토오 히로부미를 미워할 이유는 없었다. 그래서 이토오 히로부미를 단죄하지는 않으면서 안중근의 의거를 찬양하였다. 그렇지만 '역지(易地)'라는 두 글자를 넣어서 묘하게 그를 죄인으로 만들었다. 안중근이 약한 나라 의사라서 강한 나라 재판정에서 죄인이 되었지만, 나라를 빼앗긴 안중근 입장에서 본다면 이토오 히로부미가 바로 죄인이라는 것이다. 이러한 인식이 있었기에 임시정부가 수립되고 항일투쟁을 하는 동안 손문의 국민당 정부는 내내 임시정부를 도와주었다.

6. 미국에서 발표된 추모시

낙청생(樂靑生)이 지은 7언율시 「조안장군(弔安將軍)」(1910년 4월 20일), 김호연이 지은 7언율시 「만안공중근(輓安公重根)」과 7언절구 「여순우(旅順雨) 三月二六日」(1910년 5월 4일), 검대래(劍大來)가 지은 5언고시 「조안중근(弔安重根)」(1911년 11월 20일) 등이 신문에 실렸는데, 동해수부(東海水夫)라는 필명의 논객은 검대래가 지은 한시에 대해 "임리비건(淋漓悲健) 극사장군의백(極寫將軍毅魄)"이라고 평했다. 미국에 사는 한국인과 중국인들이 영어를 사용하는 이역 땅에서 한시와 시가를 지어 안중근을 추모하는 움직임이 계속되었으며, 이를 통해서 독립을 염원하는 교포들의 염원이 하나로 묶어졌다.

7. 중국인의 연극

안중근의 의거와 순국은 민중을 가장 선동하기 쉬운 연극으로 당연히 창작되었다. 20년대 중반기 10년 동안 중국에서는 국공(國共) 양당이 대립하여 갈등하고 투쟁했지만, 안중근을 애국영웅으로 칭송하기는 마찬가지였다. 주은래 총리는 안중근의 의거가 중조공동항일

투쟁의 첫걸음이라고 평가했다. 그와 등영초는 5·4운동 전후 천진 남개학교 시절에 안중근 연극에 출연하였다. 중국에서 출판된 『등영초-빛나는 일생』이란 책에 등영초가 화극 「안중근」에 주인공으로 출연하던 이야기가 실려 있다.

"그때 우리는 「안중근」 혹은 「망국한(亡國恨)」이라는 극명으로 화극을 무대에 올렸다. 나는 항상 남자역을 맡고 주은래는 여자역을 맡았다. 그때까지만 해도 남녀가 같이 무대에 올라 연극을 논다는 것은 정말 어려운 일이었다. 남녀사이의 접촉이 금지되어 있는 봉건인습이란 무서운 것이었다."

1937년 7월 7일에 중일전쟁이 폭발되자 국공 양당은 다시 합작하여 항일투쟁에 나섰다. 이때 주은래와 곽말약의 지도 아래 많은 선전대와 극단이 무한·장사 등지에서 화극 「안중근」을 공연하여 항전에 나선 중국 인민들을 고동 격려하였다. 중국 인민이 외래침략을 반대하는 투쟁중에 줄곧 안중근은 애국정신의 기치로 되었다. 그러기에 중화인민공화국의 창건초기에 중국인소학교 교과서에까지 안중근의 영웅적 애국사적이 과문으로 수록되었다.

8. 안중근 시가의 문학적 평가

수많은 전기에 안중근을 추모하는 시와 독후감이 실렸는데, 그 가운데 안중근의 의거가 지닌 감격을 그 당시에 가장 잘 평가한 학자는 독립운동가 계봉우이다. 그는 블라디보스톡에서 간행되던 『권업신문』에 1914년 6월부터 8월까지 10회에 걸쳐 「만고의사 안중근전」을 연재했는데, 제5회 「대시가(大詩家)의 안중근」에서 그의 시를 이렇게 평가하였다.

> 우리는 이 글을 노래할 때마다 노한 털이 관을 찌르는도다. 뜨거
> 운 눈물이 옷깃을 적시는도다. 1폭 지도와 3척 비수로서 천만세 무
> 궁토록 살려던 진시황을 찔러 죽이려고 역수가(易水歌)를 노래하던
> 담대한 아해 형경(荊卿)이 "바람이 술렁거림이여 역수가 차도다. 장
> 사가 한번 감이여 다시 돌아오지 못하도다" 함이 우리 홋 사람으로
> 하여금 깊이 동정의 눈물을 흐르게 한다마는, 공의 시가에 비교하면
> 일의 성패는 고사하고 남을 위하여 원수를 갚음에 그 시가다운 가치
> 가 없나니라.

형가는 진시황 암살에 실패했을 뿐만 아니라, 남을 위한 복수였기
에 문학적으로도 감격이 덜하다고 했다. 그러기에 "공은 태백산 박달
나무 아래에 강림하온 시신(詩神)이라 할지며, 동해상 봉래 방장에
내왕하는 시선(詩仙)이라 할지며, 무궁한 이 세상에 첫째가는 시왕
(詩王)이라 할지니라"라고 안중근의 시를 극찬하였다. 거사 못지않게
한시와 노래가 감동을 주었기에, "궁벽한 촌락에 어리석은 부인 여자
도 다 안중근 안중근하며 (중략) 그의 정다운 의거를 노래삼아 부르
고자" 했다고 한다.

안중근의 거사는 그의 시와 노래가 있었기에 더욱 감동적이고, 그
감격이 영원했다. 그의 노래는 군가가 되어 독립군 사이에 널리 불려
졌는데, 이는 감상 차원의 문학이 아니라 행동과 하나가 된 문학이다.
조선시대에는 시가를 읊조리며 향유했는데, 이러한 관습이 그의 노래
에서도 이어졌다. 독립군노래를 통해서 우리 민족문학의 외연이 더욱
넓어졌는데, 「장부가」를 비롯한 그의 노래들은 의병시가에서 독립군
노래로 넘어오는 과도기의 대표작이며, 그만큼 많은 영향을 독자나

청자, 그리고 독립군노래 작사자들에게 끼쳤다고 할 수 있다.

「장부가」는 『동양평화론』과 함께 읽고 논할 때에 더욱 깊은 의미가 있다. 그는 여순 감옥에서 사형집행을 기다리며 『동양평화론』을 집필했는데, 자신의 궁극적인 목적이 이토오 히로부미 처단에 있는 것이 아니라, 한국과 일본, 중국이 평화 공존하는 데 있음을 밝혔다. 그의 문학작품이 문학을 통한 일본 극복이라고 할 수 있다면, 『동양평화론』은 한국과 일본의 상극(相剋)을 넘어선 상생(相生)의 제안이라고 할 수 있다.

일제하 만주 유이민체험과 서사적 인식

표언복*

1. 시작하는 말

2003년 7월 외교통상부가 발표한 「재외동포현황총계」에 의하면, 2003년 6월 기준 재외동포 총 수는 6,076,783명에 달했다. 국가별로는 일본 638,346명, 중국 2,144,789명, 미국 2,157,498명, 독립국가연합 557,732명 등이었으며, 중국내 동포의 수가 전체의 35.29%를 차지하여 35.50%를 차지하는 미국과 비슷한 규모였다. 한국의 재외동포는 그 인구 수나 분포국 수의 면에서 볼 때 전 세계적으로 중국 다음으로 큰 규모이다. 그러나 이들을 모두 '유이민'이라 할 수는 없다. 이들 중의 상당수는 불가피한 정치적·경제적 압박으로 인해 이주해 간 사람들이라기보다는, 해방 이후 보다 나은 자기 실현을 위해 자의적으로 이주해 간 사람들이기 때문이다. 그렇긴 하지만 오래 전, 황폐해진 고국에서의 삶이 불가능해져 마지 못해 남의 나라 땅으로 살 길을 찾아 떠나간 유이민들이 이들 동포사회의 바탕이 된 것은 사실이다.

대규모의 해외 이주가 실현된 가장 큰 요인은 일제의 식민침탈이

---

*목원대학교 교수

었다. 1910년의 「한일합방」과 그에 따른 토지수탈은 이 땅의 농민들을 대거 유이민대열로 내몰았으며, 1930년대 이후에는 정책적으로 한인들에 대한 만주 이주가 강요되고, 징용·징병 등에 의한 인력송출이 자행되었다. 역사적으로 보나 규모면에서 볼 때 가장 대표적인 유이민사회는 만주였다. 민족의 정체성을 가장 잘 유지·보존하고 있다는 측면에서 볼 때 만주는 지금도 해외 동포사회 가운데 가장 중요한 위치에 있다고 볼 수 있다.

만주 유이민사회는 어떤 사정 속에 형성되었을까. 이 유이민사회의 실상을 제재로 한 우리 소설문학은 어떤 모습을 하고 있는가. 그리고 이들 소설은 우리 문학사에 어떤 의의를 갖고 있는 것일까. 해방 전 국권상실기에 발표된 일련의 만주 유이민소설들을 대상으로 고찰해 보고자 한다.

2. 만주 유이민 역사

중국은 우리민족의 해외 유이민사와 관련해 뗄래야 뗄 수 없는 관계에 있다. 그것은 국경을 맞대고 있는 지리적 인접성으로 말미암은 것이다. 이 지리적 인접성은 유이민사회 형성에 있어 무엇보다도 강력한 흡인력으로 작용했다.

중국 유이민사를 시기 구분해 보려는 노력들이 있었다.[1] 그러나 한인의 중국 이주는 그 요인이 단순치 않아 관점을 설정하기가 수월치 않다. 무엇보다도 송이민국(送移民國)인 한국과 수이민국(受移民國)인 중국의 관점이 다르거니와, 또 다른 이민관련국인 일본의 관점

---

1) 졸저, 『해방전 중국유이민소설연구』, 한국문화사, 2004., 36쪽 이하 참조.

이 다르기도 하다. 앞서 언급했거니와, 중국 유이민은 당에 끌려간 백제와 고구려의 유민들로부터 벌써 시작되고 있었다. 논자에 따라서는 많은 공녀(貢女)들이 원나라에 끌려갔던 고려시대를 기점으로 잡기도 하고, 볼모로 끌려간 조선인들이 대규모의 유이민집단을 이루고 살던 병자호란 직후 17세기 초를 그 기점으로 잡기도 하지만, 불행히도 우리는 중세 이전의 중국 유이민사회에 대해서는 제대로 된 연구성과를 가지고 있지 못하다. 대개의 연구들은 조선 후기 1860년대를 중국 유이민사회 형성의 기점으로 잡고 있다.

1860년대 이후 중국 유이민사는 한·중·일 3국간의 정치·군사적 상황과 이민정책에 따라 시기별로 그 성격과 규모가 크게 달라진다. 후금(後金)이 들어선 1616년 이후 한·중양국 사이에는 만주 일원에 대한 금월정책(禁越政策)을 일관되게 유지해 왔다. 국경문제가 첨예한 외교문제로 대두된 때문이었다. 그러나 한국쪽의 이출력과 중국쪽의 흡인력이 작용하여 유이민행렬은 끊이질 않았다. 1890년대 들어 중국측은 한인들을 이주시켜 국경을 튼실하게 하고자 하는 이른바 '이한실변(以韓實邊)' 정책으로 전환하여 제한적으로나마 이주를 허용하기도 했다. 그러나 이같은 금월정책은 일제의 침탈이 본격화된 1905년 이후 큰 변화를 겪게 되었다. 한국이 모든 외교적 자주권을 상실한 상태에서 유이민 문제는 오로지 일제의 한국 지배와 만주 경략정책에 의해 좌우되는 상황으로 바뀐 것이다. 일제는 국경문제나 유이민문제를 둘러싼 한·중 양국간의 현안을 철저하게 그들의 식민지 지배정책에 이용하는 계략을 썼다. 간도 임시파출소 설치, '간도협약' 및 '삼시협정(三矢協定)' 체결 등이 대표적인 것들이다. '을사보호조약'이 체결된 뒤 정치적 동기의 유이민행렬이 급증했다. '한일합방' 뒤에는 유이민행렬의 계층적 다양화와 지역적 광역화가 나타났다.

'만주국' 설립 이후엔 만주국 형편에 대한 막연한 기대와 일제의 적극적인 이주정책으로 인해 유이민 규모가 훨씬 증대되었다. 1945년 해방당시의 유이민 수는 무려 2백16만여 명에 이를 정도였다.[2]

잘 알려져 있다시피 중국 유이민사회가 만주에만 한정된 것은 아니었다. 역사도 규모도 만주 유이민사회에 훨씬 미치지 못하는 것이긴 했으나, 상해 유이민사회 또한 그 규모나 역사적 의미면에서 지나칠 수 없는 중요성을 띤다. 상해 유이민의 역사는 19세기말부터 시작되었으나 '한일합방'시까지 그 규모는 크지 않았다.[3] 1910년 국권상실 뒤 항일 애국지사들 중심의 이주가 빈번했고, 1919년 만세운동 뒤 망명 이주민들이 급증했다. 1930년대초까지 망명이주민이 주류를 이루었으나 규모는 그다지 크지 못했다. 1932년 현재 약 2천 명에 지나지 않는 규모였다. 그리고 1932년의 상해사변, 1938년, 일제의 상해 점령 과정을 겪는 동안 단순한 경제적 동기에 의한 도생(圖生)유이민과 친일 한인들의 이주가 두드러져 유이민사회의 성격에 큰 변화가 일어나기도 했다.

이들 만주 유이민사회와 상해 유이민사회를 배경으로 한 유이민소설을 각각 만주유이민소설, 상해 유이민소설이라 하거니와, 동시에 이를 아울러 중국 유이민소설이라 부를 수 있을 것이다. 유이민사회의 역사나 규모면의 차이만큼 이를 배경으로 생산된 소설적 성과들도 큰 차이를 보인다. 이들 차이는 두 유이민사회의 성격이나 규모의 차이에서 비롯된 것이라고 볼 수 있다.

---

2) 조선통신사, 『조선연감』, 1948년판, 350쪽.
3) 이하 상해 유이민사회 형성과정은 손과지, 「일제시대상해한인사회연구」, 고려대 (박사), 1998, 참조.

3. 만주유이민소설

만주유이민소설은 우선 양적으로 다른 어떤 유이민소설과도 비교
할 수 없을 만큼 방대한 규모이다. 경제적 동기의 유이민사회를 반영
한 도생형유이민소설이 주류를 이루고 있지만, 국권회복이나 계급해
방과 같은 정치적 동기의 유이민사회를 반영한 이념형유이민소설도
상당한 비중을 차지한다.

만주 유이민소설은 1910년대 박은식의 「천개소문전」「몽배금태조」
「안중근전」 등의 역사・전기류 소설들로부터 비롯된다. 구체적인 유
이민들의 삶의 실상이 드러나 있지는 않으나 만주에 이주해 살고 있
던 망명유이민들의 의식세계를 반영한 작품들로 볼 수 있다. 신소설
작품인 「행락도」에는 청국의 해적들에게 납치되어 가 온갖 수난을
겪는 한인들의 모습이 보인다.

그러나 만주유이민소설이 본격적으로 나타나기 시작한 것은 1920
년대부터의 일이다. 최서해・한설야・이효석・조명희 등이 이 시기
에 특히 주목되는 작가들이다. 1930년대에는 앞 시기에 비해 양적으
로 풍성한 성과를 남기고 있다. 이 시기의 대표적인 유이민소설 작가
들은 강경애・안수길・현경준 등을 꼽을 수 있다. 그 외에 방대해진
작품 수만큼 의미 있는 유이민소설을 남긴 작가들도 많다. 그러나 일
제 말기에 이르면 만주 유이민소설도 지리멸렬해지고 만다. 만주국의
이념을 대변하던 『만선일보』와 국내의 일어판 어용매체들에 발표된
작품들은 한결같이 국책선전용으로 전락하고 만 때문이다.

만주유이민소설은 크게 나누어 이념형유이민소설과 도생형유이민
소설로 구분된다. 전자는 민족주의 및 사회주의 이념실현을 목표로
한 유이민현실을 다룬 소설을 말하고, 후자는 먹고 살아남기 위한 방

편으로 만주행을 결행한 사람들의 사정을 형상해 낸 소설들을 가리
킨다.

4. 이념형 유이민소설

　　이념형 유이민소설은 다시 민족주의 항일운동가를 전면에 내세운
소설과, 사회주의 계급해방을 위해 싸우는 주의자들의 활약상을 중심
소재로 하고 있는 소설로 구분된다. 석산(石山)이란 필명의 「아들의
소식」(1933)이나 송영의 「노인부」(1931), 김남천의 「나란구」(1933),
고죽(孤竹)의 「K대위」 등에서는 일제하 민족운동 노선의 좌·우 대
립상이 그대로 반영되어 있다. 이념형 유이민소설은 주의자를 전면에
내세운 경우와, 주의자 가족이나 그 주변인물을 전면에 내세운 경우
로 구분해 볼 수도 있으며, 주의 실현을 위한 투쟁을 현재체험으로
그려내고 있는 경우와 과거체험으로 그려내고 있는 경우로 구분해
볼 수도 있다. 그러나 조명희의 「낙동강」, 최서해의 「탈출기」 「향수」
「의사」, 이효석의 「행진곡」 등에서처럼, 한 인물이 주의자의 길로 들
어서는 모습으로 끝맺고 있는 작품들은 앞의 경우들보다 훨씬 더 많
은데, 이는 주의자의 길을 택할 수 밖에 없는 객관적 정세를 드러내
보이는 데 작가의 서술 관점이 놓인 경우라 할 수 있다. 그리고 이것
은 주의자를 전면에 내세워 그 활약상을 직접적으로 드러내 보일 수
없는 식민치하의 형상화 방법상의 제약 때문이기도 할 것이다. 주의
자를 전면에 내세워 그들의 활약상을 직접적으로 드러내 보여주고
있는 작품들은 극히 빈약한 실정이다. 최서해의 「폭풍우시대」(1928),
유진오의 「마적」(1930), 김남천의 「나란구」(1933), 주요섭의 「북소리

두두둥」 등에서 그 일단이 보이기는 하지만 항일투쟁의 현장이 보다 총체적이고 적극적인 스펙트럼 안에 반영되어 있지는 못하다.

주의자의 가족을 중심에 내세운 소설의 경우, 이태준의 「아무 일도 없소」(1931), 남우훈의 「경희」(1932), 강경애의 「번뇌」(1935) 「어둠」(1937), 박영준의 「어머니」(1935), 엄흥섭의 「아버지 소식」(1938), 전영택의 「여자도 사람인가」(1938) 등은 가족들이 겪는 수난을 강조해 보임으로써 주의자의 길이 얼마나 많은 희생과 고통을 수반하는 것인가를 강조해 보이고 있다고 볼 수 있지만, 다른 한편으로는 패배의식을 오염시켜 주의자들의 투쟁의지를 약화시킬 수도 있는 위험을 안고 있는 것이기도 하다. 가족을 전면에 내세우고 있는 경우라 하더라도 일사의 「어머니」(1932), 박화성 외 연작의 「젊은 어머니」(1933), 주요섭의 「북소리 두둥둥」(1936) 등은 주의자 가족들이 겪는 수난을 숨기지 않으면서도 주의자의 투쟁의지가 그 가족들을 통해 이어질 것임을 보여주고 있어 한결 탄탄한 작가의식을 엿볼 수 있게 해 주고 있다. 앞선 작품들인 최서해의 「해돋이」(1926)나 조명희의 「낙동강」(1927) 등도 이와 유사한 경우라 할 수 있다.

만주 배경의 소설들 가운데 주의자 혹은 그의 가족이나 주변 인물을 내세운 항일운동소설들이 국내 배경의 소설들에서보다 상대적으로 많이 나타나며, 그 형상화의 강도나 적극성도 훨씬 앞서는 것은 사실이다. 그것은 만주가 국내보다는 한결 적극적인 항일운동의 거점이 되어 있었던 사실과 관계가 있다. 그렇기는 하지만 만주 역시 일제의 강력한 지배력하에 편입되어 가면서 점차 그 실천력이 약화되어 갔으며, 이들 항일운동을 제재로 한 서사적 응전력도 극도로 약화될 수 밖에 없는 실정이었다. 그러나 이 시기 극도의 감시와 탄압 아래서도 민족적·시대적 명제들을 암시적·우회적으로나마 내연화하

고자 한 작품들이 적지 않았던 사실은 우리문학의 순결성과 정체성
을 확인하는데 부피와 무게를 더해 주는 중요한 자산이 아닐 수 없다.

5. 도생형 유이민소설

만주는 국권상실기 우리 민족의 대표적인 항일운동의 공간이었지
만, 그보다 생존을 위한 공간으로서의 의미가 더욱 절실한 곳이었다.
부패한 정치세력의 가렴주구와 거듭된 천재로 인해 먹고 살아남는
일이 막막해진 사람들의 거의 유일한 선택은 국경을 넘는 일밖에 없
었다. 국가권력의 금월(禁越)조치는 먹고 살아남기 위한 생존본능 앞
에 무력하기 그지 없는 것이었다. 여기에 외세의 침탈로 인해 가중된
생존조건의 황폐화는 대규모의 유이민을 강요한, 강력한 이출력으로
작용했다. 이렇게 오로지 먹고 살아남기 위한 도생(圖生)의 방편으로
실현된 유이민문제를 반영한 소설을 '도생형 유이민소설'이라 한다.
도생형 유이민소설은 앞서 개관한 이념형 유이민소설보다 양적으로
방대하다. 그러나 이런 분류는 어디까지나 편의적인 것일 뿐이다. 딱
히 둘 중의 어느 한 유형으로 구분할 수 없는 중층적 성격의 유이민
소설이 적지 않기 때문이다. 그리고 같은 도생형 유이민소설이라 하
더라도 작가의 서술관점이 어디에 두어져 있는가에 따라 대단히 복
잡한 유형으로 세분될 수 있다.

크게 나누어보면 고국을 등지고 떠나갈 수 밖에 없는 사정을 강조
해 보이는 데 중점을 둔 소설이 있는가 하면, 반대로 이주 뒤 만주에
서의 비극적인 삶의 실상을 강조해 보이는 데 중점을 둔 소설도 있다.
국내 배경의 유이민소설이 주로 전자에 해당되는 반면, 만주 배경의

유이민소설은 주로 후자에 해당되는 셈이다. 이를테면 만주 이주 이전의 유이민현실을 다룬 소설과 만주 이주 이후의 유이민 현실을 다룬 소설로 구분하는 것이다. 송영의 「늘어가는 무리」(1925), 조명희의 「농촌사람들」(1927), 「춘선이」(1928), 계용묵의 「최서방」(1927), 이석훈의 「이주민열차」(1933), 「황혼의 노래」(1933) 등이 전자의 대표적인 경우라면, 최서해의 일련의 소설들과 한설야·강경애·안수길·현경준 등의 작품들은 대체로 후자의 경우에 해당된다. 고국을 떠날 수 밖에 없는 사정을 강조해 보이고 있는 작품들은 대개 동양척식주식회사나 금융조합을 앞세운 일제의 수탈을 주 요인으로 제시해 보이고 있는 작품들이 많으나 소극적으로 간접화하고 있는 경우들이 대부분이며, 그 수탈과정을 구체적이고 적극적으로 그려내 보인 경우는 찾아보기 어렵다. 이보다 더욱 소극적인 경우는 이주요인을 국내 지주들의 횡포나, 가뭄 또는 홍수와 같은 천재지변 탓으로 돌리고 있는 것들이다. 윤기정의 「앞날을 위하여」(1927), 송영의 「호미를 쥐고」(1930), 한설야의 「탁류」 3부작인 「홍수」(1936) 「부역」(1937) 「산촌」(1938) 등은 일인입식이 이주 요인임을 강조해 보이면서 그 과정을 비교적 소상이 드러내고 있어 특이한 작품군이다. 이주문제 자체를 주제화한 작품들이 적지 않다. 실명이 확인되지 않는 춘파(春坡)의 「이향의 가부」(1926), 명용준의 「저류」(1927), 조명희의 「농촌사람들」(1927) 「춘선이」(1928), 강경애의 「어머니와 딸」(1931) 등이 그 대표적인 작품들이라 할 수 있는데, 이들 작품들에서는 이주문제에 대한 당시 사람들의 생각과 인식의 실체를 확인할 수가 있다. 어느 작품에서나 고국을 버리고 떠나는 일은 먹고 살아남기 위해 마지못해 결행하는 극단의 선택임을 강조해 보이고 있는 점에서 공통적이다. 이러한 사정은 비극적인 이별장면을 제재로 하고 있는 작품들에서 더욱 선명하게 드러난다. 가자봉인의 「이향의 누」(1921), 계용묵의 「최서방」(1927), 백신애의 「멀리간 동무」(1935), 현경준의 「향약촌」(1936), 백신애의 「가지 말게」(1937), 김동리의 「찔레꽃」(1939) 등이 이런 작품들이다. 이서구의 「눈물에 젖는 사람들」(1927), 박노홍의 「담뇨」(1933), 한인택의 「춘원(春怨)」(1938) 등에서처럼 이주비 마련을 위해 자식을 팔아 떠난 사람들의 이야기를 다루고 있는 경우에는 유이민의 비극적 현실을 보여주는 데 더욱 극적인 효과를 거두고 있다고 볼 수 있다.

만주유이민소설에서는 특히 인신매매 모티프가 주요한 주제군을 이루고 있는 바, 이는 비극적인 유이민현실을 드러내는 데 아주 효과적인 기능을 하고 있다. 엄흥섭의 「새벽바다」(1935), 이삼청의 「선중(船中)」(1935) 등은 특히 직업적인 인신매매업자들에 팔려 집단으로 끌려가는 소녀들의 얘기를 다루고 있다. 이들 인신매매 모티프의 작품들에서는 한결같이 여성인물을 내세우고 있는 점도 특징적인데, 이는 비극적인 유이민현실이 특히 힘없는 여성들에게 가혹한 고통과 희생을 강요하고 있었음을 보여준다.

유이민의 이주 모습을 강조해 보여주고 있는 작품들도 뚜렷한 작품군을 이룬다. 이광수의 「삼봉이네 집」(1930), 현경준의 「사생첩」(1938), 김남천의 「철령까지」(1938), 이태준의 「농군」(1938)이 대표적이다. 특히 앞의 두 작품에서는 만주로 향하는 여정에서부터 혹독한 시련을 겪는 모습이 제시되어 유이민생활의 암울한 전도를 예시하고 있다. 그 외에도 많은 작품들에서 유이민들의 이주광경을 보여주고 있거니와, 한결같이 어둡고 비극적인 모습으로 채색되어 있어 역시 이주문제를 보는 당대 작가들의 문학적 인식의 전모를 엿볼 수 있게 한다.

이주 형태에 따라서도 단독이주·연쇄이주·집단이주·국책이주 등의 다양한 형태가 작품들을 통해 폭넓게 반영되어 있다. 단독이주 란 보통 개인단위의 이주를 가리킨다. 망명유이민소설에서 주의자들 의 이주형태가 주로 이에 해당되는데 도생형유이민소설들에서도 적 지 않게 발견된다. 단독이주는 노동이주가 많은 일본유이민소설에서 특히 많이 나타난다. 농업이주가 중심을 이루었던 만주 유이민소설에 서는 가족단위의 집단이주가 중심을 이룬다. 연쇄이주란 먼저 이주해 있던 유이민의 발련으로 고향에 남아 있던 다른 가족이나 이웃들이 뒤따라 이주해 가는 형태를 말하는데, 만주유이민소설의 한 특징을 이룬다. 육촌 아저씨의 발련으로 만주 이주길에 오르는 일가의 모습 을 그리고 있는 이광수의 「삼봉이네 집」, 삼촌의 발련으로 이주길에 오른 모녀의 얘기를 그리고 있는 김광주의 「얘지(野鷄)」(1936) 등에 서 그 전형을 엿볼 수 있다.

1930년대 들어 만주 유이민소설에 나타난 특별한 이주형태가 집단 이주다. 「선중」「새벽바다」 등에서는 인신매매업자들에게 팔려 만주 로 끌려가는 소녀들의 강제적인 집단이주 형태가 서술상황으로 등장 하고 있다. 이재민 40호의 영구행 이주장면을 그리고 있는 이병각의 「눈물의 열차」(1935), 5세대 35명의 유이민들이 금광을 찾아가는 과 정을 제재로 하고 있는 현경준의 「사생첩」도 집단이주 형태를 보여주 고 있으나 강제이주가 아닌 자발적 이주형태라는 점에서 차별적이다.

그러나 집단이주 형태의 주류를 이루는 것은 국책이주이다. 국책 이주는 「만주사변」 이후 일제의 식민지 지배정책에 의해 추진된 이 주형태이다.4) 이 국책이주를 제재로 한 소설로는 최인준의 「대간선」

---

4) 1930년대 들어 식민지 수탈로 인해 심각한 위기에 봉착한 농촌사회에서 소작쟁

(1929), 이석훈의 「이주민 열차」, 이봉구의 「출발」, 김정혁의 「이민열차」(1935)와 「생활의 삽화」(1935), 채만식의 「정거장 근처」(1937), 김진수의 「이민의 아들」(1940), 윤백남의 「벌통」(1945) 등을 들 수 있다. 이 가운데 「고향없는 사람들」은 국내이주를 다루고 있는 작품이다. 기만적인 국책이주를 적극적으로 문제삼고자 한 작품은 「대간선」 「생활의 삽화」 「고향없는 사람들」 정도이다. 「대간선」에서는 국책이주가 주로 1930년대 「만주국」수립 이후 본격적으로 광범위하게 추진된 것이지만 1920년대에 이미 적극적으로 실현되고 있었음을 보여준다.

만주 이주 뒤의 유이민현실을 주 제재로 한 소설들은 주로 정착과정에서 겪게 되는 수난을 강조해 보이는데 서술 초점을 맞추고 있다. 이 경우엔 수난의 요인이 무엇인가에 따라 다시 여러 유형으로 분류된다. 첫째, 고국의 그것과 다른 자연환경으로 인해 겪게 되는 수난을 제재로 한 소설이 있을 수 있겠으나 의외로 그 수는 많지 않다. 이광수의 「삼봉이네 집」(1930~31)에서 황무지를 일구어 논을 푸는 작업

의가 격증했다. 항일독립운동의 성격을 띤 농민조합도 결성되었다. 1930년에 7,267건이던 것이 1935년에는 25, 834건이나 되었다. 한국내 입식 일인수는 당초의 계획에 미치지 못하는 속에서도 꾸준히 증가되어 1929년 127,300호 488,478명이던 것이 1933년에는 135,707호 543,104명, 1938년엔 158,843호 633,320명으로 증가했다.(고승제, 『한국이민사연구』, 앞의 책, 96쪽.) 모두 토지 분급의 대상이었다. 게다가 일인을 만주에 대거 입식시켜 만주지배에 이용하고자 했던 정책이 크게 실패한 것도 한 요인으로 작용했다. 일제는 이같은 상황하에서 나타난 민족적·계급적 모순과 한국내의 과잉인구 문제 등을 한인의 만주이주를 통해 해결하려 하였다. 이에 따라 1931년에는 향후 15년 동안 매해 1만 호 5만 명씩 총 15만 호 75만 명, 1932년에는 그 갑절의 한인 이주를 목표로 하는 계획안을 세우고 각종 기만적인 지원 및 유인정책을 마련했다.(박영석, 「일제하 한국인 만주이주에 관한 연구」, 앞의 책, 102쪽.) 이로써 만주 유이민 수는 1927년 말에서 1930년 말 사이 연평균 1만 6,279명이던 증가수가 1933년 말에서 1936년 말 사이에는 무려 7만 2,462명으로 늘어나는 추세를 보였다.(고승제, 『한국이민사연구』, 앞의 책, 95쪽.)

의 어려움이 비교적 소상하게 제시돼 있으나, 이 경우에도 주 관점은 인위적 조건들에 강조되어 있다. 김진수의 「이민의 아들」(1940)에서는 거친 토질과 물 부족 등으로 인한 고통이 제시되었지만 세팅에 불과하다. 이태준의 「농군」(1939), 안수길의 「벼」(1942) 등도 비슷한 성격의 작품들이다. 이같은 현상은 두 가지 관점에서 이해할 수 있다. 하나는 만주의 자연조건이 고국의 그것과 크게 다르지 않아 적응하기에 비교적 수월한 때문이었을 것이라는 점과, 다른 하나는 인위적 조건들이 워낙 열악하여 그것을 압도한 때문이었을 것이라는 점이다. 실제로 만주 이주 이후의 삶을 문제삼고 있는 소설들의 대부분은 이런 인위적 조건들과의 관계에서 비롯된 수난을 강조해 보이고 있다.

인위적 조건들로 인한 수난은 크게 중국인들로 인한 수난과, 일본 식민지배세력으로 인한 수난, 그리고 동포들 사이의 억압과 수탈로 인한 수난 등으로 구분된다. 중국인들로 인한 수난은 최서해의 「이역원혼」(1926)·「홍염」(1927) 등에서 가장 극명하게 드러나 있다. '되놈' '만인' '토착민' 등으로 불린 이들 중국인들의 행패는 가난한 농민들의 만주이주를 망설이게 하고, 이미 이주한 유이민이 정착을 포기하고 귀향하게 하며, 만주에서의 유이민생활을 좌절시키는 가장 큰 요인으로 강조되고 있다. 중국인들의 횡포는 일차적으로 한인들의 이주가 그들의 거주 공간에 대한 침해라는 소박한 인식에 기초해 있는 것이었지만, 나아가서는 만주경략에 나선 일제와의 관계에서 비롯된 측면이 더욱 지배적이다. 이를테면 '자국민' 보호나 항일운동 탄압을 명목으로 한 일제의 간섭과 세력 확장을 방지하고자 한 의도에서 유이민의 이주와 정착을 방해하였을 뿐만 아니라, 적극적으로 유이민 탄압에 동원된 것이다. 그 사이에서 아무런 보호막도 가질 수 없었던 주권 없는 유이민들은 그들의 탄압과 수탈을 온몸으로 겪어 낼 수 밖에 없었다. 한설야는 「인조폭포」(1928)에서 그 사정을 이렇게 설명해 보이고 있다.

> 그러나 만주라는 땅도 그러케 쏜물쌀에 패어나가구만 잇슬곳이 안니엿다. 그들 지나인은 그래도 ....게 비하면 커다란 권세가 잇다. 이러니저러니해도............을 쓰고 사는 사람이다. 변변치 안아도 제 「......」을 제가 하는 사람들이다. 크게 보아서 「.........」이 업는-정치적 배경이 업는 우리에게 비하면 그들은 힘이 잇섯다. 그들은.........에서 「세ㅅ방」 「행랑방」사리를 하는 우리를 모라내랴고 하게 되엇다.5)

그러나 중국인들로 인한 수난 못지 않게 혹심한 것이 다름아닌 동족들로 인한 수난이었다. 대표적인 작품들만 들어도 강경애의 「소금」(1934), 김창걸의 「소표」(1937) 「암야」(1939), 안수길의 「새벽」(1940) 「원각촌」(1942) 「새마을」(1944) 「북향보」(1944), 박계주의 「인간제물」(1938), 박향민의 「남풍」(1936), 지봉문의 「북국의 여인」(1937), 현경준의 「사생첩」제3장(1941), 이기영의 「대지의 아들」(1939) 등이 있다. 김광주의 「야지(野鷄)」와 강경애의 「모자」(1935), 이광수의 「삼봉이네 집」 등은 특히 동족이자 친척이 가해자로 그려져 유이민 현실의 비극성을 강조해 보이고 있다. 유이민을 괴롭히는 동족을 가리키는 말로 '얼되놈'이란 용어가 널리 쓰였다. '되다 만 얼치기 되놈'이라는 뜻이다. 존스(F. C. Jones)는 이들을 '식민통치의 대행자'라고 규정했다.6) 김창걸이나 안수길의 소설에 자주 등장하는 통사(퉁스. 通士)나

---

5) 한설야, 「인조폭포」, 『조선지광』, 1928. 2., 117쪽.
6) F. C. Jones, *Manchuria since 1931*, N.Y., Oxford University Press, 1949., 69-72., 한석정, 『「만주국」 건국의 재해석』, 동아대출판부, 1999., 164쪽.

하급경관들, 중국인 지주들에게 고용되어 마름역할을 하던 이들이 주로 이에 해당한다. 이들 얼되놈들의 모습은 1920년대의 유이민소설에서는 보이지 않고 1930년대 이후의 소설에서만 나타난다. 이것은 유이민 현실이 갈수록 악화되어 왔음을 말해 주는 것이며, 동시에 유이민현상이 그만큼 계층적으로나 양적으로 방대해져 왔음을 말해 주는 것이기도 하다.

그러나 모든 수난의 근저에는 일제가 있었다. 그리고 일제로 인한 직접적인 수난은 다른 어떤 경우보다도 가혹하고 잔인한 것이었다. 이 수난은 일제의 만주 지배정책 전개과정과 밀접하게 연관돼 있다. '간도협약'(1909), '훈춘사건'(1920), '삼시협정'(1925), '만보산사건'(1931), '만주사변'(1931) 등 대표적인 역사적 사건들마다 일제의 치밀한 만주 지배 구도하에 계획되고 조작된 것들이며, 이들 사건들은 언제나 유이민들의 생존조건을 위협하는 요인들로 작용했다. 그리고 그 때마다 유이민들은 대대적인 수난과 학살극에 내몰리곤 했다. 최서해는 「고국」(1924), 「해돋이」(1926), 「폭풍우시대」(1928) 등을 통해 1920년대 일제의 토벌난에 쫓기는 항일운동가들의 수난을 의미 있게 추적해 내었다. 1930년대, 일제의 토벌극에 희생된 항일운동가와 그 가족들의 수난을 강조해 보이는데 특별한 관심을 기울인 작가는 강경애였다. 그의 대표작인 「소금」을 위시하여 「파금」 「어둠」 「번뇌」 「유무」 「모자」, 「원고료 이백원」 등 1931년부터 35년 사이에 발표된 일련의 작품들이 그러했다. 이태준의 「농군」, 안수길의 「벼」 등은 만보산사건을 제재로 한 소설이다. 일광의 「피난민」(1932)에서는 만주사변으로 인한 유이민들의 수난상이 실감나게 그려져 있다. 강경애는 만주사변 이후 더욱 거칠어진 민심의 변화로 인해 겪는 유이민들의 수난상을 추적해 보이기도 했다. 일제로 인한 수난이 직접적으로는 항일

운동가들에게 더욱 가혹했지만, 간접적으로는 그들의 가족들과 일반
도생형유이민들의 일상에까지 광범위하게 미쳤다. 그러나 일제의 엄
혹한 감시하에서 이같은 일제의 만행과 그로 인한 비극적 수난상은
엄격한 통제와 감시로 인해 그 표현이 극도로 제한될 수 밖에 없었다.

만주 유이민소설은 성격상 유이민의 수난사라 할 만하다. 앞의 유
형들은 그 수난의 객관적 요인이 비교적 뚜렷하게 제시된 경우들을
염두에 둔 분류이지만 유이민들의 수난상을 그리고 있는 소설들이
모두 이들중 어느 한 유형에 해당되는 것만은 아니다. 마약중독·생
계의 절박성·애정파탄 등으로 인해 좌절해가는 유이민들의 실상을
그려 보이는데 서술의 초점을 맞추고 있는 경우들도 적지 않다.

만주 정착에 실패하고 귀향하는 이들을 중심인물로 내세우고 있는
소설들도 하나의 유형을 이룬다. 한설야의 「과도기」(1929)에서 그 전
형을 보거니와, 이 유형의 소설들은 만주 유이민현실의 부정적 측면
을 드러내 보이는 또 하나의 방법이었다고 볼 수 있다. 최서해의 「고
국」「백금」(1926) 「해돋이」「향수」, 현진건의 「고향」(1926), 조명희의
「춘선이」(1928), 박노갑의 「묘지」(1941), 이무영의 「향가」(1943), 안
수길의 「벼」, 김진수의 「잔해」(1940)등이 대표적인 작품이라 할 만하
다. 김동인의 「순정」(1930), 「주요섭의 왜왔든고」(1937) 등은 옛 연인
들을 찾아 귀향한 사람의 이야기를 그리고 있으며, 이태준의 「행복」
(1929)에서는 두고 간 부친을 데려가려고 귀향했다가 실패한 아들의
얘기를 다루고 있으나 모두 에피소드에 지나지 않는다. 「벼」에서는
작중인물들이 귀향문제를 둘러싸고 벌이는 논의가 비교적 상세하게
소개되어 있어 귀향문제에 대한 유이민들의 의식을 짐작하는 데 중
요한 단서가 되고 있다. 이들 귀향소설의 인물들은 한결같이 만주 정
착에 실패한 낙오자들이다. 동시에 이들의 귀향은 어느 경우에도 낙

관적인 새로운 출발점이 되지 못한다. 그래서 이들은 다시 고향을 떠나 유랑하는 신세가 되거나, 다시 만주를 향한다. 이른바 '귀향유이민소설'로 특징지을 수 있는 이들 소설은 만주 유이민현실의 비극성을 드러내보이는 것이면서 동시에, 낙관적 전망을 허락지 않는 유이민현실을 강조해 보이는 것이기도 하다.

만주 이후의 유이민 문제를 다루고 있으면서도 국내에 남아 있는 가족들의 이야기에 초점을 맞추고 있는 경우는 다소 특이한 유형이다. 이서구의 「눈물에 젖는 사람들」(1927), 이선섭의 「부음」(1929), 박노홍의 「담뇨」(1933), 주요섭의 「대서」(1935), 한인택의 「춘원(春怨)」(1938) 등이 이에 해당된다. 이산의 고통까지 가중된 유이민생활의 비극을 보여주고 있는 작품들이다.

6. '국책문학'으로의 만주유이민소설

중일전쟁을 기점으로 한 1930년대 말로부터 해방때까지를 우리는 흔히 '암흑기'라 부른다. 민족적 정체성을 확인할 만한 모든 것들이 부정되고 황민화의 위압 아래 짓눌려 있던 시기이다. 문학인들은 이광수나 최남선처럼 지원병 권유 연설에 동원되거나, 이태준·이기영·채만식처럼 도회를 떠나 농촌에 은거하며 식민세력의 눈치를 살펴야 했다. 우리말 사용이 금지되고 한글로 된 문자행위가 탄압을 받았다. 말할 것도 없이 창작은 극도로 위축되었고, 소수의 어용매체를 통해 발표되는 '작품'들이란 한갓 황민화를 선전하는 것에 지나지 않았다. 이른바 '국책문학' '황도문학'이라는 것이다. 이러한 상황 속에서 만주유이민소설들도 아주 지리멸렬한 상태에 빠지고 만다. 일제의 침탈로 강제된 유이민현실이 식민주의적 주체 변경의 수단으로 이용되고 있었던 것이다.

만주 유이민소설사에 빼놓을 수 없는 인물인 안수길은 「새벽」(1940) 「벼」(1941) 「토성」(1942) 「목축기」(1943) 「북향보」(1944) 「새마을」(1944) 등을 잇달아 발표하면서 일관되게 유이민문제에 집착해 왔다. 그러나 그건 다 허구였다. 그의 유이민의식이란 어디까지나 '개척문학'으로 위장한 황도문학이었기 때문이었다. 만주국 건국 이전의 유이민현실이 '새벽'이었고, 만주국 건국 이후가 '새마을'이었다. 그리고 만주국은 바로 유이민들의 안녕을 보장해 주는 '토성'이었다. 석인해의 「애원경」(1939) 「방황」(1940) 「가보(家譜)」(1942) 등에서는 일제의 만주국 건설이 '신질서'로 미화되어 있다. 정인택의 「검은 흙과 흰 얼굴」(1942), 이석훈의 「혈연」(1943), 「북의 여(北の旅)」(1943) 「선영(善靈)」(1944), 장혁주의 「어느 독농가의 술회」(1943), 송산실의 「한등」(1943), 신서야의 「피와 흙」(1943), 이무영의 「토룡」(1943) 「역전」(1943), 정비석의 「개척전사」(1943), 이기영의 「처녀지」(1944), 윤백남의 「벌통」(1945), 박계주의 「유방」(1943) 등도 모두 만주국과 그 배후인 일제의 이념을 대변하는 것들이었다. 안수길과 박계주 등은 해방 후 앞서 발표한 작품들의 친일적 요소들을 모두 삭제하고 덧칠하여 왜곡시키는 이중의 오류를 범하기도 했다.

이같은 지리멸렬은 만주에서 활약하던 작가들의 작품세계에서도 그대로 나타난다. 유이민사회의 가장 대표적인 문학활동공간이었던 『만선일보』에 발표된 작품들이 거의 한결같다.

『만선일보』에는 이미 국내에 알려져 있는 기성문인들의 작품들도 많이 발표되었지만, 그보다 더욱 유이민사회 현지에서 문학수업을 쌓고 작품활동을 시작한 문인들의 작품이 많이 발표되었다. 그중의 대표적인 작가가 김창걸이다. 그러나 김창걸은 대부분의 작품들이 해방 후 재구해 낸 작품들에 의존해야 하는 실정이어서 작가의 전모를 확인하는데 많은 문제점이 있다. 『만선일보』에 발표된 작품들은 현지 유이민 현실을 직접적으로 체험한 작가들의 것임에도 불구하고 그 실상을 적극적인 작가의식으로 형상해 낸 작품들은 거의 눈에 띄지 않는다. 역시 가혹한 탄압의 눈길을 피할 수 없었던 사정때문이겠으나, 일정부분 작가들의 치열하지 못한 현실인식이나 역사의식의 결핍을 아쉬워하지 않을 수도 없는 일이다.

7. 만주 유이민소설의 한계

식민지하의 유이민현실을 증언해 보이고자 한 소설들은 192,30년대 우리 소설의 중요한 주제군을 이룬다. 식민지배하의 민족현실이 그만큼 암울한 것이었음을 반증해 주는 것이기도 하면서 동시에, 이같은 현실을 증언해 보이고자 하는 작가의식이 치열했음을 보여주는 것이기도 하다. 그러나 유이민소설은 일제의 가혹한 감시와 탄압하에서 불가피하게 소설 고유의 본질적 모습을 상당부분 굴절시키지 않으면 안되었다. 유이민현실이란 전적으로 일제에 의해 강요된 것이었던 만큼 이에 대한 고발과 증언은 식민지 지배세력의 이해와 날카롭게 충돌할 수 밖에 없는 것이었기에 불가피한 현상이었다. 이런 상황 속에서 만주 유이민소설은 그 양적 풍요에도 불구하고 지나칠 수 없는 허약성을 드러내고 있다.

무엇보다도 양식상의 한계를 들 수 있다. 우리 근대사에서 가장 비극적이고 고통스런 경험이었던 국권상실기의 유이민현실은 역설적으로 가장 풍요로운 서사적 상황이었다. 이 상황은 아무래도 장편소설 내지 대하소설 정도의 폭과 깊이에 합당한 상황이지 단편으로 소화해 낼 수 있는 상황은 아니다. 그러나 우리 근대소설은 이런 유이민 현실을 폭 넓은 서사 양식 속에 총체적으로 형상해 낸 장편 소설 한 편을 산출해 내지 못했다. 이것은 해방 60년이 지난 오늘의 시점에도 여전히 과제로 남아 있는 실정이다.

이로서 만주 유이민소설은 어느 한 편도 유이민현실을 밀도 있게 인식해 내지도 못하고, 폭넓은 화폭 속에 총체적으로 그려 내지도 못했다. 이같은 사실은 다음과 같은 몇 가지 실례를 들어 논거를 보일 수 있다.

첫째, 대부분의 작품들이 만주 유이민현실을 하나의 개인사 내지 가족사의 차원에서만 접근하여 파악해 내고 있다는 점이다. 러시아·일본·미국 등을 포함하여 최소 5백만 이상의 유이민을 강요한 역사적 현실이 단순히 개인사적·가족사적 차원으로만 파악될 수 없는 복합적이고 중층적인 요인들에 의해 비롯된 것임은 말할 나위도 없다. 그럼에도 불구하고 우리 소설은 개인 단위 혹은 가족단위의 특별한 비극적 체험으로 부각시켜버리고 마는 수준의 협애한 관점의 한계를 노출시키고 있는 것이다.

둘째, 유이민 현실이 통시적으로는 우리의 전통적 봉건사회의 내부 모순과도 밀접하게 연관되어 있고, 공시적으로는 국제적 이해와 대립관계와도 관련돼 있다. 뿐만 아니라 우리나라 고유의 지정학적 특수성과도 무관치 않다. 그러나 우리 유이민소설은 어느 곳에서도 이같은 문제들에 대한 깊이 있는 탐구의 흔적이 보이질 않는다. 그래서 작품들에 드러나 있는 유이민 현실에는 대부분 역사의식이 제거돼 있고 정치의식이나 사회의식도 취약하다.

셋째, 이러한 결과로 유이민소설은 결국 당대 현실의 전모를 밝히는 데 미치지 못하고 있다. 국내 배경의 소설로서는 소수이면서도 우리 사회를 지배하는 거대세력으로 군림해 있던 일인들과의 관계 추적이 소홀하고, 만주 배경의 소설로서는 만주 지배세력의 두 축을 이루고 있던 중국인들과 일인들 사이의 관계의 틀 속에서 파악되질 못하고 있다.

넷째, 유이민소설의 또 다른 한계는 유이민현실의 앞날에 대한 낙관적 전망이 거세되어 있다는 점이다. 작품마다 서술관점이 개인단위의 비극성이나 수난상 드러내기에 집중되어 있다보니 현실극복 의지나 그 미래에 대한 전망을 제시하는 일에는 소홀하다. 일부의 이념형소설들에서 제한적으로나마 이 같은 성과가 엿보이기도 하지만 미학적 성공의 수준에까지 이르지는 못하고 있다. 투쟁심을 잃지 않고 미래지향적 행보를 유지하고 있는 인물들을 내세우고는 있어도 그것이 한결같이 개인단위의 신념이나 의지 차원으로 한정되어 있을 뿐만 아니라, 조직화되고 실천력 있는 가능성으로서 제시되어 있지는 못하다. 이런 경우 결국 소설은 작중 인물의 남다른 영웅적 행적을 보여주는 데 그치고 말 뿐, 그것이 집단적·민족적 명제 해결에 어떻게 관련될 수 있는지를 보여주지는 못하고 있다.

이점은 자연스럽게 유이민소설이 지나친 패배주의적 전망을 바탕에 깔고 있는 사실과 관련이 있다. 이념형소설이든 도생형소설이든 작중인물들은 어디에서나 흔히 패배하고 좌절한다. 2,30년대 우리 소설의 특징적인 결말처리방식이기도 하지만, 만주유이민소설에서 특히 주인공의 죽음이나 좌절이 흔하게 보이는 것은 우연이 아니다. 그것은 유이민현실의 실상을 있는 그대로 반영하는 것이면서, 그 비극성을 전달하는 데 효과적인 방법일 수 있다. 그러나 다른 한편으로는 투항주의 내지 절망적 패배주의 의식을 확대 재생산해 낼 수 있는 위험스런 독소를 지닌 것이기도 하다. 석산의 「아들의 소식」(1933), 박승극의 「풍진」(1935), 이규원의 「슬픈점경」(1939)등에서 그 단적인 예를 찾아 볼 수 있다.

다섯째, 만주 유이민소설에는 민족적 열패의식(劣敗意識) 내지 허무주의가 짙게 배어 있다. 극빈자·무식층·낙오자·변절자·타락자·반인륜적 인물 등이 흔히 등장하고, 소설 속 인물들의 대립이나 사건이 동족끼리의 갈등과 반목구조로 되어 있는 경우가 허다한 것이 그것이다. 더구나 이념형 소설의 경우에도 민족운동 내부의 노선 갈등을 그대로 노출시켜 적전분열양상을 보이고 있는 예가 허다하다.

여섯째, 만주는 분명히 우리의 고토(故土)이다. 국권을 상실하기 전까지만 해도 한·중 양국간에는 간도지역의 영토문제를 둘러싼 양국간의 이해가 날카롭게 각을 세우고 있었다. 그러나 유이민소설의 어디에서도 이같은 영토의식을 내비치고 있는 작품은 찾아볼 수 없다. 작품 속에 제시된 유이민들의 실상은 잃어버린 내 땅을 찾아 새로운 삶의 터전으로 삼고자 하는 사람들의 모습이 아니라 어디까지나 남의 땅에 들어가 발붙이고 살고자 하는 사람들의 모습일 뿐이다. 남의 땅에 발붙이기의 어려움, 그것은 당연한 일이며, 나라 잃은 사람들의 어쩔 수 없는 숙명이라는 의식이 은연중 작품의 밑바닥에 깔려 있다. 유난히 북향의식을 강조한 안수길의 경우도 이점에서는 다르지 않다. 그의 북향의식이란 한낱, 남의 땅이지만 버려져 있거나 놀고 있는 땅을 개간하여 제2의 고향을 삼아 살자는 것에 지나지 않았다. 이를 방해하는 중국인들은 일제의 힘을 방패삼아 막아 낼 수 있다는 역사의식의 파탄을 보여주고 있다. 만주문제에 대한 우리 작가들의 인식이나 의식이 지극히 소박한 수준에 머물고 있었음을 보여주는 예라 할 만하다.

일곱째, 이같은 현실인식의 결여와 역사의식의 허약성은 일제 말기 '황도문학'의 구현에 앞장선 일단의 친일적 작품군에서 여지 없이 그 전모를 노출시키고 말았다. 상대적으로는 좀 더 자유스러운 표현공간 일 수 있었던 만주유이민소설에서 조차 이같은 결핍과 허약성을 숨길 수 없었던 것은 일차적으로 일제의 파시즘적 억압으로부터 기인된 일이기는 하나 어쩔수 없이 우리 문학의 치부로 간주될 수 밖에 없는 일이다.

결국 이같은 일련의 한계들은 모두 유이민소설의 미학적 완성도를 떨어뜨리는 결과로 나타날 수 밖에 없는 것이었다. 우리 소설은 현실의 중압감에 억눌려 이를 돌파해 나갈 수 있는 효과적인 내연화(內燃化)의 길을 찾아 내는 데 실패했다. 짓눌리면 굽고 막히면 돌아서는 왜곡과 굴절현상이 그래서 불가피했던 것이다. 내용미학적으로는 유이민의 한숨과 신음 소리를 들려주는 데 급급하여 만주의 실상을 총체적으로 파악하는 데 이르지 못하고, 독자들에게 유의미한 인식의 지평을 열어 보여주는 데 미치지 못하고 있다. 형식미학적으로는 민족사에 유례가 없는 만주의 비극적 실상을 그 폭과 깊이에 걸맞는 화폭에 담아내지 못했으며, 그나마 인물과 사건들이 당대 유이민현실을 대변할 만한 전형성을 담보하는 데에도 만족할만한 성과를 거두지 못하고 있다. 대개는 작가의 의도가 지나치게 선행되어 구성에 허술한 것은 가히 일반적 현상이라 할 만하다. 그러면서도 정작 그 의도가 지리멸렬해지고 모호한 경우도 적지 않다. 유이민현실이 지닌 비극적 특수성에 이끌려 치밀한 사전 구상 없이 섣불리 창작에 돌입하여 습작 수준에도 미치지 못하는 미숙성을 드러내고 있는 어설픈 작품들도 많다. 그런가하면 만주가 그 역사적·현실적 의미와는 관계없이 작품 속에서 단순히 하나의 세팅으로서만 기능하고 있는 경우들도 많다. 박계주·석인해·안수길 등의 여러 작품들이 대표적이라 할 만 하거니와, 이는 작가의 육화되어 있지 않은 만주체험에서 기인된 것으로, 그 안이하고 무책임한 작가의식을 탓하지 않을 수 없는 경우이다.

8. 만주 유이민소설의 문학사적 의의

만주유이민소설은 일제의 침략과 수탈로 인한 민족적 수난의 역사 속에 생성된 서사형식이다. 따라서 그것은 우리 민족문학의 역사적 맥락에서 볼 때 그 생성과 소멸 과정이 지극히 부자연스러운, 일종의 변종양식이라 할만하다. 단재 신채호와 같은 극단의 민족주의적 관점에서 보면 차라리 없었으면 더욱 좋았을 법한 문학유산인 셈이다. 그러나 그것은 동시에 역설적으로 우리 민족문학의 자산을 한결 풍요롭고 다양하게 해 준 순기능적 측면도 없지 않다. 우리문학의 공간적 배경의 확대·언어적 다양성·양식의 다양화·민족문학의 순결성·문화 영토의 확장 등의 측면에서 의미 있는 가치를 찾아 낼 수 있기 때문이다.

중국은 우리 고대 문학에서도 자주 주요 공간적 배경으로 등장한다. 중국을 원천으로 한 문학적 영향의 수수관계로 인한 현상이다. 그러나 고대문학에서의 중국은 대부분 인물들의 구체적인 삶의 실상과 유리되어 있는 추상적 공간이다. 강·산·지명 등의 공간이 등장하더라도 그것들은 대개가 하나의 상징적 의미공간으로 작용할 뿐 인간의 삶과 관련된 현실적 생활공간은 아니다. 중국이 현실적 생활공간으로서 우리문학의 배경을 이룬 것은 유이민문학의 등장과 더불어 본격화된 것이다. 공간적 배경의 확대는 그만큼 우리 문학의 시야가 넓어졌다는 것을 의미한다. 달리 말하면 작가들의 세계인식의 폭이 그만큼 넓어졌음을 의미하는 것이다. 그것은 단순하게 생산과 소비시장의 확대를 의미하는 것이기도 하면서 더불어, 인물·소재·배경·언어·사건 등의 다양화로 연결된다.

   유이민소설은 우리의 언어적 자산을 풍부하게 하는 데에도 크게 기여했다. 이것은 두 가직 점에서 설명이 가능하다. 하나는 많은 외래어들이 우리 언어 속에 편입되었다는 의미이고, 다른 하나는 우리 언어가 다른 언어 속에 적지 않은 영향을 끼쳤다는 점이다. 유이민소설 속에는 그 이전 우리 언어 속에서 찾아 볼 수 없던 많은 언어들이 사용되고 있었다. 가장 흔하게 사용된 '되놈' 또는 '얼되놈', '지팡' 또는 '지팡살이' '지팡주', '퉁스' '뚤리빙' '홍우적' 등에서 보듯이, 새로운 언어가 조어되기도 하고 외래어가 우리 언어 속에 편입되기도 했다. 소재와 배경 등의 확대는 자연스럽게 그에 따르는 언어의 확대를 도왔으며, 이로써 우리 언어는 한결 더 풍요로워질 수 있었다. 반면 우리 언어가 중국 언어에 끼친 영향 또한 적지 않다. 한 예를 들자면 우리 유이민들이 만주에 건너가 정착하는 과정에서 생겨난 수많은 용어들이 그대로 중국의 언어 속에 편입된 경우가 적지 않다는 점이다. 특히 사람이 살지 않던 미개지에 도착해 정착하는 과정에서 유이민들이 만들어 쓴 우리식의 각종 지명이나 지형지물들에 부여한 고유명사 등이 대표적이라 할 만하다. 유이민소설은 언중들 사이에 쓰이고 있던 이러한 언어들을 그대로 작품 속에 반영해 냄으로써 그 생성과 고착을 돕고, 널리 유포되도록 작용했다. 더불어 지나칠 수 없는 사실은 유이민문학이 우리 고유의 언어와 문자를 보존하는 데 기여한 측면이 적지 않았을 것이라는 사실이다. 지금도 만주 유이민사회는 우리 고유의 언어와 문자뿐만 아니라, 고유의 전통과 문화를 올곧게 유지 보존하고 있어 민족사적 관점에서 대단히 중요한 자산이 되고 있다. 이것은 지금도 중국내 2백만 유이민사회의 정체성을 확립하고 유지하는 데 결정적인 요인이 된다. 바로 그 중심에 한글 문학운동이 놓여 있다.

유이민소설은 우리문학의 양식적 다양화에도 기여하였다. 1930년대에 들어 우리문학은 그 이전과는 비교가 되지 않을 만큼 많은 질적, 양적 성장을 이루었다. 역설적으로, 우리 문학의 자연스러운 성장과 발전을 방해한 일제의 부단한 간섭과 억압이라는 외적 요인에 말미암은 바 크지만, 내적으로는 문학인구와 매체의 증가, 교양과 지식 수준의 성장, 또는 경제규모의 확대 등에 말미암은 바도 크다 할 것이다. 그 결과 나타난 우리 문학의 변화 중에 가장 두드러진 것은 아무래도 다양화라 할 것이다. 양식·소재·주제·기법·인물·매체 등 문학의 전 분야에 걸친 폭넓은 다양화는 1930년대 우리문학이 일구어 낸 특별한 성과라 할 것이다. 유이민문학도 그중의 하나이다. 그리고 유이민문학 자체 안에 이들 요소들의 다양성이 또한 충분히 실험되고 있었다. 유이민문학은 유이민현실의 문학적 형상화라는 소재주의적 관점에서도 충분히 주목할 만한 성과라고 볼 수 있다. 그러나 위와 같은 다양한 요소들이 동원된 독특한 서사방법의 측면에서도 우리문학의 다양성 획득에 기여한 바 크다. 이는 철저하게 외면묘사가 차단된 객관적 정세하의 문학적 현실을 돌파해 나가야 했던 치열한 작가의식의 소산이라고 볼 수 있으며, 극적인 소재적 특수성에 기인된 것이라고도 볼 수 있다.

오양호는 일관되게 간도이민문학으로서 암흑기 우리문학사의 공백을 메울 수 있다는 주장을 내세우고 있었다.7) 김윤식에 의해 회의적 관점이 제시되기는 했지만, 일면 타당한 논거를 가지고 있는 게 사실이다. 유이민문학들 가운데에는 상대적으로 민족문학의 순결성을 유지하고 있는 문학적 성과들을 발견할 수 있기 때문이다. 이념형 유이민소설들에서 주로 발견되거니와, 이들 성과들은 유이민소설이 아니고서는 거의 불가능할 만큼, 식민지하의 민족현실을 밀도 있게 그려내고 있는 것이다. 그러나 집단적 광기에 억눌려 있던 일제 말기의 문학적 단절현상을 극복하기 위해서는 더 많은 문학유산들을 발굴해 내 보완하지 않으면 안될 것이다.

마지막으로 유이민문학이 지니고 있는 민족사적 의의로서, 문화영토의 확장에 기여한 측면을 고려하지 않을 수 없다. 문화영토란 "아득한 선사시대부터 현재에 이르기까지 우리민족이 생활해 온 일체의 문화적·생활사적 공간"8)을 가리킨다. 국가간 이해가 날카롭게 대립되어 있는 만주 일대의 영토문제에 대한 역사적·정치적 논의는 유보하더라도, 2백만에 달하는 우리민족이 일정한 공간에 한데 어울려 살며 고유의 민족언어와 문화전통을 향유하고 있는 생활공간은 분명히 우리의 문화영토라 할 만하다. 유이민문학은 초기 만주 유이민사회가 형성될 때부터 이들의 정체성을 확인시켜 주고, 그 정체성을 공고히 하는 데 무엇보다도 중요한 역할을 했다. 문학은 민족 고유의 역사·문화·전통을 전수하고 새롭게 창조해 내는 데 가장 효율적인 수단이기 때문에 가능한 일이었다. 그리고 이같은 문학적 기능과 역

---

7) 오양호,『한국문학과 만주』, 문예출판사, 1988.,『일제강점기 만주조선인문학연구』, 문예출판사, 1996.

8) 홍일식,「≪영토문제연구≫지 서문」,『영토문제연구』1, 1983. 10. 30.,『문화영토 시대의 민족문화』, 육문사, 1987. 468쪽.

할은 지금도 중국내 유이민사회 안에서 활발하게 작용하고 있다.

9. 맺는 말

일제에 의한 국권상실과 식민지배하의 역사는 분명히 치욕스런 것이었고, 그 체험은 쓰리고 고통스러운 것이었다. 이 기간에 우리는 모든 분야에서 심각한 정체성의 분열과 굴절을 겪지 않으면 안되었다. 유이민문학도 이런 비극적 역사 속에 생겨난 일종의 변종 장르이다. 양식 자체가 비극적인 역사의 산물인 셈이다. 이것은 대규모 유이민 체험을 가진 민족들에게서나 보이는, 세계적으로 몇 되지 않는 독특한 민족문학 양식이다. 그런데 식민지 현실은 이 유이민문학의 내적 형식조차도 심하게 굴절시켜 놓고 말았다. 문학 고유의 자유로운 유로가 불가능한 상황 속에 생성된 때문이다.

그러나 이렇듯 왜곡되고 굴절된 유이민문학은 분명 불행했던 식민지배하의 산물이지만, 다른 한편으로는 우리문학 유산을 다양하고 풍부하게 하는 데 기여한 순기능적 측면도 없지 않았음을 살펴보았다. 이러한 순기능적 요소들은 분명히 우리 민족문학의 발전에 하나의 긍정적 요인으로 작용한 것이 틀림없다. 그러나 우리는 사실 이점을 의도적으로 간과해 온 면이 없지 않다. 식민지 경험에 대한 지나친 피해의식의 결과라고 판단된다. 이제 해방 60년을 넘어 한 세기를 향하는 시점에서 우리 문학 운동이 지향해야 할 것은 무엇인가.

첫째, 식민지 경험을 지나치게 피해 일변도의 관점에서 성찰하고자 하는 태도를 지양해야 한다. 단재 신채호식의 관점에서 보면 우리문학의 식민지 경험이란 아예 도려내고 싶은 환부에 지나지 않는 것이 되겠지만, 달리 생각하면 그것은 우리 문학의 응전력 또는 생명력을 강화시킬 수 있었던 긍정적 측면도 적지 않은 것이다. 따라서 어떤 선험적 인식을 바탕으로 한 배타적 평가 이전에 보다 객관적인 관점에서 식민지체험이 우리 문학에 미친 영향을 진지하게 성찰해 볼 필요가 있다.

둘째, 이러한 관점에서 유이민문학에 대한 인식도 어느 정도 수정되어야 할 것으로 보인다. 유이민문학을 한갓 수난과 오욕의 역사에 대한 기록이나 증언이라는 관점으로 이해하려 하기보다는 식민지배 정책의 허구성과 폭력적 억압구조에 대한 저항과 투쟁의 기록이라는 관점에서 이해해야 온당한 접근 방법이 될 것이다. 식민지 체험에 대한 수동적 인식은 유이민문학으로하여금 숨기고 싶은 부끄러운 과거의 상흔이 되게 할 뿐이지만, 그 반대의 입장은 아끼고 보존할 만한 풍요로운 자산이 되게 할 것이다.

셋째, 유이민문학을 어두운 과거의 역사 속에 가두어 둘 것이 아니라 오늘의 문학운동 속에 끌어내어 더욱 풍요롭게 재창조해 내야 한다. 그 까닭은 유이민사회의 역사성과 관련된 것이며, 동시에 해외 동포사회의 민족 공동체적 의미와 관련된 것이기도 하다. 유이민역사는 과거의 체험으로 끝난 것이 아니다. 오늘날 민족 공동체의 중요한 자산으로 평가되고 있는 해외 동포사회는 바로 국권상실기에 형성된 유이민사회를 토대로 이루어진 것이다. 국권상실기의 유이민 역사는 해방 이후 지금까지 면면히 이어져 온 셈이다. 문학이 이들 동포사회의 실상을 형상해내는 일에 소홀히 할 수 없는 이유가 여기에 있다. 이 일은 해외 동포사회의 정체성을 공고히 하고 이를 확인시켜 주며, 나아가 고국과 동포사회 사이의 연대를 강화시켜주는 주요 매개가 될 수 있다. 이것은 전 세계가 유기적인 상호의존적 관계로 재편되어

가고 있는 경쟁적 국제사회에서 국가와 민족 공동체가 더불어 번영
해 갈 수 있는 경쟁력을 증대시키는 일에 대단히 유익한 길이 될 것
이다.

참고문헌

김춘선, 「'북간도' 지역 한인사회의 형성연구」, 국민대학교 대학원(박사), 1998.
손춘일, 「일제의 재만한인에 대한 토지정책연구」, 한국정신문화연구원 한국학대
　　　학원(박사), 1998.
고승제, 『한국이민사 연구』, 장문각, 1973.
조선총독부외사과, 『재만조선인의 개황』, 1932.
현규환, 『한국유이민사』(상·하), 삼화인쇄(주), 1967.
권철 외, 『중국조선족문학사』, 연변인민출판사, 1990.
박창욱, 『중국 조선족 력사연구』, 연변대학출판사, 1995.
북경대학조선문화연구소 편, 『중국조선민족문학선집』 1.2., 민족출판사, 1995.
장춘식, 『해방전 조선족이민소설연구』, 민족출판사, 2004.
졸저, 『해방전 중국유이민소설연구』, 한국문화사, 2004.

식민지시대 말기
암흑기 문학 친일파 작가에 대한 재평가

다무라 히데아키*

1. 친일파 작가 연구의 재평가란

오랫동안 공백기 또는 암흑기로서, 종래에는 연구 자체가 금기시되어 온 1910년에서 1945년까지의 식민지시대의 조선인 작가들에 의해 쓰여진 일본어문학[1]은, 한국에서 1966년에 임종국(林鍾國)의 『친일

---

* 전주대학교 전임강사

1) 호테이토시히로(布袋敏博)는 어떻게 계산하는가에 따라 다르기는 하지만, 이라고 전제한 후에 식민지시대 말기인 1939년부터 1945년까지의 기간 중에 발표된 '조선인'에 의한 일본어작품의 통계를 들고 있다. 그에 따르면 한반도(조선반도)에서 발표된 '조선인'에 의한 일본어작품의 작품 수가 202편, 작가는 55명, 일본에서 발표된 '조선인'에 의한 일본어 작품의 작품 수가 110편, 작가는 22명이라고 조사하였다. 또 이들 작품의 특징을 다음과 같이 말하고 있다. 우선 ①한반도에서 창작된 작품 수가 일본에서 창작된 작품 수의 약 2배인 점 ②단 1편만 발표한 작가는 일본에서 전체의 약 1/3, '조선'에서는 약 1/4 정도이며, 2~3편을 쓴 작가도 각각 약 1/4정도 있었다. 이를 합하면 작품 수가 1~3편인 작가는 전체의 1/2을 차지하고 있다는 점 ③한반도에서 10편 이상 쓴 작가는 이석훈(李石薰)・정인택(鄭人澤)・이무영(李無影)・최병일(崔秉一) 이 4명뿐이며 이 4명이 전체의 35%를 차지하고 있다. ④마찬가지로 일본에서는 장혁주(張赫宙)와 김사량(金史良) 2명만이 있으며 이 2명의 작품이 전체의 44%를 차지하고 있다는 네 가지 점을 지적하고 있다. (호테이토시히로(布袋敏博)「일제말기 일본어 소설 연구」, 서울大學校大學院碩士學位論文, 1996年2月, 50~54쪽.)

문학론』2)에서 상세한 연구가 이루어지면서 비로소 그 존재 자체에 조명을 받게 된다. 일본의 식민지 지배 정책에 직접적 또는 간접적으로 가담했다고 여겨지는 많은 작가의 행동과 발언을 체계적으로 정리한 이 책의 출판은, 그 후 활발히 이루어지게 되는 식민지 시대 문학에 대한 연구에 지대한 발전을 가져오게 되었지만, 그와 동시에 이후의 연구자들에 의해 당시의 문학가들을 '친일'이냐 '반일'이냐에 따른 이분법적인 대립의 범주로 분할해 가는 연구방법이 손쉽게 답습되는 결과를 낳은 것도 사실이다. 임종국(林鍾國)은 이 저서를 기술한 의미에 대하여 다음과 같이 언급하고 있다.

> 그렇다면 이 책에서 친일문학이란 어떠한 의미를 사용하였는가. 주체적 조건을 상실한 맹목적 사대 주의적인 일본 예찬과 일본 추종을 그 내용으로 하는 문학이라는 의미로 사용하였다. 그렇지만 이는 친일파의 문학이라는 의미는 아니다. 물론 그렇게 주체성을 상실한 문학 중에서는 이른바 친일파들이 서술한 문학도 적지 않지만 그와 함께 비친일파들의 추종적 작품도 배제해서는 안 되기 때문이다. 바꿔 말하자면 설령 민족주의자의 작품이라 하더라도 그 작품이 위에서 언급한 요건을 충족시킨다면 친일문학으로 논하지 않을 수 없는 것이다.
> 이런 의미의 친일문학이 한국에서는 1940년을 중심으로 생겨나기 시작했다. 중일전쟁을 전후하여 싹을 틔운 전쟁문학, 또 그 후의 후방의식(銃後意識)을 강조한 애국문학, 그리고 40년대 전반의 국민문학, 그 후의 결전문학(決戰文學) 등 일련의 문학운동과 문학작품이, 정도의 차이는 있을지언정 대개 주체성을 상실한 일본 추종의 문학

---

2) 林鍾國, 『親日文學論』, 平和出版社 <서울>, 1966 [昭和41] 年7月. 오무라마스오 (大村益夫)譯, 高麗書林, 1976年12月.

<u>이었다. 본서의 목표는 그러한 문학에 있어서 그 양상과 본질, 이념과 활동 상황 등을 모두 규명하고자 하는 것이다</u>[3] (밑줄은 인용자에 의함. 이하 동일)

그 이전에도 '주체적 조건을 상실한 맹목적 사대주의적 추종이라는 의미로 사용되는 경우가 많았던' 친일 및 친일파라는 어휘는 '민족주의자의 작품이라고 하더라도' '친일문학으로서 논하지 않을 수 없다'라고 규정됨으로써 그 때까지 민족주의자라고 일컬어졌던 사람도 친일파라는 낙인이 찍혀 친일파의 범위가 갑작스럽게 확대되었던 것이다.[4] 따라서 『친일문학론』의 연구 의의는 모두가 인정하는 바이지만 '친일에 관련된 작가들의 언행만을 발췌하여 열거한 것이다'라는 식의 구성에 따라 '방법 자체가 개별 작가에 대한 강렬한 비판이 되어 작가 평가의 기준으로서도 작용되어[5] 왔다는 느낌을 부정할 수 없다.

이러한 '친일'이냐 '반일'이냐 하는 관점에서 작가를 주목하는 것은 '인간의 정신이나 마음을 다룰 경우에는 마이너스가 되지 결코 플러스가 되지 않는다'[6]는 반성에 따라 최근에는 친일파라고 불리는 작가

---

3) 林鐘國前揭書, 2쪽.

4) 그러나 林鐘國의 의도에 반해, 이 친일문학에 관한 연구는 그때까지 '해방 전에 활동하고 있었던 기성세대는 마음을 다치는 것이 고통스럽고 해방 후의 세대는 <친일문학>이라는 이름을 듣는 것만으로도 꺼림칙하게 생각하여 <암흑기>는 문학사의 공백기라고 하며 외면해 왔던'것인데 '그 금기를 깨로 『親日文學論』을 집필했기 때문에 정식직업을 갖지 못하고 천안 교외의 전기불도 없는 언덕 위에 스스로 지은 집에 살면서 사과 상자를 책상 삼아 집필활동을 계속할 수밖에 없었다'고 한다. 이 사실은 이 시기의 문학을 거론하는 것이 얼마나 힘들고 또 오랜 기간 동안 복잡한 문제였는지를 말해주고 있다(인용, 오무라마스오(大村益夫), 『國民文學』해제, 료구인(綠蔭)書房, 1998年4月 17쪽.)

5) 남부진(南富鎭), 『근대문학의 <조선> 체험』(『近代文學の <朝鮮> 体驗』), 벤세이(勉誠)出版, 2001年11月 245쪽.

6) 카와무라미나토(川村湊), 「金史良과張赫宙 ― 식민지인 의 정신구조 ― 」, 『이와

중에서도 재평가를 받기 시작한 작가도 생겨나고 있다. 그 대표적인 작가가 장혁주(張赫宙)다.[7] 장혁주는 재일조선인문학의 효시로 여겨지는 인물로 잡지 『개조』의 현상소설에 입선하면서 화려하게 등단하였으나 그 후 체제협력소설 등을 써서 '<내선일체화>, <황국신민화>에 힘쓴 인면수심의 추진자'[8]로 평가되고 있다. 그러나 그러한 그에 대한 평가는 얼마 후 등장한 김사량(金史良)과 비교되면서 한층 더 친일문학가로서의 이미지를 부여받아 온 것도 사실이다. 다시 말해 '일제제국주의의 국책'에 대해 '저항의 길'을 걸었다고 인식되고 있는 김사량에 대해 '조선민족을 배반하는 전락의 길'[9]로 돌진했다는 이미지가 느껴지고 있는 것이다. 장혁주 재평가에 대한 작업을 일관적으로 해 온 일인자는 시라카와유타카(白川豊)라 할 수 있다. 시라카와(白川)는 거의 대부분 손에 넣기 힘든 장혁주의 문헌을 정리하고 체제협력소설이라고 인식되어온 작품이라 하더라도 실제로 다른 작가들의 작품과 비교해보면 그다지 급진적이고 과격하다고 하기 어려우며 '1945년 8월까지의 일본어 작품 70여 편 중에서 시국 및 국책

나미 강좌 근대일본과 식민지6 저항과 굴종(岩波講座 近代日本と植民地6 抵抗と屈從)』, 이와나미 서점(岩波書店), 1993年5月 206쪽 수록되어 있음.

7) 장혁주에 관하여, 발표자도 「1932年 장혁주 작가의 탄생(1932年 張赫宙 作家の誕生)」(『日本語文學』第13輯 韓國日本語文學會 2002年6月) 「1935年 장혁주의 사상적인 전환점 (1935年 張赫宙の思想的轉換点)」(『日本文化學報』第15輯 韓國日本文化學會 2002年11月) 및 전남대학교에 제출한 박사학위논문 「식민지기에 있어서의 일본어문학과 조선(植民地期における日本語文學と朝鮮)」(2004年8月)로 고찰하고 있다.

8) 박춘일(朴春日), 『증보 근대일본문학의 있어서 조선상(增補 近代日本文學における朝鮮像)』, 미래사(未來社), 1985年8月 353쪽.

9) 김석범(金石範), 「재일조선인문학(在日朝鮮人文學)」, 『이와나미 강좌 문학8 표현의 방법5 — 새로운 세계의 문학(岩波講座 文學8 表現の方法5 — 新しい世界の文學)』, 이와나미 서점(岩波書店), 1976年8月 273~274쪽 수록되어 있음.

관련 작품은 10편 정도이다'라고 하여, 최근에는 이 작가에 대한 정당
한 평가가 이루어지게 하기' 위해 '원문자료의 공간' 등도 활발하게
이루어지고 있다.[10] 그러나 일반적으로는 이렇게 재평가되면서 연구
가 활발화의 양상을 띠는 작가는 극히 드물고 대부분의 작가는 잊혀
져서 역사의 뒤안길로 사장된 채 현재에 이르고 있는 작가의 숫자가
더 많다는 사실은 말할 필요도 없다.

　본고의 제목에는 '재평가'라는 단어를 사용하였는데, 현재 친일파
라고 여겨지는 작가들의 이 시대 작품이나 평론, 수필 등을 보면 명
백한 친일문학이라고 부를 만한 작품이 있는 한편, 작가의 본심은 사
실은 달랐던 것은 아닐까 싶은 느낌을 주는 작품도 존재한다. 그러한
이데올로기 일색이 아닌 것을 발굴하여 다시 한 번 비판을 하는 일이
있더라도 재검토를 하는 작업은 일본문학과 한국문학이 가장 접근했
었던 시대(접근하지 않을 수 없었던 시대)로서, 비단 비교문학 연구
자가 아니더라도 그 필요성을 느끼게 되었다. 본 발표로 그 기초토대
가 마련될 수 있다면 하고 바라는 마음이다.

---

10) 구체적으로 일본식민지문학정선집(유마니 서방 <ゆまに書房>)으로서 『개간(開
　墾)』(2000年9月。초판 중앙공론사 <中央公論社> 1943年4月)。『나는 전쟁 모두
　불사하다(我戰何れも辭せず)』(2001年9月。초판　大觀堂　1942年3月)、『岩本志願
　兵』(2001年9月。초판　興亞文化出版社　1944年1月)の復刊。そして、『장혁주일본
　어작품선(張赫宙日本語作品選)』(남부진・ 시라카와유타카 編 勉誠出版 2003年10
　月)、또 한국에서도 『장혁주소설선집(張赫宙小說選集)』(호테이토시히로・시라카
　와유타카 編 太學社 2002年11月)을 번역하고 7편의 소설을 정리하고 있다.

2. 마키히로시(牧洋) 〈이석훈(李石薰)〉의 「조용한 폭풍 (靜かな嵐)」과 '반도지식인'의 고뇌

먼저 이번에 다루고 싶은 작가와 작품은 목양 이석훈의 「조용한 폭풍(靜かな嵐)」이다.11) 「조용한 폭풍(靜かな嵐)」의 대강의 줄거리는 말하자면 주인공인 작가 박태민(朴泰民)이 고민을 하면서도 시국강연회 요청을 받아들이고 가장 반일투쟁이 격렬하여 문학가들도 강연회 가고 싶어 하지 않는 함경선 방면을 자원하여 그 곳에서 겪은 어려움을 경험하면서도 그 어려움을 극복하고 신체제에 대한 협력을 호소함으로써 그 때까지 마음속에 품고 있었던 망설임을 떨치고 그 자신도 '마음속에 새로운 출발의 각오와 신념'을 갖기에 다다랐다는 내용이다.12)

『조용한 폭풍(靜かな嵐)』은 1943년 당시 조선의 최대 세력이었던 국민총력조선연맹으로부터 '일본 정신에 입각한 국어 작품일 것. 민중 계발의 선전 효과가 뛰어난 작품일 것. 예술적 내용이 풍부한 작

---

11) 『조용한 폭풍(靜かな嵐)』의 初出은 다음과 같이 3부 구성이었다. 「靜かな嵐」(第1部) 『國民文學』第1卷第1号 人文社 1941年11月、「夜」(「靜かな嵐」(第2部) 『國民文學』第2卷第5号 人文社 1942年5・6月合倂号、「靜かな嵐」(完結編) 『綠旗』第7卷第11号 同年11月。 단행본은 每日新報社 1943年6月刊。 이하 인용은 단행본을 사용하였다.

12) 이 작품은 이석훈 자신의 朝鮮文人協會 作家로서 실제로 함경선 방면으로 당시에 강연을 위해 파견된 경험에 기초하여 쓰여진 작품이다. 사실 함경도는 그 당시에 가장 사상적으로 험한 곳이었다. 『비 조선시정의 일반(秘 朝鮮施政の一般)』에는 「공산주의운동(共産主義運動)」항목에 「昨年(인용자주：1936年)중 11月까지는 조선 각도 전역에 있어서 검거하는 사건은 134건 1379명에 이르고, 이를 지방별로 보면 함경북도가 가장 많아 검거인 전원의 과반수를 차지하고 함경남도가 그 뒤를 잇는다.」 「그렇게 내지(內地)에서의 공산운동의 실상을 가지고서는 도저히 창조에 이르지 못한다」고 쓰여 있다.(『비 조선시정의 일반(秘 朝鮮施政の一般)』朝鮮總督府 1937年1月 쪽 기재 없음. 또 원문에서의 가타카나는 히라가나로, 한자숫자표기는 아라비아숫자로 고침)

품일 것'이라는 기준 하에 제정된 국어문예연맹상 제1회 수상작품으로 뽑힌 것이다. '반도지식인이 황국신민화해 가는 과정을 그려냄으로써 반도문학계의 국어화를 확립하여 전시 체제 하의 반도문화 추진에 크게 기여했다'[13]는 것이 그 수상 이유였다. 사실, 결말만을 보고 시국에 협력하는 작가라는 사실만에 주목하였 경우, '반도지식인이 황국신민화되어 가는 과정을 그렸다'는 점은 분명해 보인다. 그러나 작품 전체를 꿰뚫어 보면 주인공이었던 작가가 그 때까지 겪은 고뇌와 어려움 쪽에 많은 비중이 실려 있으며 작품의 내용으로서는 그러한 고뇌를 그렸다는 점이 더 중요하게 생각된다. 예를 들면 다음과 같은 장면이다.

> 시대의 험난한 움직임이 일체의 감상이나 편견을 압도한 채 새로운 역사가 창조되려 하고 있다. 그 어지러운 변화의 소용돌이 속에서 그는 작가로서의 자신의 정체성을 찾지 못하여 고뇌하고 있었다. 그에게는, 도쿄의 어느 작가가 신체제라고 해서 지금까지 지켜 온 자신의 창작태도를 바꾸려고는 생각하지 않는다고 말했던 것처럼 흉내를 내려고 해도 낼 수 없는 입장이 있었다. 이 땅의 작가로서 살아남기 위해서는 어떻게든 일단 이 폭풍 의 시대를 견디지 않으면 안 된다. 그것은 단순히 무의식적으로 생활하는 것은 아니다. 의식적으로 호흡을 하는 것이다. 그러기 위해서는 먼저 소승적인 민족적 입장을 일단 양기(揚棄)하지 않으면 안 된다. 보다 높은 대승적 지성과 예지가 필요한 것이다. 박태민은 그러나 대부분 깊은 회의 속에서 방황했다. 의식은 분열되어 서로 싸우고 있었고 결국은 도달하지 못하였다. 정처 없이 도시를 배회한다. 아는 얼굴을 만나 다방에서 커피를 마신다. 사상의 핵심에서 벗어난 그저 일상적인 이야기를

---

13) 林鐘國前揭書, 60쪽.

주고 받는다. 경우에 따라서는 상대방에 대하여 가능한 한 입을 열
지 않는다. 때로는 상대방에 따라서 자신에 대한 이야기를 조금은
할 때도 있다. 신뢰할 수 있는 친구나 스스럼없는 막역한 사이의 친
구일 경우다. 그렇지만 다방을 나와서 헤어지는 순간부터, 타쿠보쿠
(인용자주:이시카와타쿠보쿠[石川啄木]가인)의 노래처럼, 뭔가 손해
를 본 것 같아서 그저 조금 자신을 보여 준 일조차 후회가 되고 자
신의 모습을 들킨 것 같아 수치심을 느끼는 것이었다. 그 정도로 믿
을 수 있는 진정한 친구가 없다고도 하지만, 실은 이 시대 사람들은
조심하지 않을 수 없기 때문에 맘놓고 입을 열 수가 없다고 경계하
게 되는 것이었다. 살얼음을 걷는 것 같다는 말은 바로 지금의 박태
민의 심리 상태를 두고 하는 말이었다. 어디에 가더라도 아니 자기
집에 있으면서도 발이 땅에 붙어 있지 않은 듯 공중에 붕 떠 있는
것 같은 불안정한 기분이 들었다.14)

   여기서는 시국인식 순회강연회에 참가할 것을 결심하면서도 '깊은
회의에 빠져 방황'하며 '조금만 자신의 모습을 보이는' 것조차도 후회
하지 않을 수 없는 작가의 심리상태가 묘사되어 있다. 또 이러한 불
안을 더욱 부추기는 듯이 신진 작가이자 '완고할 정도로 사람이 좋고
평화애호가'였던 친구가 검거되었다는 사실을 알고 박태민 자신도 역
시 '불안에 빠져 결국 이 시대의 보통 일이 아닌 일종의 공포 비슷한
엄숙한 기분이 자신에게 다가오는 것을 느끼지 않을 수 없게'15)된다.
그리고 이 친구와 친했던 '자신에게 언제 불똥이 튈지 몰라' 아껴 왔
던 러시아어 서적을 분서할 것을 결의하는 것이다. 결국 시국강연에
까지 가는 작가조차도 '가택수색을 당할' 것을 걱정하지 않으면 안 되

---

14) 『조용한 폭풍(静かな嵐)』, 8~9쪽.
15) 『조용한 폭풍(静かな嵐)』, 10~11쪽.

는 상황에 놓여있음이 묘사되어 있다.16) 이러한 주인공 박태민의 고 뇌는 황국신민화정책에 개입되어 가는 것에 대한 불안이나 주저함과 함께, 전술한 인용에서 드러난 고독이 더욱 그 감정을 심각한 것으로 만들어 주고 있다.

---

16) 예를 들면 타나카히데미쯔(田中英光)등은 朴泰民이 러시아어 책을 태우는 이 장 면에서도 작가의 의도와는 다르다고 있다. 이에 대해 「새로운 반도문단의 구상」이 라는 좌담회에서는 다음과 같이 말하고 있다.

타나카　주인공이 러시아어 책을 태우는 장면이 있는데 지식인으로서 바른 태도는 아니라는 말도 있습니다. 여러분은 어떻게 보십니까?

마키　고민의 상징입니다. 표현은 다소 지나쳤을지도 모르겠지만.

김(종한)　태우든 안 태우든 간에 피하지 않고 정면에서 부딪쳤다는 것만으로 도 하나의 놀라움입니다.

카내무라　그러한 태도는 좋겠지요. 반드시 태웠다든가 안 태웠다든가 하는 문 제보다는 새로운 입장에 서는 기개를 보이고 있다는 하나의 실천이 니까요.

타나카　그 작품에는 이제부터 뭔가 하겠다는 의욕이 있어요. 하지만 거기서 끝나면 의욕만 있는 작품이 되어 버린다고 봅니다.

여기에서 마키히로시(牧洋[이석훈])이 '고뇌의 상징'이라고 하며 앞뒤 문맥으로 볼 때 체제비판이라고도 받아들일 수 있는 언사를 하고 있는데도 불구하고 다른 타나카히데미쯔를 포함한 3명은 러시아어 책을 태웠다는 행위만을 들어 반대로 체제협력에 대한 새로운 '의욕'이라고 받아들이고 있다. 이러한 하나 하나의 행위 가 새로운 '의욕'으로 받아들여져 버리는 일은 소설 속에서도 묘사되어 있다. 가령 제2부 첫머리에서 박태민이 강연 여행을 떠나려 할 때 까까중머리가 된 것을 보고 "신체제는 우선 두발부터라는 거로군요"하는 농담을 듣게 된 것도 그러하다. 그로 서는 문학에 한계를 느끼고 학생이라도 되어서 다시 한 번 공부를 해 보려고 결심 하여 그리 한 것에 지나지 않았다. 박태민의 행위는 본인의 생각을 필요이상으로 체제협력적으로 해석당한 것이다. 『조용한 폭풍』은 마지막 제3부만이 내용적으로 확실히 체제협력적이라고 할 수 있는데 많은 고뇌를 표현하고 있는 제1부의 이러 한 장면으로 인해 체제협력소설이라고 받아들여진다는 의미에서 國語文芸連盟賞 에 이르는 복선은 이미 완성되어 있다고 보아도 과언이 아닐 것이다.(인용, 카내무 라류사이(金村龍濟)・김종한(金鐘漢)・타나카히데미쯔(田中英光)・정인택(鄭人 澤)・대라모토키이지(寺本喜一)・쯔다카타시(津田剛)・마키히로시(牧洋)「세로 운 반도문단의 구상(新しい半島文壇の構想)」(좌담회)『녹기(綠旗)』第7卷 第4号 녹기연맹(綠旗聯盟) 1942年4月　73쪽.『조용한 폭풍(静かな嵐)』, 31쪽)

1939년 10월의 조선문인협회의 결성은 '종래 가장 소극적이었던 조선문단이 내지인 측 문인과 함께 이 시국의 중대함을 인식하여 문장보국(文章報國) 집단을 결성했다'[17]고 인식되고 있었던 것만 보더라도, 시국 강연을 할 때에도 반강제적이었다는 것은 사실이다. 이같은 상황에 있어서 이른바 '위에서의 종용(お上からの慫慂)'으로 시국 강연회를 받아들인 박태민은 가장 반일투쟁이 격렬하고 작가도 강연회에 가기를 꺼리는 함경선 방면에 갈 것을 자원한다. '반항심은 강하지만 심약했던' 그는 '이번 기회에 나 자신을 시험해 보자. 나는 지금 방황하고 있다. 어떻게 하면 좋을지 모르겠다. 이 시련은 분명히 나의 정체성을 가르쳐 줄 것이다. 자신을 잘 단련하기 위해서는 험난한 시련이 필요하다. 함경선 방면은 사상적으로 심각한 경험을 한 지방이다. 그러한 지방으로 자신을 몰아가 한번 부딪쳐 보자'[18]고 결심하기에 이른다. 그리고 "화살은 이미 활을 떠났다!"며 '자기 자신을 설득하듯이' 중얼거리면서 아무도 배웅하는 이 없는 역에서 함경선 방면을 향해 출발한다.

제2부에 들어가서는 실제로 함경선 방면에 강연하러 갔을 때도 마찬가지이다. '그의 열변에 대해 코웃음을 치는 자들도 상당수 있었고' 또 다음과 같은 묘사도 있다.

> 개회 후 1시간도 지나지 않았는데 2,3명의 젊은이가 발소리도 거칠게
> "저게 다 무슨 소리야!"

---

17) 인용, 『오늘의 조선문제강좌4 조선사상(朝鮮思想界槪觀)』, 綠旗日本文化研究所, 1939年11月, 320~321쪽.
18) 『조용한 폭풍(静かな嵐)』, 10쪽.

하면서 소란스럽게 퇴장하였다. 박태민은 반발을 하면서도 어쩐지 기가 죽는 느낌이 들어 견딜 수 없었다. 보이지 않는 어떤 완강한 힘에 의해 일종의 압박을 받고 있는 느낌이 들었던 것이다. 그러던 중 바로 자신의 순서가 돌아왔기 때문에 그는 용기를 내서 강단에 올랐다. 전날 밤에 비해 회장의 규모가 좁은데도 조명이 밝았기 때문에 가장 뒤에 있는 사람들의 표정까지 강단에서 일목요연하게 볼 수가 있었다. 전날 밤보다 더 막연하고 복잡한 눈빛이었다. (중략) 어떤 사람은 싸늘한 얼굴로 비판적인 눈길을 보내고 있었고 어떤 사람은 관심없다는 듯 그저 애국반(愛國班)이나 관공서의 집회에 얼굴을 내민 것 같은 표정을 하고 있었다. 또 어떤 사람은 너희들의 시국강 연 따위는 익히 잘 알고 있다, 또 그 뻔한 수신강화(修身講話)이야기냐, 고작 아부하는 게 너희들의 최선이냐, 라는 식으로 얼굴 전면에 비웃음과 경멸의 빛을 띠고 있는 것이었다.

이 대목에서는 시국강연에서 보이는 일반인들의 싸늘한 반응과 반발을 생생하게 전달하고 있다. 강단에서 바라보는 광경은 작가만이 아는 시국강연의 실상이라고 할 수 있을 것이다. 작품에는 이러한 일반인에 대해서 비난하는 모습은 전혀 없다. 오히려 '어쩐지 기가 죽는 느낌이 들어 견딜 수 없었다' 또는 '심약한 박태민은 그 반응과 반발을 만나 적잖이 사무친다'라는 대목이 있듯이 박태민의 불안과 자신 없는 인상만이 독자들의 마음에 강하게 남는다. 게다가 그는 이 땅에서 지식인에서 추락했다고 책망받고 조선인 기자로부터는 '옆구리를 강하게 채이는' 지경까지 당하게 된다.

3. 작품의 파탄과 그 이유

작품의 완성도 면에서 파탄을 초래하고 있는 부분은 제3부이다. 시국강연 후 회식에 초대한 조선인 청년들이 강연자들은 아랑곳없이 미국 민요를 합창하며 청년들의 시국에 대한 불만을 '노래로써 얼버무리고 있는' 모습을 보고 '더 이상은 그 자리에 있을 수 없어서 자리를 떴다'는 경험을 하기까지는 제2부의 연장이라고 받아들일 수도 있다. 그러나 '경성'(서울)으로 다시 돌아오고 나서부터는 몇 장 안 되는 분량으로 '은연(隱然)한 세력을 전선(全鮮)에 걸쳐서 형성하고 있었던' '생활의 깃발'(인용자주:'綠旗')에 일본어로 소설을 쓰고 창씨개명으로 불안해하는 노인에게 조언을 하며, 자신의 신념을 강화하기 위해 '內地(일본)'로 가는 성지참배단에 참가한다. 게다가 미일전쟁이 시작되는 12월 8일에는 그 감격을 털어놓고 앞서 나온 친지들이나 신문기자들로부터 강연 내용의 정당함과 그 때의 사과문을 받는 장면으로 작품을 마무리짓고 있다. 이 기간의 전개에 관해서는 너무나도 급격하여 박태민의 심리 갈등은 거의 보이지 않는다. 이처럼 『조용한 폭풍(靜かな嵐)』속에서 명백하게 체제협력적 태도를 보이어 국어문예연맹상에 '합당하다'고 할 수 있는 부분은 이 제3부의 후반부이다.

소설로서의 완성도는 물론이거니와 그 때까지의 고뇌나 불안조차도 회화화해 버리는 듯한 급격한 전개를 어째서 선택하였는가에 대해 생각해 볼 때, 도쿄 문단과 조선 문단의 작가가 참여하여 이루어지는 최초의 본격적인 좌담회에서 나온 다음 조선총독부 도서과장의 말을 떠올리지 않을 수 없다.

　　林(和) 사무적인 이야기입니다만 어떻게 좀 검열을 더 원활하게 해 주실 수 있겠습니까?

古川　가능한 한 빨리 하려고는 합니다만, 요즘은 빠르죠?

林(和)　도청을 통해서 낸 검열은 1개월이나 걸립니다. 가령 제가 황해도를 통해 낸 것 같은 경우

古川　총독부에 오면 빨리 합니다.

兪　어떤 것이 안 되는 것인지요, 우리가 봐서는 그리 나쁘다고는 보이지 않는 것이…

古川　반사회적인 것은 결코 안 됩니다. 그 밖의 순수문학적인 입장에서 본 것은 대개 관대하게 처리하고 있습니다.

林(和)　결론까지 보지 않고 단속하시면 곤란합니다만…

古川　공산주의의 방식을 줄곧 쓰고 마지막 대 여섯 줄에 '그러니까 안 된다'는 식으로는 결론이 좋아 보여도 단속의 대상이 됩니다.

兪　도중의 단락이 나빠도 결론이 좋으면 된다고 생각합니다만

古川　그렇게는 할 수 없습니다.[19]

　당연히, 당시의 검열상황에 관해서는 이석훈(李石薰)도 작가로서 충분히 이해하고 있었다고 할 수 있을 것이다. 제 3부 후반에서 체제 협력적 내용을 담은 이유 중 하나는 이러한 검열을 두려워한 나머지 배려한 것이라고 생각된다. 그리고 또 하나 출판사 측의 개입 가능성도 생각해 볼 수 있다. '박태민의 그 후 생활에 대해서 나는 일찍이 독자 여러분에게 보고해야 하는 의무감을 느끼고 있었다'고 하는 동기에 의해 쓰여진 『조용한 폭풍(靜かな嵐)』의 후일담이자 속편인 '선

---

19) 무라야마토모요시(村山知義)·아키타우자쿠(秋田雨雀)·장혁주(張赫宙)·카라시마타케시(辛島驍)·후루카와카네히데(古川兼秀)·정지연(鄭芝鎔)·임화(林和)·유긴오(兪鎭午)·김문집(金文輯)·이태준(李泰俊)·유치진(柳致眞), 「朝鮮文化의將來」, 『文學界』 第6卷 第1号, 1939年1月 279쪽.

령(善靈)'20)에서는 어느 신문에 소설을 연재하고 있었을 때의 다음과
같은 이야기가 쓰여져 있다.

　　그 때 박태민은 어느 신문에 『영원한 여상(久遠の女像)』이라는
소설을 연재하고 있었다. 그런데 저널리즘의 습관적인 과장으로 인
해 마치 조선 최초의 대장편연재라는 식으로 선전되었지만 실은 처
음부터 40회 이하의 중편이라는 약속이 있었던 것도 박태민을 곤란
한 처지(독자의 평판에 대해)로 몰아세우는 원인이 되었고 또 <u>신문
사 측에서 '시국을 반영한 대중소설로 내선인(內鮮人)을 공평하게
다룰 것'이라는 요구조건을 내 건 것이 박민태를 꽤 곤란하게 만들
었다. 또 미숙한 박태민의 역량에 비해 까다로운 주문이 너무 많았
기 때문에 한층 더 독자들의 불평을 사는 치졸한 작품이 되어 버린
것도 사실이다.</u>21)

　여기에서 우리는 하나의 의문을 느끼게 될 것이다. 즉 작가로서의
자질조차 무시당한, 이렇게까지 심하게 구속을 받으면서까지 왜 이석
훈은 작품을 발표하고 체제에 협력하였을까 하는 점이다. 그 이유의
하나가 「선령(善靈)」에 나와 있다. 여기에서 "자네는 무엇을 위해 그
런 단체에 몸을 팔았는가?"하고 힐난하듯 묻는 선배에게 '반발'하여
다음과 같이 하고 싶은 말을 꾹 눌러 참는다.

　　(당신은 날 생각해 주는 척하면서 위선을 가장하고 있을 뿐입니

---

20) 牧洋 「善靈」, 『國民文學』 第4卷第4号, 1944年5月 86~104頁. 전의 인용은 87쪽.
21) 「善靈」, 101~102쪽. 또한 南富鎭은 이 『久遠의女像』은 『京城日報』에 연재한 「永
　　遠의女」(1942年10月28日~12月7日)를 가리키는 것이라고 지적한다.(南富鎭, 「田
　　中英光의朝鮮と牧洋という鏡」, 筑波大學文化批評研究會編, 『植民地主義とアジア
　　の表象』, 筑波大學文化批評研究會, 1999年3月 224쪽.)

다. 6명의 대가족을 거느리고 간신히 직업을 구한 제가 아닙니까. 진리 추구 따위는 공상으로 제쳐 놓고, 우리의 생활이 보장된다는 것만으로도 대단한 일입니다. 당신은 그만두라고 무책임한 소리를 아무렇지도 않게 하지만 나에게는 책임이 있습니다―가족을 부양하지 않으면 안 되는 책임이.) 22)

본심을 털어놓고 있는 여기서의 내용은 이석훈의 본심이었을 것이다. 실제로 그에게는 6명의 아이가 있었기에 '책임'이라는 단어에 대해서는 상당한 무게가 있음을 느끼지 않을 수 없다. 또 실제 좌담회에서는 '생활'이라는 단어를 사용하여 같은 표현을 하고 있다. 23) 이러한 모든 것은 그의 고지식하고 진지한 성격에서 오는 것으로, 내선일체라고 하는 슬로건 하나만 보더라도, 남부진(南富鎭)의 말대로 '그가 다른 친일문학가보다 몇 배나 더한 성실함과 우직할 정도의 진지함으로 이 꿈을 믿고 그것을 마치 순교자와 같은 희생 속에서 실천하고자 했던 데 있다. 전후에 그의 문학이 문학사에서 거의 말살되고

---

22)「善靈」92쪽.
23) 좌담회에서의 그의 발언은 다음과 같다.
　　牧　조선에서는 완전히 작가의 생활은 없다고 해도 좋아요. 그래서 나도 최근 그런 부분의 타개라고나 할까 상당히 그로 인해 어려움을 겪고 있지만 거의 해결될 전망이 없습니다.
　　　　　　　　　　(中略)
　　牧　그렇지만 결국 작가의 경우는 생활에서 이기는 것이 작가로서 이기는 것이 된다고, 저는 그렇게 봅니다.
　　　　　　　　　　(中略)
　　牧　실제 문제부터 말하자면 조선에서는 물론 원고료만으로는 생활할 수 없지만, 가령 방송소설을 쓴다든가 라디오 드라마를 쓴다든가 하는 식으로 자신의 본령(本領)이 아닌 잡문(雜文)을 쓰더라도 생활이 불가능한 경우에는 아무래도 상당히 초조해집니다. 그리고 정말 자신의 본령으로 삼을 작품을 쓰고 싶어도 역시 정말 집중하여 쓸 수 없는 일도 있지요.(牧洋・金鐘漢・吳禎民,「文學鼎談」,『國民文學』第3卷 第9号, 人文社, 1943年9月 引用は28~30쪽.)

그의 존재는 희화적인 행동을 한 친일문학자로서 기억되게 된 것도, 그의 이러한 성실함이 크게 관여되어 있다[24]는 것에 대해서는 수긍하지 않을 수 없다. 시대의 풍파 속에서 농락당하는 데 대해 의문을 가진 이석훈은 이『조용한 폭풍』을 출판한 후인 1943년 9월에 '만주'로 여행을 떠나 '해방'까지 그 곳에서 지냈다.

4. 이광수(李光洙)의「내선일체수상록(內鮮一体隨想錄)」과 '내선일체'의 이중성

한국 근대문학의 아버지라고 불리면서도 '친일'행위로 인해 이후 규탄의 대상이 되어 버린 이광수도 시대에 의해 농락당한 작가라고 할 수 있을 것이다. 그러나 이광수 역시 체제협력적 문장 중에 '내선일체'에 대한 의문과 회의가 있었던 점을 느끼게 해 주고 있다.「내선일체수상록」이라는 1941년에 '내지'에 주재하는 조선인 학생을 대상으로 쓴 수필의 첫머리에서는 다음가 같이 쓰고 있다.

> 내선일체란 조선인의 황국신민화를 말하는 것으로 쌍방이 서로 다가서는 것을 의미하는 것은 아니다. 조선인 쪽에서 어떤 일이 있어도 천황의 신민이 되고자, 일본인이 되고자 밀어붙이는 기백에 의해서야말로 내선일체가 이루어지는 것이다. 그러므로 내선일체의 열쇠는 조선인 스스로가 갖고 있는 셈이 된다.
> 조선인의 식자층 사이에서 종종 '정말로 내선일체를 해 주는 것인가'라는 자못 불안한 듯 말하는 소리가 들린다.

---

24) 南富鎭前揭論文, 211쪽.

　　진정으로 내선일체가 되면 내지인이 조선인에 대해 갖는 특권이
　소실되므로 내지인은 조선인이 정말로 일본인이 되는 것을 싫어할
　것이라는 생각이다. 이는 언뜻 어리석은 기우처럼 보이겠지만 실제
　로는 상당히 뿌리 깊은 기우이다. 또 의외로 내지인 중에서 그런 말
　을 하는 사람도 있다.25)

　1939년 10월에 조선문인협회가 결성되고 그 초대회장으로 취임하
여 현역 작가의 대동단결과 국민정신총동원조선연맹에 가입, 그리고
비상시국 하의 문학보국 등을 내걸고 문학자의 전쟁협력의 선두에
서는 한편, 또 1940년 기원절(2월 11일)부터 시작된 창씨개명정책에
대해서도 가장 먼저 앞장서서 카야마미쯔오(香山光郎)라고 개명한
이광수는, 1943년 4월에 조선문인보국회로 재편되기 이전에 이미 '내
선일체'의 논리를 비롯한 식미지 통치정책을 알아차리고 있었다고 할
수 있을 것이다. 그러나 여기에서의 이야기는 어디까지나 '다른 사람'
의 이야기라며 부정하고 '내선일체로 해 줄 것인지 해 주지 않을 것
인지 그런 걱정은 일절 무용지물이다. 문제는 조선인 자신의 마음가
짐과 노력에 있다'고 하면서 '발분(發憤)하여 국어(인용자주:일본어)
를 배워 일본정신을 배우고 일본의 예의범절을 익힐'26) 필요가 있음
을 호소하고 있다.

　여기서의 이광수의 진의는 과연 어떠한 것이었을까. 현재로서는
알 도리가 없다. 그러나 '내선일체'라는 명분과 실상을 이 정도로 날
카롭게 꿰뚫어보고 있었던 이광수가 이를 '다른 사람'의 이야기라고

25) 카야마미쯔오(香山光郎 <李光洙>), 「內鮮一体隨想錄」, 『협화사업(協和事業)』
　　第3卷 第2号, 중앙협화회(中央協和會), 1941年2月 15쪽.
26) 인용, 「內鮮一体隨想錄」, 16쪽.

부정하고서 자신은 의문을 느끼지 않고 있었다고는 도저히 생각하기
어렵다.

5. 영화 「반딧불(ホタル)」과 김성민(金聖珉)의 『녹기연 맹(綠旗聯盟)』

　최근 『아사히신문(朝日新聞)』의 칼럼 중에서 다음과 같은 내용이
있었다. 27) 영화 「반딧불」의 모델이 된 조선출신 특공대원들을 그린
이오갠지(飯尾憲士)의 논픽션 『카이몬다케(開聞岳)』에서 어떤 대원
(소위)과 형이 다음과 같은 마지막 대화를 나눈다.

　　　“도망쳐라. 일본을 위해 죽을 필요는 없다” 마지막으로 동생과 만
　　난 형은 그렇게 권유하였다. 그러나 동생은 고개를 흔들었다. “나는
　　조선을 대표하고 있다. 도망가면 조국이 비웃음을 사게 된다. 많은
　　동포들이 한층 더 굴욕을 견뎌야만 하는 처지가 된다”

　“머잖아 조선을 해방시킬 미국의 군함을 향하여 장렬하게 전사한
그들이 한국에서 축복받을 리가 없다. 그러나 그들을 반민족적이라고
지탄할 수 있을까. 식민지 지배란 이런 안타까운 일의 복합체가 아니
겠는가” 칼럼은 이와 같은 말로 끝을 맺고 있다.

　이 칼럼을 읽고 떠오른 생각이, 김성민이라는 작가의 『녹기연맹(綠

---

27) 와카미야히로후미(若宮啓文), 「한일의 복잡 겨울 연가 와 반딧불을 매는 것 (日韓
　　の複雑 冬ソナとホタルを結ぶもの)」, 『朝日新聞』, 2004年9月26日.

旗聯盟)』이라는 소설집이다.[28] 1940년 6월에 이 책이 간행되었을 당시 완전히 무명이었던 김성민은 이 「작자의 말」이라는 제목을 단 글에서 '녹기연맹'이라는 제목을 붙인 의도를 다음과 같이 적고 있다.

> 국책문학이라는 말이 들리는 시절, 그러한 의도 하에 쓰여진 이 소설도, 내지(內地)와 반도 사람들의 정신생활에 어느 정도의 영향을 주고 국가를 위해 공헌할 수 있다면 더없는 기쁨이겠습니다.
> '녹기연맹'이란 현재의 조선에서 일어나고 있는 내선일체화 운동의 표어입니다. 실제로 경성에서의 '녹기연맹' 본부에서는 반도인의 황국신민화운동에 주력하고 있고 필자도 그에 대해 크게 공감하였기에 같은 사상 하에서 쓰여진 저의 소설도 같은 제목을 붙인 것입니다.

덧붙이자면 이 소설집 속에는 녹기라는 단어도 '동일한 사상 하에' 사용하였다고 생각되는 부분은 전혀 등장하지 않는다. 또 여기에 수록된 2편의 소설인 「현해탄을 넘어서(玄海を越ゆ)」, 그리고 「아시아의 국민(亞細亞の民)」이라는 제목 또한 그 내용을 나타내고 있다고는 도저히 말할 수 없다. 그렇다면 당시의 '경성'에 살던 젊은이들을 그린 대중소설, 그 중에서도 풍속소설이라고 할 수 있는 이 두 편의 소설, 그리고 소설집의 제목으로 왜 내용과 관계없는 제목을 붙인 것일까? 쿠로카와소(黑川創)는 이 '제목을 붙인' '김성민에게도 오산(誤算)은 있었다'고 말하고 있다. 즉, "('녹기연맹'이라고 제목을 붙인 것은)작품 간행을 위한 연극이라고 하더라도(연극이었으니만큼), 이는 관청뿐 아니라 독자들의 눈을 속이게 되었을 것이다. 대체 어떤 독자

---

28) 金聖珉, 『綠旗聯盟』, 羽田書店, 1940年 6月.

가 무엇 때문에 이 무명 작가의 작품을 읽었을까. 이 작품은 전후(조선의 광복 이후)에도 구시대의 어용단체 이름으로 남았다. 이 사실이 일본에서나 한국에서나 작품을 재평가하기 힘들게 한 것임에는 틀림없다"29)고 하는 지적은 타당하다.

　『조용한 폭풍(靜かな嵐)』과 그 속편인「선령(善靈)」에 내면의 흔들리는 고뇌를 진지하게 그리지 않을 수 없었던 이석훈, '내선일체'라는 말의 이중성을 보여준 이광수, 그리고 다음 시대에까지 생각이 미치지 못하여 우스꽝스럽다고도 할 수 있는 결과를 낳고 다시 잊혀진 이 김성민의 경우에도, 앞서 인용한 조선총독부 도서과장의 방만한 모습을 오버랩해 보았을 때, 그 때의 그의 진지함을 떠올리지 않을 수 없다. 거기에는 그 자신의 개인적인 욕구를 넘어서 일본인에게 지지 않을 정도로 일본어를 구사하고 조선민족의 기개를 보이고자 하는 의도가 있었을 가능성도 부정할 수 없기 때문이다. 김성민에게 잘못이 있다고 한다면 어쨌든 그러기 위해서 출판하는 것만을 우선적으로 생각했다는 점 하나뿐이다. 어느 작가건, 특공대의 대원이 된 조선인 병사들과 마찬가지로 반민족적이라고 책망할 수는 없다고 나는 생각하고 있다.

---

29) 쿠로카와소(黑川創)編, 『「외지(外地)」의 日本語文學選 3 朝鮮』, 新宿書房, 1996年 3月 329頁.

'북촌'과 '남촌'에서 식민지 근대 바로 읽기

이승이*

1. 식민지 근대도시 경성과 일상

일찍이 임화는 새로운 문학의 성립과 발전은 새로운 정신문화의 준비이며, 이 새로운 정신문화는 새로운 물질적 조건을 배경으로 하여서만 준비되는 것이라고 하였다. 그러나 한국의 근대 문학은 서구적 의미의 근대화가 소통될 만큼의 토대가 마련되어 있지 못한 '결핍된', 엄밀히 말하면 '서로 다른' 토대, 환경으로부터 출발하였다. 또 근대가 어떤 실체인지 명확히 인식하지도 못한 채 서구라는 거울에 비친 모던을 근대로 받아들이기에 급급하였다. 더욱이 자생적인 것이 아닌 외부로부터 강압적으로 진행된 식민지를 경험했다는 것으로부터 시작된 열등감은 '매혹과 환멸'이라는 갈등 속에 시대인을 혹은 역사를 오랫동안 방치해 둔 것이 사실이다. 따라서 한국의 근대화는 서구를 잣대로 삼고 일본의 식민지 체험을 열등감으로 인식하는 한 결핍된, 성숙되지 못한 것으로 남을 수밖에 없으며, 여기에 근대성의 통찰이 '발전'의 개념을 따를 때 더욱 부정적인 것이 된다.

---

* 목원대학교 겸임교수

한국이 일본의 식민지를 경험하지 않았다면 한국의 근대화는 지금 어떻게 변화, 진행되고 있을까. 한국의 근대화는 식민지 경험과 중첩되어 있다는 데 항상 문제적이었다. 왜 이것이 문제적이냐 하면, 일본이 효율적인 침략과 지배를 위해 도입한 여러 가지 새로운 제도는 식민지 시기 '지배자의 질서 또는 문명적 질서로서 조선 사람들의 생활 모든 국면을 규정'[1] 하였을 뿐만 아니라 그 중 상당 부분은 오늘날까지 우리 사회에 긍정적이든 부정적이든 깊은 영향을 끼치고 있기 때문이다. 따라서 식민지배의 본질적 비윤리성을 도외시한 '식민지 근대화'를 근대화로 볼 수 있는가에 문제를 제기할 수도 있겠지만, '식민지'라는 토양 속에서도 근대성의 원리가 여전히 작동한다고 보면 그동안 '식민지 수탈론'이라는 단선적인 인식에서 벗어나 좀더 다양하고 객관적인 근대사 인식이 가능하지 않을까 생각된다. 즉, 서구의 근대성과 식민지 지배 질서의 편입과 더불어 진행된 근대화 과정에서 형성된 한국의 근대성은 서구의 것이나 일본의 것과는 차이를 보일 수밖에 없으며, 이때 작동되는 근대성의 원리 또한 다른 것이라는 객관적 인식이 필요하다.

식민지 한국에서 나타는 근대화의 모습은 다층(多層)의 의미를 갖는다. 이것은 어느 한 쪽이 배척되기보다는 서로 영향을 미치면서 때로는 동경의 대상으로, 때로는 저항의 대상으로 일종의 '충격'적인 경험으로 나타난다. 본 글에서는 그 다층의 모습이 가장 적나라하게 드러나는 현장을 도시[2] '경성'으로 놓고자 하며, 이는 도시 경성이 식민

---

1) 염복규, 「1933~43년 일제의 '경성시가지계획'」, 『한국사론』 제46, 서울대학교 국사학과, 2001, 233면.
2) "도시는 다양한 상징물의 집적체이다. 길·도로(path), 경계(edge), 구역(district), 교차로·장소(node), 경계표·역사적 건조물(landmark) 등 도시 이미지를 형성하

지 한국의 근대화 과정에서 나타나는 다층적 모습을 현실적 측면에서 가장 생생하게 경험한 곳이기 때문이다. 즉 도시 공간은 근대화에 따라 필연적으로 발생되는 이중성—밝은 면과 어두운 면, 외적인 발전과 내적인 갈등, 애착과 증오, 합리와 불합리, 빈(貧)과 부(富), 선과 악—이 극단적으로 충돌하는 현장이며, 경성 역시 식민지 수도로서 시대의 현실 상황이 구체적으로 제시되어 있다는 점에서 역사적 대표성을 획득하게 된다. 즉 도시 경성은 식민지라는 공간적 특수성 때문에 일반적인 도시화 경향의 궤도에서 벗어나 있는 상황이고, 또 도시문화의 근대화 과정이 당대의 현실이나 삶의 양식과도 심하게 갈등을 일으키는 요인으로 작용3)함으로써 우리의 근대를 이해하는 중요한 공간적 의미4)를 지니게 된다.

는 요소에 의하여 신성한 장소/불결한 장소, 활기찬 거리/음습한 거리, 웅장한 건물/초라한 건물 등을 구별 인지할 수 있으며, 여기에 도시 내의 특정한 계층, 또는 민족에게만 공유되는 이미지 요소도 적지 않다." (전우용, 「植民地 都市 이미지와 文化現像-1920년대의 京城」, 『한일역사 공동연구보고서』 제5권, 한일역사 공동연구위원회, 2005, 131-132면 참고.)

3) 이운용, 「都市空間과 金海剛의 抵抗詩-1930년대의 도시를 중심으로」, 『비평문학』 제4호, 한국비평문학회, 1990.9, 28면 참고.

4) 경성이 식민지 근대 공간으로 의미를 지니기 시작한 것은, 일본 민간인이 경성에 거주하기 시작한 것은 1882년과 그들의 거류지가 명시적으로 확정된 것은 1885년의 일이었다. 1885년 조선 정부가 일본인 거류지로 남산 기슭을 지정해 준 데에는 이 일대를 위계상 낮은 공간으로 인식해 온 관행과 무관하지 않았다. 이른바 남촌(南村)이라고 불리던 남산 기슭은 조선 후기에는 무관이나 남인·소론 등 실세한 양반이 주로 거주하던 지역이었으며, 특히 일본인 거류지로 할당된 공사관을 기점으로 하여 영사관에서 북행하는 작은 길의 양측과 그 서쪽 끝에서 후일 본정(本町) 1정목(丁目)이 되는 길의 동쪽 끝 부분까지의 구간은 '진고개'라 하여 토질이 좋지 않아 세력 있는 사람들은 거주를 꺼리던 곳이었다. 당시 조선 정부는 외국인의 서울 거주를 마지못해 허용하면서도 이들이 궁궐과 관아가 밀집해 있는 북촌(北村, 청계천 이북)에까지 침투하는 것은 적극 저지하려고 하였다. 그 결과 서구 제국의 공관과 중국, 일본 공관이 모두 청계천 이남(以南), 또는 이서(以西) 지대에 배치되었던 것이다. 일본인은 1894년의 청일전쟁에서 승리한 후 비로소 남대문

식민지 시기 경성은 청계천을 중심으로 남촌은 조선인의 자취를
찾아보기 어려운 일본인의 다수 거주지역, 독거지가 되었으며, 북촌
은 궁궐, 관아 등이 밀집해 있어 실제 민가가 자리 잡을 면적이 적은
데다가 이남에 있던 조선인과 지방의 몰락한 농민들이 경성으로 몰
리면서 과밀화가 진행되었다. 북촌에는 소규모의 작은 주택들이 속속
들어서는 변화가 일기 시작하였으며, 도시 외곽에 토막을 짓고 사는
빈민들이 크게 늘어났다. 따라서 경성의 남촌과 북촌은 부자(富者)와
빈자(貧者)로 서로 다른 계층의 거주 공간으로 구분되는 한편, 남촌
에 새로운 거주지를 마련하는 조선인의 사례가 없었던 점을 통해 계
층별 분리보다는 민족별 분리 경향, 식민지 지배자와 피지배자로서
각각 일본인과 조선인을 표상하는 공간 이미지로 읽히게 되었다. 따
라서 '식민지 조선의 축도(縮圖)'로서 경성은 한국인의 근대적 사회
변화를 가장 집중적으로 경험하는 장소이면서, 동시에 도시적 일상
속에서 일본인과 접촉하여 식민지적 상황을 가장 첨예하게 느끼게
되는 공간이었던 셈이다.5)

　이와 같이 경성은 일본의 식민지가 되기 이전에는 중세 국가의 수
도로서 풍부한 이미지 요소를 지닌 도시였으며,6) 1910년 한일합방과

로에 진출할 수 있었으며, 일본인의 신규 이주도 급속히 확대되었으나 청계천을
넘어선 북촌 진출은 일본이 한국을 강점한 이후에도 한동안 어려웠다.
5) 김영근, 「일제하 일상생활의 변화와 그 성격에 관한 연구-경성에서의 도시 경험
을 중심으로」, 연세대학교 대학원 박사, 1999, 30면.
6) '한성'은 여러 가지 면에서 수도로서 적합하다고 판정되어 조선시대 중심 도시로
서 결정되었는데, 임덕순은 ①지리적으로 자연적 입지가 풍수 지리적으로 길지인
조건들을 갖추었다는 점 ② 주위산지는 방어지형상 수도보호에 유효적절하다고
판정된 점 ③ 한반도의 중앙에 위치하여 있고 한강을 이용한 접근성이 높아 서울
의 상대적 입지가 전국통치에 유리하다고 판정된 점 등을 그 적합성으로 들었다.
(이혜은, 「寫眞으로 본 서울의 都市景觀」, 『사진지리』 제4호, 한국사진지리학회,
1996, 16면 참고)

함께(경성의 변화는 사실상 1910년대 이전부터 식민 권력에 의해 진행되고 있었다) 수도 '한성(漢城)'이 일제의 식민도시 '경성(京城)'으로 전환, 일제라는 강압적인 외래 권력에 의해 식민도시로서 파괴·변용·재창출되는 과정을 겪게 된다. 정치적 상징성을 지닌 전통 도시 한성에서 근대 도시 경성으로의 전환 과정에 놓인 35년간의 식민도시 경성의 역사는 토착적 전통을 때로는 무시하고 방치하거나, 때로는 폭력적으로 말살하는 방식으로 작동하였으며, 결국 식민당국의 원료공급지로서 그리고 잉여상품 및 잉여자본의 수출지로서, 과잉인구의 배출지로서 중심부 경제에 필수적이었다는 것이 일반적인 주장이다.

그러나 단지 전통이 단절되고, 일제가 폭압적이었다는 사실을 증명하는 것만으로 식민지 경성을 이해하는 것은 그다지 바람직한 것으로 보이지 않는다. 정치적 억압, 경제적 착취, 민족문화 말살 등을 일방적으로 강조하여 우리의 근대가 얻는 것이 무엇인가. 식민지 경성을 더욱 입체적으로 보아야 하는 이유는 식민지가 일제의 강압에 의해 수동적으로 받아들인 결과가 아니라 조선인이 직·간접적으로 참여하여 구축한 현실이라는 점이며, 따라서 보다 적극적으로 식민지 도시 경성을 바라볼 필요가 있다.

염상섭(廉想涉)은 문학은 생활의 반영이기 때문에 '조선문학은 어디로 가나'를 묻기 전에 '조선 사람의 생활은 어디로 가나'를 먼저 물어야 할 것이라고 하였다. 즉 식민지 경성 생활의 흐름 아래는 정치적 싸움(식민지)과 경제적 싸움(근대)이 있고 문학도 이 두 가지 방면으로 흐르고 있으며, 이 두 방향은 남북이나 동서처럼 정반대의 방향을 걷는 것이 아니라 마치 핀셋트 같이 동일점에서 출발하여 종국에는 일치된다는 것이다.[7] 따라서 본 글에서는 이러한 식민지 경성의 다층 성격을 문학이 어떻게 반영, 형상화하고 있는지 살피고자 한다. 인용된 시 텍스트는 경성을 배경으로 하고 있으며, 문학 속에 나타난 '식민지'와 '근대'가 중첩된 공간 '경성'을 꼼꼼히 읽는 것은 그 시대 생활, 생활인을 이해하는 아주 중요한 자료가 될 수 있을 것이다. 나아가 문학 존재의 근본적 가치를 충족시킬 수 있을 것이다.

2. 문학적 기호로 '경성' 보기

식민지 이전 시기 경성의 가로 구조는 종로를 경계로 가로가 상하 이원적(上下二元的)으로 분리된 것이었다. '상(上)'인 북(北)쪽에 보다 위계적 가치를 두어 궁궐이나 관아지구가 되게 하고, '하(下)'인 남(南)쪽은 보다 하위 위계인 평민의 거주지역화 하였다. 그리고 이 북촌에는 남북 방향의 가로가 위주가 되고, 남촌에는 동서 가로가 위주가 되게 함으로써 각기 사회적으로 종적인 위계질서와 횡적인 상호 유대를 보여주는 것이 특징이었다.8) 그러나 식민지 이후 가로 구조 변화에서 주목할 점은 경성 도심부, 특히 일본인 거류지역을 중심으로 해서 도로가 정비·새로운 도로가 개설되었으며, 경성 외곽지역과 경성 내부의 조선인 거주 지역은 이 사업에서 제외되었다는 사실이다. 대체로 남촌과 북촌을 연결하는 남북방향의 도로가 남촌을 중심으로 신설되고 1920년대 이후에는 동서방향의 가로가 나중에 형성됨으로써 도심부 가로가 남북·동서 방향의 직선격자형 가로망 구조로

---

7) 「朝鮮은 어데로 가나?」(설문), 『별건곤』 제34호, 1930.11.1.
8) 이규목·김한배, 「서울 도시경관의 변천과정」, 『서울학연구』 제2호, 서울시립대학교 부설 서울학연구소, 1994. 17면 참고.

바뀐 것은 경성의 도심이 북촌에서 남촌지역으로 이동하게 되었음을
의미한다.[9]

식민지 도시 경성은 일본인 중심의 남촌과 조선인 중심의 북촌을
형성하면서 민족에 따른 공간 구분을 확연하게 드러냈으며, 이러한
남촌과 북촌의 관계는 바로 식민지 상황에 대한 직접적인 상징이 되
었다. 여기에 부자(富者)와 빈자(貧者)로서의 도시 중심부와 주변부
가 나뉘는 현상이 중첩되면서 도시 경성은 근대의 상징이 되기도 하
였다.

<식민지 경성의 북촌과 남촌>

도시 주변부 = 빈자(貧者)

도시 중심부: 경성

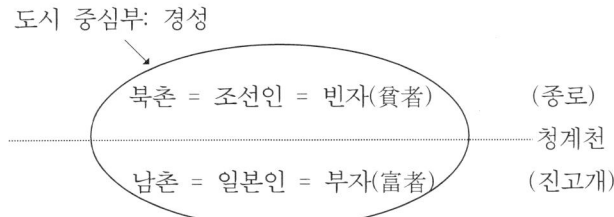

북촌 = 조선인 = 빈자(貧者)　　　　　(종로)

청계천

남촌 = 일본인 = 부자(富者)　　　　　(진고개)

식민지 시기 변화된 경성 안의 북촌과 남촌, 그 주변부에 대한 구

---

9) 직선격자형 가로 계획은 경성 도심을 광화문·종로·남대문로를 중심으로 한 북
촌에서 진고개 아래 남촌으로 옮겨갔다. 이러한 구분은 행정 구역 명칭에서도 확
인할 수 있는데, '야마토마찌(大和町)'니 '메이지마찌(明治町)'니 'マチ(마찌)'라 불
러야 제 맛이 생기는 '정(町)'과 '갯골'이니 '똥골'이니 '골'이라 불러야 제 맛이 생
기는 '동(洞)'으로 나누어져 있었다. '정(町)'은 경성의 남부 및 용산 지역 대부분과
서부 지역의 일부, 즉 일본인들이 많이 거주하거나 활동이 활발한 지역에 적용하
는 한편, '동(洞)'이란 명칭은 대체로 조선인 거주 지역인 나머지 지역에 적용하였
다. (김영근, 「일제하 식민지적 근대성의 한 특징─경성에서의 도시 경험을 중심으
로」, 『역사와 사회』 제57권, 한국사회사학회, 2000.6, 15면 참고)

성을 그림으로 표현한 것이다. 남촌과 북촌은 평민/양반의 종적 위계
질서에서 벗어나 일본인/조선인을 중심으로 부자/빈자, 근대/전근대,
지배/피지배의 새로운 식민지 질서를 만들어냈으며, 이러한 현상은
도시 중심부 경성 안에만 적용된 것이 아니라 일본인이 '경성 남촌→
북촌'으로 진출한 것과 조선인이 '경성 북촌→도시 주변부'로 밀려남
으로써 경성 어디에서나 남촌을 일상적으로 경험하게 되었다. 이와
같이 식민지 경성은 남촌을 시작으로 끊임없이 '밀고 올라오는 힘'과
이 막강한 힘을 동경하면서도 '밀려 쫓겨 나가는 힘'이 작용하면서
"북촌은 음울하고 어둡고 무기력한 곳, 남촌은 번화하고 밝고 활기
있는 곳"10)으로, 특히 남촌은 '내지(일본 본토) 이상의 도시적'인 느
낌을 줌으로써 경성 사람들의 사고와 정서에 많은 영향을 미치게 되
었다. 경성 내 일본인의 인구 증가와 함께 그들의 경제력의 우위11)로

---

10) 『중앙일보』, 1931.11.30.

11) 다음 두 편의 글에서는 조선인들의 가난이 곧 식민 권력으로부터 비롯되었다는
사실과, 그로 인해 겪은 조선인들의 구직난을 확인할 수 있다.
　"빈민은 가는 곳마다 잇다. 발 가는 곳마다 눈 닷는 곳마다 金錢에서 제외 당한
빈민은 수업시 만타. 남의 집 행랑방 속에, 농촌의 머슴방 속에, 양옥집 문간 압헤,
行길 네거리에 빈민이 궁글고 잇다. 그러치만 이와 가튼 것은 이 사람들네들이 게
으르다는 원인에서 온 것은 결단코 아니다. 이 사람네들은 아츰부터 저녁까지 일
한다. 그래도 餓鬼를 당하지 못한다. 또 더한층 심한 것은 일하고 십흐나 일을 주
지 안음으로 못하고 굼는 사람이 잇다. 京城 인구 28만 失業者가 20만이라고 한다.
놀내야만 할 일이냐. 슬퍼하야만 할 일이냐. 모른 척하고 눈감아 버려야만 할 일이
냐!? (…) 『일 해라. 부지런히 일 해라! 그러지 아느면 우리와 가튼 사람은 못 된다
다!』고, 저희들끼리 일이라는 일은 모조리 차지해 놋코서 諸君 貧民들에게는 이와
가티 호령하고, 채쭉질하지 안는가?!" (김기진, 「경성의 빈민-빈민의 경성」, 『개벽』
제48호, 1924.6.1.)
　"정문을 들어서니 첫대 눈에 띄우는 것이 왼쪽 복도(廊下)에 남자구직자입구 여
자(女子)구직자 입구라는 현판이다. 서슴지안코 남자구직자입구라는 현판이 달린
문을 열고 쑥 들어스니ㅅ가 시간은 한시 십이분! 밧게서 보든 봐와는 아조 딴판으
로 좁듸좁은 방에 판장 하나를 가로질너 차지하고 사무실이 절반이나 넘어 가로잘
린 그 판장에 구직하러온 남자들이 겹겹이 둘너싸고 잇는데 나희는 대개 십팔구세

인해 자연스럽게 조선인들은 북촌에서 도시 주변부로 밀려나 빈민굴12)을 형성하면서 낙후된 생활을 하게 되었으며, 북촌뿐만 아니라 조선인이 다수 거주하는 지역은 어디든 빈민 문제로 몸살을 앓아야 했고, 그런 만큼 조선인 거주 지구에는 '빈민지구'라는 이미지가 덧씌워졌다.13) 또한 조선인에게 남촌은 '화려한 불빛'과 같은, 그러나 동

이상으로 이십육칠세의 젊은이들이다. 양복이나 일본(日本)옷에 캡도 쓰고 조선 (朝鮮)옷에 방한모나 중절모도 쓰고 혹은 모표(帽標)업는 학생모도 쓰고 혹은 일본 옷에 일본 나막신 맨머리 바람으로 온 이도 잇서 마치 정거장에 차 타려는 사람들 가티 별별 사람들이 다 모혀서 저의끼리 무엇인지 수군거리고 잇고 저편에는 지금 드러오는 사람들이 구직표를 맞하다가 자기네들의 이력을 쓰느라고 분주하다. 사무실에는 일본사람 셋하고 조선사람들이 책상에 업듸려 무엇인지 열심히 쓰고 잇스며 사무실 귀퉁이에는 이십사오세로부터 사십여세나 넘어 보이는 부인네 다섯이 혹은 팔장도 끼고 혹은 턱도 고이고 교의에 걸처 안저잇다. (…) 일본말 반 조선말 반으로 얼굴을 찡그며 말하는 사람은 일본 옷에 캡을 쓰고 일본 나막신을 신은 이십세쯤 된 젊은이다. 『사실 말이지 구직을 해 가려면 일본사람 상점으로 가여지 조선사람 상점으로 가지 안는게 조아요. 사람을 알어 주는 것은 둘째고 돈이 잇서야지요』하고 역시 일본말을 석거서 대답하는 사람은(…) 이곳에서는 일본말하는 것이 큰 자랑이요 구직하는데 필요한 무기가 되는 듯 하다." (微笑生, 「記者總動動, 大京城白書暗行記(제2회)」, 『별건곤』 제4호, 1927.2.1.)

12) 조선시대로부터 대한제국기에 이르기까지 도성 내에는 빈민굴의 존재가 허락되지 않았으나, 일제 강점 이후 실업상태에 내몰린 원(元) 경성거주 조선인과 지방에서 토지조사사업, 산미증식계획 등의 식민지 농정(農政)에 따라 몰락한 농민들이 다수 경성에 몰려들면서 상당 규모의 빈민 집단이 형성되었다. 이들은 가뜩이나 비좁아진 북촌에서 행랑살이로 연명하지 않으면, 성벽 주변이나 도시 외곽에 '토막(土幕)'을 짓고 살아야 했다.
　식민당국자들에게 인식된 '토막민'이란 '하천부(河川敷), 혹은 임야 등 궁유지(宮有地) 사유지(私有地)를 무단점거하여 거주하는 자'로 오늘날의 무허가정착지 주민과 거의 같은 개념이었다. 이 토막민 문제는 1920년대 초반부터 사회문제화 되기 시작하여 1930년대 후반에는 경성부에 2만여 명의 토막민이 거주할 정도로 심각해졌다. 게다가 토막민 문제는 단순히 토막민들뿐이 아니었다. 토막에 거주하지는 않지만 토막민과 거의 비슷하거나 혹은 이들의 생활수준에도 미치지 않을 정도의 궁핍과 기아에 시달리는 빈민층이 광범위하게 존재하였다. (박세훈, 「1920년대 경성도시계획의 성격: <경성도시계획연구회>와 '도시계획운동'」, 『서울학연구』 제15호, 사울시립대학교 부설 서울학연구소, 2000, 192면)

13) 전우용, 「植民地 都市 이미지와 文化現像-1920년대의 京城」, 『한일역사 공동연

질화될 수 없는 곳으로 비춰질 수밖에 없었다.

따라서 다음에서는 경성을 북촌과 남촌으로 나누고 조선인이 각각의 공간에서 식민지 근대를 어떻게 경험하고 있는지 살피고자 한다. 그럼으로써 '식민지' '근대' 어느 한 면만을 강조 해 왔던 오류로부터 벗어나 이 두 요소가 생활공간 경성 안에서, 또 생활하고 있는 조선인에게 어떻게 체감되고 있는지 그 실체를 통하여 식민지 근대를 보다 사실적으로 볼 수 있을 것이다.

1) 북촌-종로, '화미(華美)한 비극'

식민지시기로 한정해 놓고 보면 북촌의 종로는 어둡고 캄캄한 역사적 사건들의 주무대 또는 발원지가 되어 가혹한 민족 시련의 무대[14]가 되었으며, 동시에 끝까지 일본인들의 침투에 저항했던 조선인들의 아성이었다. 그러나 점점 거세지는 '근대'와 '식민'의 침투로 인해 조선인들에게 경성은 "화미(華美)한 비극"(「수부(首府)」)으로밖에 보이지 않았으며, 근대가 곱고 아름다운 것일수록 식민지라는 체제 안에서 느끼는 비극의 강도는 더욱 강해질 수밖에 없었다. 즉 '화미한 비극'으로 요약된 식민지 조선의 근대는 외부로부터 이식된 근대를 경험한 대부분의 국가에서처럼 불일치와 불균형적인 발전이

구보고서』 제5권, 한일역사 공동연구위원회, 2005, 140면.

14) 한국통감부 설치, 고종양위(高宗讓位), 순종즉위, 동양척식주식회사 설립, 경술국치(庚戌國恥), 토지조사사업, 쌀 소동, 3·1운동, 광화문 철거, 총독관 독부 청사 준공, 6·10만세 운동, 신간회사건, 수양동우회사건(修養同友會事件), 중일전쟁, 흥업구락부사건(興業俱樂部事件), 국민정신총동원연맹, 총독관저 중공, 창씨개명 실시, 동아·조선 양대 민족지 폐간, 각종 금속류 강제수집 실시, 방공법(防空法)에 의한 소개(疏開) 실시, 총동원법에 의한 전면징용 실시, 여자정신대근무령 공포 등. 종로구 홈페이지 참고.

나타날 수밖에 없다. 따라서 식민지 시대의 개인들 역시 불일치와 불균형적인 발전을 경험함으로써 다원적 정체성을 가졌을 가능성이 짙다. 따라서 "식민지 시기의 개인들이 항상 일제의 수탈에 고통 받으면서 민족적 투쟁만을 생각하며 살았던 민족투사일 필요도 없으며 동시에 항상 근대성의 불빛 아래서 전근대를 벗어나려고 했던 근대적인 인간으로 인식"[15]될 필요도 없다. 중요한 것은 식민 혹은 근대에 의해 '밀려 쫓겨 나가는 힘'(경성 밖으로)과 근대에 의해 '당겨지는 힘'(남촌을 향하여) 사이에서 식민지 조선을 '화미한 비극'으로 인식하는 생생한 개인의 다양한 모습들에 대한 이해라고 할 수 있다.

다음 오장환의 11연 124행의 장시 「수부(首府)-수부는 비만하였다. 신사와 같이」는 '밀고 올라오는 힘'에 의해 북촌 밖으로 밀려 쫓겨 가는 수부의 모습을 '화장터' '화농된 오점'으로 형상화하고 있다.

> 1
> 수부의 화장터는 번성하였다./ 산마루턱에 드높은 굴뚝을 세우고/ 자그르르 기름이 튀는 소리/ 시체가 타오르는 타오르는 끄름은 맑은 하늘을 어지러이놓는다/ 시민들은 기계와 무감각을 가장 즐기어 한다./ 금빛 금빛 금빛 금빛 교착(交錯)되는 영구차./ 호화로운 울음소리에 영구차는 몰리어 오고 쫓겨간다./ 번잡을 존숭(尊崇)하는 수부의 생명/ 화장장이 앉은 황천고개와 같은 언덕 밑으로 시가도(市街圖)는/ 나래를 펼쳤다 /
>
> 3
> (…)/ 직공들은 키가 줄었다/ 어제도 오늘도 동무는 죽어나갔다/

---

15) 김동노, 「식민지시기 일상생활의 근대성과 식민지성」, 『일제의 식민지배와 일상생활』, 혜안, 2004, 24면.

켜로 날리는 먼지처럼 먼지처럼/ 산등거리 파고 오르는 토막(土幕)들/ 썩은 새에 굼벵이 떨어지는 추녀들/ 이런 집에선 먼 촌 일가로 부쳐온 공녀(工女)들이 폐를 앓고/ 세멘의 쓰레기통 룸펜의 우거(寓居)―다리 밑 거적때기/ 노동숙박소/ 행려병자 무주시(無主屍)―깡통/ 수부는 등줄기가 피가 나도록 긁는다.

4.

신사들이 드난하는 곳/ 주삣주삣 하늘을 찔러 위협을 보이는 고층 건물/ 둥그름한 주탑(柱塔)―점잖은 높게 뵈려는 인격/ 꼭대기 꼭대기 발돋움을 하여 소속(所屬)의 깃발이 날린다./ 무던히도 펄럭이는 깃발들이다./ 씩, 씩, 뽑아 올라간 고층 건물―/ 공식적으로 나열해 가는 도시의 미관/ 수부는 가장 적은 면적 안에 가장 많은 건물을 갖는다./ 수부는 무엇을 먹으며 화미(華美)로이 춤추는 것인가!/(…)

11

수부는 지도 속에 한낱 화농된 오점이었다/ 숙란하여가는 수부―/ 수부의 대확장―인근 읍의 편입

'근대'는 수부(首府)를 "공식적으로 나열해 가는 도시"로 만들었고, 그런 수부 안에서 조선인들은 "기계와 둔감각을 가장 즐"겼다. 즉 '기계'로 상징된 근대는 수부 안의 조선인들을 무감각한, 자아가 정지된 상태로 만들었으며, 이는 '밀고 올라오는 힘'에 대한 무지(無知), 혹은 무방비 때문일 것이다. 따라서 수부가 신사와 같이 비만해 지는 줄도 모르고, 수부가 굼벵이 떨어지는 토막들만이 산등거리를 파고 나날이 늘어 빈곤을 더욱 확장시키는 줄도 모르고 기계와 무감각을 가장 즐기는 조선인이 경성에 존재할 수 있었던 것이다. 수부는 "등줄기가

피가 나도록 긁"지만 "지도 속에 한낱 화농된 오점"으로 밖에 남을 수 없다. '화미(華美)'한 근대는 '비극'의 수부로 남아 "호화로운 울음 소리"를 낼 뿐이다.

북촌의 비극은 '토막'으로 상징된 빈곤 때문만은 아니다. 타자의 근대가 화미(華美)할수록, 호화로울수록 극대화되는데, 즉 북촌의 비극은 남촌과 대비될 때 더욱 증폭된다. 그것은 마치 "갓흔 장안(長安)의 거리에도 진고개의 봄과 종로의 봄은 그 다른바 넘우도 크다. 진고개 상점 문턱에 불이 나도록 밧불때에도 종로의 상점은 여전(如前)이 한적하고 진고개 쇼윈도우에 전시회(展覽會)가 열닐 때도 종로의 그곳엔 여전(如前)한 몬지 오른 녯 물건이 조을고 잇슬 뿐이니 장안의 봄이 엇지 고르다 하랴"16)에서처럼 종로(북촌)의 봄은 진고개(남촌)의 봄과 뚜렷이 달랐다.

이와 같은 진고개의 봄과 종로의 봄 경계를 '종로 네거리'와 '수표교'에서 확인해 보자. 먼저, 조선인이 경험하는 탁류의 한 복판 종로 네거리의 모습이다.

> 네거리 모퉁이에 씩 씩 뽑아 올라간 붉은 벽돌집 탑에서는 거만스런 XII時가 피뢰침에게 위엄있는 손가락을 치여 들었소. 이제야 내 모가지가 쭐 빗 떨어질듯도 하구료. 솔닢새 같은 모양새를 하고 걸어가는 나를 높다란데서 굽어보는 것은 아주 재미있을 게지요. 마음 놓고 술 술 소변이라도 볼까요. 헬멧 쓴 야경순사가 피일림처럼 쫓아오겠지요!// 네거리 모퉁이 붉은 담벼락이 흠씬 젓었소. 슬픈 도회의 뺨이 젓었소/마음은 열없이 낙서를 하고있소. 홀로 글성 글성 눈물짓고 있는 것은 가엾은 소—니야의 신세를 비추는 빨간 전등(電

---

16) 「봄 · 봄 · 을 마지한 서울의 푸로필」, 『별건곤』 제28호, 1930.5.1.

燈)의 눈알이외다./ 우리들의 그전날 밤은 이다지도 슬픈지요. 이다지도 외로운지요. 그러면 여기서 두손을 가슴에 넘이고 당신을 기다리고 있으릿가?

─정지용, 「황마차(幌馬車)」 일부─

  지금도 거리는/ 수많은 사람들을 맞고 보내며/ 전차도 자동차도/ 이루 어디를 가고 어디서 오는지,/ 심히 분주하다.//네 거리 복판엔 문명의 신식 기계가/ 붉고 푸른 예전 깃발 대신에/ 이리저리 고개를 돌린다/ (…)/ 낯선 건물들이 보신각을 저 위에서 굽어본다/ 옛날의 점잔은 간판들은 다 어디로 갔는지?// (…)// 번화로운 거리여! 내 고향의 종로여!/ 웬일인가? 너는 죽었는가, 모르는 사람에게 팔렸는가?/ 그렇지 않으면 다 잊었는가?/ (…)// (…)// 불상한 도시! 종로 네거리여! 사랑하는 내 순이야!

─임화, 「다시 네 거리에서」 일부─

  큰 거리에는,/ 네 거리에는, 누가 있느냐./ 싱싱한 사람 굳은 청년, 씩씩한 웃음이 있는 줄 알았다.// (…) 언제나 눈물 없이 지날 수 없는 너의 거리마다// (…)// 너의 가장 번화한 거리/ 종로의 뒷골목 썩은 냄새나는 선술집 문턱으로 알았다.

─오장환, 「병든 서울」 일부─

  곱고 아름다운 것으로서의 근대와 비극으로서의 식민지가 일본에 의해 비주체적이며 강요된 형태로 수용, 조선인에게는 '매혹과 부정'[17]으로 작용될 수밖에 없었다. 이러한 매혹과 부정이 교차하는 경성 한 복판, 종로 네거리는 시 「다시 네 거리에서」에서 "문명의 신식

---

17) 강경희, 「오장환 詩의 近代的 美意識 연구-8·15 이전 시를 중심으로」, 『어문논집』 제33권 제2호, 한국어문교육연구회, 2005. 6, 307면.

기계"와 "예전 깃발"로 상징된 서로 다른 부류의 "수많은 사람들을 맞고 보내"는 경계 공간으로 그려진다.[18] 이때 "문명의 신식 기계"는 남촌에서 북촌으로, "예전 깃발"은 경성 주변부 혹은 남촌으로 밀려 내려가는데, "예전 깃발"이 종로 네거리를 경계로 하여 북촌 밖으로 밀려나는 힘의 원리는 종로 네거리가 죽었거나, 팔렸거나, 잊었거나 한 것으로부터 비롯된 것이다. 그 힘은 또한 "솔닢새 같은 모양새를 하고 걸어가는 나를 높다란데서 굽어"(정지용), "낯선 건물들이 보신 각을 저 위에서 굽어"(임화)에서 '나', '보신각'으로 상징된 주체를 아래로 굽어보는 수직, 주종의 시선으로 작용하기도 한다. 따라서 "수많은 사람들을 맞고 보내"는 종로 네거리는 이제 더 이상 "옛날의 점잖은 간판들", "싱싱한 사람 굳은 청년, 씩씩한 웃음"이 있던 번화로운 고향이 아니며, "썩은 냄새나는 선술집 문턱" "언제나 눈물 없이 지날 수 없는" 거리로 인식하게 된다.

이와 같이 근대적 도시 경험의 장소로서 네거리[19]가 지닌 교차점, 경계로서의 의미는 「가을의 서울」(3)(김동환 글, 안석주 그림, 『조선일보』, 1928.9.30)의 수표교에서도 확인할 수 있다. 수표교에서 조선인은 결국 남촌을 향해 걸음을 옮기게 된다.

이 수표교(水標橋) 우헤 지금 옷자락을 가을 바람에 가벼히 날니

---

18) "종로 네거리는 토속적이고 가장 한국적인 것이 용해된 거리이면서 역사의 흔적들이 이루어지는 곳이면서 서울의 중심이요, 민족의 심장으로 생각되기에 임화 시에 강과 같은 이미지를 종로네거리에서 상상한다. 이 거리엔 문명이 교차하고, 영욕이 번갈아 다가든다."(채수영, 「임화론」, 『한국문학연구』 제12집, 동국대학교 한국문학연구소, 1989, 17면.)
19) '네거리'는 간선도로들이 서로 간에 관통하는 예가 없이 어긋나게 만든 전통적인 가로 구조에서는 볼 수 없었으며, 식민지 시기 일본의 시구개정에 의해 이루어진 격자형 가로에서 나온 달라진 도시 풍경 중 하나이다.

며 남북으로 서로 교차하여 가는 두 개의 인영(人影)이 잇스니, 하나는 은행(銀行)과 세력(勢力)을 싸질머지고 남촌에서 북촌으로 파드러 오는 나막신 신은 친구요, 또 하나는 여윈 어린에를 한손에 누데기와 시든 집세기 짝을 싼 보작이를 한손에 들고 북촌에서 남촌으로 '오모니' 되려고 올마가는 그 그림자이다. 옛날에는 왕도(王都)의 수변(水變)을 알니든 수표교이더니 지금은 얼마나한 가난이 오르내리는가 하는 것을 측량하는 다리가 되었다.[20]

수표교는 '왕도(王都)'의 상징이다. 그러나 남촌에서 북촌으로 "은행과 세력"을 가지고 밀고 올라가는 일본인과 북촌에서 남촌으로 "가난"을 갖고 쫓겨 가는 조선인이 남북으로 교차하는 지점으로 그려지면서 더 이상 수표교는 '왕도(王都)'의 상징이 될 수 없다. 수표교를 중심으로 이편(북촌)과 저편(남촌)을 넘나드는, 이편을 향한 일본인 그림자와 저편을 향한 조선인 그림자에서 왕도(王都)를 점령당하는 조선인의 모습이 적나라하게 드러난다.

종로 네거리와 수표교에서는 "문명의 신식 기계", "은행과 세력"이 남촌에서 북촌으로, "예전 깃발", "가난"이 북촌에서 남촌으로 서로 교차한다. 일본인의 남촌→북촌, 조선인의 북촌→남촌으로의 이동은 겉으로는 민족별 거주지역의 변화를 의미했지만 안으로는 주(主)와 객(客)이 뒤바뀌는 것을 의미한다. 그러나 주(主)로서 종로 네거리나

---

20) 신명직, 『모던뽀이, 京城을 거닐다』, 현실문화연구, 2003, 22면 각주 재인용.
　여기서 '오모니'(어머니에 대한 일본인의 발음)는 남촌의 진고개로 들어가는 조선인 여자들로, 일본집에 가정부로 들어가는 사람들이었다. 이는 조선인이 경제적으로 쇠퇴하였음을 반영한 것인데, 1928년 한 해 동안 직업소개소를 거쳐 진고개나 구리개 등의 일본인 가정으로 들어간 자는 1,304명(『조선일보』, 1929.1.17)이나 되었다.(김영근, 「일제하 식민지적 근대성의 한 특징-경성에서의 도시 경험을 중심으로」, 『역사와 사회』 제57권, 한국사회사학회, 2000.6, 21면 각주 참고.)

수표교가 객(客)과 교차하면서 그 경계를 허물어뜨릴 수밖에 없었던 것은 순전히 강요된 형태의 식민지 상황만은 아니었을 것이다.

다음 글에서 종로를 '추(醜)로 본' 시선은 앞에서 타자가 주체를 '굽어 본' 시선이 아니라 '네눈이'라는 주체가 스스로 바라 본 내밀한 시선이다. 즉 종로 네거리는 '타자의 시선→종로 네거리←주체의 시선'으로 외부(일본)와 내부(조선)의 시선을 동시에 받음으로써 보다 세밀하게 관찰된다.

> 남촌의 일본 놈의 거리(巨里)는 장차 말할 셈치고 위선(爲先) 북촌의 조선놈의 거리부터 보자. 첫째 종로통부터 나서보자. 야-과연 추잡(醜雜)하구나.
> 가장행렬(假裝行列)이냐? 독각(獨脚)의 작난(作亂)이냐?(…) 아-과연 섭섭하다. 5천년의 역사국(歷史國)의 5백년 수도(首都)의 중앙대거리(中央 大巨里)가 이러케도 추잡하드란 말가?(…) 도로(道路)의 추잡은 결코 안이다. 서대문통으로 동대문통-직선이요 널다란 도로-그야말로 엇던 도회에 비해서도 결코 손색이 업슬 듯하다. 추(醜)의 요점은 사람 놈들이다. 사람 놈들의 하는 즛들이다. 자-보자. 사람 놈들의 천태만상-얼마나 추잡한가 말이다. 가장행렬이냐 독각의 작난이냐? 가옥(家屋)의 불통일, 의복의 불통일, 두족(頭足)의 불통일, 행보(行步)의 불통일, 언어(言語)의 불통일, 교제(交際)의 불통일-과연 형형색색이 아니고 무어냐. 빈부의 계급이 그대로 잇고 권력의 차가 그대로 잇는 오늘의 너희들 사회에서 경성의 표면을 보고 함부로 남으랄 수는 업다 만은 그래도 그러케야 추잡하단 말이냐?(…) 야 과연 더럽게도 병신국(病身國)이로구나. 참-불상하다.21)

---

21) 네눈이, 「醜로 본 京城・美로 본 京城」, 『개벽』 제48호, 1924.6.1.

주체가 본 종로는 "도회지닛가 외국 놈도 잇고 서울 놈도 잇고 시골 놈도 잇고 또 부호급(富豪級)의 모양을 낸 놈도 잇고 빈천급(貧賤汲)의 되는 대로 차린 놈"으로 만인만태(萬人萬態)하더라도 "일본 놈을 보고 중국 놈을 보고 서양 놈"을 보아도 조선인처럼 그렇게 가옥(家屋)의 불통일, 의복의 불통일, 두족(頭足)의 불통일, 행보(行步)의 불통일, 언어(言語)의 불통일, 교제(交際)의 불통일이 일어나는 식민지 "너희들 사회"는 되지 않는다는 것이다.[22] 즉 식민지가 경성에 들고 온 근대 문명은 "암흑면의 독류(毒流)를 맨 먼저 가장 즉효적으로 받아서 그들의 생활이 몹시 경박하고 형식적이요 허위적이매 서울의 공기에는 가장 불유쾌한 독액냄새"로 흘러 있으며, 따라서 "정신적 방면이 병행하여 올라가지 못하면 '비빌론' 탑과 마찬가지 필경은 무너"[23]져 버린다는 것이다. 결국 무너진 문명의 바빌론 탑과 함께 "나는 이 거리에서 나를 일엇음니다. 동으로 갓는지 남으로 가야 올을지 북으로 뛰어가야 맞날지 도모지 아지 못하게 날을 일어버럿음니다."[24]에서처럼 식민지 근대 한 복판 종로 네거리는 주체(조선인)의 외적·내적인 무기력함 속에서 그 상징성을 잃게 된 것이다.

북촌을 중심으로 형성된 조선인의 생활은 북촌에서 도시 주변부로 밀려나는 조선인, 종로 네거리에서 남촌을 부정하는 조선인, 종로에 밀려온 남촌에 매혹당하는 조선인이 다층적으로 겹쳐져 나타난 것이 사실이다. 그리고 이러한 다층의 조선인들은 '밀고 올라오는 힘' 근대에 대하여 심리적으로는 매혹당하면서도 현실적으로는 '식민'이라는 주체가 계속 작동하여 "언제나 눈물 없이 지날 수 없는" 무기력한 경

---

22) 같은 글.
23) 김진송, 『서울에 딴스홀을 許하라』, 정신문화연구, 2003, 54-55면 재인용.
24) 「지상영화, 鐘路」, 『삼천리』 제5권 제9호. 1933.9.1.

성에서의 생활을 보여준다는 점에서는 공통적이다. 이러한 공통점은 북촌이 남촌과 대비될 때 더욱 극명해지며, 무엇보다 '정신적 방면'을 병행하지 못했다는 한계를 보여준다.

2) 남촌-진고개, '모조된 자연'

도심부 경성은 청계천을 중심으로 일본인의 남촌과 조선인의 북촌으로 나뉘어 모든 면에서 현격한 차이를 드러냈다. 특히 남촌이라 하면 본정 1정목부터 5정목까지를 가리킨 말로 통칭 '진고개'라고 부른다. 식민지 이전의 진고개는 비만 오면 길이 진흙수렁이 되어 걸어다니기 힘든 경성의 빈민 중에서도 최극빈자가 모여 살던 곳이었으나, 식민지 이후 일본인들이 진고개를 중심으로 거주지를 형성하면서 북촌의 종로와 대비되어 '진고개 신사, 진고개 사랑, 진고개 상품' 등 '근대'를 상징하는 곳으로 바뀌었다. 이러한 진고개의 변화는 "내 집안 더군다나 안방격이 되는 도성 안에다가 남의 식구를 두"기 시작하면서 "주인(主人)도 점점 밧귀"어 "별텬디(別天地)"가 되어 "그 곳을 들어스면 조선을 떠나 일본에 려행이나 온 늣김"[25)]을 갖게 함으로써

---

25) "진고개(泥峴)라고 하면 누구나 다 아는 것이다. 남산(木覓山)을 등에 지고 압으로는 북악을 안고 안저 잇는 실로 요충지대이다. 한참 당년에는 호혼(輻軒)이 왓다 갓다하고 옥교(玉橋)나 보교가 들낙날락하며 사령 군령들의 긴 대답소리와 량반들의 호령 소리가 뒤석겨서 나오든 곳이다. 남북촌에 갈려 잇는 량반들이 그 세력을 다투랴고나 하는 듯이 서로 건너다 보고 경쟁을 하든 량반들의 턴디이엇다. 그러든 곳이 집안 살림이 어느듯 날로 이롭지 못하게 되며 점점 기우러저 감에 딸아 이곳 주인(主人)도 점점 밧귀고야 말게 되엿스니 구한국(韓國)시대에 쇄국정책(鎖國政策)은 도뎌히 지탕하기 어렵게 되며 각처에서 등쌀을 대게 되더니 드듸어 병자년(丙子年) 조일수호통상조약(朝日修好通商條約)이 뎨결된 뒤로 서대문밧(西大門外)에 잇든 일본(日本) 령사관이 지금 왜성대(倭城臺)로 옴기게 되며 이것을 중심으로 그 일대를 일본인 거류지(日本人居留地)로 허하게 되엿다. 그것이 고종(高宗) 이십일년 갑신(甲申)(明治17년)부터이다. (그래서 그네들은 1913년에 市

조선인에게는 일종의 여행지 혹은 구경의 공간이었다. 즉 근대적 상품과 화려한 건물, 네온사인으로 덮인 근대 상품의 진열장이 된 진고개는 조선의 근대를 이해하기 위해 한 번은 거쳐야 할 통과의례의 장소였다.[26]

눈에 띄게 넓어진 도로와 그 위를 달리는 전차와 자동차, 길가의 건물들과 상점들, 다양한 복장의 군중이 지나치는 변모된 진고개에서 조선인은 "볼 일 업시 종노에 나오면 뎡쳐업는 발길이 진고개를 차저가게"[27] 되는, 정신적 상처와 부러움, 환희, 갈등을 함께 안겨준 다층적 이미지의 공간들이었다.

開紀念이라고 30년이 된 축하식을 云하얏다.) 그러케 되니 차차 검은 옷 입고 쑥 대가리들이 작고 이 남촌 일대를 침범하면서부터 슬슬 몰려 나가는 것이 량반이엿다. 그 때는 도성안(都城內)에 다가 거류지를 허한 것이엿지만 그러케 중대하게 보지 안어서 아모도 이것을 반대한 사람이 업섯다. 내 집안 더군다나 안방격이 되는 도성 안에다가 남의 식구를 두고야 엇지 그 살림살이에 대한 비밀(秘密)을 직힐 것인지? 하여간 이가티 하야 현재의 진고개는 완전히 그네들의 텬디가 되엿던 것이다. (중략)

그래서 진고개라는 일홈은 본정(本町)으로 변하고 소슬대문 줄행랑이 변하야 이층집 삼층집으로 변작이 되며 딸아 「청사초롱」 재명등은 천백촉의 뎐등(電燈)으로 밧귀고 보니 그야말로 불야성(不夜城)의 별텬디(別天地)로 변하야 바렷다. 지금 그 곳을 들어스면 조선을 떠나 일본에 려행이나 온 늣김이 잇다." (정수일, 「진고개, 서울맛·서울情調」, 『별건곤』 제23호, 1929.9.27.)

26) "일제 시대 진고개의 혼마치, 황금정, 명치정, 그리고 남산 부근의 일인 주택가를 위시한 남촌은 당시 경성 사람들에게 정신적 상처와 부러움, 환희, 갈등을 함께 안겨준 다중적 이미지의 공간들이었다. 1880년대 몰락 양반들이 살던 남촌 진고개에 몰려온 일본인들은 근대적 땅 소유 개념에 서툴렀던 원주빈들로부터 헐값에 땅을 사거나 고리대로 땅 저당을 받은 뒤 가로채는 수법으로 땅을 넓혀갔다. 그 결과 1910년대 이미 남산 진고개 일대는 '작은 도쿄'를 방불할 정도로 일본색이 물씬 풍기는 시가지가 형성되어 있었다." (노형석, 『한국 근대사의 풍경』, 생각의 나무, 2005(개정판), 230면.)

27) 蒼石生, 「鐘散이·진 散이 서울情調」, 『별건곤』 제23호, 1929.9.27.

『그는 고사(姑捨)하고 자네 진고개 구경하얏나?』

『하고 말고. 서울을 갓다가 진고개 안 보고 구경이 무슨 구경인가.』

『그래 엇더튼가? 그래 시계(時計)줄 잡고 그네 뛰는 아색기 보앗나?』

『보다 뿐이겟나. 지구(地球)뎅이를 안고 뺑뺑 매암도는 아색기까지 보앗지.』[28]

"고양이 뿔하고 처녀(處女) 불알만 업고는 다-잇"는 진고개를 구경한 조선 사람은 백이면 백, 천이면 천 모두다 진고개의 자태와 용모를 입에 침이 마르도록 칭찬하고 또 그 다음 사람이 경성 구경의 삼분지 이 이상은 이 진고개를 보고자 하는 심리로 꽉 차게 되는 것이었다. 그래서 진고개의 유혹에 빠진 조선인들은 "진고개 가서 그 조혼 물건이나 맛 조혼 것을 사 보앗으면 죽어도 한이 업겟다."[29]는 소비경향을 보였으며, 이는 개인적인 소비가 아니라 근대의 표상으로 받아들여졌던 것이다. 따라서 진고개로 이어진 조선의 모던보이·모던걸들은 도쿄 긴자를 헤매는 '긴부라'처럼, 경성의 혼마치(진고개) 부근을 헤매는 '혼부라'가 되기도 하였다.

다음 몇 편의 시는 카페, 백화점, 아스팔트, 공원 등을 전전하면서 커피, 쇼윈도우, 마네킹, 포스터, 자동차, 축음기와 같은 근대와 직면하게 되는 조선인들의 모습이다.

옴겨다 심은 종려(棕櫚)나무 밑에/ 빗두루 쓴 장명등,/ 카페 프란스에 가쟈.// 이놈은 루바쉬카/ 또 한놈은 보헤미안 넥타이/ 뺏쩍 마

---

28) 春坡, 「서울구경 왓다가 니저버리고 가는 것」, 『별건곤』 제23호, 1929.9.27.

29) 정수일, 「진고개, 서울맛·서울情調」, 『별건곤』 제23호, 1929.9.27.

른 놈이 압장을 섰다.// 밤비는 뱀눈처럼 가는데/ 페이브먼트에 흐늑이는 불빛/ 카페 프란스에 가쟈.// (…)//『오 패롤(鸚鵡) 서방! 꾿 이브닝!』/『꾿 이브닝!』(이 친구 어떠하시오?)

－정지용, 「카페 프란스」(『학조』 1호, 1926.6) 일부－

이 밤이여! 이 밤이여!/ 풍염(豊艶)한 멜로디와 춤에 얼리어/ 분별 없는 스텝은 쇠약한 마음을 함부로 짓밟으며/ 견딜 수 없는 괴로움이 축음기 바늘처럼 돌아가도다.// (…)// 우중충한 커피잔이여!/ (…)/ 하룻날의 일과를 찻잔으로 계산해 오며

－오장환, 「선부(船夫)의 노래」(『조선일보』, 1937.6.13) 일부－

「아스팔트」우에는/ 사월(四月)의 석양(夕陽)이 조렵고// (…)// 소리없는 고무바퀴를 신은 자동차(自動車)의 아기들이/ 분주히 지나간 뒤

－김기림, 「아스팔트」(『중앙』 제2권 5호, 1935.5)일부－

「쇼-윈도우」의 마네킹 인형(人形)은 홋옷을 벗기우고서/ 「셀루로이드」의 눈동자가 이슬과 같이 슬픔니다.// 실업자(失業者)의 그림자는 공원(公園)의 연(蓮)못가의 갈대에 의지하야/ 살진 금붕어를 호리고 있습니다.

－김기림, 「가을의 太陽은 「플라타나」의 燕尾服을 입고」(『조선일보』, 1930.10.1) 일부－

쓰르갯바람은 못 쓰는 휴지쪽을 휩싸아가고/ 덧문을 척, 척, 걸어 닫는 상관(商館)의 껍데기 껍데기에는 맨 포스터 투성이./ 좍 퍼지는 번화가의 포스터

－오장환, 「야가(夜街)」(『시인부락』, 1936.12) 일부－

초기에는 일본인 거류지인 진고개를 중심으로, 일본인과 상류층 조선인만이 이용할 수 있었던 카페[30]는 근대 도시화된 경성의 새로운 소비 공간이었으며 카페를 이용한다는 것만으로도 서구와 근대에 밀착되어 있는 것으로 여겨졌다.[31] 그러나 "『오 패롤(鸚鵡) 서방! 꾼 이브닝!』/『**꾼 이브닝!**』(이 친구 어떠하시오?)"(「카페 프란스」)[32]에서처럼 카페에 모인 조선인들의 앵무새와의 대화는 이식된 공간인 카페 안에서 근대와 식민지를 한꺼번에 겪어야 하는 고뇌와 혼란스러움으로 표출될 수밖에 없다. 즉 서구 근대 사회에서 카페는 "각계각층의 사람들이 모여드는 광장 같은 공간이었으며, 그곳은 사회적인 억압이나 제약 없이 정치적인 토론을 할 수 있었고, 새롭게 쏟아지는 각종 정보와 소식을 접할 수 있는 열린 장소"[33]였던 것과는 달리 식

---

30) '카페'가 조선에 도입된 것은 1920년대 말로 추정하고 있지만, 1925년 안석영의 『시대일보』만문만화에는 그때 벌써 카페가 대도시 경성에서 성행하고 있었다고 밝히고 있다. 카페수는 1930년대 본정을 중심으로 한 남촌에만도 적어도 60곳 이상 존재하였으며, 종로 근방에 있는 수는 대략 10여 곳으로 추정되었다. (김경일, 「서울의 소비문화와 신여성: 1920-1930년대를 중심으로」, 『서울학연구』 제19권 제19호, 서울시립대학교 부설 서울학연구소, 2002, 238면 각주 참고)

31) "1920년대부터 도시공간에서 가장 첨단적인 것은 '카페'였다. '카페'는 외국어로 된 이름에서부터 전통적인 기생집과 다르다. 싼 값으로 먹을 수 없다는 점에서, 새로이 유행했던 서민들의 술집인 선술집과도 달랐다. 그것은 현대적이기 때문에 일탈적이었으며, 일탈적 공간이기에 현대적 도시를 형성하는 공간이었다." (김진송, 『서울에 딴스홀을 許하라』, 현실문화연구, 2003, 259면) 그러나 "소비 문화의 발전에 따라 1930년대 이후 서울에 많은 카페들이 생겨나면서 카페의 환락적이고 퇴폐적인 성격은 더해 가는 경향을 보여준다. 카페는 저급하고 퇴영적인 '에로 중심지'로서 그 이미지를 고착화시킨다." (장유정, 「1930년대 서울 노래의 이중성: 웃음과 눈물의 이중주」, 『서울학연구』 제24호, 서울시립대학교 부설 서울학연구소, 2005, 182면 재인용.)

32) 김기진의 「백수의 歎息」(『개벽』, 1924), 김화산의 「惡魔道」(『조선문단』, 1927)·「1930년 짜스 風景畵의 破片과 젊은 詩人」(『별건곤』, 1930.5), 김기림의 「커피 盞을 들고」(『신여성』, 1933.8) 등은 카페를 시 공간으로 다루고 있으며, 이 시기 카페는 특히 예술가와 지식인들을 중심으로 많이 애용되었다.

민지 근대 속 카페는 밀실로서 조선인의 연약한 내면 세계와도 같았다. 따라서 "남달리 손이 희어서 슬"(「카페 프란스」)픈 무기력한 조선인은 "견딜수 없는 괴로움"에 빠져 "이 술집에서 저 카페로 마치 광견(狂犬)과 가티 싸다니는 사이비(似而非) 인테리겐짜의 꼴"34)을 하고 "하룻날의 일과를 찻잔으로 계산해 오"(「선부(船夫)의 노래」)는 진고개의 생활을 반복하게 된다.

마찬가지로 '아스팔트'35)는 경성이 주는 새로운 환상적 경험에 푹 젖은 모던걸의 이미지를 가장 상징적으로 보여주는 또 하나의 공간이다. "이 가운데 어대가 끗인지 모르게 기나긴 밋긴하게 누운 아스팔트 보도-그 뿐인가 모든 도회의 환상을 한 몸에 모아 가지고 서 있는 가로등 그 밋슬 거러가는 그 여자" "그 여자들은 오월의 양광이 차곡차곡 깔리운 아스팔트 우에서 낫잠이라도 잘 것가티 그 수은등(水銀燈)에 빗친 듯 어지럽게 흔들리는 눈을 그 시선을 길바닥에 난사(亂射)"하면서 "백화점 '쇼-윈도우'의 유릿창 압헤서도 입술에 앵무새의 피(구지베니)를 칠하고" "전차에서 내여다 보는 피녀(彼女)의 파우다로 화장한 얼골이 백화점 집열장의 『파라솔-』을 보고 미소"36)

---

33) 박숙영, 「근대문학과 카페」, 『한국민족문화』25, 부산대학교 한국민족문화연구소, 2005, 39면 참고.

34) 최의순, 「가을거리의 남녀풍경-구역질 나는 남성」, 『별건곤』 제34호, 1930.11.1.

35) "아스팔트 길바닥(후에 안 일홈이지만) 허리를 굽혀 손끗으로 쌕-문지러보니 손끄테는 콩가루가튼 보드라운 흙이 약간 무들뿐 길바닥은 손끗다은 자리가 가무시름하게 속살이 내다보인다. 수십만의 사람과 수만의 거마가 번거러웁게 래왕하는 바람에 길이 나서 반들반들해진 줄아럿더니 이제보니 무엇을 깐 것이 확실하다. 잔듸풀 뗏장뜨더시 슬며시 멋장 떠가지고 걸레질 고이하야 방에 까랏스면 만년장판지로 십상 조케 생겻다."는 잡지 내용에서 당시 아스팔트가 조선인들에게 얼마나 새로운 '근대'였는지 알 수 있다. (態超, 「소대가리 京城 쇠골학생이 처음 본 서울, 在京初日記」, 『별건곤』 제50호, 1932.4.1)

36) 신명직, 『모던뽀이, 京城을 거닐다』, 현실문화연구, 2003, 37-38면 재인용. (안석

하곤 하였다. 즉 전차를 타고 아스팔트 보도를 따라가면 카페나 백화
점과 같은 도시 문명과 만나게 된다.

　그러나 아스팔트 끝에서 만난 근대적 소비문명의 상징인 '백화
점'37)의 "쇼윈도와 그 안의 진기한 상품들, 그리고 마네킹에서 근대
의 체취를 강렬"38)하게 느끼게 된다 할지라도 조선인들에게 진고개
의 근대는 "머리가 빠지는 구린내와 이빨이 솟는 시금털털한 냄새.
아ㅡ 니 몸이 옥으러드는 고린 냄새"39)만이 진동할 뿐이다. 따라서 카
페와 백화점으로 이어진 근대, 아스팔트를 걷는 내내 식민지 조선인
들은 페이브먼트에 비친 불빛을 보고 "흐늙이"(「카페 프란스」)게 되
거나 백화점 쇼윈도의 마네킹 인형의 눈동자를 보고 "이슬과 같이
슬"(「가을의 太陽은 「플라타나」의 燕尾服을 입고」)픈 것은 바로 근대
의 주체가 되지 못한 조선인의 한계인 것이다. 그리고 식민지 개인의
'막연한 희망' 속에 "재글재글 끌른 타마유길바닥의 고민"40)은 쉽게
끝나지 않는다.

　한편, 카페·백화점·아스팔트 등 진고개가 지닌 '근대'는 밀집된

　　영,「輕氣球를 탄 粉魂群(1)-아스팔트의 딸(1)」,『조선일보』, 1934.1.1 ; 안석영,「오
　　월의 스켓취(1)-初夏의 陽光과 파라솔의 微笑」,『조선일보』, 1934.5.12)
37) 백화점은 단순히 상품을 소비자에게 판매하는 상업기관으로서만 존재하고 있지
　　는 않았다. 새로운 유통시설로서 다양한 기능과 역할을 수행하면서 소비자들의 생
　　활양식도 크게 변모시키고 있었다. 그러한 기능을 크게 세 가지 측면으로 나누어
　　보면 다음과 같다. 첫째, 소비자들의 소비심리를 자극하고 유행을 전파하는 기구
　　로서의 역할, 둘째, 도시민들에게 윤택한 생활을 제공해주는 문화시설로서의 역할,
　　셋째, 오락시설과 행락시설로서의 역할은 물론 상류층의 사교장으로서의 기능도
　　가지고 있었다. (오진석,「일제하 백화점업계의 동향과 관계인들의 생활양식」,『일
　　제의 식민지배와 일상생활』연세국학총서36, 혜안, 2004, 168-172면 참고.)
38) 신명직,『모던뽀이, 京城을 거닐다』, 현실문화연구, 2003, 286면.
39) 崔泳柱,「서울내음새, 서울맛·서울情調」,『별건곤』 제23호, 1929.9.27.
40) 신명직,『모던뽀이, 京城을 거닐다』, 현실문화연구, 2003, 42면 재인용. (안석영,
　　「녀름의 幻想(1): 卓上花의 哀歌-여름 아스팔트의 苦悶」,『조선일보』, 1935.6.23.)

경성을 벗어나려는 욕구를 만들어 냈으며, '공원'은 바로 그 대안으로
도시 일상에서 사라진 자연을 인공적으로 복원한 "모조된 자연"(오장
환, 「수부(首府)중」) 공간이다. 즉 번화가가 형성되고 근대 도시 기능
이 강화되면 될 수록, 그래서 은행과 빌딩들이 도심 한 가운데 빼곡
히 들어서면서 자연환경들도 급속하게 사라지게 되고, 그 대안으로
도시 일상에서 사라진 자연을 인공적으로 복원하려는 시도가 바로
근대 공원의 설치[41]이다. 가장 대표적인 것이 북촌 종로 부근의 창경
원[42]과 남촌 본정 부근의 남산공원인데, 특히 1910년 무렵 형성된 남
산공원은 남산 기슭의 혼마치(本町)를 중심으로 한 남촌이 번화가로
발전한 것과 밀접한 관련이 있다. 이처럼 도시 일상에서 사라져버린
동물들, 혹은 식물과 꽃들을 다시 가까이서 만나기 위해, 공원 한가운
데에는 동물원과 식물원들이 만들어지기 시작했다.[43] 그러나 공원에
서 본 꽃이 "아름다워도 보히고, 원망스러워도 보히고 모던껄은 그
꽃이 부러워도 보"[44]이는 것은 "근대적으로 변화된 사회 속에서 적

---

41) 강심호·전우형·배주영·이정엽, 「일제식민지 치하 경성부민의 도시적 감수성
형성과정 연구-1930년대 한국소설에 나타난 도시적 소비문화의 성립을 중심으로」,
『서울학연구』 제21호, 서울시립대학교 부설 서울학연구소, 106면.
42) "창경궁이 창경원으로 이름을 바꾸면서 동물원과 식물원을 갖춘 시민공원으로
바뀐 것은 1907년 순종이 덕수궁에서 창덕궁으로 옮겨가면서다. 왕족과 귀족이 독
점하던 대규모 정원을 시민에게 공개하면서 시작된 서구 근대공원의 예를 생각해
보면, 창경궁을 근대공원으로 만드는 것은 언뜻 보면 자연스러워 보인다. 하지만
1907년은 헤이그 밀사 사건의 책임을 물어 일본이 고종을 강제로 퇴위시키고 대
신 순종을 즉위시킨 뒤 한일신협약을 체결한 해라는 점, 그리고 1910년엔 이름을
창경원으로 고친 뒤 벚나무를 심고 일반인에게 공개해왔다는 사실 등은 창경궁이
단순히 서구 유형의 공원이 아니라는 점, 곧 식민지 근대화의 산물이었다는 사실
을 보여준다." (신명직, 『모던뽀이, 京城을 거닐다』, 현실문화연구, 2003, 43면.)
43) 신명직, 『모던뽀이, 京城을 거닐다』, 현실문화연구, 2003, 43-44면 참고.
44) 신명직, 『모던뽀이, 京城을 거닐다』, 현실문화연구, 2003, 48면 재인용. (안석영,
「제 눈의 안경……」, 『조선일보』, 1934.4.23.)

응하며 살아갈 수밖에 없지만, 일제에 의한 근대적 변화에 자기 정체성을 갖지 못하고 일정한 거리감"45)을 느껴야 하는 조선인의 식민지 근대에 대한 주변인적 부정 의식 때문이다. 즉 현실을 부정할 수도 없고, 일체감을 갖기도 어려웠을 것이다.

이와 같이 진고개에서의 경험은 새로운 것에 대한 유혹인 동시에 "조선 사람의 피를 빨어 가며 조선의 고혈을 착취"46)당할 수밖에 없었던 가장 곤혹스러운, 또한 가장 위험하고 대하기 어려운 '적(敵)'이었을지도 모른다. 즉 새로운 것의 도입이 가장 먼저 이루어지는 문명화의 척도로써 부정하고픈 진고개인 동시에 부러움과 동경의 진고개를 찾아나서는 일상생활이 바로 현실이었다. 따라서 '히사시가미에 고무신 신은'47) 모습, '일본 옷을 입고 관 쓴'48) 모습으로 나타날 수밖에 없었으며, 더욱 중요한 것은 "『루바스카』를 닙고 여자(女子)는 머리를 깍고 경성(京城) 큰 거리를 배회(徘徊)하는 것을 보고 일부(一部)가 이들을 근대아(近代兒), 근대녀(近代女)로 안 사람이 잇섯다. 그러나 이런 것은 아모 상관업는 일"에서처럼 "최근대의식(最近代意識)을 가지고 시대(時代)에 선행(先行)하는 사람들"49)이 되지 못했기

---

45) 김영근, 「일제하 일상생활의 변화와 그 성격에 관한 연구-경성에서의 도시 경험을 중심으로」, 연세대학교 대학원 박사, 1999, vi면.
46) 정수일, 「진고개, 서울맛·서울情調」, 『별건곤』 제23호, 1929.9.27.
47) "대경성 넓은 바닥에 늘어가는 것이라고는 음식점, 료리점, '카페' 뿐이다. (…) 조선 옷 우에 『에프롱』 들르고 『히사시가미』에 고무신 신은 『웨트레쓰』양! 놀애를 부를가? 『딴스』를 할가? 새빨안 술이나 마시어볼가? (…) 오오 『히사시가미』에 고무신 신은 여자여! 이십세긔라는 현대가 당신이 잡고 잇는 술잔 속에서 한숨을 쉰다. 한숨을 쉰다." (안석영, 「만화로 본 경성」(2), 『조선일보』, 1925.11.5.)
48) 유광렬, 「나 亦 求景의 榮光을 입던 니약이」, 『개벽』 제41호, 1923.11.1.
49) 유광렬, 「모던이란 무엇이냐, 모-던껄·모-던뽀-이 대논평」, 『별건곤』 제10호, 1927.12.20.
   "「모던껄」이 나오면 피아노나 활ㅅ동사진관이 따라나오고 「모던뽀이」를 말하면

때문에 카페·백화점·아스팔트·공원 등 진고개에서의 근대 경험은 그 어디에도 흡수되지 못한 채 일정한 거리를 갖고 경성의 주변인으로 남을 수밖에 없었다.

3. '난장이가 쓴 큰 갓', 그 불균형한 포즈에 대한 이해

앞에서 식민지 근대가 어떻게 우리의 전통을 변화시켰고, 개인의 일상에 어떤 영향을 미쳤는지 살피는 작업은 매우 중요하다고 말했다. 식민지가 "전통을 파괴하거나 변형시키려고 함과 동시에 때로는 전통을 선택적으로 통합하면서 근대성을 확립"[50]하려고 시도할 때, 근대는 반드시 전통보다 우월한 것도 아니며, 전통 또한 반드시 극복되어야 할 것도 아니라는 사실에 대한 우리의 인식은 무엇보다 근대를 진보의 형태로 보는 것으로부터 벗어나는 것을 의미한다. 이는 식민지 근대에 대한 접근이 '근대(타자)' 혹은 '전통(주체)'의 입장 하나를 선택하고 다른 하나를 배격하는 방식으로 이루어질 것이 아니라, 식민지성과 근대성이 중첩되어 경성이라는 하나의 전체를 구성했을

기생ㅅ집이나 극장이나가 따라나오는 것만은 사실이다. 내 자신도 「모던껄」하면 현숙한 맛은 쑥 드러가고 화사하고 요염한 계집-단스장에 나가는 녀배우 비슷한 계집에게서 밧는 듯한 늑김을 어렴푸시나마 밧게 된다. 그와 가티 「모던뽀이」에게서는 일 업시 히야까시나하고 빤질빤질 계집의 궁둥이나 쪼차 다니는 엇던 그림자 가태서 건실하고 강직한 늑김은 못 밧는다. 딴은 「모던껄」「모던뽀이」라는 말을 일본이나 조선서는 「불량소녀」「불량소년」 비슷한 의미로써 쓰는 까닭에 그러케도 늑겨지겟지만 그 자체가 우리에게 주는 늑김도 현숙하고 건실하다는 늑김이 아닌 것만은 사실이다. (…) 심한 이는 「못된껄(모던껄)」,「못된뽀이(모던뽀이)」라고 까지 부르며" (최 학송, 「데카단의 상징, 모던-껄·모-던뽀-이 대논평」,『별건곤』 제10호, 1927.12.20.)

50) 김동노, 「식민지시기 일상생활의 근대성과 식민지성」,『일제의 식민지배와 일상 생활』, 혜안, 2004, 20면.

실제 모습을 중심으로 이루어져야 한다는 것을 말한다.

이 글에서는 식민과 근대가 중첩된 도시 경성 속에서 조선인 개개인이 어떻게 다층적으로 겹쳐져 포즈를 취하고 있는가를 살펴보았다. 경성을 북촌과 남촌으로 나눈 이유는 이들 각각의 공간이 조선인 거주지와 일본인 거주지로 분리되어 있으면서, 이는 곧 식민과 근대가 녹아 있는 정도가 다르기 때문이다. 따라서 북촌과 남촌에서 조선인이 겪는 식민지 근대가 다른 것은 '밀고 올라오는 힘'과 '밀려 쫓겨나가는 힘', 그리고 '당겨지는 힘'의 강도가 다르기 때문이며, 그 힘의 강력한 정도에 따라 조선인의 포즈 또한 달라지는 것이다. 그리고 그 결과는 북촌의 경우, 도시 주변부로 밀려나는 조선인, 종로 네거리에서 남촌을 부정하는 조선인, 종로에 밀려온 남촌에 매혹당하는 조선인이며, 남촌의 경우, 모던 보이와 모던 걸, 혹은 혼부라로 나타나게 된다. 그리고 이들은 공통적으로 식민지 근대라는 현실을 부정하지도 못하고 또 자기가 속한 곳에 일체감을 갖지도 못하면서 변화된 사회 속에서 적응하며 살아갈 수밖에 없었다. 이러한 조선인의 일상이 곧 도시 경성을 통해서 볼 수 있는 식민지 근대 그 중심인 것이다.

그렇다면 다층적으로 겹쳐진 포즈를 취하고 있는 경성, 식민지 근대는 어디를 향해 움직이고 있었을까. 다음은 그 당시 잡지에 실린 내용인데, 좀 긴듯하나 당시 조선 지식인이 지닌 조선의 미래에 대한 의식을 알 수 있을 듯 하여 인용한다.

> 「조선은 어데로 가나?」
> 이 한마듸의 말은 조선사람이면 누구나 한번 생각하여보지 안이치 못할 문제이다. 돌으켜 보건대 조선은 사천년의 긴동안을 두고 역사의 페이지를 인(印) 찍으며 금일의 「현재」까지 걸어왓다.

그러나 조선의 「현재」는 결코 우연이 안이요 종으로 역사적 필연과 횡으로 사회적 필연...이 양대 필연의 교차점에서 조선의 「현재」가 지어진 것이다. 멀니 고대에까지 역급(逆及)치 안이하더래도 1910년대의 조선은 그 발전과정으로 보아서나 세계적 추세로 보아서나 일대 사회적 변동이 일어나지 안이치 못할 필연의 조건하에 처하여 잇섯다. 즉 정치적으로는 봉건적 전제정치로부터 자유민주정치로 경제적으로는 자급경제시대로부터 자본주의(초기)경제시대로…

그러나 때는 이미 느젓섯다. 당시의 조선은 스사로의 힘으로써 스사로의 진로를 조종하기에는 인방(隣邦)의 거름이 넘우나 압홀 서 잇섯다. 경술(庚戌)의 정치적 변동은 조선의 역사가 가질 필연의 운명이 안인 것이 안이나 불가항력의 지배를 바든 때문에 조열(早熱)이엇고 또한 략형적(略型的)이엿섯다.

최근의 과거를 이러한데 둔 조선의 「현재」다.

「현재」는 엇더한가?

정치적으로는 다만 다스림을 입고 잇슬뿐이니 말을 할 자료가 전연(全然)업다.

정치는 경제적 활동의 수단이다. 그럼으로 경제의 기성세력에 대하야는 정치적…이 업시는 대립적 경제…이 불가능한 것이다. 정치와 경제가 이러하니 달은 것은 말할 것조차업다. 이러한 「현재」는 엇더한 미래를 향하야 발전이 되려는가?[51]

먼저, 눈여겨 볼 내용은 조선의 '현재'가 우연히 만들어진 것이 아니라 종으로는 역사적 필연과 횡으로는 사회적 필연이라는 교차점으로 만들어진, 일어나지 않으면 안 될 필연의 조건 하에서 만들어졌다는 시대를 바라보는 능동적인 인식을 소유하고 있다는 사실이다. 즉 능동적인 인식의 소유는 "스사로의 힘으로써 스사로의 진로를 조정

---

51) 「朝鮮은 어데로 가나?」(설문), 『별건곤』 제34호, 1930.11.1.

하기에는 인방(隣邦)의 거름이 넘우나 압흘 서잇섯"던 조선이 처한
현재 문제를 감상적인 울분으로부터 벗어나 비교적 객관적인 시각을
갖게 해 줌으로써 해결의 가능성을 찾을 수 있기 때문에 중요하다.
이것은 같은 글에서도 확인된다. 조선 언론계의 향방에 대하여 "「조
선」이라는 전제가 잇스니 「조선이 가는데」로 갈터이지요. 조선이 임
이 순풍을 일흔배(舟)라. 「어데로 가야하겟다」든가 「어데로 가겟다」
가 문제될 수 업는 처지"(薛義植, 언론계)로 부정하지만, "이상에서 현
실적으로, 기분에서 실제적으로, 전문보다는 통속으로, 이론보다는 실
용으로 대체 「질」로 나가지 못할바에는 「양」으로 나갈수밧게는 업스
며, 구원한 근본책이 어려우면 목전의 응급책으로라도 나살수밧게 업
는 법"을 제시, 그 근거는 사회의 모든 현상은 언제든지 동반동(動反
動)으로 움직이는 법이라서 한 가지 경향이 지속되면 그와 반대되는
경향이 외부 혹은 내부에서 생겨 구경향과 대치를 하든지, 극복을 하
든지 또는 신구의 어느 것도 아닌 다른 경향을 낳기도 한다는 것이다.

　　그동안 우리는 "난장이가 쓴 큰 갓", "빈 약병에 꽂힌 뿌리 없는 한
떨기 꽃"과 같은 식민지 근대를 난장이와 큰 갓, 빈 약병과 한 떨기
꽃을 따로 분리하여 저항과 억압, 혹은 절망과 희망의 대립 속(식민
지 수탈론과 식민지 근대화론)에서 어느 한 편을 부정 혹은 긍정하는
방식으로 인식하여 온 것이 사실이다. 즉 어느 한 편만을 강조하고
다른 한 편을 축소시킴으로써 전체를 보지 못하는 어리석음을 범하
게 된다. 더욱이 현재의 관점에서 과거를 이해하려는 태도는 식민지
근대를 특정 이미지로 고착화시킬 위험이 있다. 따라서 "난장이가 쓴
큰 갓", "빈 약병에 꽂힌 뿌리 없는 한 떨기 꽃"은 하나의 전체로서
그 자체가 보여주는 불균형한 포즈를 있는 그대로 보고 이해하는 것
으로부터 식민지 근대에 대한 이해는 시작되어야 한다.

참고문헌

강경희, 「오장환 詩의 近代的 美意識 연구-8·15 이전 시를 중심으로」, 『어문연구』 제33권 제2호, 한국어문교육연구회, 2005. 6.

강심호·전우형·배주영·이정엽, 「일제식민지 치하 경성부민의 도시적 감수성 형성과정 연구-1930년대 한국소설에 나타난 도시적 소비문화의 성립을 중심으로」, 『서울학연구』 제21호, 서울시립대학교 부설 서울학연구소, 2003.

권오만, 『서울의 詩, 서울의 詩人들(일제 강점기 편)』, 혜안, 2004.

_____, 『서울을 詩로 읽는다』, 혜안, 2004.

곽 근, 「식민지시대 문학속의 서울-당대소설을 중심으로」, 『동국어문논집』 제6 집, 동국대학교 인문과학대학 국어국문학과, 1994.

김경일, 「서울의 소비문화와 신여성: 1920~1930년대를 중심으로」, 『서울학연구』 제19권 제19호, 서울시립대학교 부설 서울학연구소, 2002.

김미혜, 「텍스트 해석에 있어서 타당성의 조건에 관한 연구-오장환의 <수부>에 대한 해석을 중심으로」, 『국어국문학』 제135호, 국어국문학회, 2003.12.

김백영, 「왕조 수도로부터 식민도시로-경성과 도쿄의 시구 개정에 대한 비교연구」, 『한국학보』 3권 제29호, 일지사(역사학보), 2003.

김영근, 「일제하 일상생활의 변화와 그 성격에 관한 연구-경성에서의 도시 경험을 중심으로」, 연세대학교 대학원 박사, 1999.

_____, 「일제하 식민지적 근대성의 한 특징-경성에서의 도시 경험을 중심으로」, 『역사와 사회』 제57권, 한국사회사학회, 2000.6.

_____, 「일제하 경성지역의 사회·공간구조의 변화와 도시경험: 중심-주변의 지역분화를 중심으로」, 『서울학연구』 제20호, 서울시립대학교 부설 서울학연구소, 2003.

김용직, 『임화 문학연구』, 새미, 1999.

김유중 편저, 『김기림』, 문학세계사, 1996.

김은정, 「근대적 표상으로서의 여성패션 연구: 모던 걸(개화기~1945년」, 『아시아여성연구』 제43권 제2호, 숙명여자대학교 아시아여성문제연구소, 2004.

김재홍 엮음, 『오장환 전집』, 실천문학사, 2002.

김진송, 『서울에 딴스홀을 許하라』, 현실문화연구, 1999.

김진희, 「1930년대, 식민지 근대의 불모성과 여성-오장환 시를 중심으로」, 『여성문학연구』 제17호, 한국여성문학학회, 2002.

김학동, 『오장환 評傳』, 새문사, 2004.

김형수, 「한국문학의 근대성과 탈근대성의 대화적 상상력」, 『인문논총』 제10집, 창원대학교 인문과학연구소, 2003.

노형석, 『한국 근대사의 풍경』, 생각의 나무, 2005(개정판).

박세훈, 「동원된 근대: 일제시기 경성을 통해 본 식민지 근대성」, 『한국근대미술사학』 제13, 한국근대미술사학회, 2004.

_____, 「1920년대 경성도시계획의 성격: <경성도시계획연구회>와 '도시계획운동'」, 『서울학연구』 제15호, 서울시립대학교 부설 서울학연구소, 2000.

박숙영, 「근대문학과 카페」, 『한국민족문화』 25, 부산대학교 한국민족문화연구소, 2005.

박영택, 「식민지시대도시공간과미술-1930년대 경성의 풍경과 미술」, 『한국근대미술사학』 제10호, 한국근대미술사학회, 2002.

손정목, 「서울 600년의 발자취」, 『서울학연구』 제4호, 서울시립대학교 부설 서울학연구소, 1995.

신명직, 『모던뽀이, 京城을 거닐다』, 현실문화연구, 2003.

연세대학교 국학연구원 편, 『일제의 식민지배와 일상생활』 연세국학총서36, 혜안, 2004.

염복규, 「식민지근대의 공간형성-근대 서울의 도시계획과 도시공간의 형성, 변용, 확장」, 『문화과학』 제39호, 문화과학사, 2004.9.

_____, 「1933-43년 일제의 '경성시가지계획'」, 『한국사론』 제46, 서울대학교 인문대학 국사학과, 2001.

유성호, 「한국 현대문학에 나타난 '서울' 형상 연구」, 『서울학연구』 제23호, 서울시립대학교 부설 서울학연구소, 2004.

이경재, 『청계천은 살아 있다』, 가람 기획, 2002.

이규목·김한배, 「서울 도시경관의 변천과정」, 『서울학연구』 제2호, 서울시립대학교 부설 서울학연구소, 1994.

이운용, 「都市空間과 金海剛의 抵抗詩-1930년대의 도시를 중심으로」, 『비평문학』 제4호, 한국비평문학회, 1990.9.

이윤미, 「식민지 교육의 연속성에 대한 관점과 식민주의의 '근대성'에 대한 논의」, 『한국교육사학』 제26권, 제2호, 2004.10.

이혜은, 「寫眞으로 본 서울의 都市景觀-1890~1930년대」, 『사진지리』 제4호, 한국사진지리학회, 1996.

이희제, 「일제 식민지 시기 지주자본전환의 한 양상에 관한 연구」, 『사회발전연구』 제6호, 연세대학교 사회발전연구소, 2000.

임화, 『현해탄』, 기민사, 1987.

장유정, 「1930년대 서울 노래의 이중성: 웃음과 눈물의 이중주」, 『서울학연구』 제24호, 서울시립대학교 부설 서울학연구소, 2005.

전우용, 「종로(鐘路)와 본정(本町)-식민도시 경성(京城)의 두 얼굴」, 『역사와 현실』 제40호, 한국역사연구회, 2001.6.

_____, 「植民地 都市 이미지와 文化現像-1920년대의 京城」, 『한일역사 공동연구보고서』 제5권, 한일역사 공동연구위원회, 2005.

조혜옥, 「도시공간과 빈민의 시-김기림의 시」, 『한국문학이론과 비평』 제23집, 한국문학이론과 비평학회, 2004.6.

채수영, 「임화론」, 『한국문학연구』 제12집, 동극대학교 한국문학연구소, 1989.

한국역사연구회, 『우리는 지난 100년 동안 어떻게 살았을까 1, 2』, 역사비평사, 1998.

허영란, 「근대적 소비생활과 식민지적 소외」, 『역사비평』 제4호, 역사문제연구소, 1999 겨울호.

홍영기, 「일제강점기(1920~1945)에 대한 2004년의 연구 현황과 과제」, 『역사학보』 제187집, 역사학회, 2005.

『개벽』 제41호, 1923.11.1./ 제48호, 1924.6.1.

『별건곤』 제4호, 127.2.1./ 제10호, 1927.12.20./ 제23호, 1929.9.27./ 제28호, 1930.5.1./ 제34호, 1930.11.1./ 제35호, 1930.11.1/ 제50호, 1932.4.1.

『삼천리』 제5권 제9호, 1933.9.1

『서울』 창간호, 1920.4.

『조선일보』, 1929.1.17.

『중앙일보』, 1931.11.30.

조망 – 국어에 대한 일본어의 간섭

김광해*

1. 머리에

국가의 불행한 역사가 남긴 앙금은 과연 얼마나 많은 세월이 흘러야 말끔히 가시는가? 특히 그 앙금이 언어에 관련된 것일 때, 그 앙금은 과연 말끔하게 청소를 해 낼 수는 있는 것인가? 아니면 아예 불가능한 것인가?

한일간의 불행했던 근대사의 과정을 통하여 일본은 우리의 말에도 엄청난 앙금을 남겼다. 우리말에 남아 있는 일본어라는 냄새가 현저하여 금세 눈에 뜨이는 것도 있고, 이것마저인가 할 정도로 전혀 그런 냄새조차 풍기지 않는 것도 있다. 따라서 그 앙금 중에는 이미 청소가 되었거나 앞으로 청소하는 일이 가능한 것도 있고, 불가능한 것처럼 생각되는 예도 있다. 이 글에서는 우리말에 끼친 일본어의 영향을 크게 두 가닥으로 구분하여 조망한다.

그 하나는 일본에서는 화어(和語)라고 부르는 말들, 즉 일본어의

* 전 서울대학교 교수
　이 글은 필자 생전에 발표한 글을 유가족의 허락을 얻어 옮겨 실은 것이다. 삼가 고인의 명복을 빌며, 옮겨 싣기를 허락해주신 선생께 감사드린다.

고유어들이거나 그에 준하는 말들이 우리말에 들어온 경우이다. 한자로 적기는 하지만 일본에서 훈독을 하고 있는 말들이 여기에 포함되며, 일본에서 먼저 창작된 뒤 우리말에 영향을 끼친 것으로 생각되는 숙어 표현들도 여기에서 다룬다. 이러한 일본어들은 그간 꾸준한 정화 작업을 통해서 많이 사라졌거나 잊혀져 가는 중에 있다.

다른 하나는 일본에서도 근세 및 개화기에 서양의 문물을 받아들이는 과정에서 그들이 열심히 번역해 낸 일제 한자어들이다. 일본에서는 흔히 이를 역어(譯語)라고 부른다. 엄청난 양에 달하는 이러한 한자어들에 의해서 현대 국어의 어휘 체계의 특징 자체가 바뀌었다고 지적될 정도이다. 이 말들은 비록 만들어지기는 일본에서 만들어졌을지라도 한자를 성분으로 하고 있어서 일반인들은 아예 그것이 일본에서 번역되어 수입된 한자어라는 사실을 모르거나, 아니면 전자와는 달리 저항감이 덜한 것들이다. 이 말들도 역시 뜻있는 사람들에 의해서 꾸준히 청산해야 할 일제의 잔재라고 손가락질을 받고 있다. 그러나 이 유형은 양적으로 엄청날 뿐만 아니라 각 부문에 골고루 침투되어 있기 때문에 단시일 내에 정화할 수 있는 뚜렷한 대책은 보이지 않는다.

2. 일본어의 간섭 과정

1) 우리말과 일본어

그 많은 일본어 또는 일제 한자어들이 어떻게 해서 그토록 쉽게 우리말 속에 들어올 수 있었을까? 여기에는 세 가지 정도의 요인이 복합적으로 작용하고 있는 것으로 생각된다.

우선 한일 두 나라는 언어적으로 서로 영향을 주고받을 수 있는 기반이 남다르다. 우선 양 언어는 전세계에서 사용되는 다양한 언어들 중에서 서로를 가장 유사한 언어로 지목할 정도로 가깝다고 생각하고 있다. 문법 구조가 매우 비슷하여 어순이 대개 같으며, 명사, 동사의 굴절법도 유사하다. 이는 일본어가 우리말에 영향력을 미쳐왔을 때 쉽게 뿌리를 내릴 수 있게 해 준 훌륭한 배양토가 되는 것이었다. 그런데 이 두 언어는 양자의 구조적 특질들로 말미암아 한국어와 일본어가 만나게 될 경우 특히 한국어 사용자 쪽에서 일본어를 수용하는 일이 더 수월하게 되어 있다. 그 반대 방향으로 영향을 미치는 것은 다소 힘들게 되어 있는 것이다. 그 이유는 주로 일본어보다 한국어가 말소리나 문법 부문에서 훨씬 복잡하다는 데 있다. 가령 자음, 모음의 개수에 있어서 한국어는 자음 19개, 단모음 8개(혹은 10개), 반모음 2개를 사용하는데 반하여 일본어는 자음 13개, 단모음 5개, 반모음 2개를 사용한다. 또한 조사나 어미의 개수도 우리말 쪽이 현저하게 분화되어 있어서 그 수효가 많다. 이같은 음소나 문법 요소들의 차이는 결국 일본인 쪽에서 한국어를 배우는 것보다는 한국인 쪽에서 일본어를 배우는 것이 훨씬 더 쉽다는 것을 뜻한다.

또 하나의 언어적 원인으로 지적할 수 있는 것은 한일 양국에서 모두 과거부터 한자를 터득하고 있었다는 점이다. 이러한 요건은 주로 한자어의 수입에 영향을 미쳤는데, 일본에서 먼저 번역된 한자어들이 때마침 개화를 맞아 수요가 폭증하고 있었던 신문물이나 신개념의 표현 수단으로서 별다른 저항감이 없이 공급될 수가 있었다. 이는 비록 일본제라고는 하더라도 개화의 과정에 그 나름대로 기여를 한 점이 있다고 평가될 만하다. 함께 한자를 사용하는 중국에서도 수많은 일제 한자어들을 수입해 들여간 것을 보더라도 한자를 알고 있었다는 환경 요인이 얼마나 중요한 요인으로 작용했던 것인지를 알 수가 있다.

이러한 언어적 원인보다 더 중요한 원인은 문화적 원인이다. 원래부터 물질문명이나 문화 수준의 차이라는 것은 아무리 강력한 쇄국 정책 같은 것으로도 눈가림을 하기가 힘들게 되어 있다. 각종 신발명품들에 의해서 주도되는 물질적 풍요는 일반인들에게 신기함과 안락함, 편리함, 풍요감을 제공해 주는 것이기 때문에 그것의 전파 및 유입을 강제력으로 막기가 힘들다. 외국어는 우선 이러한 선진적 발명품들이나 각종 문명의 이기와 함께 들어온다. 반드시 새로운 발명품 같은 물질적 대상이 아니더라도 수준 높은 학술적, 철학적 신개념들도 술어와 함께 도입된다. 인간이라면 누구에게나 배우고자 하는 마음과 향상되고자 하는 욕구가 본능처럼 자리잡고 있는 것이기 때문에, '배움' 또는 '공부'라는 말로 표현되는 이같은 노력은 권장할 만한 일일지언정 인위적으로 막을 일은 아니다. 실제로 개화기로 지칭되던 시절의 분위기는 바로 선진 문물을 하루라도 빨리 하나라도 더 많이 배우자는 것이었다. 이러한 선진 문물에 대한 갈구의 분위기가 곧 우리 나라의 개화기나 근대화 과정에서 일제 한자어, 또는 일본어들의 대량 도입을 인위적으로 가로막기 어려웠던 중요한 원인의 하나가 된다.

이러한 선진 문명어의 수용 현상은 19세기 중엽 개화기의 일본에서도 일어났던 일인 것임은 물론 오늘날의 일본에서도 여전히 일어나고 있는 현상이다. 나아가 선진국간에서도 일어나고 있는 현상이며 현재도 여러 후발 국가들이 봉착하고 있는 현실이기도 하다. 현대에 이르러서는 국어에 도입되는 외국어의 공급원이 바뀌어 일본어보다는 서구, 주로 미국어의 단어들을 대량 수용해 들이고 있는 현상이 나타나고 있는데, 이 또한 동일한 논리로 설명될 수 있는 것이다.

　일본어가 우리말에 퍼지게 된 이유의 하나로서 정치적인 원인을 거론하지 않을 수 없다. 이미 1910년의 한일합방과 동시에 일인 관리들이 이 땅에 자리잡게 되었고, 아직까지 일반인에게 일어 사용을 강요하지는 않았을지라도 관공서에서 사용하는 각종 공문서들은 당연히 일본어로 작성되었다. 일본어만을 사용한 신문도 발행되었으며, 교육 기관들에서는 일본어로 교수 학습이 전개되었다. 그 중에서도 특히 심각했던 것은 일제 말기에 시행한 우리말 말살 정책이었다. 이처럼 35년이라는 긴 세월 동안 우리 나라가 일본에 예속되어 있었다는 사실 그 자체만으로 이미 일본어가 이 땅에서 활개를 칠 수 있는 충분한 시간적, 공간적 조건이 주어져 있었던 것이다.

2) 일본어의 간섭 약사

　일본어가 우리말에 영향을 끼치게 된 경과를 살펴보면 그 기간이 의외로 길다. 일본어가 우리말에 양적으로나 질적으로 심각한 영향을 끼쳤던 것은 역시 일제 강점기가 중심이 된다. 이 기간은 시간상으로는 35년이 되는데 이 기간만 하더라도 길다면 긴 세월이지만, 실제로 우리말에 대한 일본어의 간섭이 시작된 때부터 살펴본다면 그 기간은 비단 이 35년간으로만 국한되는 것이 아니다. 일본어의 간섭이 본격적으로 개시된 결정적인 계기를 지적해 본다면 역시 1876년(고종 13년)에 일본과 맺은 병자 수호조약이 될 것이다. 그 몇 년 뒤인 1881년에는 홍영식(洪英植), 어윤중(魚允中) 등으로 조직된 신사유람단을 일본에 파견하여 일본의 근대 문명을 시찰하게 하였으며, 같은 해에 김옥균(金玉均), 이듬해에는 박영효(朴泳孝)같은 개화파 인물들이 일본의 문물을 배우기 위하여 도일하였다. 이들은 이 때 이미 일본의 개화 인물 후쿠자와(福澤諭吉)가 설립한 명치 학원에 등록하여 공부하였다는 기록이 있다.[1] 일본어의 간섭은 이미 이 때부터 개화기 지식인들의 왕래 과정을 통하여 시작되었다고 보아야 한다.

이렇게 시작된 일본어의 간섭이 극도화된 것은 두말할 것도 없이 일제 35년 동안이다. 한일합방과 더불어 본격적인 식민지 지배가 시작되면서 이 나라 사람들을 일인화 하기 위한 통치가 시작되었다. 행정, 입법, 사법의 모든 분야가 일인들의 손에 의해 장악되었으며, 이를 위해 일인들이 대량으로 한반도에 건너와 살게 되었다. 반대로 선진 지식을 익혀 출세를 꿈꾸는 우리 나라의 많은 젊은 학생들이 일본으로 유학을 가는 일도 보편화되었다. 이 때에는 이미 '국어'라고 하면 일본어를 뜻하는 것이었고 우리말은 '조선어'라고 불렀다. 우리 나라에서 사용하여야만 하는 공식 용어가 일본어였던 것이다.

1931년의 만주사변이 일어나면서 1936년에 미나미(南次郎) 총독이 부임해 오는 것과 함께 한반도에서도 전시 체제가 운용되기 시작하였으며, 1937년에는 중일 전쟁이 발발하였다. 전시 비상 체제는 더욱 강화되어 1938년에는 이른바 '신 교육령'이라는 것을 발하여 각급 학

---

1) 이 사실에 관해서는 김동인(金東仁)의 다음과 같은 회고가 남아 있다(김치홍 편저, 1984;432).

"동경「명치 학원」이란 학교는 조선 사람과는 매우 인연이 깊은 학교다. 「명치 학원」 조선 학생 동창회 명부를 보자면 박영효, 김옥균, 등이 그 첫머리에 쓰여있고, 내가 그 학교에 재학할 동안에도 백남훈이 5학년에 재학하였고, 문일평, 정광수도 명치 학원 출신이요, 화백 김관호의 그림이 나 재학할 때도 그 학교 담벽에 (김관호도 명치 학원 출신이다) 장식되어 있었고, 현재의 조선을 짊어지고 있는 많은 일꾼이 「명치 학원」을 거치어 사회에 나왔다."

참고: 이하 동일한 책에서 인용한 글은 원래 잡지『신천지』1948년 3월~1949년 8월까지 연재되었던 내용임.

교에서 조선어 시간을 폐지하는 등 황국신민화 교육을 강행하는 한편, 동아일보, 조선일보 등 우리말 신문을 폐간시켰다. 1940년에는 이른바 창씨개명을 강요하였다. 이처럼 한반도에서 사용할 수 있는 공용어로서 일본어만을 강제적으로 인정하는 상황에서 일본어, 또는 일제 한자어들이 우리의 생활 속 깊숙이 침투된 것은 거의 불가항력적인 일이었다.

1945년에 광복을 맞이하게 되어 상황은 확연히 달라졌다. 우리말 속의 일본어는 매우 수치스런 일제의 잔재 중의 하나로서 여겨지게 되었고, 따라서 그 정화 작업이 국어 순화라는 이름으로 전개되었다. 그리하여 오늘의 신세대들에 이르러서는 앞 세대들이라면 당연히 알고 있었던 생활 속의 일본어들을 모르게 되었다. 이는 국어 순화 운동이 지속적으로 전개되면 반드시 성과가 있다는 사실을 말해 주는 결과이다.

이 기간에 들어서서도 주로 한자어로 된 학술 용어, 전문 술어들을 중심으로 일제 한자어의 영향을 완전히 떨쳐버리지는 못하는 상황이 계속되고 있다. 이러한 유형의 단어들은 일본어를 모르거나 그것만을 면밀히 조사를 하지 않을 경우에는 과연 이 말이 일제 한자어인지를 알기 어려운 말들이 많다. 따라서 이러한 단어들에 대한 저항감도 실제로 고유 일본어들보다 덜하다고 볼 수가 있지만, 간단한 확인 작업만 거치면 역시 언젠가는 그 연원이 밝혀질 것이고, 그러고 나면 국어의 발전을 위해 자랑스러운 일은 아니라는 느낌을 가지게 만드는 잔재로서 여기게 될 것이 틀림없다. 이는 앞으로도 당분간은 우리를 고뇌하게 만드는 과제로서 남을 것이다.

기금까지 살펴보았듯이, 우리말에 일본어가 영향을 끼치기 시작한 것은 근대 일본과의 교섭이 본격적으로 시작된 시기를 병자 수호조

약 무렵으로 잡는다면 현재까지 120여년에 걸치는 장구한 세월이 된
다. 이 기간은 우리 나라 전체의 역사로 보면 불과 얼마 되지 않는
기간이라고 볼 수도 있지만, 이 기간은 특히 동양의 국가들이 겪은
근대화 과정의 변화를 생각해 본다면 실로 어마어마하게 중요한 기
간이 된다. 이 기간을 통하여 동양 각국은 문물, 제도는 물론 생활 풍
습에 이르기까지 서양의 것을 전범으로 하여 뒤따라가는 것을 나라
의 '발전'이라고 간주하였다. 그 중에서도 일본은 일찍이 스스로를 동
양으로부터 벗어나서 서양화로 나아가자는 이른바 탈아입구(脫亞入
歐)의 슬로건을 내걸고서 서양 문물을 받아들이는 일에 앞장서 왔다.
이 때에 신문명어의 번역 도입을 위하여 편리하게 사용된 것이 주로
한자였으며 이러한 흐름은 한자 문화권에 속한 우리말의 한자어 부
문에도 커다란 영향을 미치게 되었다. 이러한 문화사, 문명 사상의 흐
름은 지금 우리가 살고 있는 20세기말 현재까지도 변화가 없으며, 이
러한 흐름은 당분간 그 끝을 알 수 없다.

3) 사례 연구 - 김동인(金東仁)의 경우

일본어 또는 일본어식 표현이 우리말에 들어오게 된 것은 주로 당
대에 일본으로 유학을 갔던 지식인들에 의해서였다. 이러한 지식인들
가운데 한 시대를 대표할 만하며 나아가 두고두고 후세까지 우리의
언어 생활에 커다란 영향을 끼친 사람으로 소설가 김동인이 있다. 그
는 특히 자신이 처음으로 소설을 쓰려고 했을 때 언어 문제로 얼마나
고충이 많았는지에 대해 상세한 언급을 남겨 놓았다. 그가 잡지『창
조』의 간행을 앞두고 당시(1918년 무렵)의 일을 회고한 내용들을 살
펴보면 당대 지식인들의 고뇌와 함께, 당시의 지식인들이 일본어를

어떠한 방식으로 받아들였는지 시사해주는 바가 크다. 이 지식인의
경우를 사례 연구 삼아 살펴보기로 하자.

동인은 언어 문제에 대해서 다른 사람들보다 고뇌를 많이 했다는
점, 그리고 그 과정을 기록으로 남겼다는 점 등에서 특이한 경력을
가지고 있는 인물이다. 그는 자신이 처음으로 쓴 소설은 우리말로 된
것이 아니고 일본문으로 된 것이었다고 회고한다. 이에 관한 동인의
술회를 보면 다음과 같다(김치홍 편저, 1984;432).

"일본서도 시마자끼 도오손(島崎藤村) 이하의 많은 문학자가 명
치 학원 출신이라, 따라서 문학풍이 전통적으로 학생들에게 흐르고
있었다. 그러는만치 3,4 학년쯤부터는 그 학년 학생끼리의 회람 잡
지가 간행되고 있었다. 3학년 때에 나도 3학년 회람 잡지에 소설 한
편을 썼다. 지금은 다만 썼었다는 기억밖에 무슨 소리를 썼는지 전
혀 생각이 나지 않지만, 이 일본문으로 쓴 소설이야말로 나의 진정
한 처녀작이다."[2]

여기서 우리는 1920년대의 청년 김동인이 이미 일본말로 소설을
쓸 정도로 일본어에 익숙해 있었다는 사실을 알 수가 있다. 이러한
사정은 다른 많은 지식인들에게도 마찬가지였을 것으로 생각된다. 그
러던 동인이 우리말로 된 소설을 처음으로 작정을 하는데, 그 때의
심정을 다음과 같이 술회하고 있다(김치홍 편저, 1984;434).

"더욱이 과거에 혼자에 머리 속으로 구상하던 소설들은 모두 일

---

2) 작품 이름은 「병상(病床)」이었던 것으로 동인은 다음 글(「병상만록」, 수필, 『매일
신보』, 1931.6.7~18.)에서 밝혔다. 같은 책 432쪽 각주에서 재인용.

본말로 상상하던 것이라, 조선말로 글을 쓰려고 막상 책상에 대하니 앞이 딱 막힌다.

　'가정교사 강엘리자벳은 가리킴을 끝내고 자기 방으로 들어왔다.'

　이것이 나의 처녀작 「약한 자의 슬픔」의 첫머리인데 거기 계속되는 둘째 구에서부터 벌써 막혀 버렸다. 순 '구어체'로 '과거사'로 --- 이것은 기정 방침이라 '자기 방으로 돌아온다'가 아니고 '왔다'로 할 것은 예정의 방침이지만 거기 계속될 말이 'カノ女'인데 머릿속 소설일 적에는 'カノ女'로 되었지만 조선말로 쓰자면 무엇이라 쓰나? 그 매번 고유명사(김 모면 김모, 엘리자벳이면 엘리자벳)로 쓰기는 여간 군잡스런 일이 아니고 조선말에 적당한 어휘는 없고……"

　이는 개명한 세계에 이미 깊숙이 빠져들어간 한 지식인이 자신의 생각을 우리말로 표현해 보자고 마음은 먹었으나 막상 그것을 우리말로 옮기고자 하였을 때 어떠한 상황에 처하였던 것인지를 알려 주는 생생한 자료가 되는 것이다. 이를 뒤집어서 생각한다면 이는 곧 당시의 우리말의 현황이 어떠하였는지를 알 수 있게 해 주는 암시가 되기도 하는 것이다. 말이란 생각을 펼치는 수단일 테인데 1920년대를 전후한 우리말의 상황은 개화한 지식인의 개화된 생각들을 담아 펼쳐내기 위한 도구로서 부족한 점이 많다고 생각했을 것이라는 사실을 짐작할 수가 있는 것이다.

　그러면 이러한 상황에 처한 동인은 어떠한 방법으로 대처하였을까? 다음의 술회를 통해서 일본어가 과연 어떠한 방식으로 지식인들의 우리말 구사에 간섭 작용을 발휘하게 되었는지 그 과정을 간접 체험할 수가 있다(김치홍 편저, 1984;434).

　"이 때에 있어서 '일본'과 '일본글', '일본말'의 존재는 꽤 큰 편리를 주었다. 그 어법이며 문장 변화며 문법 변화가 조선어와 공통되는 데가 많은 일본어는 따라서 선진의 역할을 하게 되었다."

"소설을 쓰는 데 가장 먼저 봉착하여 --- 따라서 가장 먼저 고심하는 것이 용어였다. 구상은 일본말로 하니 문제 안 되지만, 쓰기를 조선 글로 쓰자니, 소설에서 가장 많이 쓰이는 'ナツカシク', '～ヲ感ジタ', '～二違ヒナカッタ', '～ヲ覺ェタ' 같은 말을 '정답게', '을 느꼈다', '틀림(혹은 다름) 없었다', '느끼(혹은 깨달)었다' 등으로 --- 한 귀의 말에, 거기에 맞는 조선말을 얻기 위하여서 많은 시간을 소비하고 하였다. 그리고는 막상 써놓고 보면 그럴듯하기도 하고 안 될 것 같기도 해서 다시 읽어보고 따져 보고 다른 말로 바꾸어 보고 무척 애를 썼다. 지금은 말들이 '회화체'에까지 쓰이어 완전히 조선어로 되었지만 처음 써볼 때는 너무도 직역 같아서 매우 주저하였던 것이다."

이러한 술회들을 통하여 우리는 다음과 같은 몇 가지 사실들을 알 수가 있다. 즉, 당시의 지식인 중의 한 사람인 동인은 글을 쓸 적에 머리 속에서 먼저 일본말로 생각을 하고 나중에 그것을 우리말로 옮기는 방법으로 작품을 썼다. 그 때 자신의 생각을 적절히 표현해낼 수 있는 우리말이 매우 궁색하다고 그는 생각하였다. 이를 구체적으로 바꾸어 말해 본다면, 당시의 우리말이 문법 요소, 어휘, 표현법 등에 있어서 개화된 생각을 표현하기에 부족한 점이 많다고 느끼고 있었다는 말이 된다. 이는 1920년대 당시까지만 하더라도 우리말의 모습이 특히 어휘 체계 면에서 볼 때 일본어 또는 일본식의 표현은 1920년대를 전후하여 각종 문예지나 일간 신문의 창간을 통한 언론 및 문예 활동이 활발해지면서 지식인을 중심으로 하여 본격적으로 도입되기 시작하였다는 결론을 내릴 수가 있다.

이상에서 우리는 김동인이라는 영향력이 컸던 한 지식인, 특히 언어에 민감하지 않을 수 없었던 소설가로서의 지식인이 남긴 회고담을 통해서 그가 일본어로부터 어떻게 영향을 받게 되었는지 살펴보았다. 당시의 많은 지식인들 중에는 동인과 비슷한 고뇌의 과정을 겪은 사람들도 많았을 터이고, 별다른 고민 없이 이미 익숙해져 버린 일본어를 우리말로 간단히 직역, 의역을 하거나 아니면 일본어를 그대로 사용해 가면서 쉽게 쉽게 적응해 나간 지식인들도 또한 많았을 것이다. 수용자의 태도가 어떤 쪽이었든 간에, 다른 각종 문물 제도의 경우에서나 마찬가지로 우리의 것을 일본에 수출하는 쪽보다는 일본의 것을 거의 일방적으로 수입하는 양상으로 전개되었다. 이는 당시의 정치적 상황과 물질적, 문화적 격차, 양 언어의 유사성 등으로 말미암아 거의 필연적인 일이었을 것이다.

3. 국어 속의 일본어

1) 고유 일본어

일본어는 다양한 차원에서 우리말에 간섭을 해 들어왔다. 그 중에는 고유 일본어의 어휘인 다음과 같은 말들이 있다. 우리 주변에서 흔히 사용되다가 지금은 사라졌거나 아직도 흔히 들을 수 있는 말들을 발췌하여 제시하면 다음과 같다(송민, 1979;4~6).

> (1) 아다리, 우끼, 에리, 오뎅, 구두, 곤색, 사꾸라, 사시미, 시다, 다다미, 다마네기, 노가다, 쓰리, 히야시, 마호병, 모데뽀, 모찌, 와사비, 와리바시....

(2) 아지, 아부라게, 이다, 가다, 가다꾸리, 가마이, 게다, 도꾸리, 노깡, 쓰메끼리, 마에가리, 야지, 와이당, 와이로,

이 유형 중에는 일상 생활에서 보편적으로 사용된다기보다는 특수한 분야나 사회 집단에서 부분적으로 사용되어 오던 다음과 같은 잔재들도 있다(송민, 1979;7~10).

(1) 곤조, 습뿌, 시마이, 찌라시, 오야붕, 꼬붕, 분빠이,
(2) 아이노꼬, 이다바, 에노구, 가도방, 간조, 구찌베니, 구미, 사까다찌, 사요나라, 쇼오부, 시로도, 소오당, 당가, 노리까에, 하바, 하니꾸, 히야까시, 홈모노, 몸메, 와꾸, 와리, 아다라시, 신마이, 닥상, ...

이 말들은 일본어라는 냄새가 가장 강한 것으로서 그간 우리는 이러한 말들에 대해 강한 저항감을 보여 왔다. 따라서 이러한 말들은 그간 대표적인 일본어의 잔재라고 지목되어 오면서 꾸준하게 국어 순화의 대상이 되어 왔다. 그러한 운동은 바람직한 성과를 거두어 가고 있어서 오늘의 젊은 세대들은 그 전 세대들과는 달리 위에서 (2)번으로 구분하여 표시한 단어들을 거의 사용하지 않는 것은 물론 이해하지도 못하는 일본어들로 되었다.[3]

---

[3] 이 글을 쓰기 위하여 대학, 대학원에 재학 중인 학생들을 대상으로 간단한 조사를 해 본 결과임. (2)로 구분된 일본어들은 이들이 전혀 이해하지 못하거나 그 정도가 현저히 낮은 일본어들임.

2) 훈독 한자어

이밖에도 우리말에 들어온 일본어로서 다음과 같은 특수한 방식의 차용어들도 있다(송민, 1979;22~25에서 발췌)

> 明渡, 編物, 言渡, 入口, 受取, 埋立, 買上, 追越, 織物, 買入, 買占, 貸切, 貸出, 貸付, 切上, 切下, 組合, 組立, 小賣, 先取, 差押, 差出, 敷地, 下請, 品切, 据置, 競合, 立場, 手當, 手續, 取扱, 取下, 取調, 積立, 落書, 引上, 引下, 引受, 引渡, 引出, 引繼, 船積, 見積, 見習, 見本, 呼出, 割引,

이러한 단어들은 일본에서는 훈독되는 것으로서 쓰기만 한자로 쓴 것이지 사실은 순수한 일본어이다. 우리는 이미 훈독의 습관을 잃어 버렸으므로 이들은 음독(音讀)하는 상태로 우리말 속에 수용되었다. 이러한 유형의 일본어들은 그 사용 범위가 매우 넓을 뿐만 아니라, 일본어를 알지 못하는 사람들에게는 이러한 단어들이 원래 일본어에서 들어온 것이라는 사실조차 인식되어 있지 않다는 점에서 문제가 있다. 따라서 이들은 국어 순화의 제2차적인 대상이 되는 말들이다. 그러나 이 말들의 경우 이미 독자적인 용법과 의미를 획득하고 있는 경우가 많아서 그러한 운동이 얼마나 성공을 거둘 것인지는 현재로서는 미지수이다.

3) 문법 표현

일본어의 영향은 위에서 본 유형들처럼 대개 어휘 부문에서 일어 났다. 그것은 역시 다종다양한 신개념이나, 신문물의 표현을 위한 언어적 요구는 그 대부분이 단어 차원에서 일어나기 때문이다. 그러나 우리말에 대한 일본어의 간섭은 그 비율 면에서는 비록 어휘 부문에 비하여 현저히 낮았지만 문법적 표현들에도 미쳤다. 그 대표적인 것이 조사 '-의'의 과도한 사용 문제이며, '-에 있어서, -에서의, -(으)로서의' 등과 같이 조사를 중첩해서 사용하는 표현들도 일본식 냄새를 강하게 풍기고 있는 것으로 지적되어 왔다. 다음이 그러한 예문들이다.

  나의 살던 고향은 꽃피는 산골 / 새로운 도약에의 길 / 범죄와의 전쟁 / 앞으로의 할 일 / 한글만으로의 길 / 제 나름대로의 기준

  문법 표현에 미친 영향과 관련해서는 이 밖에도 전술한 김동인이 개발하였다고 하는 대명사 '그, 그녀' 등을 비롯해서 '······에 다름 아니다'와 같은 표현 역시 일본어 '······に 違いない'를 직역한 것이라는 지적이 있다. 남쪽에서는 거의 사용되지 않지만 이상하게도 북한 말에서 매우 자주 등장하는 표현인 '-(으)로 되다'같은 표현도 그 예의 하나로 지적해 둘 만하다. 이 표현은 계사 '-이다'를 사용해도 충분히 가능한 자리에 대신 등장하는데 특히 문어에서 그 빈도가 매우 잦다. 가령, 다음의 예와 같이 북한 말에서 흔히 사용되고 있는 이러한 표현은 말미 부분이 아무래도 이상하다.

  "참으로 우수한 민족어를 가지고있는것은 우리 인민의 커다란 자랑으로 된다."[4]

  이 표현은 남쪽의 말로 한다면 '······우리 인민의 커다란 자랑이다.'

---

4) 북한판, 『우리말 어휘 및 표현』, 공업출판사, 1979. 머리말에서. 띄어쓰기는 원문 대로임

라고 해야 자연스럽다. 여기에 계사 대신에 이른바 준계사(pseudo-copula)의 용법으로 사용된 '……(으)로 되다'와 같은 표현은 역사적으로도 우리말에 존재하지 않던 표현으로서 일본어의 '……になる'와 관련이 깊은 것으로 보인다.

문법 표현 중의 하나로서 접미사 '-적'이 광범위하게 사용되고 있는 현상도 지적할 만하다. 그 예는 일일이 열거할 수 없을 정도로 많다. 이 접미사 '적'은 노걸대(老乞大), 박통사(朴通事)와 같은 백화문(白話文) 자료에서 사용되었던 예5)를 제외하고는 개화기 이전의 우리말에서는 거의 찾아보기 어렵던 말이다. 이 접미사가 붙은 단어들은 일본어로부터 그대로 우리말에 들어와 국어에서 널리 사용되고 있다. 이 경우에는 특히 그 용법이나 의미 면에서 일본어와 차이가 나는 점을 발견하기 어렵다. 일본에서 '-적'이 탄생하게 된 과정에 관해서는 서재극(1970;95~96)에서 밝힌 다음과 같은 내용들이 있다.

> 的(teki) [佛 -tique, 英 -tic] …的
> 중국어의 '底'에 해당됨. 明治初에 柳川春三이 처음으로 -tic에다가 的이라는 字를 갖다 붙였다(科學的, 社會的, 心理的, 目的的 등). ― 『角川 外來語辭典』에서
> '的'字를 쓰게 된 것은 -tic과 '的'이 音이 닮았다는 것으로 하여 익살맞게(우스개 삼아) 말한 것일 따름. ― 大規文彦의 『復軒雜錄』에서

이 '-적'이 우리말에 유입되게 된 경위에 대해서도 서재극(1970;95)에서는 "상필 일본에 유학했던 자에 의해서일 것이며, 그것이 활발하게 사용된 것은 1908년 발간된 『소년』지에서부터"라고 지적하고 있다.

---

5) 김광해(1983) 참조.

4) 일제 숙어

일본어의 영향이 단순히 단어 차원에 머무르고 만 것이 아니라 숙어나 관용 표현에까지 이르러 있었다는 사실은 그간 그리 폭넓게 지적되지 않았던 것이다. 일본어의 간섭이 이러한 수준에까지 미쳐 있었다는 사실은 놀라운 일이다. 이에 관한 지적 역시 송민(1979;27~33)에서 이루어졌는데, 거기에다 필자가 조사한 예를 몇 가지만 더하여 제시하면 다음과 같다.

> 애교가 넘친다-愛嬌が溢れる / 달콤한 말-甘い言葉 / 숨을 죽이다-息を殺す / 종말을 고하다-終りを告げる / 어깨를 나란히 하다-肩を並べる / 기억이 되살아나다-記憶が蘇る / 기가 막히다-氣が詰まる / 희망에 불타다-希望に燃える / 혀를 깨물다-舌をかむ / 패색이 짙다-敗色が濃い / 타의 추종을 불허하다-他の追隨を許さない / 눈을 의심하다-目を疑う / 귀를 기울이다-耳を傾けざる / (국제적 마찰을)불러 일으키다-呼び起こする / (석간에)사진이 실려 있다-寫眞がのっている / 빈축(頻蹙)을 사다-頻蹙を買う

이들은 원래 전통적인 일본어식 숙어 표현이거나, 참신한 표현을 추구하기 위한 목적에서 일본의 어떤 문필가나 문인들에 의해서 창작된 것일 것이다. 그러던 것이 참신한 표현을 목마르게 기다리던 우리의 어떤 문필가들에 의해서 하나씩 둘씩 우리말 표현으로 직역 사용되기 시작하였을 것이다. 물론 우리말과 일치하는 표현이 일본어에 존재한다고 해서 무조건 이를 일제 숙어라고 몰아 붙일 수 있는 것만은 아닐 것이다. 그러나 구성 요소가 완전히 똑같은 직역 표현이 양 언어에 존재한다고 할 때, 앞에서 살핀 바 양 언어의 교섭 과정을 고

려한다면 어느 쪽에서 어느 쪽에 영향을 미쳤다고 말해야 할 것인가
하고 물었을 때 답변할 수 있는 폭은 좁아질 수밖에 없다. 이러한 점
은 비록 과거의 불행을 좀더 아프게 상기시킨다고 할지라도 인정하
지 않을 수가 없다.

이러한 일제 숙어 표현들은 앞으로 확인이 되는 대로 정화 작업을
펼쳐야 할 필요가 있다. 필자 자신의 경험이기도 하지만, 장차 우리의
후배들이 일본어를 공부하게 될 때 이러한 표현들을 발견하고는 아
니 이런 것마저도 일본에서 수입한 것인가 하면서 다시 한번 부끄러
운 생각을 가지는 일을 경험하지 않도록 해 주어야 한다는 뜻에서도
그러하다.

5) 일본식 서구어

일본어가 우리말에 끼친 간섭에 해당하는 다른 하나의 유형으로
일본식 서구어가 있다. 일본은 그들의 개화기에 근대 중국어, 포르투
갈어, 스페인어, 화란어, 영어, 독일어, 불어 등을 많이 받아들였다. 이
러한 서구 외래어들이 일본을 거쳐서 우리 나라로 들어오기도 하였
다. 이들은 일본어에 들어와 표기되는 과정에서 일본어 음운 구조의
영향을 받아 원음의 모습을 많이 잃어버리게 되는 곡절을 겪은 뒤 그
대로 우리말에 들어왔다. 이에 따라 다음과 같은 단어들은 그 말이
원래 서구어임에도 불구하고 우리 나라 사람들 중에서는 그 말이 원
래부터 일본말인 줄 알고 있는 사람도 많을 정도이다. 그 예로는 송
민(1979;7~10)에서 제시한 다음과 같은 단어들이 있다.

중국어: 앙꼬, 우동, 고다쓰, 사시, 장껭(가위 바위 보), 단스, 당면,
　　　포대기, 만두, 라면
포르투갈어: 카스테라, 갓빠(천막), 가루다, 사봉, 담배, 뎀뿌라, 빵,
　　　비로드, 보당, 나사(羅紗)
스페인어: 메리야쓰
화란어: 잉끼(잉크), 깡통, 칸데라, 곱뿌, 가라스, 고무, 소오다, 뼁
　　　끼, 뽐푸, 비루(맥주), 마도로스, 란도셀, 임파선, 렛델
영어: 구락부, 구리스, 사라다, 샤쓰, 세에타, 다이야(타이어), 도락
　　　꾸, 도나스, 빠다, 빵구, 빤쓰, 뻰찌, 바께스, 빠꾸, 밧데리, 후
　　　라이판, 마후라, 남포, 와이샤쓰
불어: 쎄무 가죽, 쓰봉, 다오다, 부라자, 낭만, 바리깡
독어: 스피츠(개의 일봉), 데마, 멘스

　이 유형에는 일본식으로 음역(音譯) 표기된 서구어들도 집어넣을
만하다. '獨逸, 佛蘭西'나 '浪漫'같은 말들이 그것이다. 이 단어들은 원
래 일본 발음인 '도이쯔, 후란스, 로망'으로 발음하는 것을 전제로 하
여 조어된 것이기 때문에 일본 발음으로 읽으면 원음에 가까운 것이
지만 국어의 발음으로 읽게 되면 '독일어, 불란서, 낭만'으로 되어 원
래의 발음과 상당한 거리가 생긴다. 이는 원래 우리가 매우 훌륭한
음소 문자인 한글을 가지고 있음에도 불구하고, 한글도 '도이치, 프랑
스, 로만' 등으로 적지 않고 일본식 音譯 표기를 받아들인 결과로 나
타난 부끄러운 유산이다. 이러한 말들은 현재 국어에 깊숙이 뿌리를
내려 아무런 반성 없이 사용하고 있지만 청소해 버려야 할 앙금의 하
나이다.

4. 일제 한자어

1) 신문명 한자어

19세기말 우리 나라의 개화기를 전후한 한일 교섭 과정에서 일본의 언어가 우리말에 끼친 영향을 이야기할 때, 특히 한자를 사용하여 만들어진 신문명어는 특별한 비중을 차지하는 것이다.[6] 우리는 일본으로부터 도입된 이같은 유형의 한자어들에 대해서는 앞에서 다룬 고유 일본어 또는 일본식 표현들과는 다소 다른 시각에서 살핀다.

일본의 영향으로 말미암아 국어의 한자어 부문에서 일어난 변화는 두 가지 양상으로 구별될 수 있다. 그 하나는 양적인 변화로서 과거에는 존재하지 않았던 신문명어들이 대량으로 유입된 것이며, 다른 하나는 질적인 변화로서 동일한 형태의 한자어들의 의미에 개변이 일어난 것이었다. 개화기의 신문명어에 대한 연구로는 주로 송민(1979, 1985, 1988, 1989)에 의해서 이루어진 바 있다. 또한 송민(1990; 70~71)에 의하면 신문명어로 분류되는 한자어를 이른바 '비전통적 한자어'라고 지칭되고 있으며, 이러한 비전통적 한자어가 국어에 수용되는 시기는 최소한 1870년대부터로 잡을 수 있다고 보았다.[7] 이러한 단어들은 '정치, 경제, 사회, 교육, 학술, 제도, 천문, 지리, 신식 문물' 등 사회 전반의 영역에 걸쳐 있다. 송민(1990;74~81)에서 제시된 신문명어의 예를 참고로 보이면 다음과 같다.

---

6) 일본에서는 이를 역어(譯語)라고 부르고 있다.
7) 그 이유는 1876년에 체결된 한일 수호조약에 다녀온 수신사 김기수(金綺秀)의 견문 기록인 「日東記遊」와 「修信使日記」(1880), 이헌영(李𣼗永)의 「日釰集略」 (1881), 박영효(朴泳孝)의 「使和記略」(1882), 박재양(朴載陽)의 「東釰漫錄」(1884~1885) 등을 통하여 상당한 신문명어가 나타남이 확인되었다(송민, 1988).

空氣, 電氣, 地球, 郵便局, 銀行所, 電報局, 理髮, 寫眞, 大學校, 公事, 領事, 內閣會議, 權利, 鐵筆, 鉛筆, 印刷, 牛乳, 電氣燈, 戰線, 石油, 火輪船, 鐵路, 蒸氣, 洋鐵, 鐵絲, 紙錢, 磁石, 病院, 牛痘, 石硫黃, 時械   <원전: 李鳳雲, 境益太郎(1895) '單語連語日話朝携'>

閣議, 開化, 警察署, 公使館, 敎會, 汽船, 內閣, 內務部, 代數, 停車場, 動物學, 東洋, 地球, 禮拜日, 陸軍, 六穴砲, 萬里鏡, 木星, 文法, 博物院, 算術, 商業學校, 植物, 新聞, 銀行, 人力車, 自鳴樂, 自針機, 自行車, 天文學, 下議員, 寒暑針, 顯微鏡, 形容詞, 花草學, 化學, 會社, 黑人   <원전: J.S.Gale(1897) '韓英字典' *A Korea-English Dictionary*에서>

한편, 당시까지 아직 한자어들의 정착이 완전히 이루어지지 않고 경쟁 관계를 유지하고 있었던 시기도 있어 주목된다. 이들은 중국식 번역어와 일본식 번역어 사이의 경쟁이었는데, 뒤에 그 주류는 일본식 번역어를 중심으로 형성되었다. 이는 결국 문호개방과 더불어 밀려들어온 일본식 신문명어가 훨씬 커다란 세력을 발휘하였음을 뜻하는 것이다. 그 예로는 다음과 같은 것들이 있는데 오늘 우리가 사용하는 말들은 거의 일본 쪽의 것들이다.

警時鐘/時鐘/自鳴鐘, 汽船/火輪船/輪船, 汽車/火輪車, 萬里鏡/遠視鏡/千里鏡, 時票/時牌/時械, 巡査/巡檢, 郵信局/郵便局, 自縫針/自針機, 海軍/水軍, 海關/稅關

일본에서 근대에 만들어진 한자어도 사실 두 종류로서, 하나는 중국 고전에 나타나는 어휘를 새로운 의미로 사용한 것으로 '文明, 自由, 文學, 自然' 등이 그에 속하는 어휘이고, 다른 하나는 완전히 신조된 것으로서 '大統領, 日曜日, 演說, 哲學, 美術, 進化論, 生存競爭, 適者生存' 등의 어휘들이다. 일본에서 번역된 이 '大統領'이라는 단어가 이미 1881년에 이헌영(李櫶永)에 의해서 우리 나라에 알려져 있었음에도 불구하고 1891년에 이르기까지 국가 공문서에서조차 president 의 음역인 '伯理璽天德'으로 줄곧 사용되고 있었다는 흥미로운 사실도 밝혀졌다(송민, 1990;73~74). '大統領'이라는 단어가 '國王' 정도의 의미로 이해되고 있었던 것이었기에 이러한 구별은 당연한 일이었을 것이다.

이처럼 한자어 체계에 일어난 변화는 비단 새로운 단어 형태의 등장에만 그친 것이 아니었다. 그 여파는 전통적인 한자어와 동일한 형태를 지닌 한자어들의 의미에 개신에까지 미치기도 하였다. 이는 한자어 부문에 나타난 질적인 변화라고 말할 수 있다. 가령, J.S.Gale (1897)의 '한영자전(A Korea-English Dictionary)'에는 다음과 같은 단어들의 의미가 요즘의 의미가 아니라 아직도 전통적인 의미로 사용되고 있었음을 확인시켜 주고 있다(송민, 1990;81~82).

> 圖書-개인적인 인장, 도장. / 發明하다-변명하다, 증명하다. / 表하다-(종기 등이)돋다, 솟다. / 發行하다-출발하다, 길을 떠나다. / 放送하다-(죄인을)풀어주다. / 職業-직업, 交易, 부동산 등의 뜻. / 社會-희생물을 올리는 제사. / 生産하다-아이를 낳다. / 食品-맛. / 新人-신랑이나 신부. / 室內-남의 아내. / 自然-당연히, 물론. / 中心-마음, 심장. / 創業하다-왕조를 세우다.

이상과 같은 개화기 또는 일제 강점기에 일어난 것으로 보이는 매우 광범위한 일본식 한자어의 영향으로 말미암아 현대 국어의 한자어휘 체계는 그 어형이나 의미 면에서 중국어보다는 일본어에 훨씬 가까운 모습을 가지게 되었다.

서양에서 발생한 신문명어들을 일본에서 먼저 번역함으로써 이루어지는 이러한 차용은 광복 이후에도 의식적, 무의식적으로 계속되었던 것임은 물론 현재도 진행 중이다. 다음의 단어들이 그러한 예들이다.

冷戰, 壓力團體, 微視的, 巨視的, 國民總生産, 團地, 公害

이러한 현상은 특히 전문적 학술 용어의 분야에서 현저하다. 다음은 일본에서 최근에 나온 언어학백과사전(1992)에 나오는 언어학 관련 술어들의 예인데, 그 대부분이 우리 나라에서도 현재 사용하고 있는 말들이다. 이들만을 보더라도 얼마나 많은 용어들이 한일 양 언어에서 공통으로 사용되고 있는지를 알 수가 있다. 한자어로 된 술어에 관련된 이같은 상황은 다른 전문 분야들에서도 마찬가지이다.

強勢, 格, 膠着語, 交替, 肯定, 能動態, 同義語, 動作主, 同化, 母音
交替, 無聲, 反意語, 發話, 附加語, 副詞, 分布, 分節的, 相補的, 先行
詞, 習得, 語尾, 語形變化, 聯想的意味, 容認可能性, 有聲, 類推, 隱語,
音響音聲學, 意味, 人工發話, 人類言語學, 恣意性, 接辭, 接續詞, 條
件節, 助動詞, 抽象的, 破擦音, 形容詞, 活用, 會話의 公準, 喉頭音,
後天的, 休止……

2) 근대 한자어의 탄생

일본에서 이같은 근대적 신문명어가 대량으로 탄생된 것은 주지하

는 바와 마찬가지로 명치 시대를 전후하여 일어난 일이다. 일본의 국
어사에서도 이 시기에 일본어의 어휘 체계가 커다란 변화를 입었다
고 기술하고 있다(佐藤喜代治編, 1977;281). 일본에서는 현대 어휘 성
립의 기점이 된 것을 『百科全書』8)의 편찬과 1855년에서 1858년 사이
에 편찬된 『道譯法爾馬, 도 하루마, 일명, 和蘭字彙』9) 같은 책을 들고
있다10)(佐藤喜代治編, 1977;795).

---

8) William Chambers(1800~1883), Robert Chambers(1802~1871) 공저의
Chamber's Information for the People(1833)을 문부성 주관으로 번역 시작(명
치 6년). 번역자 47명, 교정자 14명, 기타 2명의 인원으로 번역 개시. (명치 17년)
에 이르러 完成. 개화기에 서양 문명을 섭취한 실제 모습을 볼 수 있는 귀중한 문
헌으로 취급되고 있음. 91편에 달하는 내용 거의 모두가 번역이기 때문에, 역어
또는 신어의 형성을 살펴볼 수 있는 자료로서 주목된다. 역어 중에는 비판을 받은
항목도 많으며, 책 자체 속에서 출판한 시대에 따라 「明理學」을 「論理學」으로, 「教
導說」을 「教育論」으로 바꾼 것이 보이기도 하며, 「固勢 → 慣性」, 「毛管引力 → 毛
細管現象」, 「重球 → 振子」, 「寒溫器 → 溫度計」 등과 같이 현대 용어에 도달하는
과도기적 모습을 보여주기도 하는 등 현대 어휘 성립의 기점으로서 중요한 가치가
있다.
9) 『도 하루마』란 화란인 Doeff가 번역한 Halma라는 뜻. Halma란 책 이름이자 곧
사람 이름 Francois Halma. 화란의 사전 편찬자로서 『蘭佛・佛蘭辭典』을 편찬한
사람임. 『도 하루마』란 바로 이 책의 일부를 번역한 것임.
10) 번역자 Hendrik Doeff(1777~1835), 1811~1812년경부터 번역에 착수 1855-8년
사이에 사본으로서 간행됨. 최대의 난일 사서(蘭日辭書)로서 현대에도 충분히 사
용될 수 있을 만큼 실용성을 갖추고 있다. 수록 어휘 약 4만 5천 단어, 후쿠자와(福
澤諭吉)같은 당시의 선각자들이 난학(蘭書) 학습 시에 참고하였던 중요한 사전임.
　근대 일본어 성립을 연구하기 위한 필수적인 문헌. 특히 「病院, 視力, 分母, 花壇,
音響, 詩學, 文學, 文體, 人夫, 光線, 水準, 民俗, 戀人, 國家, 裁判所, 階級, 法律,
接吻, 平和, 平等, 本質, 日曜日, 自由」 등과 같은 다방면에 걸친 譯語가 등장한다.
이는 그대로 현대어의 한 淵源을 이야기해 주는 것이라고 받아들여지고 있다.
　佐藤喜代治編(1977;289)의 『화란자전(和蘭字彙)』항에 의하면 이미 '北極, 南極,
經度, 緯度, 傳染, 消化, 水準, 蒸氣, 揮發劑, 動詞, 自動詞' 등이 명치 이래로 성립
된 한어가 나타나고 있다. 근대 일본인들이 짧은 시간에 구미 문명의 세례를 받아
이를 빨리 일본화하려는 생각에서 당대의 진취적인 인물들이 악전고투하여 이룩
해 낸 결과라고 기록하고 있다.

일본에서는 이러한 외국어를 번역한 말, 정확히 말하여 의미상으로 대응하는 외국어를 가지고 있는 단어들을 역어(譯語)라고 부른다(佐藤喜代治編, 1977;98~89). 그러나 역어에 재료로 사용된 말은 한자어가 화어(和語: 고유 일본어)를 압도하고 있다. 그 이유로서는 한자는 그 수가 많고 의미가 세분화되어 있는데 반하여, 화어(和語)는 어휘 수가 적고 한 단어가 표시하는 의미가 크기 때문에 한자어 하나 하나마다 대응이 이루어지지 않기 때문임이 지적되고 있어서 흥미롭다. 가령 '看, 觀, 見, 察, 視, 睹, 瞥' 등과 같이 세분화된 의미로 나뉠 수 있는 것을 일본어로는 모두 'みる'라고 읽기 때문에 전문어에서는 한자어가 더 선호될 수밖에 없었다는 것이다(佐藤喜代治編, 1977, 98~99쪽). 이는 고유 일본어와 한자어의 일대다 대응 현상을 보이고 있음을 지적한 말인데, 의미의 폭이 넓은 하나의 고유어를 중심으로 분화된 의미를 가지는 다수의 한자어들이 대응 관계를 형성하는 사정은 국어의 경우에도 마찬가지여서 양 언어의 언어적 환경이 유사함을 알 수 있다.[11] 이는 일본에서 만들어진 한자어들이 그처럼 쉽게 우리말에 침투되어 들어올 수 있었던 이유의 하나를 이해할 수 있게 해 주는 것이다. 이같은 신문명어의 대량 확산 현상은 우리말에서만 일어난 것이 아니라 한중일 삼국의 현대 국어 어휘 체계의 중요한 특징으로 지적되는 것이기도 하다.

특히 일본은 이미 16세기 무렵부터 서구와의 교섭을 끊이지 않았으며, 특히 근세에는 네덜란드와 교섭하면서 서양의 학문을 수용하기 시작하였다. 이는 이른바 '난학(蘭學)'이라는 이름으로 에도(江戶:지

---

11) 국어의 일대다대응 현상에 관해서는 김광해(1989)『고유어와 한자어의 대응 현상』참조.

금의 동경) 지역에서 융성하였다. 근대 일본의 많은 선각자들은 바로
이 난학(蘭學)을 통해서 서구의 문명에 입문을 하는 한편 스스로 시
야를 서구의 다른 나라들에까지 넓혀 가면서 열성적으로 서양 문물
을 도입하는데 앞장을 섰다.

19세기 중반에 일어난 명치 유신은 정치뿐만 아니라 문화면에서도
커다란 전환의 시기였다. 언어도 이에 의해 크게 변화하였다. 역어가
범람하면서 차츰 정착되어 가는가 하면, 구어와 문어가 일치하는 방
향으로 나아갔으며, 동경어가 공통어의 지위를 점하게 되었다. 이 때
에 이르러 서양 문화를 본격적으로 수입하게 되는 과정에서 한자가
중요한 수단으로 이용되었다. 그 중에는 일본인이 새로이 번역을 한
것이 많으나 중국의 고전 및 한역 불경 등에 근거를 두고 있는 것도
있으며, 중국에서 새로 만든 한자어도 있다. 전자의 예는 '形而上, 教
養, 國會, 國語, 巡查, 外務' 등이며, 후자의 예로는 중국어에서 직접
또는 사전을 통해서 차용한 다음과 같은 예들이 있다. 森岡建二에 의
하면

(1) 수학 용어 '立方根, 數學, 比例, 方程式'
(2) 기독교 용어 '天使, 洗禮, 默示, 教會'
(3) 정치·법률 용어 '條例, 內閣, 民法, 主權'
(4) 천문·지리학 용어 '熱帶, 半球, 星座, 地平線, 皇道'
(5) 화학·물리학 용어 '凝結, 結晶, 電氣, 炭酸塩'
(6) 의학 용어 '膽汁, 血管, 氣管, 消化, 傳染'
(7) 기타 '教師, 眞理, 學校, 批評, 原稿, 牛乳, 鉛筆'

등 광범위한 내용들이 중국어로부터 들어 온 것이라고 지적하고
있다(佐藤喜代治편, 1977;281). 한편 중국어가 변형되어 들어온 것으

로는

'船房 → 船室, 鐵路 → 鐵道, 現銀 → 現金 博物院 → 博物館, 大概
之論 → 槪論, 結氷点 → 氷點, 養病院 → 病院, 白面人 → 白人, 留在
→ 在留, 加增 → 增加'

같은 말들이 있고, 다음과 같이 중국어의 문자 순서를 바꾼 역순어
도 있다.

'健康, 惡行, 慣習, 事實, 運命, 貯蓄, 認識, 抵抗, 統一'

일본에서 만들어진 역어가 실용화된 것은 영·난학 계의 학자들에
의해서 먼저 문법과 이화학 분야에서 이루어졌다(佐藤喜代治編,
1977;281). '代名詞, 前置詞, 主格, 接續詞, 酸素, 窒素, 無機, 細胞, 花
粉, 雄(雌))蕊' 등을 사용하기 시작한 것이 그 예이다. 번역을 한 학자
의 이름이 확실하게 전하는 것도 있어서 나카무라(中村正直)에 의해
번역된 '結果, 理論, 官僚' 등의 단어, 니시(西周)에 의한 '演繹, 歸納,
哲學, 歸納的, 抽象的, 具體的, 意識, 義務, 觀念, 道德, 觀察' 등의 단
어, 기타 소설가 등에 의해 만들어진 '郵便, 建築, 發見, 洋服, 日(月,
火, 水, 木, 金), 土曜日, 國(公, 官, 私)立' 등의 일상어들도 있다((佐藤
喜代治編, 1977;281). 이같은 여러 분야에 걸친 한자어들의 대량 확산
은 근대 일본어의 가장 중요한 특징으로 지적된 종교, 학문, 기술 등
전문어들에 특히 많고, 문명 개화의 시대에 새로운 개념을 받아들이
기 위하여 한자를 사용한 것이다. 그 후 우리 나라에 대한 일본의 영
향이 점점 강해짐에 따라 이러한 경향은 우리말에서도 거의 비슷하

게 나타나기 시작하였다.

번역어로서의 한자어는 제도, 학문 등 문화의 각 영역에 걸쳐서 사용되게 되었다. 새로 만들어진 한자어들 중에는 중국으로부터 차용한 것에다가 새로운 의미를 부여하여 사용한 것들이 있다. '常識, 良識, 哲學, 郵便, 悲劇, 喜劇, 冒險' 등은 신조어이고, '銀行, 保險, 代數, 幾何, 化學' 등은 중국으로부터 차용한 것, '觀念, 演繹, 良心, 福祉' 등은 예전에 사용되던 한자어를 역어로서 채택한 예이다. 역어도 처음에는 일정했던 것이 아니라 '法敎 → 宗敎, 理學 → 哲學, 血脈 → 靜血, 脈 → 靜脈, 血 → 血液, 金 → 金屬' 등의 과정을 거쳐서 정착하였다.

3) 일제 한자어의 처리 문제

이상에서 살펴 본 바와 같이 서구의 신문명어들이 일본인의 손에 의해서 주로 한자를 이용하여 대량으로 번역되었는데, 이 말들이 일본어 체계 속에 자리잡는데도 우여곡절이 심하였으며 시간도 상당히 걸렸다. 이 말들은 당시의 시대적 상황과 더불어 이미 한자를 잘 알고 있었던 우리 나라에서는 물론 심지어는 한자의 원산지인 중국까지도 별다른 저항감을 보이지 않고 급속도로 수용해 들여감으로써 널리 유포되었다.

이러한 신문명어의 표현을 위한 한자 번역어들에 대해서는 우리는 현재 어떻게 처리하는 것이 좋을지 실로 난감한 실정에 있다. 왜냐하면 이러한 말들이 일본에서 먼저 조어된 것이기 때문에 이를 사용하는 것은 민족적인 수치라고 여기는 주장이 꾸준히 제기되고 있기 때문이다. 예컨대 국어에서부터 물리, 화학, 생물, 예체능 분야에 이르기까지에서 사용되는 상당량의 교수 용어들이 일제 한자어이므로 이를 고쳐야 한다는 주장이 현재까지도 나오고 있을 정도이다(『교육 신문』, 95년 4월 24일자). 이러한 사정은 중국의 경우에도 비슷했던 모양인지 중국의 공산 혁명 시절에 '공산주의, 민주주의'를 비롯한 정치 사상 관계 술어들이 대개 일제임이 밝혀져 고민했었지만 어쩌지 못했다는 이야기도 있다.

일제 한자어가 현대 국어의 어휘 체계, 특히 한자어 부문에 끼친 영향은 생각보다 훨씬 심각한 것이다. 근대에 일어난 일제 한자어들의 유입은 국어의 어휘 체계의 특징마저 변화시켜 놓았다. 만약에 이들을 모두 사용하지 말아야 한다고 결정을 내린다면 우리는 지금 당장 언어 생활이 불가능하게 될 정도인데 이는 결코 과장된 표현이 아니다. 그 사용의 범위가 얼마나 광범위했던지 현대의 한일 양 언어는 특히 한자어 부문에서는 다음의 표에서 보는 것과 같은 정도로 한자어들을 공유하는 상황이 되어 있다.

한국 사람들이 그대로 이해하는 한자어	89	60%
조금 설명하면 쉽게 이해하는 한자어	30	20%
한국 사람으로서 알기 어렵거나, 오해할 수 있는 한자어	30	20%
합계	149	100%

표1) 이 통계는 일본어 교육용 기초 어휘 2,899 항목 중에서 'か' 항에 해당하는 한자어들만을 가지고 분류한 것임.(木村益夫, 1965;75)

이 통계는 일본어 교육을 위한 2,899개의 기본 어휘 중에서 한자어들을 뽑아, 그것을 한국인에게 가르치고자 할 때 한자어들을 어떻게 처리하는 것이 좋을 것인지를 알아보기 위해서 한일 양 언어에서 사용하는 공통 한자어의 비율을 조사한 결과이다. 이 표가 말해 주고 있는 것은 결국 기초 한자어의 60% 정도는 한국인에게 특별히 가르칠 필요가 없다는 것인데, 이를 바꿔 말하면 현대의 국어와 일본어는 한자어 부문에 있어서 60% 이상을 공용하고 있다는 말이 된다. 기초 어휘의 범위를 넘어서 전문어 부문까지 확대하여 조사를 한다면 이 비율은 더욱 심화될 것임이 틀림없다.

일제 한자어를 어떻게 처리하는 것이 좋을까 하는 문제를 둘러싼 고민은 비록 기분은 좋지 않은 것이 틀림없지만 그에 대한 뚜렷한 해결책이 없다는 데에 더 큰 딜레마가 있다. 이들을 모두 조사해서 당장에 제거하여 버리게 되면 우리의 언어 생활 자체가 당장에 불가능해 질 것이라는 상황을 생각해 본다면 우리는 일제 한자어들에 대해서 다음과 같은 너그러운 시각을 가지는 일이 불가피하지 않을까 생각한다.

사실 이러한 단어들은 성격상 일본어라기보다는 일본인에 의해서 먼저 번역된 한자어, 즉 이 글에서 이미 명명하여 사용하고 있듯이 '일제'이기는 하지만 사용이 불가피한 한자어라고 생각해 둔다면 마음이 다소 편해질지 모른다. 이런 점에서 우리 나라 사람으로 신문명어에 해당하는 한자어들에 대해서 불만스러운 점이 있다면 그것을 일본인이 먼저 만들었다는 점뿐이다. 사실 이러한 말들은 일본인이 만든 것이 많기는 하지만 한자를 재료로 하여 조어되었으며, 일본의 한자음(Sino-Japanese)으로 발음될 뿐이다. 한자 문화권에서 한자어를 공유하게 되어 온 중요한 특징 가운데 하나이지만 한자로 된 말을 우리는 우리의 한자음(Sino-Korean)으로 발음하며, 중국에서는 중국의 한자음(Sino-Chinese)으로 발음한다. 결국 이 말들은 한자 문화권에서 공유하는 언어적 자원으로 수용할 수밖에 없을 것으로 생각된다.

5. 맺으며

　지금 이 글을 마치면서 필자 자신이 이 글 속에 사용한 단어들 가운데 과연 얼마나 많은 단어가 일본을 통해서 유입된 것일까 하고 반성해 보니 심정이 매우 착잡하다. 글의 주제 자체가 일본어의 간섭 과정에 대한 조망이었던 까닭에 집필과 퇴고의 과정에서 일본식 표현들을 피하기 위해 상당한 노력을 기울였지만 문장 작성이나 단어의 선택상 불가피한 상황들이 있었다. 여기에는 아마도 필자의 일본어에 대한 깊지 못한 지식도 더불어 작용하였을 것이다. 바로 이것이 오늘의 우리가 처해 있는 우리말의 부끄러운 상황일 것이다. 어떤 나라의 말이든지 외국어의 영향을 하나도 받지 않은 언어를 찾기는 힘들 것이다. 그러나 우리 나라와 일본의 경우는 과거의 불행했던 역사 문제와 관련되는 특이한 상황이 개입되어 있기 때문에, 우리말 속에 유독 일본어의 잔재가 아직도 많이 남아 있다는 사실은 매우 개운하지 못한 것이다.

　이러한 상황을 단시일 내에 벗어날 수 있는 방법을 모색하는 일은 그리 쉬워 보이지 않는다. 그럼에도 불구하고 이 일이야말로 우리의 세대에서 청산해야 할 일제의 잔재라고 지적되는 경향이 강한 것도 현실이다. 그 방향은 두 가지일 것으로 보인다. 하나는 고유 일본어의 처리 문제인제 이에 대한 문제의식은 이미 강렬한 바 있었으며 실천에 옮겨진 사례도 많아서 조만간에 그 청소 작업은 성공적인 결과로 나타날 것으로 보인다. 반면에 일제 한자어 부분은 그 광범위성으로 말미암아 장기간 문제로 남을 것이다. 이를 청소하기 위한 방법은 아직 뚜렷한 것이 없다. 가령 각종 술어들을 고유한 우리말로 바꾸는 방법 같은 것이 있을 터이나 그간 상당 기간에 걸친 실험의 결과도 그리 만족스런 것은 아니었다. 결국 지금까지의 한자어들은 어쩔 수 없는 것이라고 치더라도 앞으로 만들어지는 각종 전문 술어들은 어떻게 해서든 한자가 아닌 고유한 우리말을 소재로 삼아 만들어 나가자는 합의 같은 것이 나올 수 있다면 일제 한자어 문제는 크게 줄어들 것이다. 이를 위해서는 역시 지금보다 훨씬 강력하고 실제적인 영향력을 미칠 수 있는 언어 정책 기구가 국가에 상설되어 이러한 일을 담당할 수 있도록 제도를 개선하는 일이 뒤따라야 할 것이다.

참고문헌

김광해, 1983, 「의미의 도식화와 접미사 {-적}」, 『덕성 어문학』 제1집, 덕성여자대학교 국어국문학과.

_____, 1989, 「고유어와 한자어의 대응현상」, 『국어학 총서』 16, 탑출판사.

_____, 1993, 『국어 어휘론 개설』, 집문당.

김치홍 편저, 1984, 「문단 30년의 자최」, 『김동인 평론 전집』, 삼영사.

서재극, 1970, 「개화기의 외래어와 신용어」, 『동서문화』 제4집, 계명대 동서문화연구소.

송 민, 1979, 「언어의 접촉과 간섭 유형에 대하여-현대 한국어와 일본어의 경우-」, 『성심여대 논문집』 10.

_____, 1985, 「조선 통신사의 일본어 접촉」, 『어문학 논집』(국민대) 5.

_____, 1988, 「일본 수신사의 신문명 어휘 접촉」, 『어문학 논집』(국민대) 7.

_____, 1989, 「개화기 신문명 어휘의 성립 과정」, 『어문학 논총』 8, 국민대 어문학연구소.

_____, 1990, 「어휘 변화의 양상과 그 배경」, 『국어생활』 제77호.

木村益夫, 1965, 「語彙-漢字語彙-, 中國人・朝鮮人に對する漢字語彙教育について」, 『講座日本語教育』 第1分冊, 早稻田大學語學教育研究所.

『言語學百科事典』, 1992, 大修館書店, 東京.

佐藤喜代治編, 1977, 『國語學研究事典』, 明治書院.

개화기의 언어 변화
- 규범이론을 중심으로 -

김남돈*

1. 개화기 언어 변화에 대한 국어학사적 고찰

  개항을 통해 본격적으로 시작된 개화는, 성리학과 유교적 질서 가운데 놓여 있던 조선에 대해 새로운 질서와 변화를 야기시켰다[1]. 정치와 경제는 물론 사회, 문화, 교육, 그리고 제도와 문물에 이르기까지 개화는 전 분야에 걸친 폭넓은 변화를 가져왔다. 개화기는 기존의 구시대적 질서에 대한 반성과 자각을 통한 새로운 질서의 탄생을 예고하였던 것이다. 따라서 개화기는 지금까지 봉건 조선 왕조를 규정하고 지탱하였던 모든 것에 대해 비판적 시각으로 검토하는 계기가 되었을 뿐만 아니라, 서구적 근대 사상에 근거한 새로운 제도와 문물이 이 땅에 물밀듯이 들이닥친 변화와 격동의 시기였다.

  개화는 국어에 대해서도 획기적인 변화를 가져왔다. 「훈민정음」의

---

* 연세대학교 연구교수

1) 여기에서 개화기를 어디에서 출발하여 어디까지로 잡아야 하는가에 대한 시기적 문제가 대두된다. 일반적으로 개화기는 개항에서부터 한일합방(1910) 전까지로 규정하고 있다. 반면에 실학 시대로까지 거슬러 올라가는 견해도 있다.

창제가 국어의 역사에서 한 획을 긋는 첫 번째 물결이었다면, 개화는 두 번째로 들이닥친 변화의 물결이었다. 개화기에 들어서면서 국어에 관한 많은 내용들이 바뀌거나 새로 규정되었고, 새로운 어휘와 문체들이 과감하게 도입되거나 시도되었다. 이미 충분한 논리적 근거를 가지고 있었던 많은 요소들은 새롭게 정당화되는 근거를 부여받게 되었고, 정당성이 부여되지 못하고 일반 말할이들에게 용인되지 못한 언어 요소들은 과감히 탈락되는 비운을 맛보아야 했다. 따라서 개화기 언어 변화의 핵심은 바로 정당성과 유효성으로 대표되는 언어 규범이 되느냐에 달려 있었다. 합리성이 적어도 일반 말할이들에게 용인되어 유효성을 띠면서 정당성을 부여받으면 그것은 하나의 언어 규범으로 굳어지게 되었다.

지금까지 개화기 국어에 관한 많은 논의와 언급이 있었지만 이들은 모두 각론이거나 아니면 특정한 주제에 국한되었을 뿐만 아니라 변화된 모습 자체의 기술에 대부분 머물렀기 때문에 개화기 언어 변화에 대한 전체적이고 체계적인 연구는 없었다고 해도 과언이 아니다. 따라서 산발적으로 제기되었던 개화기 언어 변화에 대한 원인들을 한 꾸러미로 묶어 봄으로써 개화기에 발생하였던 국어의 혁신적인 변화 원인을 밝히는 것은 국어사적으로나 국어학사적으로 충분한 의미를 갖는다고 할 수 있다.

그러므로 이 글은 어휘, 표기법, 문체 등과 같은 개화기 언어 변화의 다양한 모습들을 검토하면서 각 부문에서 변화가 야기될 수밖에 없었던 원인을 규명하고 한 걸음 더 나아가 개화기 언어 변화의 전체적 원인을 밝혀 이를 체계화하는데 목적을 둔다. 사실 개화기 언어 변화에 대해서는 접근해야 할 자료들이 워낙 광범위하게 널려 있고 그 가운데 대표성 있는 자료를 골라내는 자체가 어렵기 때문에 연구의 어려움이 컸다. 단적인 예로 개화기와 식민지 시대를 걸쳐 국한혼용, 한문전용, 한글전용 등과 같은 다양한 문체들이 신문이나 잡지, 소설, 교과서, 관보 등에서 시도되었는데 이 가운데 무엇을 대표적 텍스트로 잡아야 하는가 라는 점이 늘 문제시되었다. 이 문제는 국어학적인 접근뿐만 아니라 역사적 접근과 서지학적 접근이 함께 이루어져야 하는 공동 연구 과제가 될 것이다. 어쨌든 개화기 자료에 대한 정리와 검토가 충분하지 못했기 때문에 오는 어려움이 많았다. 개화기는 현대 국어에 대한 열쇠를 쥐고 있다는 점에서 개화기 언어 변화에 관한 문제는 앞으로 더 많은 논의와 접근이 요구된다.

2. 개화기 언어 변화에 대한 종합적 재검토

1) 문체의 변화와 언문일치

개화기의 국어 변화 가운데 대표적인 것이 바로 새로운 문체의 등장이다. 개화기 전까지는 한문체가 널리 쓰였고, 가끔 토와 어미만을 한글로 표기한 이두나 구결식 문체가 사용되곤 하였다. 물론 내간(內簡)이나 한글 소설을 중심으로 한글체가 명맥을 유지하고는 있었으나 조선 시대의 공식적 의사소통망을 담당하던 것은 한문체였다. 또 조선시대 지배집단이었던 양반들은 한문체에 익숙해 있었기 때문에 새로운 문체를 시도할 필요성이 적었다[2].

---

2) 기존의 성리학을 새로운 관점으로 파악하고 이해하였던 실학자를 중심으로 새로운 문체가 시도된 적이 있었다. 박지원을 중심으로 한 한문 소설에서의 문체 변화였는데, 개화기에 시도된 언문일치와는 거리가 멀었다. 어쨌든 실학 시대의 문체 변화와 개화기의 새로운 문체의 등장은 유기적인 관계 속에서 좀더 연구되어야 한다.

 그러나 서구적 질서와 사상으로 대표되는 개화기에 들어서면서 새
로운 문체가 요구되었다. 개화기에 새로운 문체가 선보이게 된 가장
큰 요인은 새로운 표기방식에 대한 사회적 욕구 때문이었다. 이러한
욕구는 언문일치(言文一致)라는 개념과 함께 개화기 문체 변화에 주
도적인 역할을 담당했다[3]. 글말과 입말의 일치를 추구한 언문일치는
한국뿐만 아니라 근대화를 추구하는 많은 나라에서 필연적으로 일어
났던 것으로, 기존의 권위주의적 글말에 도전하여 이를 부정하고 새
로운 민중들의 언어로 대신하려는 운동이었다.

 또 오랫 동안 입말과 글말의 괴리에서 오는 언어 생활의 불편함이
개화기에 들어 겉으로 확연하게 드러나게 되었다는 점을 들 수 있다.
일반 민중들이 언어 생활의 전면에 등장하였고, 신문과 잡지, 관보 등
과 같이 엄청난 양의 문헌 정보들이 쏟아지면서 입말과 글말의 불일
치는 심각한 문제를 야기시켰을 것이다. 따라서 이러한 불편과 어려
움을 해소하기 위해 신문을 중심으로 국한문체라는 새로운 문체가
시도되었던 것이다.

 그 밖에 유길준, 박영효 등으로 대표되는 개화파들은 개화라는 새
로운 사상을 껍데기만 남아 있던 조선왕조의 대표적 문체인 한문체
로 표현하기보다는 새로운 문체를 통해 나타내고자 하였던 것이다.
그렇게 함으로써 과거의 권위를 부정하고 동시에 자신들의 주장에
대한 또 하나의 정당성을 부여받고자 했다.

---

3) 언문일치(言文一致)의 개념에 대해 김승열은 "... 사용 문자가 한자인가 한글인가
 는 불문에 붙이고 다만 그것이 우리의 상용 구두언어와 일치하는가 하는 것만을
 유일한 기준으로 삼아 구어체를 논하고자 한다. 다시 말하면 언문일치란 구어체의
 글에서 성취되는 것이며 표기문자가 한글 전용인가 한자가 섞여 있는가는 전혀 다
 른 차원의 문제다"라고 함으로써 표기수단의 문제와 분리된 입말체의 실현으로
 파악하였다.

그러나 개화기에 나타난 언문일치라는 개념은 각각 달리 이해되고 인식되었던 것으로 보인다. 대표적으로 유길준과 박영효에서 언문일치에 대한 개념적 차이를 보이는데, 유길준은 언문일치를 한문 읽기 방식에 가까운 것으로 인식한 것 같다. 왜냐하면 『서유견문』을 비롯하여 유길준의 대표적인 저서에서는 대부분 국한문혼용체를 취하고 있는데 한글로 표기된 것은 조사와 어미뿐이다. 이것은 기존의 이두나 구결식 표기 내지는 서당에서 한문을 읽는 방식과 똑 같다. 반면에 박영효는 좀더 발전된 언문일치의 개념을 보여 국한문체이지만 문어체투를 많이 벗어나서 구어체에 가깝다.

한편 서재필의 경우는 아주 발전된 언문일치의 개념을 보이는데 한글 전용의 표기를 취할 뿐만 아니라 입말에 가까운 형식으로 글을 표현함으로써 언문일치라는 개념을 완벽하게 실현하고 있다.

(1) 개화기 문체의 다양성과 언문 일치

개화기에는 기존의 한문체 외에 국한문체와 한글체 등이 새롭게 시도되었다. 국어의 문체는 개화기 글말을 주도하였고 일반 민중들의 의사소통망을 담당하였던 신문에 의해 모색되었는데, 세 가지로 요약될 수 있다. 첫째는 순수한 한문을 그대로 썼던 한문체였고, 둘째는 토와 어미만을 한글로 표기하고 나머지 대부분의 단어는 한자로 표기하였던 국한문체였으며, 셋째는 한글로 모든 내용을 표기하였던 한글체이다. 이 세 가지 문체를 썼던 주요 신문들을 정리해 보면 다음과 같다.

ㄱ) 한문체: 한성순보
ㄴ) 국한문체: 한성주보, 한성신보, 황성신문, 시사총보, 대한일보,

대동신보, 국민신보, 만세보, 조양보, 대한신문, 대한민보, 경남일보
  ㄷ) 한글체: 독립신문, 조선크리스도인회보, 그리스도신문, 협성회
  회보, 경성신문, 대한황셩신문, 미일신문, 대한신보, 뎨국신문, 대한
  민일신보, 중앙신보, 경향신문, 예수교신보, 대동일보, 구셰신문, 예
  수교회보, 대한일일신문

특징적인 것은 국한문체 신문이 주로 국내 인사들에 의해 발행된
것에 반해 한글체 신문은 선교사나 기독교 단체 또는 서구 문물의 영
향을 받은 인사들에 의해 발행되었다는 점이다. 그밖에 관보나 교과
서 등 공식적인 문헌에서는 주로 국한문체를 썼다.
   개화기의 문체는 좀더 세분화될 수 있다. 실제적으로 한문체, 국한
문체, 한글체라는 세 가지 문체는 여러 문헌에서 각각 정도성의 차이
를 보이면서 쓰였다. 국한문체 가운데 한문체와 가까운 것이 있었고,
좀더 한글체에 가까운 것이 있었다. 또 한글체도 표기수단만 한글로
바뀌었지 실제적으로는 문어체투를 벗어나지 못해서 국한문체와 구
별되지 않는 것이 있은 반면 구어체에 가까운 한글체도 있었다. 따라
서 개화기의 문체를 좀더 세분해 보면 한문만을 썼던 한문순용체(漢
文純用體), 한문에 토를 달았던 현음 국한문혼용체(懸音 國漢文混用
體), 국문과 한문을 섞어 표기하였던 국한문혼용체(國漢文混用體),
윤음(倫音)에서 나타나는 국한문양분체(國漢文兩分體), 한글로만 표
기된 국문순용체(國文順用體) 등으로 갈라진다.

(2) 한문체와 국한문체

개화기에 들어서면서 한문체는 사실상 효력을 상실하게 된다. 특
히 대한제국의 선포에 따라 1894년에 과거 제도가 폐지되고 관리 등

용 시험에 국문이 첫 번째 시험 과목으로 채택되었으며 모든 법령과 칙령 등을 국문으로 본을 삼는다는 규정이 제정되면서부터 공문서는 국한문체로 바뀌었다[4]. 1885년 한성순보에 최초로 국한문혼용체가 등장한다. 이 시기는 국문(國文)에 대한 의식이 남달랐으므로 1895년 '獨立誓告文'과 '洪範 14條文'을 순국문, 국한혼용, 순한문 3종류로 표기해서 발표하는 노력을 보이기도 한다.

그러나 대한제국의 시대도 얼마 가지 않아 한국의 자주권은 주변 강대국들의 틈바구니 속에서 명맥만 유지할 뿐이었다. 결국 의욕적으로 선보였던 문체는 국한문체로 굳어지게 되었다. 그러나 국한문체라고 해도 실제적인 내용에서의 변화는 거의 없었다. 즉 기존의 한문체 형식에서 토와 어미만을 한글로 표기한 이두식 표기에 가까운 공문서의 형식은 변화의 시늉만을 취했을 뿐이다. 국가적 의사소통망에서의 이와 같은 형식은 식민지 시대에도 여전히 계속되었고, 해방 이후 오늘날에까지 지속되는 강한 보수성을 보여 준다.

(3) 언해체와 한글체

개화기의 문체 가운데 한글을 전용한 것으로는 외국 서적을 번역한 언해체와 독립신문을 중심으로 시도된 한글체이다. 똑같은 표기수단을 사용하였지만 언해체와 한글체는 내용적으로 큰 차이를 보인다. 언해체는 번역에 따라 글말적 성격이 강하게 나타나고 있다. 반면 한글체는 입말에 가까운 내용과 형식을 보인다. 언해체와 한글체를 비교해 봄으로써 두 문체의 차이를 드러내면 다음과 같다.

---

4) 1894년 7월 3일에 과거제도가 폐지되었고 7월 12일에는 관리 등용 시험에 국문이 채택되었으며 같은 해 11월 21일에는 모든 법령, 칙령 등은 「國文으로 본을 삼고 漢文附譯 혹은 國漢文을 混用」한다는 규정이 제정되기에 이르렀다.

달은 징죠롤 만이 힝흔 거슬 이 칙에 긔록ㅎ미 업고 다못 이거슬
긔록ㅎ문 너희로 예수롤 키리쓰토 하나님의 아달이라 밋게 ㅎ미요
(요한20:30)

우리 신문이 한문은 아니쓰고 다단 국문으로만 쓰는거슨 샹하귀
천이 다보게 홈이라 쏘 구문을 이러케 귀졀을 쎄여 쓴 즉 아모라도
이 신문 보기가 쉽고 신문속에 잇눈말을 자셰이 알어 보게 홈이라
(독립신문 1896년 4월 7일 창간호)

언해체의 대표적인 것은 『易言』을 번역한 것과 위에 제시된 국역
성서의 문체라고 할 수 있다. 국역성서의 문체는 어려운 한자와 문어
체투가 완전히 사라진 것은 아니지만 대체로 입말체에 가까왔다.

개화기의 문체는 단순히 한글로 표기되었느냐 아니면 한자를 섞어
썼느냐로 구분할 것이 아니라 문체를 구성하고 있는 여러 요소의 성
격에 따라 달리 분석되어져야 한다. 즉 대표적인 문체소인 표기요소
와 어휘요소, 구문요소에 따라 문체를 분석되어져야 한다. 표기요소
는 한자와 한글로 양분되고, 어휘요소는 고유어, 한자어, 한문투어,
서구 외래어 등으로 나뉘어지며 구문요소는 어순, 문장의 길이, 종결
어미, 중복 표현 등으로 나뉘어진다. 이러한 문체소로 국문체와 국한
문체를 분석해 보면 아래와 같다.

표기 요소	어휘 요소	구문 요소
국문체(한글전용체)	구어체, 의역체	구어체, 의역체
국한혼용체	문어체, 직역체	문어체, 직역체

그리고 언해된 글과 그렇지 않는 글은 글의 성격상 갈라보아야 한
다.

```
언해문 ┬ 직역 ┬ 문어체 ─ 직역문어체(이두체) … 윤음
      │     └ 구어체(*)
      └ 의역 ┬ 문어체 ─ 의역문어체 … 국역성서
            └ 구어체(*)
창작문 ┬ 문어체 ─ 직역문어체, 의역문어체 … 신문, 교과서류
      └ 구어체 ─ 구어체 … 신소설류
```

2) 표기법의 변화

개화기는 새로운 문체의 실험과 함께 국문(한글)의 대중화와 보편화가 이루어지면서 이에 따라 표기 규범의 정리가 시급한 과제로 떠오르게 되었다. 「훈민정음」의 창제가 국어의 표기수단을 제공해 주었지만 엄밀한 표기법을 규정하지 않았기 때문에 시대에 따라, 표기하는 사람의 언어 직관에 따라 많은 차이를 보여 왔다. 특히 개화기는 다양한 표기 방식이 선보이면서 이 가운데 중심적 흐름은 단어의 원형을 밝혀 적으려는 쪽으로 모아지고 있었고 나아가 「한글 마춤법 통일안」(1933)으로 이어졌다. 개화기의 표기법이 이러한 흐름으로 귀착될 수 있었던 것은 국어의 표기법과 문법 연구에 주도적인 역할을 하였던 주시경 등의 의견이 적극적으로 반영되었기 때문이다. 주시경으로 대표되는 이들은 개화기에는 국어 연구를 애국계몽주의적 방편으로, 식민지 시대에는 독립을 위한 문화운동으로 수행하여 감으로써 국어의 규범화에 정당성을 부여받을 수 있었다.

(1) 띄어쓰기

최초의 띄어쓰기는 다름 아닌 한문에서의 권점찍기였다. 그러나

권점찍기는 한문 해석에서 절대적으로 필요한 부분에 가서 권점을 찍는 것으로 실제적 의미의 띄어쓰기는 아니었다. 그 후 독립신문과 국역성서에 와서 본격적인 띄어쓰기가 시도되었다. 독립신문을 발행한 서재필이나 국역성서를 번역한 선교사와 한국인들이 모두 서구 사상과 서구식 표기법에 절대적인 영향을 받았으므로 국어에서의 띄어쓰기는 자연스럽게 서구의 영향을 받을 수밖에 없었다. 그러나 띄어쓰기가 보편화되기까지는 비교적 짧은 시간이 걸렸고, 일반 말할이들로부터 적극적으로 용인성을 부여받아 유효성을 획득해 나갔다. 띄어쓰기가 보편화되면서 띄어쓰기에 대한 표기규범이 절실히 요청되었다.

사실 개화기 이전까지 띄어쓰기는 필요성이 적었다. 왜냐하면 세로쓰기를 하는 한문에서는 전통적으로 띄어쓰기 자체가 없었고 띄어쓰려는 노력이 전혀 없었기 때문이다. 물론 한문에서도 띄어읽기는 있었는데, 한문에서는 띄어읽기에 따라 의미 해석이 달라지기 때문에 여러 서당과 학파를 중심으로 띄어 읽는 방법이 구전되었을 뿐 표준화하려는 시도는 전혀 없었다. 또 조선 시대의 대표적인 학파마다 유교경전에 대한 해석이 조금씩 달랐고 이러한 차이를 바로 다른 학파와의 차별성으로 삼았으므로 띄어읽기 방법에 대한 표준화는 더욱 이루어지지 않을 수밖에 없었다. 물론 이두와 구결에서는 어느 정도 띄어읽기의 표준화된 흔적들이 보이지만 이것 또한 일반화되지는 못했다. 그렇기 때문에 문헌 정보의 양이 획기적으로 늘어나게 된 개화기에 와서 비로소 띄어쓰기에 대한 필요성과 인식이 싹트기 시작했던 것이다.

띄어쓰기 정착에는 한글 보급화에 앞장섰던 한글 성경이 다시 한번 중심적 역할을 수행하였다. 띄어쓰기 규범에 익숙한 외국인들에 의해 번역되었던 한글 성경은 띄어쓰기가 필수적으로 채택되었고 이러한 영향으로 점차 확대되어 갔다. 또 독립신문을 비롯한 신문의 영향도 결정적이었다.

그러나 빠른 시일 안에 띄어쓰기가 거부감없이 용인되고 유효한 규범으로 자리잡을 있었던 것은 읽기에서의 심리적인 면이 중요한 요인이 되었다. 즉 의미 단위인 단어나 구를 중심으로 띄어쓰는 것은 독해력 증진에 결정적인 도움을 주기 때문에 한문은 모르고 한글만 아는 일반 말할이들에게 띄어쓰기는 아주 큰 도움이 되었다.

또 국어의 첨가어적 성격도 띄어쓰기에 한 몫을 담당했다. 국어는 의미적 중심요소에 문법적 요소들이 덧붙는 첨가어적 성격을 갖기 때문에 단위별로 띄어쓰지 않으면 첨가어적인 특성이 명확하게 드러나지 않게 된다. 단음절 한자가 하나의 단어로 기능하는 한문과 달리 국어는 여러 음절이 모여 이루어진 단어들이 많기 때문에 국한문체가 실시되면서 띄어쓰기는 용인될 수밖에 없는 언어 내적인 요인을 갖고 있었다.

개화기 국어의 표현 방식에 절대적인 영향을 미친 것은 앞서 언급한 국한문체와 한글체의 시도, 그리고 띄어쓰기였다. 이들은 모두 현대 국어 표기 규범의 밑바탕이 되었다. 이밖에 세로쓰기에서 가로쓰기도 시도되었는데 가로쓰기가 유효성을 인정받아 하나의 규범으로 자리잡기까지는 비교적 더 오랜 세월이 요구되었다. 물론 그러한 이유는 오랫 도안 세로쓰기를 해 왔던 글말의 보수성 때문이었고, 세로쓰기에 익숙한 이들이 바로 문체 규범을 좌우하는 대표적인 지배집단이었기 때문이다.

한문전용체 → 국한문체
이어쓰기(連綴) → 모아쓰기(分綴)
세로쓰기(縱書) → 가로쓰기(橫書)
붙여쓰기 → 띄어쓰기

(2) 한글 자모의 순서와 명칭

한글 자모의 순서와 명칭에 대한 규범화는 순전히 교육적인 차원에서 요구되었고 또 이러한 필요에 따라서 만들어졌다. 그렇기 때문에 최세진의 『훈몽자회(訓蒙字會)』에서 이미 한글 자모의 순서와 명칭이 규정되었던 것이다.

「훈민정음」의 창제를 통해 국어는 28개의 한글 자모를 가지게 되었다. 그 후 'ㆆ, ㅿ, ㆁ, ㆍ' 등이 없어지면서 현재 24개의 자모를 가지게 되었다. 그러나 오늘날과 같이 한글 자모의 순서와 명칭이 규정되기까지는 많은 시일과 노력이 요구되었다. 역시 이 문제는 개화기 표기규범 가운데 중요한 사항이었는데, 당시는 다소 혼란스러울 정도로 한글 자모의 순서와 명칭이 뒤섞여 쓰이고 있었다. 물론 이 가운데 가장 널리 쓰인 것은 최세진의 『훈몽자회(訓蒙字會)』의 순서와 명칭을 따른 것이다.

ㄱ基役 ㄴ尼隱 ㄷ池末 ㄹ梨乙 ㅁ眉音 ㅂ非邑 ㅅ時衣 ㆁ異凝
ㅋ箕 ㅌ治 ㅍ皮 ㅈ之 ㅊ齒 ㅿ而 ㅇ伊 ㅎ屎
ㅏ阿 ㅑ也 ㅓ於 ㅕ余 ㅗ吾 ㅛ要 ㅜ牛 ㅠ由 ㅡ應 不用終聲
ㅣ伊 只用中聲
ㆍ思 不用初聲 / 가 갸 거 겨 고 교 구 규 그 기 ᄀᆞ

(『訓蒙字會』凡例에서)

『훈몽자회』의 한글 자모 순서와 명칭은 국어학적인 논리성은 약하지만 대중적인 이해로는 적절한 것이었다. 글자꼴의 유사성에 따라 순서가 전개되기 때문에 기억 상으로 효과가 있었다. 반면에 「훈민정음」의 순서는 국어학적으로는 충분한 논리적 근거를 가지고 있었으나 일반 말할이들이 이러한 원리를 이해하기가 쉽지 않았고 전체적 순서로는 기억이 쉽지 않았다. 물론 『훈몽자회』의 한글 자모 순서와 명칭이 최세진에 의해 규정된 것이기보다는 당시 널리 용인되고 있었던 것을 최세진이 명문화한 것에 지나지 않는다. 어쨌든 이처럼 이미 용인성을 획득한 규범이 정당성을 얻어 언어 규범으로 확고한 지위를 얻는 것은 비교적 쉬웠다.

또 『훈몽자회』의 성격이 한자를 배우려는 학동들에게 한자를 읽기 위한 방편으로 한글의 자모를 가르치는 예비적 단계에 해당되었기 때문에 많은 이들에게 널리 보급될 수 있었다. 특히 조선시대의 초등 교육은 대부분 서당을 중심으로 이루어졌기 때문에 한글 자모에 관한 최세진의 규범이 널리 보급되어 유효성을 얻을 가능성은 매우 컸다.

그리고 일단 보급된 한글 자모의 순서와 명칭은 서서히 규범으로 자리잡게 되었고 동시에 어느 정도의 정당성을 부여받게 되었다. 그밖에 한글 자모의 순서와 명칭이 최세진의 것을 바탕으로 하게 된 또 다른 이유로는 「훈민정음」에서 한글 자모의 순서와 명칭이 뚜렷하게 규정되지 않았다는 점이다. 결국 최세진의 한글 자모의 순서와 명칭은 국어 표기법에 대한 규범화의 첫단계에 해당된다고 할 수 있다.

언어는 쉽게 변하지만 일단 규범화되고 글말로서 표기되면 강한 보수성을 띠면서 규범화를 고착화하게 된다. 따라서 오랫 동안 굳어진 최세진의 한글자모 순서와 명칭이 개화기에 와서 「국문연구소」의 연구안을 통해 자신의 정당성을 재확인 받을 수 있었고, 유효한 규범으로 효력을 발휘할 수 있었다.

이제 한글 자모의 순서에 대해 「훈민정음」, 『훈몽자회』, 「국문연구소안」, 「한글 마춤법」을 비교해 보면 다음과 같이 한글 자모의 순서가 규정되어 온 것을 알 수 있다[5].

	한글 자모의 순서	
훈민정음	닿소리: ㄱㅋㆁ ㄷㅌㄴ ㅂㅍㅁ ㅈㅊㅅ ㆆㅎㅇ ㄹ ㅿ	
	홀소리: ㆍ ㅡ ㅣ ㅗ ㅏ ㅜ ㅓ ㅛ ㅑ ㅠ ㅕ	
훈몽자회	닿소리: ㄱ ㄴ ㄷ ㄹ ㅁ ㅂ ㅅ ㆁ ㅋ ㅌ ㅍ ㅈ ㅊ ㅿ ㅇ ㅎ	
	홀소리: ㅏ ㅑ ㅓ ㅕ ㅗ ㅛ ㅜ ㅠ ㅡ ㅣ ㆍ	
국문연구소안	닿소리: ㄱ ㄴ ㄷ ㄹ ㅁ ㅂ ㅅ ㅇ ㅎ ㅋ ㅌ ㅍ ㅊ ㄲ ㄸ ㅃ ㅆ ㅉ	
	홀소리: ㅏ ㅑ ㅓ ㅕ ㅗ ㅛ ㅜ ㅠ ㅡ ㅣ ㆍ	
한글 마춤법	닿소리: ㄱ ㄴ ㄷ ㄹ ㅁ ㅂ ㅅ ㅇ ㅈ ㅊ ㅋ ㅌ ㅍ ㅎ	
	홀소리: ㅏ ㅑ ㅓ ㅕ ㅗ ㅛ ㅜ ㅠ ㅡ ㅣ	

한편 사전을 만들기 위해서도 한글 자모의 순서와 명칭이 요구되었다. 뿐만 아니라 개화를 통해 보통교육이 실시됨에 따라 글말에 대한 규범화는 절실히 요구되었고, 이 가운데 한글 자모의 순서와 명칭은 한글 교육의 첫 걸음에 해당되는 것이었다. 그러나 한글 자모의

---

5) 이 밖에 개화기 일반인들에게 널리 알려진 「반절표」가 있는데, 여기에서 한글자모의 순서는 『훈몽자회』의 순서와 일치한다.

순서와 명칭에 대한 더 세세한 문제는 「한글 마춤법」 통일안 이후에도 계속적으로 문제시되었고 오늘날에는 북한 규범과의 통일성 문제가 대두되고 있다.

(3) 된소리와 받침(종성)의 표기법

개화기 표기법에서 가장 많은 논란이 되었던 것 가운데 하나가 말의 첫머리에 나타나는 된소리를 어떻게 적느냐 하는 문제였다. 당시 된소리에 대한 표기는 세 가지로 나타나고 있었다.

> ① ㅅ계: 뜻을, 함박곳, 또
> ② ㅂ계: 글쓰기, 씻고, 빠아, 빠홈
> ③ 각자병서: 꿀, 뜻, 빠져, 썩기

'ㅅ계 된소리' 표기는 주로 국역성서, 성서 관계 문헌, 교과서, 신문 등에서 쓰였고, 'ㅂ계 된소리' 표기는 기존의 전통적인 일반 문헌에서 쓰였으며, '각자병서 된소리' 표기는 19세기 활판본 천주교계 성서에서 쓰였다. 이 가운데 관습적으로 널리 쓰이고 있었던 표기 방식은 'ㅅ계 된소리' 표기였다. 그러나 된소리 표기법이 「국문연구소」의 연구 과제에 포함되어 최종안으로 확정된 결과는 '각자병서' 표기 방식이었다. 이것은 주시경의 의견이 결정적으로 작용한 결과였다. 그 결과 'ㅅ계 된소리' 표기는 비록 널리 용인되어 유효성은 얻고 있었지만 정당성이 흔들리게 되어 새로운 규범인 '각자병서' 표기와 경쟁하게 되었다. '각자병서' 표기는 정당성을 부여받으면서 일반 말할이들에게 조금씩 용인되기 시작하여 「한글 마춤법 통일안」에 와서 완전히 규범화될 수 있었다.

「훈민정음」이후 끊임없이 문제시되었던 또 다른 문제는 종성 표기에 대한 것이었다. 주로 7종성이 쓰였고 일부 겹닿소리가 받침으로 사용되기도 하였는데 차츰 받침에 쓰이는 닿소리의 제한이 없어져 가는 경향을 보인다. 종성에 대한 표기는 분철과 단어의 원형 인식 문제와 깊이 관련되어 있다. 당시 일반 말할이들에게 널리 용인되었던 것은 소리나는 대로 표기하는 것이었다. 그러나 이 문제를 포함한 표기법 전체를 규정하였던 이들은 단어의 원형을 밝혀서 적고 아울러 종성은 「훈민정음」의 '終聲復用初聲' 규정처럼 제한없이 쓰여야 한다는 쪽으로 귀착되어 갔다. 종성 표기 문제는 「한글 마춤법 통일안」을 통해 완전한 정당성을 부여받았지만 일반 말할이들에게 용인되기까지는 쉽지 않았다. 대표적으로 이승만 정권에서의 '한글파동'은 이 문제와 직접적으로 관련되어 있다. 이러한 사실은 통해 규범의 정당성이 곧바로 규범의 유효성과 용인성으로 직결되지 않는다는 사실을 분명하게 알 수 있다.

(4) 문장 부호의 쓰임

개화기는 국어의 표기법이 최초로 규범화되는 시기였지만 문장 부호에 관해서는 거의 규정되지 않았다. 사실 그전까지만 해도 한문과 한글 문헌에서 문장을 끝내는 부호는 없었고 개화기에 와서도 문장 부호는 거의 쓰이지 않았다[6]. 온점(.)과 반점(,)의 사용이 개화기 이후 국어의 문헌에서 처음으로 시도되었는데 일본어나 서구어 문법의 영향이 컸다. 최초로 문장 부호의 쓰임을 규정한 이는 최현배가 아닌

---

[6] 문장부호의 쓰임에 대해서는 개화기 자료 전체를 조사한 뒤 확실한 의견이 제시할 필요가 있다. 특히 신소설의 경우나 신체시 등에서 서구적 영향으로 문장부호가 쓰였을 가능성이 있다.

가 한다. 최현배는 자신의 「우리말본」에서 문장 부호의 쓰임을 확실하게 규정하고 있다.

그러나 문장 부호의 쓰임에 대해서는 개화기 자료, 특히 신소설을 중심으로 재검토되어야 하며 문장 부호가 어떻게 정착되어 왔는가에 초점이 맞추어져야 한다. 한 문장을 마치는 온점(.)의 사용이 새 규범으로 용인되기까지는 국어에 대한 이해와 인식의 확대가 필요했다. 즉 여럿의 단어들이 모여 하나의 통일된 사건을 나타내는 단위가 문장이며 동시에 문장은 따로 설 수 있다는 개념이 형성될 때 비로소 마침표(온점)의 사용이 용인될 수 있는 것이다.

3) 어휘의 변화와 어휘 의미의 변화

국어 어휘사적으로도 개화기는 아주 중요한 시기이다. 개화기를 통해 국어의 어휘는 양적으로 엄청난 증가와 확대를 보였다. 그러나 이 시기의 어휘들이 대부분 한자어나 외래어였다는 점이 국어 어휘의 구조를 왜곡되게 만들어 오늘날에까지 이르게 한다. 동시에 많은 고유어 어휘들이 이 시기를 통해 생명력을 잃게 되었다. 이것은 개화가 일반 민중들에 의해 주도된 것이 아니라 외세의 직접적인 영향을 받은 이들에 의해 이루어졌기 때문에 생겨난 필연적인 부작용이었다. 특히 개화를 주도한 이들이 일본의 영향을 많이 받음으로써 식민지 지배와 함께 국어에서 일본어의 침투를 쉽게 용인하는 계기가 되었다. 이러한 면에서 볼 때 동학은 국어 어휘사적으로도 중요하게 다루어져야 한다. 일반 민중을 통한 밑으로의 혁명이었던 동학이 성공하였더라면 국어의 어휘는 좀더 일반 말할이들의 삶과 접근할 수 있었고 고유어의 확대도 기대할 수 있었을 것이다[7].

개화기 많은 어휘들이 외국어에서 차용되거나 새로 주조되었으며 또 이미 존재했던 어휘들이 새 의미를 얻어서 재어휘화되었다. 따라서 이들의 변화 과정은 달랐고 그렇기 때문에 어휘 변화에 대한 원인도 서로 다른 차원에서 규명하려는 노력이 시도되어야 한다.

이 시기에 들어 많은 새말들이 만들어지거나 기존의 단어들이 새로운 의미를 부여받게 되었다. 이 가운데 '국가, 민족, 국문' 등은 이 시대에 와서 적극적인 함축 의미를 부여받게 됨으로써 확고한 단어로서의 지위를 얻을 수 있었다. 또 '한글'이란 단어는 개화기에 주시경에 의해 주조된 것으로써 '언문, 반절, 암클'이란 부정적 의미를 벗고 민족의 글자로 상징화되는데 큰 몫을 하게 되었다. 동시에 식민지 시대에서 '한글'은 민족어의 표기수단으로 격상되면서 새로운 함축 의미를 더하게 되었다.

4) 문법에 대한 규범화

개화기 문법서는 언어의 공시적 기술과 이에 따른 설명보다는 규범에 가깝다. 그렇기 때문에 문법가들의 언어관과 문법의식에 따라 약간의 차이를 보이지만 대부분 언어 현상에 대한 본질을 설명하기보다 어떻게 써야 국어를 바르게 쓸 수 있느냐에 관한 규범적 말본을 만들어 내는데 목적으로 두었다[8].

---

7) 물론 이 문제는 단순한 주장에 그칠 것이 아니라 동학을 주도했던 이들의 포고문을 통해 다시금 검증되어야 한다.

8) 비록 식민지 시대이긴 하지만 김두봉은 규범적 말본을 만들려는 목적을 가진 대표적인 인물이었다. 김두봉의 이러한 목적과 의식은 자신의 『조선말본』에서 서문에 해당하는 "알기"에 잘 나타난다.

ㄱ. 이 글은 이제에 두로 쓰이는 조선말 가온대에 그 바른 본을 말한 것이니라

ㄴ. 이 글은 가장 널리 알아 보도록 하랴고 맨조선말로만 만들엇으되 그 잘못 쓰

개화기에 들어서 최초의 문법서는 이봉운의『국문정리』(1897)이었다. 이밖에 지석영의『新訂國文』이 나왔고, 여기에 제시된 문제를 검토하기 위해「국문연구소」의 활동이 있었다. 이들은 모두 문법을 다루면서도 동시에 국어에 대한 규범화의 차원에서 이루어진 문법서라는 점에서 공통성을 띤다. 규범적 문법서는 이후에도 이어져 최광옥, 유길준, 주시경, 김두봉 등에서도 여전히 나타나고 있다.

아래에 제시된 개화기「국문연구소」의 연구 과제는 당시에 시급히 규범화되어야 할 내용들이었다.

1. 國文의 淵源과 字體 및 發音의 沿革
2. 初聲 'ㆁ,ㆆ,ㅿ,◇,ㅱ,ㅸ,ㅹ,ㆄ' 8자의 復用 當否
3. 初聲의 'ㄲ, ㄸ,ㅃ,ㅉ,ㅆ,ㆅ' 6자 竝書의 書法 一定
4. 中性中 ㆍ字 廢止, =字 創製의 當否
5. 終聲의 'ㄷ,ㅅ' 2字 用法 및 'ㅈ,ㅊ,ㅋ,ㅌ,ㅍ,ㅎ' 6字도 終聲에 通用 當否
6. 字母의 7음과 淸濁의 區別 如何
7. 四聲票의 用否 및 國語音의 高低
8. 字母의 音讀 一定
9. 字順 行順의 一定
10. 綴字法

「국문연구소」의 최종안은 식민지 시대에 접어들면서 규범으로서의 공식적 정당성을 부여받지 못했다. 그러나 이 안은 많은 이들에게 용인되었고, 비공식적으로 정당화되었으며 국어 표기 규범을 연구하

는 것은 바로 잡아 쓰엇노니...(띄어쓰기 필자)

는 이들에게 발판을 제공한 것이었다. 그 후 주시경 등을 통해 「국문연구소」의 안은 조금씩 보완되어 널리 알려지면서 일반 말할이들에게 용인성과 유효성을 부여받게 되었다. 식민지 시대에 이루어진 「언문철자법」은 주시경을 비롯한 이들의 표기 규범을 공식적으로 정당화하였고 실제적인 규범으로 기능할 수 있게 하였다.

3. 개화기 언어 변화의 두 요인

언어는 정지되어 있는 존재가 아니라 끊임없이 변하는 역동적 존재이다. 언어의 역동성은 글말(문어)에 의해 제지되어 보수성을 띠기도 한다. 또 언어는 자신의 필요는 물론 사회적 변화나 이에 따른 일반 말할이들의 요구에 의해 변하거나 반대로 강한 보수성을 띠기도 한다. 언어의 변화는 단순히 언어 내용의 변화가 아니라 그 시대의 담론이 깔려 있다는 점에서 중요한 의미를 띤다.

지금까지 언어 변화를 다룬 대부분의 글에서는 언어 변화의 내용적 측면만을 살핌으로써 언어 변화의 밑바탕에 깔려 있는 변화의 다양한 요인과, 그 시대와 사회문화사적 담론구조를 빠뜨리는 오류를 범하였다. 개화기에 국어의 모습이 혼란하고 다양하게 변화되었다는 것은 단순히 국어 내용 자체의 변화에 그치는 것이 아니라 사회 제도의 변화와 새로운 사상의 대두에 따른 사회 구조적 담론체계가 만들어 낸 압력과 요구가 동인으로 작용한 것이다. 물론 개화기의 모든 내용들이 언어 외적인 요인만에 의해 변화된 것은 아니었다. 오랜 시기 동안 조금씩 변모되어 온 것이 개화기를 통해 가속도를 얻게 되었다던가 아니면 언어 내적인 불안정성이 변화의 동인으로 작용하기도 하였다.

따라서 이 글에서는 언어 변화의 원인을 언어 내적인 차원과 언어 외적인 면으로 갈라서 언어 변화에 대한 단편적인 시각을 극복하고 언어 변화에 얽매여 있는 복합적인 요인을 함께 규명해 보는 것을 목표로 하였다. 특히 개화기라는 시기는 국어의 변화와 규범화에 결정적인 역할을 담당한 시기였다. 그 전까지 국어는 사실상 전혀 규범화가 되어 있지 않았고 규범화의 필요성조차 제기되지 않았다. 한자라는 지배문자 밑에서 한글은 일반 민중들에게나 사용되는 저급 문자였기 때문에 정확한 문법과 규범이라는 것 자체가 요구되지 않았던 것이다. 또 개화기 전까지 국어의 연구는 문법과 규범에 대한 연구보다는 주로 글자와 소리(음운)에 대한 것에 집중되었기 때문에 국어를 어떻게 표기할 것인가에 관한 표기 규범은 논의조차 되지 않았던 것이다. 사실 지구상의 많은 문자들이 자연발생적으로 생겨나서 오랜 세월 동안 진화되어 오는 가운데 표기의 규범은 자연스럽게 생겨나게 되었고 이러한 역사적 규범화는 그 언어를 흔들리지 않게 지탱해 주는 원동력이 되었던 것이다. 그러나 한글의 경우에는 만들어진 지 5백년에 지나지 않고 그나마 본격적인 사용이 시도된 것은 개화기에 와서였다. 따라서 개화기는 한글이 일정한 규범을 얻는 규범화의 시기였다. 이러한 규범화에 영향을 미친 것은 바로 한글 사용자 집단이었다. 문체와 표기법, 그리고 문법에 대해 어떤 사용자 집단에 의해 우세하게 쓰여졌느냐 하는 점이 글말 규범화의 주요 변인이 되었던 것이다. 국어의 문체에서 한글체가 일시적으로 시도되었지만 끝까지 생명력을 얻지 못했던 이유는 바로 신문과 교육 등과 같이 문체 사용에서 지배적인 역할을 하였던 집단들의 국어 문체에 대한 의식이 크게 작용한 결과였다. 그렇기 때문에 국한문체가 주도적으로 사용되었고 이러한 국한문체는 해방이후 오랫 동안 우리 사회의 지배적인 문체였다. 이 과정에서 일반 민중들은 철저히 소외되었기 때문에 비록 한글이 국가적 의사소통망의 표기수단으로 등장하였다고 하더라도 허수아비와 같은 존재에 지나지 않았고 교육, 행정, 법률과 같은 공식적 언어 현장에서는 기존 국한문체의 권위가 여전히 살아 있었던 것이다.

1) 언어 내적 요인

개화기의 언어 변화는 언어 외적 요인이 컸지만 언어 내적인 원인에 따른 것도 있었다. 대표적으로 된소리 표기나 "ㆍ"의 소멸, 그리고 구개음화된 표기 등은 모두 언어 내적인 요인에 따른 변화였다.

먼저 된소리는 임진왜란 이후 이미 국어에 보편적으로 나타나고 있었던 현상이었다. 다만 「훈민정음」에 된소리 표기에 대한 규정이 없었기 때문에 다양한 표기 방식으로 뒤섞여 왔던 것이다. 이러한 된소리가 개화기에 들어서면서 「국문연구소」의 최종안에 따라 '각자병서' 표기라는 새 규범이 모색되었고, 이 규범은 식민지 시대를 걸쳐 주시경, 김두봉, 최현배 등에 의해 정당성이 뒷받침되면서 일반 말할이들에게 용인성과 유효성을 부여받을 수 있었다. 언어의 보수성, 특히 글말의 보수성에서 볼 때 된소리 표기가 각자병서로 귀착된 것은 다소 이변이 아닐 수 없다. 왜냐하면 문헌 등에서 지배적으로 쓰였던 된소리 표기는 'ㅅ계 된소리' 표기였고 각자병서 표기는 개화기에 와서 일부 성경이나 주시경, 김두봉 등에 의해 시도되었던 것이기 때문이다.

또 "ㆍ"의 음가도 이미 19세기 즉 개화기에 없어진 것이었고, 이 시기에 "ᆞ"의 표기는 과거 사용된 "ᆞ"의 자취에 불과했다. 그러한 "ᆞ"의 그림자가 개화기를 지나면서 말끔히 사라지게 되는데 "ᆞ"가 공식적으로 사라진 것은 조선총독부에서 규정한 보통학교용 언문철 자법(1912.4)에서였다. "ᆞ"표기 규범은 "ᆞ"의 음가 소멸에 따른 언어 내적 요인에 의해 정당성을 완전히 상실하면서 국어 홀소리에서 자취를 감추게 되었다. 이와 함께 "ᆞ"와 같이 쓰이던 겹홀소리들은 다른 표기로 바뀌게 되었다.

개화기 이전에 구개음화는 이미 일어나고 있었던 음운현상인데, 실제 표기에서의 반영은 개화기에 와서 이루어지게 되었다. 그렇기 때문에 개화기 표기법에서 구개음화는 뒤섞여 나타나고 있다. 즉 문헌에 따라 구개음화가 반영된 표기로 적기도 하고 아직 옛 표기를 그대로 유지한 모습으로 남아 있기도 하였다. 구개음화 표기 문제도 역시 주시경을 비롯한 이들의 규범화 노력에 의해 새로운 규범으로 시행되었고, 이미 구개음화 현상은 일반 말할이들에게 널리 나타나고 있었으므로 쉽게 용인되고 정당성을 부여받을 수 있었다. 결국 언어 내적 요인에 의한 규범의 변화는 일반 말할이들에게 정당성과 유효성을 쉽게 획득한다고 할 수 있다.

2) 언어 외적 요인

언어 변화는 자연과 사회적 환경의 변화에 의해 야기될 수 있다. 이러한 점에서 볼 때 개화기 국어 변화 결정적인 요인은 바로 언어 사회의 변화라고 할 수 있다. 개화와 더불어 달라진 언어 사회에서, 그리고 증대된 언어 문자의 기능을 수행하기 위해 언문일치를 통한 문체와 표현의 변화를 모색할 수밖에 없었다. 신문, 잡지, 교과서 등과 같이 출판물의 증가에 따라 언어와 문자의 기능이 증가되었고 이러한 언어와 문자의 기능 증가로 말미암아 문체의 변모가 필연적으로 요구되었으며 이에 대한 규범화가 절실히 요구되었다. 또 이전까지만 해도 국가 공식적 의사소통망에서 일반 민중들은 철저히 배제되었는데 개화를 통해 이들이 표면으로 등장하게 됨에 따라 표현 방식의 변화가 불가피하였던 것이다. 동시에 개화와 근대화를 추구하였던 집단들이 과거의 권위적 한문체가 아닌 새로운 문체를 시도함으로써 언어를 통한 새로운 담론구조를 만들어 가려고 하였던 것이다. 이 과정에서 비록 한글체가 시도되었지만 이들은 권력구조의 주변부에 있던 집단이었기 때문에 국한문체에 밀릴 수밖에 없었다.

언어 변화는 새로운 언어집단과의 접촉에 따라서도 나타날 수 있다. 어휘적으로는 서구 문물의 수입에 따라 차용어 및 신어휘가 대량으로 생겨나게 된 것은 다른 언어 사회와의 접촉에 따른 결과라고 할 수 있다. 동시에 일본어의 영향과 간섭도 매우 컸다. 일본은 개화기와 식민지 시대를 통해 한국에 가장 큰 영향을 미친 이질적 언어 집단이었다. 따라서 한국어는 이 시기를 통해 본격적으로 일본어의 간섭과 침투를 받게 되었고 해방 이후 일본어의 잔재는 청산되어야 할 국어의 과제로서 국어순화운동을 불러 일으키게 되었다. 그러나 아직도 일본어에서 완전히 벗어나지 못했다. 특히 법률과 행정 부분에서는 여전히 일본어휘와 일본어투가 남아 있고, 교육 부문에서 '국민학교'가 '초등학교'로 바뀐 것은 1996년 와서였다.

또 서구의 직접적인 영향도 있었다. 선교사들로 대표되는 서구의 영향에 따라 국역성서와 『천로역정』과 같은 번안소설, 그리고 이들에 의한 보통교육의 확대는 언어 변화에 결정적인 영향을 미쳤다. 이들은 국어 변화에 긍정적인 역할도 담당하였는데, 바로 한글 성서에 따른 한글의 대중화와 한글체의 보급에 기여하였다.

한편 근대화의 물결 속에서 자기 문화, 역사, 언어에 대한 관심은 자연적으로 국어에 대한 연구와 국어의 어문 규범에 대한 정리를 요구하게 되었다. 이 시대는 민족에 대한 자각이 싹트면서 민족 언어에 대한 재인식이 생겨나게 되었다. 이 과정에서 한글은 한자를 대신하여 민족의 언어로 상징화되었다. 국어에 대한 이와 같은 재인식과 발견은 국어의 이질성과 언어체계 내의 이질성을 극복하는데 많은 도움을 주었다. 고종의 국문 사용 공포와 「국문연구소」의 표기법 정리 노력, 그리고 조선어학회의 「한글 마춤법 통일안」 등은 일찍이 제대로 규정되지 않은 국어의 표기 규범에 이론적 정당성을 부여하였으며 문화운동을 통해 일반 말할이들에게 널리 용인되도록 하여 한국어의 글말 규범화를 정착시키는데 크게 기여하였다.

끝으로 실학 시대이후부터 싹터온 민중들의 의식이 개화기를 통해 본격적으로 표출되면서 말과 글을 일치시키려는 노력으로 나타나게 되었고 이러한 노력은 언어의 변화로 이어졌다. 여기에는 동학을 비롯하여 지식인들의 계몽주의 운동, 식민지 시대의 낭만적 문화 운동이 함께 공헌하였다.

개화기는 한마디로 모든 분야에 걸친 변화와 규범화의 시기라고 할 수 있다. 언어 규범은 물론 법, 제도, 규칙, 교육 등에서의 규범화는 근대 국가로 나아가기 위해 필수적으로 요구되는 것들이었다. 따라서 기존의 중세적 규범에서 벗어나 새로운 규범을 제정하거나 아니면 중세에서는 의미가 없었기 때문에 존재가 불필요했던 규범이 개화기에 와서 새로 규정되었고 정당성과 유효성을 얻음으로써 완전한 규범으로 자리잡게 되었다.

참고문헌

고영근(1983), "개화기의 국어연구단체와 국문보급 활동-「한글모죽보기」를 중
　　　심으로", 한국학보 30.

고영근(1992) 편, 국어학 연구사 -흐름과 동향-, 학연사.

김민수(1963), "「新訂國文」에 관한 연구", 아세아연구 11, 아세아연구소.

────(1987), 국어학사의 기본 이해, 집문당.

김방한(1986), "언어 변화에 관한 사회언어학적 연구", 한글 194, 한글학회.

김석득(1986), "개화기의 국어 연구", 국어생활 4, 국어연구소.

김영황(1978), 조선민족어 발전력사 연구, 과학.백과사전출판사.[탑출판사 영인
　　　(1989)]

김완진(1983), "한국어 문체의 발달", 한국어둔의 제문제, 일지사.

김인선(1991), "갑오경장 전후 개화파의 한글 사용-독립신문에서의 한글전용 배
　　　경", 주시경학보 8, 탑출판사.

────(1994), "갑오경장 전후의 국문 한문 사용 논쟁", 새국어생활 4-4, 국립국
　　　어연구원.

김진우(1992), 인간과 언어, 집문당.

김충효(1987), "<성경직히광익>과 <성경직히>의 국어학적 비교 고찰" 한국학
　　　논집 11.

────(1988), "<성경직히광익>과 <독립신문>의 국어학적 비교 고찰" 한국학
　　　논집 14.

김하수(1992), "언어의 단위와 규범의 단위-규범 문제에 관한 재인식을 위하여
　　　-", 애산학보 13, 애산학회.

────(1993), "'한글 마춤법 통일안'의 사회언어학적인 의미 해석", 주시경학보
　　　12, 탑출판사.

김형철(1985), "19세기 국어문체의 한 양상(1)", 소당 천시권 박사 화갑기념 국어
　　　학 논총, 형설출판사.

────(1991), "개화기 문헌의 인용문 표현 연구", 들메 서재극박사 환갑기념논
　　　문집, 계명대 출판부.

────(1994), "갑오경장기의 문체", 새국어생활 4-4, 국립국어연구원.

노대규(1996), 한국어의 입말과 글말, 국학자료원.

려증동(1977), "19세기 "한자−한글 섞어 쓰기" 줄글에 대한 연구", 한국언어문학 15.

문동규(1987), "문체의 개념과 그 갈래에 대하여", 언어학론문집 7, 과학.백과사 전출판사. [탑출판사 영인(1990)]

민현식(1986ㄱ), "개화기 국어의 어휘(2)", 국어교육 53·54, 한국국어교육연구회.

───(1986ㄴ), "개화기 국어의 어휘에 대하여", 국어생활 4, 국어연구소.

───(1993), "개화기 국어사 자료에 대하여", 안병희 선생 회갑기념논총, 문학 과 지성사.

───(1994ㄱ), "개화기 국어 문체 연구", 국어국문학 111, 국어국문학회.

───(1994ㄴ), "개화기 국어 문체에 대한 종합적 연구", 국어교육 85·86, 한국 국어교육연구회.

박영순(1995), "사회변동과 언어", 국어사회언어학논총, 국학자료원.

박의재 역(1994), 사회언어학, 한신문화사.[Ronald Wardhaugh, An Intrduction to Sociolinguistics, Blackwell Publishers.]

박찬우(1987), "19세기 후반기~1925년 조선말의 말과 글의 일치에 관한 연구", 언어학론문집 7, 과학.백과사전출판사. [탑출판사 영인(1990)]

송 민(1994), "갑오경장기의 어휘", 새국어생활 4-4, 국립국어연구원.

신창순(1992ㄱ), "개화기 국어표기법의 전개와 검토", 국어 표기법의 전개와 검 토, 한국정신문화연구원.

───(1992ㄴ), "개화기 한글전용표기의 전개와 검토", 국어 표기법의 전개와 검토, 한국 정신문화연구원.

이경우(1994), "갑오경장기의 문법", 새국어생활 4-4, 국립국어연구원.

이기동(1994), "갑오경장이 어문 생활에 끼친 영향", 새국어생활 4-4, 국립국어연 구원.

이기문(1970), 개화기 국문 연구, 일조각.

───(1971), 훈몽자회 연구, 한국문화연구소.

───(1984), "개화기 국문 사용에 관한 연구", 한국문화 5.

───(1989), "독립신문과 한글문화", 주시경학보 4, 탑출판사.

이기숙 역(1994), 언어변화, 서광학술자료사.[Rudi Keller, Sprachwandel.]

이기태(1980), "언어변화의 메카니즘에 관한 연구", 동아대학교 박사학위 논문.

이병근(1986), "개화기의 어문정책과 표기법 문제", 국어생활 4, 국어연구소.

이석주(1994), "현대 국어 문자 생활의 변천", 어문연구 84, 한국어문교육연구회.

이응호(1975), 개화기의 한글운동사, 성청사.

─────(1994), "갑오경장과 어문정책", 새국어생활 4-4, 국립국어연구원.

이익섭(1990), "근대 국어문헌의 표기 체계-중철 표기를 중심으로", 한국문화 11.

─────(1992), 국어 표기법 연구, 서울대 출판부.

이재선(1994), "신소설에 있어서의 갑오개혁", 새국어생활 4-4, 국립국어연구원.

이진호(1987), "유길준의 「노동야학독본」 연구", 열므나 이응호 박사 회갑기념논
　　　문집, 한샘.

전영우(1990), "독립협회의 토론에 대하여", 석천 정우상박사 화갑기념논문집, 교
　　　학사.

정길남(1987), "초기 국역성서의 활용어미 연구", 열므나 이응호 박사 회갑기념
　　　논문집, 한샘.

─────(1988), "개화기 국어 교과서의 인칭 대명사에 관하여", 인산 김원경 박사
　　　화갑기념 논문집.

─────(1990), "개화기 국어 교과서의 문체적 특징", 석천 정우상박사 화갑기념
　　　논문집, 교학사.

─────(1991), "<독립신문>의 친족관계 어휘 사용에 관하여", 계봉 임만영교수
　　　화갑기념논문집.

─────(1992), 19세기 성서의 우리말 연구, 서광학술자료사.

─────(1994), "갑오경장 전후의 문자 사용 양상", 새국어생활 4-4, 국립국어연구
　　　원.

조규태(1991), "「서유견문」의 문체", 들메 서재극박사 환갑기념논문집, 계명대 출
　　　판부.

조문제(1986), "개화기 국어 교과서에 수록된 교재에 관한 연구(1)", 국어생활 4,
　　　국어연구소.

차호일(1992), "개화기 초등 교육과정에 나타난 국어와 일어와의 갈등 상황", 봉
　　　죽헌 박붕배 선생 정년기념논문집, 영신정판사.

최명옥(1985), "존 로스의 Corean Primer 「한국어초보」와 평북 의주 지역어", 소
　　　당 천시권 박사 화갑기념 국어학 논총, 형설출판사.

최태영(1994), "초기번역성경의 띄어쓰기", 우리말 연구의 샘터, 박이정 출판사.

최현배(1961), 고친 한글갈, 정음사.

허기추(1992), "개화기 어문교육관에 관한 고찰", 봉죽헌 박붕배 선생 정년기념
　　　논문집, 영신정판사.

Renate Bartsch(1987), Norms of Language, Longman Inc.

개화기 참고 자료

국립국어연구원(1993), 신소설의 언어사용 실태조사, 국립국어연구원.

유길준전서편찬위원회(1971), 유길준 전서, 일조각.

개화기 국역성서 자료집(정길남 편)

교과서서류

학부편집국(1895), 국민소학독본(國民小學讀本), 한국개화기 교과서 총서1

학부편집국(1895), 소학독본(小學讀本), 아세아문화사 영인본(1982)

학부편집국(1896), 신정심상소학독본(新訂尋常小學讀本)

학부편집국(1907), 보통학교 학도용 국어독본(普通學校 學徒用 國語讀本)

현　채(1907), 유년필독(幼年必讀)

국민교육회(1906), 초등소학(初等小學)

정인호(1907), 최신초등소학(最新初等小學)

유길준(1908), 노동야학독본(勞動夜學讀本)

신문류

통리아문 박문국(1886), 한성주보, 관훈클럽 신영연구기금 영인본

서재필(1896), 독립신문, 세계일보사 축쇄 영인본

남궁억 외(1898), 황성신문, 한국문화개발사 영인본

사전류

불란서 선교사들(1880), 한불자전, 국학자료원 영인본

게일(1897), 한영자전

신소설류

신소설, 번안(역) 소설 전 10권, 아세아 문화사 영인(1978)

고종의 국문에 관한 공문식 칙령 반포의 국어사적 의미

김슬옹*

1. 머리말

교수신문에서 이태진·김재호 외 9인 지음(2005)으로 정리한 고종 황제에 대한 역사적 평가 논쟁은 총체적으로 보면 고종 평가에 대한 이분법, 근대화 문제에 대한 '내재적 발전론'과 '식민지 근대화론'의 이분법을 극복할 수 있는 틀을 제시했다는 측면에서 가치가 있다고 본다. 이는 논쟁을 주관한 교수신문 발행인 이영수(위책 머리말:6쪽)의 "이번 논쟁 과정에서 양측은 '역사에 대한 단정적 판결을 유보하고 좀 더 실증적이고 통합적인 콘텍스트를 마련하자'는 점에 암묵적으로 동의했다."는 선언과 푸른역사 편집부에서 "고종과 대한제국을 어느 한쪽으로만 조명하는 이분법적 사고방식을 넘어서는 총체적인 시각과 다각적인 방법으로 접근하는 자세가 필요하다"고 정리한 글에서 잘 드러나고 있다.

역사가 사건의 연속적 의미의 집합 또는 연속적 의미의 사건화라

---

*목원대학교 겸임교수

는 측면에서 보면 어떤 특정 사건의 의미를 단면적으로 또는 단정적으로 보는 것은 문제가 있다. 이미 역사화된 '역사적 사건'은 복합적 사건으로서 과정일 뿐이다. 다면적 총체적 시각으로 다양한 의미를 읽어내는 것이 역사적 해석과 의미부여의 본령이라는 것이다. 물론 어느 특정 의미를 더 강조할 수는 있다. 그것은 당연한 것이다. 다양한 의미를 지닌다고 해서 그러한 의미들이 동일한 가치를 지녔다고 한다면 그 때의 다양성은 의미가 없다.

이런 관점에서 본 논문은 고종 31년, 1894년에 칙령으로 제정되고 1895년에 공포된 공문서 작성 법률 칙령에 대한 기존의 단면적, 불연속적 인식의 문제를 지적하고 다면적 의미를 읽어내고자 한다.[1] 이 칙령은 고종 재임 기간 중 가장 격동기라 할 수 있는 1894년 말에 제정되어, 그 시대의 역동적 의미를 잘 보여주고 있다.

필자의 김슬옹(2005a, b)에서는 이 칙령에 대한 기존의 불연속적 인식의 문제를 지적하다 보니 다면적 의미 부여를 하지는 못했다. 또한 위 글은 조선시대 전반적인 언문의 제도적 사용 문제를 다루면서 위 문제를 극히 일부로 다룬 것이므로 총체적 조명을 할 수 없었다. 바로 이 글에서 그러한 점을 보완하려는 것이다. 다만 본 논문이 단행본의 일부로 기획되어 그러한 취지에 맞게 글을 쓰다 보니 김슬옹(2005a, b)에서 언급한 주요 논지의 상당 부분을 그대로 차용하면서 보완, 완결성을 높이는 기술 방법을 택하게 되었다.

---

1) 이 사건에 대한 단면적 인식의 대표적인 사례는 '국문'을 기본으로 삼았다는 측면만을 지나치게 부각시키거나 그 당시 정치 상황을 고려하지 않고 언어 측면만을 두드러지게 내세우는 경우이다.

2. 칙령의 실체와 정치적 상황

칙령의 총체적 분석과 해석을 위해 고종실록에 실려 있는 관련 칙령 전문을 인용한다.

(1) 1894년 11월 21일(계사), 고종 31년/고종실록 32권

勅令第一號。朕裁可公文式制。使之頒布。從前公文頒布例規。自本日廢止。承宣院公事廳。並罷之。第二號。朕當御正殿視事。惟爾臣工勗哉。條例由議政府議定以入。第三號。朕以冬至日。率百官當詣太廟。誓告我獨立釐正事由。次日當詣太社。〔以上總理大臣金弘集。外務大臣金允植。度支大臣魚允中。學務大臣朴定陽奉勅〕第四號。命朴泳孝爲內務大臣。趙羲淵爲軍務大臣。徐光範爲法務大臣。申箕善爲工務大臣。嚴世永爲農商大臣。李重夏爲內務協辦。李完用爲外務協辦。安駉壽爲度支協辦。高永喜爲學務協辦。權在衡爲軍務協辦。鄭敬源爲法務協辦。金嘉鎭爲工務協辦。李采淵爲農商協辦。尹雄烈爲警務使。第五號。扈衛副將統衛使壯衛使總禦使經理使。並減下。所隷將卒及禁軍武藝別監別軍官前親軍營吏隷等內待令者。令軍務衙門照法編制。第六號。機務處議員。並減下。設中樞院會議官制章程。自議政府商定施行。第七號。從前儀式之稍涉浮文者。一切節省。務期幹當。第八號。命原任議政大臣金炳始。爲中樞院議長。趙秉世爲左議長。鄭範朝爲右議長。【以上總理大臣金弘集奉勅】2)

公文式。
第一。公文式。
第一條。法律勅令。以上諭公布之。
第二條。法律勅令。自議政府起草。又或各衙門大臣具案提出于議

---

2) 번역은 논의 가운데 나오므로 생략한다.

政府。經政府會議擬定後。自總理大臣上奏而請聖裁。但法律勅令之不要緊急者。自總理大臣。可諮詢于中樞院。

第三條。凡係法律及一般行政之勅令。親署後鈐御璽。總理大臣記入年月日。與主任大臣共行副署。其屬各衙門專任事務者。主任大臣記入年月日副署之。

第四條。總理大臣及各衙門大臣。在法律勅令範圍內。由其職權或由其特別委任。而爲行法律。勅令與保持安寧及秩序。得發議政府令及各衙門令。

第五條。警務使及地方官。係其管內行政事務。遵依職權。若特別委任。在法律命令範圍內。得發警務令地方官令于其管內。一般或一部。

第六條。警務令地方令。在內務大臣。其他主任大臣。認爲害公益違成規犯權限。則當使之註銷或中止。

第七條。議政府令總理大臣發之。 衙門令各衙門大臣發之。

第八條。議政府令記入年月日總理大臣署名。

第九條。衙門令記入年月日。 主任大臣署名。

第十條。警務令記入年月日。 警務使署名。

第十一條。地方令記入年月日。 地方官署名。

第十二條。凡係各官廳一般所關規則。經議政府會議而施行。各廳庶務細則。其主任大臣定之。

第十三條。總理大臣各衙門大臣。達於其所管官吏及屬於其監督之官吏。訓令亦依第八第九第十二條之例。

第十四條。法律勅令。總以國文爲本。漢文附譯。或混用國漢文3)。

第二。 布告。

---

3) 제14조. 법률(法律), 칙령(勅令)은 모두 국문(國文)을 기본으로 하고 한문(漢文)으로 번역을 붙이거나 혹은 국한문(國漢文)을 섞어 쓴다. 국사편찬위원회 (http://sillok.history.go.kr) 검색과 국립중앙도서관 소장 영인본에 의한다.

第十五條。凡係法律勅令。以官報布告之。其施行期限。依各法律
命令之所定。

第三。 印璽。

第十六條。國璽。宮內大臣管藏之。

第十七條。法律勅令。親署後鈐御璽。

第十八條。國書條約批準。外國派遣官吏委任狀。在留各國領事証
認狀。親署後鈐國璽。

第十九條。勅任官任命則鈐御璽於辭令書。奏任官任命則鈐御璽於
其奏薦書。

(2) 1895년 5월 8일(무인), 고종 32년/ 고종실록 33권

勅令第八十六號。公文式。裁可頒布。

公文式。

第一章。頒布式。

第一條。法律勅令은 上諭로써 頒布홈。

— 생략 —

**第九條。法律命令은다 國文으로써 本을삼쏘 漢譯을 附ᄒ며 或
國漢文을 混用홈。**

第二章。布告。

第十條。凡法律命令은 官報로써 頒布ᄒ니 其頒布日로붓터 滿三
十日을 經過ᄒᄂ 時ᄂ 遵守홈이 可ᄒ 者로홈。 各部大臣의 發ᄒᄂ
部令은 官報로써 頒布ᄒᄂ 同時에 舊慣을 從햐 適當ᄒ 處所에 揭
示홈이 亦可홈。

---- 생략 -----

위와 같은 맥락으로 보면 1894년에는 김홍집 내각에 의해 칙령이
제정되고 1895년에 정식 반포되었다. 1894년에서는 공문서에 관한

칙령 1호부터 다른 칙령까지를 포함한 종합 제정이고 1895년에는 공문서에 관한 86호만을 따로 반포하게 된다. 1894년은 내각에 지시한 것이고 1895년은 정식으로 반포한 것이지만, 칙령은 임금이 관부에 내리는 명령의 일종으로 그 자체가 법적 효력이 있었으므로, 1894년 칙령 1호 14조가 반포 효과가 있는 것으로 본다. 칙령 1호, 86호 모두 관보에도 실려 있다. 칙령 1호는 위와 같이 한문으로 기록되어 있고, 칙령 86호는 국한문 혼용으로 실려 있다. 이 때의 칙령 반포문 자체가 국한문 혼용체로 되어 있다는 것은 이미 1894년 칙령 제정이 이미 그 효과를 발휘한 공적 증거임을 보여 주고 있다. 물론 86호 칙령은 반포 규정에 의하면 관보에 실린 지 만 30일이 지나야 실제 효과가 있는 것으로 본다.

1894년 공문 규정은 그 취지가 명기가 되어 있다. 칙령 제1호에서는 "내가 결재한 공문 규정을 공포하게 하고 종전의 공문 공포 규정은 오늘부터 폐지하며 승선원(承宣院) 공사청(公事廳)도 전부 없앨 것이다."라고 하면서, 3호에서 "내가 동지(冬至)날에 모든 관리들을 거느리고 종묘(宗廟)에 가서 우리 나라가 독립하고 모든 제도를 바로 잡은 사유를 고하고 다음 날에는 사직단(社稷壇)에 가겠다."고 선언한 것이다. 실제로 이날로부터 21일 후인 12월 12일 홍범 14조와 독립서고문을 종묘에 고한 것이다.

표면상으로는 중국의 속국이 아님을 만천하에 선포하고 근대 개혁의 기치를 내 건 것이지만 실제로는 일본의 영향과 그 구속력이 더욱 심해지는 시기에 일어난 것이므로 한계가 있었다. 결국 규정과 그 당시 맥락으로 본다면 국문(언문)을 기본으로 삼는다는 것은 한문과 한문으로 상징되는 중국에 대한 정치적 의미이지 한자 자체에 대한 정치적 자주 선언은 아닌 셈이다. 일종의 상징적 선언이라 볼 수도 있다. 왜냐하면 규정대로라면 현실적인 실효성은 국한문 혼용문이 공식 문서로서 더 효과가 있었기 때문이다. 국문으로 공문서를 작성할 경우는 한역을 붙여야 하는데 이런 번거로움보다는 국한문 혼용문을 택할 확률이 높기 때문이다. 실제 그 때 정황도 그러했다.

그리고 이 때는 이미 일본의 조선에 대한 영향력이 거의 절대적인 친일 내각 아래에서 선포된 공문서 규정이라는 점이다. 선포 전후의 주요 사건만 열거해 보면 다음과 같다.

    (3) 1894-5년대의 주요 사건 연표4)

1894/01/10(고종31) 전라도 고부 군민, 군수 조병갑의 탐학에 항거, 전봉준의 영도하에 고부관아 점령.
1894/01/22(고종31) 한성부 거주 일인 아다치 등, <한성신보漢城新報> 창간.
1894/05/23(고종31) 일본공사, 왕에게 내정개혁을 건의.
1894/06/09(고종31) 일본공사, 내정개혁방안 강령세목을 제시, 시행 강요.
1894/06/21(고종31) 내각 관보과, <관보> 제1호 발행.
1894/06/23(고종31) 일본군함, 풍도 앞바다에서 청국군함을 격침시킴(청일전쟁 일어남).
1894/06/25(고종31) 김홍집, 영의정에 임명됨. 군국기무처 설치(갑오경장 시작됨).
1894/06/29(고종31) 개국기원 사용(고종 31년 개국 503년).
1894/07/11(고종31) 군국기무처, 은본위제의 신식화폐 발행장정 의결 공포. 도량형기 개정(10.1. 시행, 장척·두

---

4) 한국문화연구원의 한국사 연표에는 공문식에 관한 연표는 빠져 있다. 사건의 중요도에 비추어 볼 때 연표 작성자의 실수로 보인다.

곡·칭형). 군국기무처, 전국 각 가호에 문패를 달게 함(7.20. 시행).

1894/07/12(고종31) 군국기무처, 전고국조례·명령 반포식·선거조례 등 공포 시행.

1894/07/15(고종31) 제1차 김홍집너각 성립.

1894/07/20(고종31) 국왕, 갑오경장 윤음 반포. 조일잠정합동조관 체결.

1894/07/26(고종31) 조일공수동맹 체결.

1894/07/28(고종31) 군국기무처, 소학교 교과서를 학무아문에서 편찬케 함.

1894/10/23(고종31) 일본공사 이노우에 가오루, 2차 내정개혁 신안 20조 제의.

1894/11/21(고종31) 제 2차 김홍집내각 성립(박영효 참여). 호위부장·통어사·장어사·경리사·군국기무처 폐지, 중추원 신설.

<u>1894/11/21(고종31) 고종 국문을 기본으로 삼고 국한문 혼용문을 쓸 수 있다는 공문서 칙령 내각에 지시</u>

1894/12/12(고종31) 국왕, 홍범 14조와 독립서고문(獨立誓告文)을 종묘에 고함.

1894/12/12(고종31) 공문서 사상 최초로 홍범 14조와 독립서고문을 한글로 반포.

1894/12/??(고종31) 관보에 국한문 혼용.

1895/02/02(고종32) 학교설립과 인재양성에 관한 조칙 발표.

1895/03/24(고종32) 을미개혁 단행. 재판소구성법 포함 개혁안 34건 의결 공포.

1895/04/01(고종32) 유길준 저 <서유견문>, 일본 교순사에서 간행.

1895/05/01(고종32) 외부, 주일공사관에 시범·소학교의 교과서 편찬에 참고키 위해 각종 일본교과서를 구입하여

보낼 것을 훈령. 한인유학생 114명, 게이오 의
숙에 집단입학.
1895/05/01(고종 32) 공문식에 관한 86호 칙령 재가 반포함
1895/07/05(고종32)제3차 김홍집내각 성립(내부 박정양, 중추원의장
어윤중, 부의장 신기선).

1894년은 그야말로 대외적으로 격동기였다. 갑오농민전쟁같은 거
센 민중의 저항과 청일전쟁과 같은 국제 정세, 갑오경장 같은 일본
중심의 개혁 등이 쉼없이 몰아치던 시기였다. 일본의 청일전쟁의 승
리와 민씨 정권 유린 등에 이어 친일 내각에 의한 이른바 갑오 개혁
이 이루어지게 된다. 김홍집, 어윤중, 유길준 등의 친일 혁신 관료들
에 의해 6월 26일 군국기무처가 설치되고 갑오개혁이 본격화 된다.
칙령이 공식 제정된 11월 21일은 2차 김홍집 내각이 성립된 날이기도
하다. 이렇게 보면 이 칙령의 주체와 동기 등이 어느 정도 명확해진
다. 공문식 규정만 세밀하게 따져보기로 한다.

3. 칙령의 국어사적 의미

1) '國文'의 의미

'국문'의 기존의 국어사적 의미는 고영근(2000:6-7)에서 명쾌하게
정리되어 있다.[5]

　　(4) 한글이 15세기에 창제되었지만 공용문자의 구실을 하지 못하였

---

5) '국문'자체의 쓰임새에 대해서는 백두현(2004:7-10), 김슬옹(2005a:27-30) 참조

다. 공용문자는 여전히 한자·한문이었다. 한글은 불교나 유교의 경전을 번역하는데 이용되는 언해문이 고작이었고 그것도 대부분 한자를 앞세운 일종의 국한문혼용체였다. 그러나 근대로 접어들면서 서민들의 사랑을 받아 한글은 그 사용기반을 넓혀 나갔다. ─줄임─ 고종의 두 번째 칙령6)에 의하여 한글이 비로소 한국사회의 공용문자의 구실을 할 수 있었다. 한글은 창제 이래 '언문(諺文)'이란 이름을 붙임으로써 '어리석은 백성'에 국한되었던 한글의 사용범위가 전 인민으로 확대되었다.

이와 같은 인식은 국어학계의 보편적 인식이요 평가였다. 이런 통념의 문제점은 김슬옹(2005a)에서 전면 비판한 바 있다. 곧 이는 '언해문'이 단지 번역문이 아니라 정치적 제도적 문건이었음을 잊거나 과소평가한 것이었으며 이밖에 폭넓은 분야에서 공용문자로 쓰였음을 제대로 못보았기 때문이었다.

물론 이런 필자의 비판은 공용문자의 개념을 근대적 법률이나 제도 차원의 공용어(official language)로 본 것이 아니라 정치적 제도적 차원의 폭넓은 권력 차원에서 본 것이다. 설령 공용어 차원에서 본다 하더라도 칙령 선포 이전의 언문의 권력적 사용을 과소 평가할 이유는 없다는 것이다. 단지 공용문자로서의 비중이 달라졌다고 볼 수 있다. 곧 근대 이전에는 한자(한문)가 주류 공용문자, 언문이 비주류 공용문자였는데 칙령 선포로 언문이 주류, 한자가 비주류로 바뀌었을 뿐이다.7) 칙령 선포에서 한문 번역을 공용문서 양식의 일부로 설정함으로써 한자도 공용문자로서의 가치를 여전히 부여받고 있는

---

6) 1985년의 칙령
7) 김슬옹(2005a,b)에서 지적했듯이 교화 등의 특정 분야에서는 한자와 언문의 주류, 비주류 관계는 바뀔 수 있다.

셈이다. 더욱 중요한 것은 국한문 혼용문을 주류 공용 문서 양식으로 설정한 것이다.

결국 '공용문자'라는 용어가 '근대적 공용어'라는 개념으로는 '국문' 칙령 이후에나 사용될 수 있지만, '공식적으로 사용되는 문자'라는 의미로는 근대 이전의 사용 문자에도 적용할 수 있는 용어이다. 필자의 김슬옹(2005a,b)에서는 이런 논란을 피하기 위해, '공용문자'라는 용어 대신에 '공식문자'라는 용어를 썼다.

필자가 고영근(2000)과 같은 불연속적 역사 인식을 비판한다고 해서 '국문' 칙령이 의미하는 정치적 역사적 가치를 무시하는 것은 아니다. 조선 왕조가 근대적 행정 절차 개혁과 더불어 대한제국을 표방하면서 '국문' 칙령이 나온 것이기 때문이다. 우선 용어 자체의 정치적 무게가 다르다. 조선 왕조는 한글의 공식 명칭을 '언문'으로 내내 불러왔기 때문이다. '국문'이란 말은 "本國文字, 我國文字" 등과 같이 연어 구조로 쓰이다가 개화기에 이르러 "國文綴字"와 같은 독립된 어휘로 설정되었다. 이는 독립된 근대 국가의 문자라는 의미를 지닌 것이다.

'國'의 의미 자체가 다르다. 근대 이전의 '國'은 단지 대국인 '중국'에 속하되 일정한 권한을 부여받은 작은 '나라'의 의미지만, 근대 이후의 '국'은 다른 나라와 대등한 독립된 국가로서의 의미이기 때문이다.8) 따라서 최현배(1940/1982:고친판:85)에서와 같이 "이것(칙령)은

---

8) 훈민정음 해례본 예의 "國之語音 異乎中國"에서 국호인 '조선'과 '명'을 대비시키지 않고 '國 -中國'으로 대비시킨 것도 그런 맥락이다. 또한 '국문'의 의미를 "'우리나라의 고유문자'로 파악(한국 브리태니커온라인 2005. 5. 27. 기사<http://preview.britannica.co.kr/bol/topic.asp?article_id=b02g2499a>하는 것은 적절하지 않다. '國文'은 '우리나라의 고유문자'라는 뜻이 아니고 "나라의 공식 기본 문자"라는 뜻이다.

똑바로 세종 대왕의 이상과 솜씨를 그대로 실행하려는 국가적 처단이었으니, 이도 또한 당시 내부대신인 兪吉濬의 힘씀에 말미암은 바이다.”와 같이 언문 자체에 대한 과도한 평가를 하기 이전에 언문 창제 이후의 글말살이가 다층적이었음을 이해하는 것이 필요하다. 곧 조선시대는 입말은 조선말이라는 단일 층위였지만 글말은 한문, 이두문, 언문, 혼합문 등 다층적이었다. 공식문자에 대한 잘못된 인식은 근본적으로 공식문자와 통용 문자를 혼동한데서 비롯되었다. 사대부층에게 기본적인 통용 문자(학문 도구 포함)는 한문이었다. 그러나 언문은 사대부층의 통용 문자는 아니었지만 공식문자였다. 그러니까 언문은 지배층에게 통용 문자로서는 배척당했지만 제도 문자로서는 별 이의제기 없이 수용되어 온 것이다. 물론 언문도 준통용 문자로서의 구실을 했기 때문에 1894년 국문 칙령 반포가 가능했다고 보자는 것이다.

언문은 지배층에게 주된 통용 문자는 아니었지만 제도 차원의 공식문자였던 것이다. 이렇게 보면 고종 칙령에 의해 언문이 공식 기본 문자가 되었음에도 실제 통용 문자로는 부차적인 문자 양식으로 규정한 국한문 혼용문이 오랜 세월 동안 주류 생활문자로 자리매김 되어 온 것과 마찬가지다.

그리고 ‘국문 본위’라는 말을 주목해 볼 필요가 있다. 국문만을 쓴다는 것이 아니라, 다른 문자도 쓸 수 있지만 국문이 기본이라는 뜻이다. 그러니까 ‘언문’은 칙령 제정 전에도 공식문자였다. 다만 칙령 전에는 ‘한문’이 공식 기본(주류) 문자이고 언문이 부차적인 문자였다면, 칙령 다음에는 국문이 기본(주류) 문자이고 한문을 부차적인 문자로 제도화하였다는 말이다. 이와 같은 관점으로 볼 때, 김영황 (1978:456) 등 대부분이 기존 국어사 기술에서 ‘한문과 이두’가 조선의 공식문자였는데 갑오개혁으로 언문, 즉 국문이 공식문자로 되었다는 시각은 수정될 필요가 있다. 언문도 공식문자였다는 것이다. 다만 갑오개혁 이전과 이후의 언문의 공식문자로서의 가치가 차이가 있을 뿐이다. 굳이 그 차이를 강조한다면 주류나 비주류 또는 근대적 의미에서의 공식문자냐 아니냐의 차이로 설정할 수 있을 것이다.

국문을 기본으로 삼지만 한문 번역을 붙인다는 상황도 한문 공문서와 언문 공문서를 동시에 발표하던 상황을 뒤집어 놓은 셈이다. 고종 때만 보더라도 실록 기록을 보면 이와 같은 사건이 아래와 같이 13건이나 보인다.

> (5) 가. 대왕대비가 경복궁 공사에 나오지 말고 농사를 짓는 것에 힘쓰라고 한문과 언문으로 반포할 것을 지시하다-고종 2년(1865) 5월 3일(정유)
>
> 나. 대왕대비가 천주교를 금하는 교서를 한문과 언문으로 반포하도록 지시하다--고종 3년(1866) 1월 24일(갑신)
>
> 다. 법령을 엄격히 하고 토호(土豪)의 악습을 없애도록 한문과 언문으로 공문을 띄우라고 지시하다 -고종 3년(1866) 2월 27일(정사)
>
> 라. 군정과 전정의 폐단을 바로잡도록 공문을 한문과 언문으로 내리다 -고종 3년(1866) 6월 2일(기축)
>
> 마. 서학을 하는 불순한 무리들을 제거하기 위해 윤음(綸音) 규례에 따라 한문과 언문으로 베껴 반포하게 하다-고종 3년(1866) 8월 2일(무자)
>
> 바. 밭 면적을 조사할 때 백성들의 이익을 침해하지 말도록 한문과 언문으로 교서를 반포할 것을 지시하다-고종 3년(1866) 9월 7일(계해)
>
> 사. 경기, 삼남, 황해도에 사창을 설치하는 교지를 한문과 언문

으로 반포하다 -고종 4년(1867) 6월 11일(계사)

아. 의정부에서 4도에 구제곡을 내려주도록 한문과 언문으로 반포할 것을 제의하다. -고종 4년(1867) 6월 11일(계사)

자. 북관의 변경 지역 백성들의 형편을 돌보아 주도록 하라는 교서를 한문과 언문으로 마을까지 반포하라. -고종 6년 (1869) 11월 23일(경인)

차. 호포법 문란을 징계하는 내용을 한문과 언문으로 베껴 반 포하기를 청하다. -고종 16년(1879) 11월 15일(갑신)

카. 도박과 양곡유출을 금지하는 공문을 한문과 언문으로 베껴 반포하도록 의정부에서 제의하다 -고종 20년(1883) 10월 27일(갑술)

타. 아이를 납치하는 범인들을 잡는 법을 한문과 언문으로 공 포하도록 지시하다. -고종 25년(1888) 5월 10일(신유)

파. 북쪽의 환곡 정책을 안두사로 하여금 한문과 언문으로 베 껴 모든 마을에 알리게 하다. -고종 25년(1888) 5월 17일 (무진)

이렇게 볼 때, 칙령 1호 14조와 칙령 89호는 표면적으로는 종전의 "언문은 공식적으로 '나랏글' 즉 '국문'으로 그 위상이 격상된 것(백두현:2004:8)" 것은 틀림이 없지만, 그 이면에는 언어 차원에서는 한문과 국한문 혼용과의 복잡한 관계가 설정되어 있고, 그에 따른 정치적 위상 관계가 얽혀 있음을 주목하는 것이 중요하다.

2) 국한문 혼용문의 의미

그동안 조선 말기나 일제 시대의 국한문 혼용문에 대한 연구는 많이 있어 왔으나 공문서 칙령에서 왜 국한문 혼용문을 공용 문서 양식으로 설정했는지에 대한 체계적인 연구는 없었다. 이는 앞에서 지적한 것처럼 공문서 칙령을 연구한 쪽에서는 국문을 기본으로 삼았음을 강조하면서 상대적으로 국한문 혼용이 공용 문서 양식임을 망각하거나 과소평가한 것이고, 국한문 혼용 연구 쪽에서는 국한문 혼용체에서 1894년의 공문서 칙령이 차지하는 비중을 제대로 인식하지 못해서이다.

이러한 연구의 문제점은 실제 상황을 짚어보면 금방 드러난다. 공문서 칙령 그 자체로만으로는 국문을 기본으로 삼았지만 실제로는 국한문 혼용문이 주류 공용 문서 양식이었으므로, 국문을 기본으로 삼는 것만을 강조하는 것은 낭만적 인식인 셈이다. 국한문 혼용 측면에서 보면, 이러한 칙령의 정치적 비중으로 보면, 칙령을 결부시키지 않은 국한문 혼용문 연구는 핵심 사건을 놓친 잘못을 보여준다.

1948년 10월 9일 공포한 '한글전용법'은 "대한민국의 공용문서는 한글로 쓴다. 다만, 얼마동안 필요한 때에는 한자를 병용할 수 있다." 고 하여 국한문 혼용문을 공용 문서의 주요 양식으로 공포할 만큼 국한문 혼용문은 광복 이후까지도 우리 사회의 주요 문체로 강력한 영향을 끼쳤다.[9] 칙령에서 못박은 국한문 혼용문의 문체를 이어받은 것이라고 볼 있지만 그 성격은 사뭇 다르다.

문체 측면에서 보면 1894년의 국문 선포 칙령은 국문체보다는 국한문혼용체가 더 큰 비중을 차지하고 있는 셈이다. 국문만의 공용문서를 지지한다면 한역을 붙이는 번거로움을 따를 리 없고, 한문 공용문서에 얽매여 있는 부류들도 그러한 문체를 따르기보다는 국한문

---

9) 같은 해 7월 17일에 제정 공포된 대한민국 헌법은 한글과 국한문의 두 정본으로 작성하였다.

혼용체를 따를 확률이 높기 때문이다. 따라서 이 칙령을 아예 "국한
문혼용체 사용에 관한 법령"으로 못박은 김영황(1978:457)의 평가는
칙령의 본질을 간파한 셈이다.10) 형식적 조항 내용만으로 본다면 국
문체가 주류 문서 양식이 되어야 하지만, 조항 전체 맥락과 그 시대
상황 맥락으로 보면 국한문 혼용체가 주류 문서양식이 될 수밖에 없
다는 것이 이 칙령의 본질이다. 그렇다면 이제 이 때의 국한문 혼용
문이 공식 문서 양식으로서 어떤 특징을 가지고 있고 그 맥락과 가치
는 무엇인지 따져볼 필요가 있다.

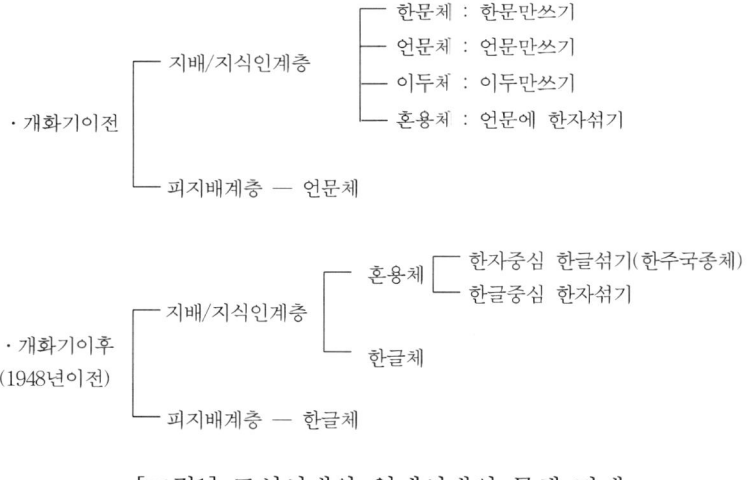

[그림1] 조선시대와 일제시대의 문체 갈래

---

10) 물론 김영황(1987:457)에서는 국문 선언의 가치를 부정한 것은 아니다. 전문을 인
　　용해 보면 다음과 같다. "문자생활의 개혁과 언문일치의 실현에 대한 요구는 자본
　　주의적 관계가 발전하여 나가게 되면서 더는 미룰 수 없는 간절한 과업으로 제기
　　되었다. 그리하여 공식적인 문자생활에서의 일정한 개혁을 의미하는 '국한문혼용
　　체사용에 관한 법률'을 채택하게 되었다. ―줄임―이것은 공식적인 문자생활에서 한
　　문과 리두의 사용대신에 국문의 사용을 '법적'으로 인정한 하나의 '혁신적' 조치라
　　고 할 수 있다.

위와 같은 흐름으로 볼 때 지배층과 지식인 측면에서 보면 사용 문체가 4원 구조에서 2원 구조로 바뀌었음을 알 수 있다. 따라서 기존의 한문체 사용 계열로 보면 혼용체는 상대적 진보 입장에 서게 되고 언문체 계열로 보면 상대적 퇴보라는 평가를 받게 된다. 조규태(1992:38)에서 인용한 예를 들어보면 다음과 같다.

(6) ……이렇듯한 천대 아래에 거의 전연히 그 본래의 사명을 잊어버리게 된 한글에도, 큰 시대적 각성으로 말미암아 부흥의 새벽이 돌아왔으니, 그것은 곧 고종 31년의 갑오경장이다. 이때로부터 중국 숭배, 한문 존중의 수 백년 미혹의 꿈을 깨뜨리고, 제 글자 한글을 높혀쓰기 비롯하여, 소설은 물론, 과학, 종교, 예술, 기행 등 각종 저서와 신문, 잡지, 교과서에 이르기까지 모두 한글을 쓰게 되었다. 이 시대적 요구에 따라 일어난 한글 부흥의 선구자는 矩堂 兪吉濬 선생이다. 선생이 미주 유학을 마치고 귀국하여, 근 600쪽의 큰 지음 "西遊見聞"(을미년 간행, 양장본)을 지으니 이것이 참으로 최근세 조선문화사에 있어서 국한문체의 맨 처음이다. - 최현배(1940/1982:83)

(7) 조선 전기에서부터 이른바 국한혼용의 문건이 나타나지 않은 것은 아니나 그것은 극히 제한된 것이었고, 그것이 조선 후기로 넘어오면서 다소 심해지는 경향을 보이다가, 이른바 개화기에 오면서 당연한 것으로 받아들여지게 이른 것은 극히 타율적인 힘에 의한 것임을 알게 되는데, 그것은 문자사적으로 보나, 정치적인 배경으로 보나 타락의 과정이었지 결코 발전의 과정으로 받아들여질 수 없다는 것이다. 따라서 한글이 개화기에 와서 비로소 나라글자의 구실을 감당하기 시작했다는 견해는 너무도 피상적인 관찰이요 오해라는 것을 분명히 할 필요가 있다. - 김종택(1992:107)

당대의 가까운 시기의 변화 소용돌이를 살았던 최현배는 긍정적으로 평가하고 있다. 최현배는 한글전용주의의 대표 지식인이지만 초기 저술에서 어느 정도 국한문 혼용체를 구사했던 내력으로 보아 시대 논리를 따른 측면을 이해할 만하다. 다만 갑오 개혁의 정치적 배경과 한계 등을 지나치게 소홀히 평가한 듯하다. 김종택의 견해는 역사의 연속성 속에서 한글의 위상을 바라본 것은 좋으나 타락과 발전이라는 이분법 속에서 극단적으로 평가하고 있다. 어느 누구의 견해가 옳으냐보다는 그 당시 국한문 혼용체의 양면적 특성에 따른 평가의 차이라고 볼 수 있다.

이러한 국한문 혼용체의 연원에 대해서도 대립된 관점이 형성되어 왔다.

(8) 가. 海東 六龍이 ᄂᆞᄅᆞ샤 일마다 天福이시니 古聖이 同符ᄒᆞ시니 -「용비어천가」 1장

나. 셰世존尊ㅅ일술ᄫᆞ리니먼萬ᄅᆡ里외外ㅅ일이시나ᄂᆞ눈에보논가너기ᅀᆞᄫᆞ쇼셔 -「월인천강지곡」 기이

(9) 關關雎鳩ㅣ 在河之州ㅣ로다. 窈窕淑女ㅣ 君子好逑ㅣ로다. -「시경언해」 권1

(10) 大槪開化라 ᄒᆞᄂᆞ者ᄂᆞᆫ 人間의千事萬物이至善極美ᄒᆞᆫ 境或에抵홈을胃홈이니然ᄒᆞᆫ故로開化ᄒᆞᄂᆞ境或은限定ᄒᆞ기不能ᄒᆞᆫ者라人民才力의分數로其等級의高低가有ᄒᆞ나然ᄒᆞ나人間의習尙과邦國의規模를隨ᄒᆞ야其差異홈도亦生ᄒᆞᄂᆞ니此ᄂᆞᆫ開化ᄒᆞᄂᆞ軌程의不一ᄒᆞᆫ緣由어니와大頭腦ᄂᆞᆫ人의爲不爲에在홀ᄯᆞ롬이라 -유길준의 『西遊見聞』의 「開化의 等級」 중에서

김종택(1992)과 같은 계열에서는 (10)과 같은 문체는 일본 영향임을 분명히 하고 있다. 조규태(1992:55)에 의하면 "한글이 창제된 이후

초기의 한글 문헌들은 국한문이 거의 대부분이며, 국한문으로 쓰여
있거나 국문으로 쓰여 있거나 모두 우리말 입말과 별로 다름이 없는
글"이었다는 것이다. 따라서 "유길준의 『서유견문』을 비롯한 일제시
대 국한문은 단적으로 말해서 일본글을 모방한 것(59)"이라고 밝히고
있다. 일본 사람들이 쓰는 한자-가나 혼용문은 일제시대나 지금이나
모두 『서유견문』의 문체와 같다고 본 것이다.

이에 반해 김완진(1983:245-6)에서는 유길준 문체는 (9)와 같은 경
전언해에 뿌리를 두고 있다고 밝혔다. 따라서 독립신문에서의 서재필
문체와 같은 한글전용체는 거의 언문만으로 언해된 '소학언해'와 같
은 문체에서 비롯된 것이라고 하면서 "유길준의 문체가 귀족적이요
장중한 문체라 한다면 서재필류의 문체는 평민적이요 친절감을 주는
문체(김완진:1983, 247)"라고 대조하고 있다. 이러한 김완진의 견해는
유길준의 문체를 내적 전통 속에서 찾은 것으로 조규태의 견해와는
대조될 뿐만 아니라 역사적 평가도 사뭇 다르다.

유길준의 문체가 경전언해에서 비롯되었다 하더라도 그러한 문체
는 전체 문체로 보나 국한문체로만 보나 주류 문체는 아니었다. 결국
유길준식 문체는 가능성 있는 전통적 문체 양식에 일본식 문체와 정
치적 상황이 강하게 투사된 문체라고 볼 수 있다. 친일 내각의 핵심
인물이었을 뿐 아니라 철저히 현실주의자였던 유길준의 언어관은 『서
유견문』머리말에서 스스로 밝혀 놓고 있다.

(11) 『서유견문』이 완성된 며칠 뒤에 친구에게 보이고 비평해 달
라고 하자, 그 친구가 이렇게 말하였다. "그대가 참으로 고생하기는
했지만, 우리글과 한자를 섞어쓴 것이 문장가의 궤도를 벗어났으니,
안목이 있는 사람들에게 비방과 웃음을 면치 못할 것이다." 그래서

　내(유길준)가 이렇게 대답하였다. "우리나라의 글자는 우리 선왕 세
종께서 창조하신 글자요, 한자는 중국과 함께 쓰는 글자이니, 나는
오히려 우리 글자만을 순수하게 쓰지 못한 것을 불만스럽게 생각한
다. 외국 사람들과 국교를 이미 맺었으니, 온 나라 사람들이 상하 귀
천이나 부인과 어린이를 가릴 것 없이 저들의 형편을 알아야 할 것
이다. 그러니 서투르고도 껄끄러운 한자로 일크러진 글을 지어서 실
정을 전하는 데 어긋남이 있기보다는, 유창한 우리 글과 친근한 말
을 통하여 사실 그대로의 상황을 힘써 나타내는 것이 올바르다고 생
각한다."

　국한문체의 지나친 진보성을 우려하는 친구에게 우리글로만 쓰고
자 하는 이상을 실현하지 못하고 현실주의를 따랐을 뿐임을 강조하
고 있는 것이다. 이런 그의 고백으로 볼 때, 국한문체로나마 우리 글
을 사용하는 것이 대단한 것으로 여겼음을 알 수 있다. 이런 그의 의
도를 존중하여 후세 학자들은 그를 한글 발전의 선구자로 평가하고
있는 것이다(허웅:1974, 186).

　이런 관점대로라면, 개화기 국한문 혼용체가 일본의 영향이 강하
게 작용했다고 해서 일본식 국한문혼용체라고 못을 박을 수 있느냐
는 것이다. 일본의 영향과 일본 문체와의 유사성으로 보아 일리는 있
지만, 그렇게만 한정해 놓으면 내적 요인을 놓치는 격이 된다. 따라서
필자는 이런 문체를 '이두식 국한문혼용체' 또는 기존 논의에서 더러
나온 바 있는 '한주국종체'라고 부르는 것이 합당하다고 본다. 이두는
한문을 우리말 어순으로 배열한 뒤 조사나 어미를 한자식으로 표현
한 것인데 이 때의 조사나 어미를 한자 방식에서 한글로 바꾼 것이
바로 개화기 때의 국한문 혼용체이기 때문이다. 더욱이 일본식 개화
를 주도한 지식인들이 이두문의 주된 사용자였던 중인 계층에 뿌리

를 두고 있다는 점에서도 그런 용어가 설득력이 있다.

　물론 '이두식 국한문체'라고 부른다고 해서 일본의 영향을 과소평
가하는 것은 아니다. 이러한 문체의 내적 외적 요인을 총체적으로 파
악하는 것이 중요함을 강조하는 것 뿐이다.

　내적 요인으로 첫째는 이두식 국한문체가 언어 문체 차원에서 조
선시대 다중 문체 흐름이 복합된 문체라는 것이다. 다시 말하면 다중
문체 경험이 또 다른 문체를 생성하는 틀이 되었다는 것이다.

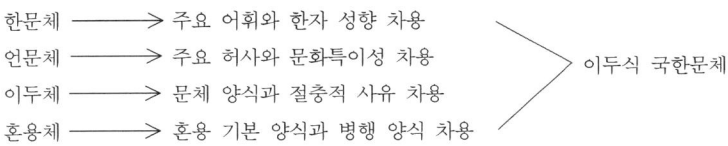

[그림 2] 이두식 국한문체의 내적 흐름도

　이두식 국한문체가 일본식 모방이라 하더라도 이미 한문을 오래
사용해온 흐름으로 보면, 글말에서는 토박이말보다는 한자식 어휘의
생산성이 높기 마련이다. 양반 지배층이 한문체를 주로 써왔다 하더
라도 언문의 실용성이나 필요성을 부인한 것은 아니었다. 따라서 다
양한 변종체를 통해 중국 정통 한문식 문화와 다른 특이성을 배양해
온 셈이다. 이두체는 한문과 한자의 기본틀을 벗어나지 않으면서도
문화의 특이성, 언어의 특이성을 반영하려는 몸부림에서 나온 절충
문체이다. 한자를 이용해 어거지로 표현해 온 조사와 어미라는 허사
를 언문으로 옮기면 바로 이두식 국한문체가 되는 것이다. 혼용체는
이두식 국한문체와 다르다고는 하지만 이질적인 두 문자를 섞는다는
측면에서 같은 흐름 속에 놓여 있다.

둘째는 뭔가 새로운 문체가 필요한 시기에, 이두식 국한문체는 한자 중심의 보수 세력과 언문 중심의 개혁 세력 모두를 거스르지 않는 대안 문체가 된 셈이다. 설령 일본식 문체를 모방했다 하더라도 한문에 비해서는 상대적 진보성을 갖고 있고, 언문체에 비해서는 상대적 보수성을 갖고 있으므로 양쪽을 만족시키거나 강한 거부 반응을 차단하는 효과를 가져온 셈이다. 유길준과 같은 일본식 개화 세력의 새로운 문체 필요성과 일치가 된 셈이다.

외적 요인으로 가장 중요한 것은 일제가 조직적으로 개입했다는 것이다[11]. 일본의 식민지 언어 정책은 여러 제국주의 국가의 언어정책중 가장 잔혹한 정책이었을 뿐만 아니라 교묘하게 이루어졌다(이성연:1988). 이는 세 단계로 획책되었다. 첫 단계는 한자말을 한자로 표기하도록 하여 일본글 모습과 비슷하게 하는 이른바 국한문 혼용 단계이고, 둘째 단계는 토씨나 씨끝을 제외한 모든 글자를 한자로 써서 한글을 약화시키면서 한자를 일본식 음으로 읽도록 유도하는 단계, 셋째 단계에서는 토씨나 씨끝조차 없앤 뒤 완전한 일본글로 동화시키는 단계이다. 조선에 진출한 언론인 지식인들과 조선의 친일 개혁 인사들의 노력으로 아예 둘째 단계 문체가 빠르게 일반화되었던 것이다.

일본 군대의 강압에 의해 이루어진 1876년(고종 13년)의 이른바 강화도조약(조약의 정식 명칭은 조일수호조규이며, 병자수호조약이라고 부름) 제3조에서 "이제부터 두 나라 사이에 오고가는 공문은 일본은 자기 나라 글을 쓰되 지금부터 10년 동안은 따로 한문으로 번역한 것 한 본을 첨부하며 조선은 한문을 쓴다."고 했던 것이 같은 해 7월

---

11) 이에 대해서는 려증동(1977), 허재영(1994) 등의 논의가 대표적이다.

에는 더욱 악날해져 무역 규칙 항목에서는 "외교문서는 모두 일본말을 쓸 것이며 그것을 한문으로 번역하지 않는다"로 강화되었다. 마침내 1885년에는 국한문 혼용문을 공식적으로 제안하게 된다. 이노우에(井上角五郎)는 국한문 혼용체로 신문을 내야 한다고 고종에게 건의서를 올렸던 것이다.

> (12) 한문은 해득이 어렵고 배우기 힘듭니다. 다행히도 諺文이 있어 일본의 假名과 泰西의 "A·B·C"와 같이 매우 편리한 것입니다. 섞어 씀으로써 오늘의 國家 영원의 기초를 닦고 世宗大王의 正音制定의 聖意에 보답하기를 바라옵니다.

위의 글은 일제가 두 가지 목적으로 국한문 혼용을 조작했다는 것을 보여 준다. 하나는 중국과 밀착되어 있던 우리나라를 이간시키기 위해 중국글(한문)만 사용하는 것을 버리게 하려는 것이요, 또 하나는 그들의 문자체계 -국(일)한 혼용- 에 걸맞는 문체를 심으려는 의도였던 것이다.

그럼 말글 침투의 핵심 일본인인 이노우에가 개화파와 결합되는 과정을 살펴보자. 개화파의 핵심인물인 박영효는 1882년 수신사의 자격으로 일본에 머물면서 신문 발간의 필요성을 크게 느껴 돌아오면서 기자와 인쇄공 등 몇몇의 일본인을 데려왔다. 이 때 이노우에가 들어온 것이다. 이들은 1883년 신문 발간 허락을 고종으로부터 받게 되나 박영효의 좌천과 실무자였던 유길준 등의 병으로 인해 중지된다. 그러나 수구파의 신임을 얻고 있던 온건개화론자들에 의해 신문이 발간되는데, 그래서 그런지 이 신문은 한문체로만 발간되었다. 이 신문은 1884년 갑신란이 실패함에 따라 1년만에 종간되었다가 1886

년 한성주보로 다시 복간되었다. 결국 한성순보부터 신문 발간에 깊숙이 관여한 이노우에는 개화기 최초의 이두식 국한문체를 한성주보를 통해 주도한 셈이었다. 이 신문은 한문체, 한글체도 사용하였으나 대부분이 국한문 혼용체였다.

이노우에는, "서양사정"이란 책을 썼고 유길준에게 많은 영향을 준 후키자와 유키지(福澤裕吉;1835~1901)의 제자였다. 이노우에가 국한문 혼용체 보급에 큰 영향을 끼쳤다는 것은 한성주보에서의 행적 외에 본인의 회고를 참고할 수 있다.

> (13) 먼저 여기서 발행되었던 것이 한자만으로 쓰여졌던 한성순보이고, 그것에 대해서는 조선인 또는 중국인 중에서도 이러니저러니 비난이 있었는데, 호를 거듭함에 따라서 세간에서도 차츰 그 필요를 인식하게 되었다. 그러나 한층 일반에 보급시키기 위해서는 한문체만이 아니라, 한문에 언문을 혼용하지 않으면 안 된다고 나는 깊이 느꼈다.
>
> 언문은 옛부터 내려온 조선문자인데, 중국 숭배 사상에 사로잡혀 상류 계층은 한문만을 쓰고, 언문은 이른바 하층민들만이 썼었다. 일찍이 조선에서 쓰던 동몽선집(童蒙選集)은 한문만의 기술이고, 중국을 선진국으로 숭배하고 제나라를 그 속국으로 여기고, 제나라 글자인 언문을 천대하여 어디까지나 중국을 존중하지 않으면 안 된다고 썼다.
>
> 이와 같이 동몽선집이 조선 사람들에게 심한 잘못된 생각을 품게 했기 때문에 그후 러일전쟁을 거쳐 우리나라가 한국에 통감부를 둔 지 얼마 안 될 무렵, 즉 한일합방 전에 한국 정부는 명령하여 이 동몽선집을 읽는 것을 금지했다. 그래서 귀족도 한문 외에 언문을 사용하게 되었던 것이다.
>
> 조선에는 이 언문 외에 이두(吏文)라고 하여 정부의 사무 취급에

주로 쓰이고 있었던 문자가 있었다. 그것은 중인이라고 일컫는 무리로, 즉 관리도 아니고, 노비라고도 할 수 없는 자가 중앙과 지방의 관청에 많이 있었다. 이 중인 계급이 관청의 사무에 이 이두를 언제나 썼다. 이와 같이 당시에 있어서는 한문, 이두, 언문이라는 세 갈래의 문자가 조선의 계급에 따라서 유통되고 있었다.

　　그래서 나는 조선의 언문으로써 우리나라의 가명(가나:히라가나와 가다가나)과 비슷한 문체를 만들어 그것을 널리 조선 사람에게 사용하게 하여 우리나라(일본)와 한국을 같은 문체의 국가 상태로 만들고, 또 문명 지식을 주어, 일본에서 옛날의 고루한 사상을 바꾸고자 계획했던 후끼자와(福澤) 선생 뜻을 받들어 한문에 언문을 섞은 문체에 의해 신문을 발행하기로 했다. 그것이 곧 한성주보이다.
- 井上角五郎(1938:98)의 번역 인용

이런 맥락으로 보면, 국한문 혼용문 보급에 일본이 깊숙이 관여했음을 알 수 있다. 그 당시로서는 문체 보급에 가장 효율적인 신문 제작을 통해 적극적으로 개입하는 전략에 의해 이루어졌다고 볼 수 있다.

한성주보에서 본격화된 국한문 혼용체는 공문서에까지 사용하게 된다. 1894년에 펴낸 「종묘서고문」이라는 공문은 순한문체로만 발표하던 관행을 깨고 한글체와 국한문 혼용체를 함께 발표했던 것이다. 또한 국한문 혼용체는 몇몇 지식인들의 책 출판으로 지지층을 넓혀갔다. 그런 흐름 속에서 국한문 혼용체 보급에 커다란 구실을 하게 된 유길준의 『서유견문』(1895)이 나오게 된다. 이 문체는 앞에서도 얘기했듯이 한글체가 아니었음에도 한문체에 대한 상대적 진보로 인하여 개혁 문체로 각광을 받게 된 것이다. 우리나라 최초 일본 유학생으로 일본의 개화론자인 후쿠자와의 제자인 이노우에와 가까이 지냈던 것으로 보이는 유길준이 위와 같은 문체로 책을 쓴 것은 어쩌면 당연한 결과였는지 모른다.

둘째는 친일 내각 인사들이 주도하였다는 점이다. 개화파는 조선 사회 후기에 정권에서 소외되온 유학파를 중심으로 이른바 실학파가 형성되었는데 이들이 개화파로 발전되었다. 이들 개화파는 민씨 세력 과의 대립 속에서 부르조아 개혁 운동이라 할 수 있는 갑신란(정변) 을 일으키게 된다. 개화파는 이 정변을 통해 나름대로 근대화를 시도 하였으나 민중을 정치적 기반으로 끌어들이지 못한 상황에서 일본 세력에 지나치게 기대는 잘못을 저질러 실패하게 된다. 이 사건으로 민씨 정권은 청나라 군대를 끌어들여 민중과 개화파를 무자비하게 탄압하였고 이런 흐름을 절묘하게 이용하여 일본은 조선 침략의 발 판을 굳혀 갔다.

봉건주의 세력과 제국주의 세력에 의해 안팎으로 고통을 당하던 민중 세력은 동학 등의 사상에 힘입어 마침내 갑오 농민 전쟁을 일으 키게 된다. 이 전쟁은 봉건주의 세력과 일본군의 침략으로 실패했지 만 수구 세력인 민씨 정권을 위축시키면서 개화파의 입지를 넓혀 주 는 계기가 되었다. 일본은 마침내 고종을 몰아 내고 대원군을 이용 일본화의 개혁을 이루려 하였으나 대원군의 완강한 저항 때문에 이 른바 갑오 정권을 탄생시키게 된다. 이들 세력에 의해 이른바 갑오 개혁이 시도된다. 그러나 갑오 개혁은 개화파의 의도와는 달리 일본 에 너무 의지한 나머지 청일 전쟁 후, 일본의 본격적으로 침략의 길 을 닦아 주게 된다.

이런 흐름 속에서 국한문 혼용체는 일본을 추종하는 개화파에 의 해 지지를 받아 지식인들 사이에 보편적인 문체로 자리잡게 된 것이 다. 물론 앞에서도 언급했듯이 이러한 문체는 내적 요인도 크게 작용했다고 볼 수 있다. 실학파의 후예들인 개화파도 지식인으로써 한문, 한자에 익숙해 있었으므로 그런 문체를 그 시대에 맞는 절충적 문체로 일반화시키는데 앞장 섰다고 볼 수 있다. 국한문 혼용 문체에 대한 김진경(1985)의 견해는 이런 관점에서 핵심을 찌른 것이라 볼 수 있다.

(14) 국한문 혼용체는 개화기에 일본이 식민주의 이념의 전파자로 선택한 중인계층출신 지식인들의 문체였고, 일제시대에는 식민지 토지자본가 혹은 상업자본가로 재편성된 토착지주와 중인계층출신들의 문체이자 식민지 사회의 공용어였다. 즉 국한문 혼용체는 일본문화 침략의 핵심적인 회로였으며 아서구화 혹은 아일본화된 친일 세력의 이념을 전파하는 매체인 것이다. 미래를 지향해야 할 국어교육의 한글전용을 파기한 것은 따라서 친일세력들이 학교교육을 자기계층의 이념을 확대재생산 해내는 장치로써 독점하려는 의도를 드러낸 것으로 해석할 수 있다.

결국 언문체의 전통을 이어받은 다음과 같은 문체는 실효성을 거두지는 못했다.

(15) 논설
우리가 독닙신문을 오늘 처음으로 출판ᄒᆞᄂᆞᆫᄃᆡ 조선속에 잇는 내외국 인민의게 우리 쥬의를 미리 말ᄉᆞᆷᄒᆞ여 아시게 ᄒᆞ노라. -가운데 줄임- 우리신문이 한문은 아니쓰고 다만 국문으로만 쓰는거슨 샹ᄒᆞ귀쳔이 다보게 홈이라 ᄯᅩ국문을 이러케 귀절을 ᄠᅦ여 쓴즉 아모라도 이신문 보기가 쉽고 신문속에 잇는말을 자세이 알어 보게 홈이라. 각국에셔는 사름들이 남녀 무론ᄒᆞ고 본 국 국문을 몬저 비화 능통ᄒᆞᆫ 후에야 외국 글을 비오는 법인ᄃᆡ 죠션셔는 죠션 국문은 아니 비오드

리도 한문만 공부ᄒ는 까닭에 국문을 잘 아는 사ᄅ이 드믈미라 <독
닙신문 창간호(1889) 논설 중에서>

위와 같은 언문체 흐름은 일본의 힘과 친일 개화파의 득세 때문에
여론을 얻지 못했다. 오히려 국한문 혼용문이 보편적인 것이 되고 그
것이 아래 이광수의 주장처럼 신지식 수입으로 합리화되게 된다.

(16) 然則 엇던 文體를 使用홀까 純國文인가, 國漢文인가! 余의
마음ᄃ로 홀진ᄃ 純國文으로만 쓰고 십흐며, ᄯᅩ ᄒ면 될 쥴 알되 …
今日의 我韓은 新知識을 輸入홈이 긴급홀 ᄯᅥ라. 이에 해키 어렵게
純國文으로만 쓰고 보면 新知識의 輸入에 저해가 되깃슴으로 此意
見은 잠가 두엇다가 他日을 기다려 베풀기로 한고 只今 余가 주장
ᄒᄂᆫ 바 文體는 亦是 國漢文 竝用이라―이광수, 今日 我韓用文에 對
하야,『황성신문』1910. 7.24-27

결국 위에서의 신지식 수입은 한자를 매개로 한 일본 문체를 염두
에 둔 것이라 볼 수 있다. 이런 인식은 개량적 개혁주의자들에 의한
기미독립선언서(기초: 최남선)까지 이어져 지금까지도 고등학교 교
과서에서 명문으로 소개되고 있다.

(17) 吾等은 玆에 我 朝鮮의 獨立國과 朝鮮人의 自主民임을 宣言
하노라. 此로써 世界萬邦에 告하야 人類平等의 大義를 克明하며, 此
로써 子孫萬代에 誥하야 民族自存의 政權을 永有케 하노라.

4. 마무리

이와 같은 맥락으로 볼 때 고종에 의한 국문 선포 칙령은 '국문'과 '국한문'의 맥락적 의미를 총체적으로 보아야 진정한 역사적 의미를 발견할 수 있다. 이상에서 논의된 바를 정리해 보면 다음과 같다.

(1) 1894년 고종 31년의 공문식 칙령은 친일 내각 친일 혁신 세력에 의해 제정되고 고종이 재가한 규정이다.

(2) 국문을 기본으로 삼는다고 하였으나 실제로는 국문체보다는 국한문체가 기본인 공용문서 규정이다.

(3) 이러한 국한문체는 한문체에 비해서는 상대적 진보를 국문체나 전통 주류 국한문체에 비해서는 상대적 퇴보를 보여주는 규정이다.

(4) 이때의 국한문체는 조사나 어미, 순우리말로 된 관형사 외는 모두 한자로 적는 '이두식 국한문체'이다.

(5) 이러한 문체는 경서언해체의 전거가 있으나 실제로는 일본식 국한문체에 더 많은 영향을 받았다.

(6) 이 칙령은 이러한 국한문체가 공용문서의 주류 문체로 자리잡게 한 주요 정치적 사건이다.

참고문헌

강명관(1985). 「한문폐지론과 애국계몽기의 국·한문논쟁」. 『한국한문학연구』 8
집. 한국한문학회.

고영근(2000). 「개화기의 한국 어문운동 : 국한문혼용론과 한글전용론을 중심으
로」. 『冠嶽語文硏究』 25. 서울大學校國語國文學科.

교수신문 기획·엮음/이태진·김재호 외 9인 지음(2005). 『고종황제 역사 청문
회』. 서울 : 푸른역사.

국사편찬위원회(1996). 『한국사 25·26·27』. 서울 : 국사편찬위원회.

권영민(1996). 「개화 계몽 시대 서사 양식과 국문체」. 『문학과 언어학의 만남』.
서울 : 신구문화사.

김경일(2003). 『한국의 근대와 근대성』. 서울 : 백산서당.

김미형(1998). 「한국어 문체의 현대화 과정 연구 – 신문 문장을 중심으로」. 『어문
학연구』 7. 상명대학교.

김미형(2005). 『우리말의 어제와 오늘』. 서울 : 제이앤씨.

김병철(1987). 「19세기말 국어의 문체·구문·어휘의 연구」. 경북대학교 대학원
박사학위논문.

김석득·박종국 편(2001). 『한글 옛 문헌 정보 조사 연구』. 서울 : 문화관광부.

김수업(1978). 『배달문학의 길잡이』. 서울 : 신일문화사.

김수열(2004). 「'국어(國語)'의 뜻넓이와 유래」. 『자하어문논집』 19집. 상명어문학
회.

김슬옹(2003). 「언어전략의 일반 특성」. 『한말연구』 제13호. 서울 : 한말연구학회.

김슬옹(2005a). 「'조선왕조실록'의 한글 관련 기사를 통해 본 문자생활 연구」. 서
울 : 상명대학교 대학원 박사학위 논문.

김슬옹(2005b). 『조선시대 언문의 제도적 사용 연구』. 서울 : 한국문화사.

김슬옹(2005c). 「언어 분석 방법론으로서의 담론학 구성 시론」. 『사회언어학』 13
권 2호. 한국사회언어학회.

김영황(1978). 『조선민족어발전력사연구』. 평양 : 과학·백과사전출판사.

김영황(1997). 『조선어사』. 평양 : 김일성종합대학출판사.

김완진(1983). 『한국어 문체의 발달. 한국어문의 제문제』. 서울 : 일지사.

김윤경(1963). 『새로 지은 국어학사』. 서울 : 을유문화사(한결 金允經全集 2, 延世
　　大學校 出版部).

김인선(1999). 「개화기 이승만의 한글 운동 연구」. 연세대학교대학원 박사학위
　　논문.

김정수(1990). 『한글의 역사와 미래』. 서울 : 열화당.

김종택(1992). 『국어어휘론』. 서울 : 탑출판사.

김진경(1985). 「일본교과서 문제와 한국의 교과서(1)」. 『민족의 문학과 민중의 문
　　학』 서울 : 이삭.

김혜숙 편(1997). 『언어의 이해』. 서울 : 태학사.

남풍현(1996). 『언어와 문자, 조선시대 생활사』. 한국고문서학회 엮음. 서울 : 역
　　사비평사.

려증동(1977). 「19세기 한자-한글 섞어쓰기 줄글에 대한 연구」. 『한국언어문학』
　　15집.

류렬(1992). 『조선말력사 1·2』. 평양 : 사회과학출판사.

민현식(2000). 「공용어론과 언어정책」. 『이중언어학』 17호. 서울 : 이중어학회.

박영준·시정곤·정주리·최경봉(2002). 『우리말의 수수께끼』. 서울 : 김영사.

박종국(1996). 『한국어 발달사』. 서울 : 문지사.

박종국(2003). 『한글문헌 해제.』 서울 : 세종대왕기념사업회.

백두현(2001). 「조선시대 한글 보급과 실용에 관한 연구」. 『震檀學報』 제92집. 서
　　울 : 震檀學會.

백두현(2004a). 「우리말[韓國語] 명칭의 역사적 변천과 민족어 의식의 발달」. 『언
　　어과학연구』 제28집. 서울 : 언어과학회.

백두현(2004b). 「한국어 문자 명칭의 역사적 변천」. 『문학과 언어제』 26집. 서울
　　: 문학과언어학회.

사회과학원 역사연구소(1988). 『조선문화사』. 평양 : 사회과학원 역사연구소(미
　　래사 영인:1988).

심재기(1992). 「개화기 교과서 문체에 대하여」. 『국어국문학』 107호. 국어국문학
　　회.

안대회(2004). 「조선후기 이중언어텍스트와 그에 관한 논의들」. 『대동한문학회
　　2004 하계 발표대회 자료집』. 대동한문학회.

안병희(1985). 「訓民正音 使用에 관한 歷史的 硏究-창제로부터 19세기까지」. 『東

方學誌』 제46 · 47 · 48 합집. 서울 : 연세대학교국학연구원.

위르겐 슐룸봄/백승종 외 옮김(2001). 『미시사와 거시사』. 서울 : 궁리

유동준(1968). 「한성순보와 한성주보에 대한 일고찰」. 『역사학보』 8집. 역사학회.

유동준(1987). 『유길준전』. 서울 : 일조각.

이근수(1979/1987:개정판.). 『朝鮮朝의 語文政策 硏究』. 서울 : 弘益大學校出判
　　　部.

이기문(1961/1972:개정2판). 『國語史槪說』. 서울 : 塔出版社.

이기문(1963). 『국어 표기법의 역사적 연구』. 서울 : 한국 연구원.

이기문(1970). 『개화기의 국문 연구』. 서울 : 일조각.

이성연(1988). 「열강의 식민지 언어정책에 대한 연구」. 전남대학교 박사학위 논문.

이응호(1975). 『개화기의 한글 운동사』. 서울 : 성청사.

이재룡(2000). 「조선시대의 법 제도와 유교적 민본주의」. 『동양사회사상』 3집.

이해창(1977). 『한국신문사연구』. 서울 : 성문각.

임형택(1999). 「근대계몽기 국한문체(國漢文體)의 발전과 한문의 위상」. 『민족문
　　　학사연구』. 민족문학사연구소.

임형택(2000). 「한민족의 문자생활과 20세기 국한문체」. 『창작과비평』 107. 창작
　　　과비평사.

장세경(1984). 「개화기 국어과 교육의 연구」. 한양대학교 대학원 박사학위논문.

조규태(1991). 「서유견문의 문체」. 『들메 서재극 박사 환갑기념 논문집』(간행위
　　　원회).

조규태(1992). 「일제시대의 국한문혼용문 연구」. 『배달말』 17집. 배달말학회.

조동일(1992). 『한국문학통사 4(제2판)』. 서울 : 지식산업사.

주승택(2004). 「국한문 교체기의 언어생활과 문학활동」. 『大東漢文學』 제20집.
　　　大東漢文學會.

최경봉(2005). 『우리말의 탄생』. 서울 : 책과함께.

최준(1979). 『한국신문사』. 서울 : 일조각.

최정태(1992). 『한국의 官報』. 서울 : 亞細亞文化史.

최현배(1940/1982:고친판). 『고친 한글갈』. 서울 : 정음문화사.

한국어학연구회 편(1994). 『국어사 자료선집』. 서울 : 서광학술자료사.

한국정신문화연구원(2004). 『한국사연표』. 서울 : 동방미디어.

허웅(1974). 『한글과 민족 문화』. 서울 : 세종대왕기념사업회.

허재영(1984). 「조선일보의 위험천만한 한자 복권 운동」. 『말지』 1994년 4월호.

허재영(2003). 「근대 계몽기의 어문 문제와 어문 운동의 흐름」. 『국어교육연구』
　　제11집. 서울 : 서울대학교국어교육연구소.

홍기문(1946). 『正音發達史 上·下』. 서울 : 서울신문편집국.

홍윤표(1993). 『國語史 文獻資料 硏究 : 近代編 1』. 서울 : 太學社.

황호덕(2002). 「한국 근대 형성기의 문장 배치와 국문 담론-타자·교통·번역·
　　에크리튀르. 근대 네이션과 그 표상들」. 성균관대학교 국어국문학과 박
　　사학위 논문.

井上角五郎(1938). 「協力融合, 福祉の 增進ぉ圖れ」(朝野諸名士執筆, 소화11년,
　　1938, 『朝鮮統治の回顧と批判』). 京城 ; 朝鮮新聞社.

小倉進平(1940). 『增訂 朝鮮語學史』. 東京: 刀江書院.

朝野諸名士執筆(소화11년, 1938), 『朝鮮統治の回顧と批判』. 京城 ; 朝鮮新聞社.

〔붙임 자료〕이노우에 회고록 전문1)

협력하고 융합하여 복지를 도모하자

이노우에 가꾸고로오(井上角五郎)2) 지음, 김슬옹 옮김

　내가 처음 조선에 간 것은 그 유명한 대원군 사변3)이 있은 지 얼마
안 된 명치 15년(1882년) 12월이었다. 그 무렵 조선에서는 민씨(閔氏)
일파가 정권을 잡고, 나라정책의 개혁을 도모하기 위하여, 우리 군인
을 불러들이고, 또한 우리나라의 문물제도를 시찰하게 하고, 점차 혁

역주1) 이 글은 "朝野諸名士執筆(소화11년,1938),『朝鮮統治の回顧と批判』, 朝鮮新聞
　　社"라는 책에 실려 있다. 조선신문은 명치 21년(1889년) 4월 3일 일본인이 창간한
　　신문으로, 이 글은 일제 시대 조선 통치에 직접, 간접으로 아주 중요한 역할을 한
　　90명이 경제, 문화, 예술, 행정 거의 전 분야에 걸쳐 조선 통치의 회고와 반성을
　　다룬 연재물을 모은 책이다. 딱딱한 논문식이 아니지만 소논문에 가까운 중수필로
　　되어 있어 학자와 대중 모두 읽기 쉬운 문체로 되어있다. 그만큼 전율이 느껴진다.
　　일본 제국주의자들의 관점을 통해 우리는 그 시대를 냉정하게 바람봄과 동시에 우
　　리의 관점에서 다시 반성할 필요가 있다.
역주2) 1860년에 태어나 1938년에 죽은 일본의 언론인이다. 1883년(고종 20) 박영효
　　의 건의로 내한하여 외무아문 고문이 되어 한성순보 창간에 참여했고, 갑신정변
　　이후 김옥균, 박영효가 일본으로 망명할 때 함께 귀국했다. 1885년 시사신보 통신
　　원으로 다시 내한하여 한성순보를 주간으로 발행하고 국한문혼용으로 복간하는
　　데 공로를 세웠다. -VIP대백과사전 참고
역주3) 1882년의 임오군란을 가리킨다. 직접 동기는 직업 군인들이 월급 문제로 난을
　　일으켰으나 점차 반일 투쟁으로 발전하여 일반 시민까지 가세하여 일본인 교관 호
　　리모토를 처단하고 일본 공사관을 습격했다. 왕궁으로 쳐 들어가 명성왕후 일파와
　　정부 관료 처단을 시도하였다. 명성 왕후는 도망가 실패했다. 이들이 대원군을 찾
　　아가 정치를 요청하여 대원군이 정권을 다시 잡게 된다.

신의 기운이 돌고 있었던 것이다. 그런데도 대원군 등의 수구파는 이 것을 탐탁하게 여기지 않고, 오히려 크게 그 대책을 강구하게 되고, 마침내 명치 15년 7월, 폭도는 왕궁에 난입하여 중요한 직책의 사람들과 우리 사관을 죽이고, 게다가 우리 공사관을 불태우기에 이르렀다[4]. 그래서 당시의 공사인 하나부사 요시다다(花房義質)는 나가사키(長崎)로 돌아가 변고를 정부에 보고했다. 이리하여 이 사변도 이른바 제물포 조약으로 결말을 보게 되었다.

그래서 새로 타께소에 신이찌로오(竹添進一郎) 씨가 조선공사로서 부임하게 되고, 나는 이 분과 같은 배로 그 곳에 건너가게 되었다. 나는 경성(서울)에 도착한 후에 정부에서 준 저동의 집에 들었다. 당시의 일본 공사관은 진고개(泥峴)에 있고, 타께소에(竹添) 공사를 우두머리로 공사 관원과 호위병 등을 포함하여 약 300명 정도의 일본인과 그 외 불과 십여 명의 일본 상인이 경성에 있었다. 실로 적적하고 쓸쓸한 상황이었다. 요전에 돌아가신 야마구찌타로오베에(山口太兵衛) 씨 등도 그 무렵부터 조선에서 터를 닦기 시작했던 분이다.

그리고 대원군은 그 난 때문에 중국 정부에 잡혀가 보정부(保定府)에 감금되었다. 한편 중국에서는 원세개(袁世凱)와 진수당(陳樹棠), 그 밖의 참모와 함께 3천 명 정도의 군대를 거느리고 경성에 주둔하고 있었고 그들은 조선이 중국의 속국이 되었다고 말하고 있었다. 중국 상인은 크게 기뻐하여 속속 찾아와서 종로 부근에는 중국 상점이 줄지어 늘어설 정도였다. 그런데도 우리 쪽은 불과 12 명이라는 거의 보잘 것 없는 상태였다.

역주4) 군인들과 시민들이 불을 지른 것이 아니라 공격을 받은 공사 하나후사가 제 손으로 공사관에 불을 지른 것이다.

나는 조선 정부 아래에서 새롭게 신문 발행의 계획을 세워, 경성 남부의 저동(苧洞)에 있던 어용저(御用邸) 자리를 신문 공장으로 정하고, 여기에 인쇄 기계와 그 밖의 것을 설치하고, 그 옆에 새로 지은 집에서 살았다. 그리하여 교육 사무를 관장하는 박문국이라는 관청을 설치하여 그 총재로는 외어문독변(外衙門督辨) 민영목(閔泳穆) 씨, 부총재는 한성판윤 김면식(金冕植) 씨 등이고, 나는 외어문(外衙門) 고문으로서 그것을 주재하고, 신문의 발행에 임하게 되었다.

먼저 여기서 발행되었던 것이 한자만으로 쓰인 한성순보이고, 그것에 대해서는 조선인 또는 중국인 중에서도 이러니저러니 비난이 있었는데, 호를 거듭함에 따라서 세간에서도 차츰 그 필요를 인식하게 되었다. 그러나 한층 일반에 보급시키기 위해서는 한문체만이 아니라, 한문에 언문을 혼용하지 않으면 안 된다고 나는 깊이 느꼈다.

언문은 예부터 내려온 조선 문자인대, 중국 숭배 사상에 사로잡혀 상류 계층은 한문만을 쓰고, 언문은 이른바 하층민들만이 썼었다. 일찍이 조선에서 쓰던 동몽선집(童蒙選集)은 한문만의 기술이고, 중국을 선진국으로 숭배하고 제나라를 그 속국으로 여기고, 제나라 글자인 언문을 천대하여 어디까지나 중국을 존중하지 않으면 안 된다고 썼다.

이와 같이 동몽선집이 조선 사람들에게 심한 잘못된 생각을 품게 했기 때문에 그후 러일전쟁을 거쳐 우리나라가 한국에 통감부를 둔 지 얼마 안 될 무렵, 즉 한일합방 전에 한국 정부는 명령하여 이 동몽선집을 읽는 것을 금지했다. 그래서 귀족도 한문 외에 언문을 사용하게 되었던 것이다.

조선에는 이 언문 외에 이두(吏文)라고 하여 정부의 사무 취급에 주로 쓰이고 있었던 문자가 있었다. 그것은 중인이라고 일컫는 무리로, 즉 관리도 아니고, 노비라고도 할 수 없는 자가 중앙과 지방의 관청에 많이 있었다. 이 중인 계급이 관청의 사무에 이 이두를 언제나 썼다. 이와 같이 당시에 있어서는 한문, 이두, 언문이라는 세 갈래의 문자가 조선의 계급에 따라서 유통되고 있었다.

그래서 나는 조선의 언문으로써 우리나라의 가명(가나:히라가나와 가다가나)과 비슷한 문체를 만들어 그것을 널리 조선 사람에게 사용하게 하여 우리나라(일본)와 한국을 같은 문체의 국가 상태로 만들고, 또 문명 지식을 주어, 일본에서 옛날의 고루한 사상을 바꾸고자 계획했던 후끼자와(福澤) 선생 뜻을 받들어 한문에 언문을 섞은 문체에 의해 신문을 발행하기로 했다. 그것이 곧 한성주보이다.

조선에서 이조 선조 이후의 정치사는 실질적으로는 당쟁사이고, 권력 투쟁사이다. 문관과 무관끼리 당을 만들고, 파를 이루어 서로 싸우고, 게다가 이것을 계속하며 또 스스로 여러 당파를 생기게 하여 격렬한 싸움이 반복되었던 것이다. 이러한 당파 싸움 때문에 또는 국왕파, 왕비파가 되어 서로 싸우며 밀어내고, 또 어떤 사람은 중국과 손잡고, 또는 일본에 의존하는 자도 있는가 하면, 그 외에 다른 곳에 매달리는 자도 있는 가지각색의 당파를 생기게 하고, 여기에도 누구인가의 당이 있고, 거기에도 누구인가의 파가 있는 상태에서 국왕은 그 거취에 어려움이 있는 상황이었다.

특히 내가 갔을 무렵의 궁정에서는 국왕은 온 종일 주무시고, 오후 세 시 무렵이 되어 눈을 뜨시고, 네 시 무렵부터 입내(入內)라고 부르는 별입시(別入侍)란 자가 배알을 위해 들어오는 것이었다. 이 별입시는 국왕을 뵙고 다양한 의견을 말씀드리는 자이고, 이들 가운데는 상당한 식견을 갖고 있는 인물도 있는가 하면, 또 아첨만을 일삼는 아무런 포부도 없는 자도 있고, 여러 종류의 인물이 별입시로서의 자격 아래에 궁중에 출입하며 국왕에 대하여 각자가 생각하는 대로 말씀드렸었다.

아울러 당시의 국정은 국왕의 전제(專制)에 의해 행해졌던 관계상, 한 분의 생각에 따라서 제멋대로 방침이 정해졌던 것이다. 그러므로 여럿의 별입시를 대하기 때문에 앞 사람에게 한 이야기와 다음 사람에게 한 말이 앞뒤가 맞지 않을 때가 적지 않아서 그 말씀을 들은 별입시는 마침내 외부에서의 충돌을 초래하는 결과가 되어 싸움이 끊이질 않았었다.

이와 같이 마음에 드셔야만 궁중에 불러들이시고, 그것에 기초하여 정치를 행하시기 때문에, 각종의 병폐를 낳게 되고, 점점 그것이 심해지기 때문에, 우리 공사도 이것을 국왕에게 간하고, 원세개도 또 별입시 제도가 불가한 까닭을 말씀드렸다. 즉 국왕의 측근인 자가 여러가지를 말씀드린다는 것이 이미 나라를 어지럽히는 바탕이고, 이 별입시인 자가 조선을 그르쳤다고 할 수 있을 것이다.

조선의 귀족을 양반이라고 하는데, 이 양반 가운데는 「사대부」라는 계급이 있었다. 이것은 어떤 나이에 이르면 관찰사라든가 군수라든가 하는 중요한 관직에 오르게 된다. 이 「사대부」의 가문 이외의 자도 양반이라고는 일컫지만, 좋은 지위에 오를 수 있는 자는 아니더라도 「기인(其人)」이라고 부르는 계급이 아니면 영달은 불가능했다.

앞에 언급한 「중인」은 지방청에서의 회계를 담당, 조세의 징수를 맡았던 자이고, 현재에 상당한 사람들은 이 중인 출신인 자가 다수이다. 그런데도 당시는 「기인」「중인」은 뛰어난 기술을 가진 자가 많았지만, 그들이 관직을 얻는 일은 극히 곤란했다. 그러므로 이러한 사람들은 당시의 정치를 구가(謳歌)하지 않을 뿐더러, 이것에 대하여 반항적 기분을 품고 있었다. 여기에도 또 조선의 혼란이 잦은 원인이 숨어 있었던 것이다. 예컨대 송병준 씨와 같은 이는 뛰어난 중인 출신이었다.

한편, 귀족은 좋은 관직에 나가기 위한 등용문인 과거에 응시해야 하는데, 무인은 활, 창, 검(弓矢劍槍)에 의해, 문인은 문장에 의해 이를 시험했다. 급제하면 진사(進士)가 되어 크게 세력을 떨쳤다. 그리고 과거를 실시하기 위한 위원을 국왕이 선임하여 그들이 문제를 결정했다. 이 시험에도 여러가지 폐해가 따라 미리 문제를 숙지하고 있는 사대부는 용이하게 진사가 될 수 있었다.

또는 무관의 가문이 좋은 자의 자제가 활을 쏘는 경우는 과녁이 자연히 따라다니며 맞는 일도 있었다는 것이다. 그러므로 과거제도가 있어도 그것에 급제하는 일은 보통으로는 곤란했다. 또 실제로 과거의 문장 등은 상당히 어려웠다. 그것도 특수 계급 이외의 일반 사람은 이 과거에 응할 수가 없었기 때문에 불평 불만을 품고 정치를 저주하고 당시의 정부를 저주하는 결과에 빠지는 것이었다.

내가 박문국(博文局)에 있을 때, 주사(主事), 사사(司事)로서 수십 명의 조선 사람을 썼는데, 이 중에는 중인 계급 출신 다수를 차지하고 있었다. 사실 이 중인 계급 사람들은 다른 사람들과 비교하여 모든 점에서 뛰어났다. 그러므로 조선의 정치도 그것을 선도하고, 개혁하여 그 고루한 병폐를 없애고, 그것에 참신한 기를 살려 가면, 또는 그 혁신의 열매를 거둘 수 있었을 지도 모를텐대, 결국 당파 싸움으로 일관하여 그 전도를 그르치기에 이르렀던 것이다.

나는 조선에서 민중의 생활 상태를 시찰하고, 행정, 세제의 실제를 살피고, 또한 토지가 많고 적은가 또는 교통이 편리한가 아닌가를 보기 위해, 명치 19년(1886년)의 11월 15일에 경성을 출발하여 경기, 충청, 전라, 경상의 각도 조선말을 타고 시찰 여행을 다녀왔다.

험한 길과 눈보라에 시달리면서 지방 관청(地方官衙)의 상황을 조사하고, 게다가 끊임없이 신변의 위험을 무릅쓰고 마침내 그 목적을 달성할 수 있었다.

이 조사 서류는 그것을 두 갈래로 나누고, 하나를 행정세제조사서(行政稅制調查書)라 하고, 하나를 지방산업개발조서(地方産業開發調查書)라고 하여 그것을 국왕 전하께 올리고, 다시 이 행정세제조사서에는 애초의 내 견해를 추가하여 그것을 "조선개혁의견서(朝鮮改革意見書)"라고 제목을 붙여, 이노우에 가오루(井上) 씨[5]가 조선정부고문으로서 부임할 때에 그에게 보냈던 것인데, 이 내 의견은 대개 이 이노우에 씨가 인용하였다.

그리고 또 지방산업개발조사 가운데의 수리관개(水利灌漑)에 관한 것만을 정리하여 이또히로부미(伊藤博文) 공이 한국 총감으로서 한국에 부임할 때에도 마찬가지로 이것을 보냈던 것이다. 경성을 출발한 이래 바야흐로 해도 저물어 가는 12월 말일까지 약 40일간의 추운 겨울 여행은, 여전히 도저히 믿기지 않는 추억거리이다.

그로부터 50년이 되는 지금, 그 때를 돌이켜보면, 정말 꿈만 같다. 그 무렵의 조선에 대한 감상으로서는 그저 변변치 못했을 따름이다. 길도 다리도 거의 없고, 물론 교통 기관도 없고, 전보 한 번 치고 싶어도 나가사끼(長崎)까지 오지 않으면 안 되었다. 경성, 인천에도 그러한 설비는 없었다. 동경과 경성 간의 여행에도 반달을 필요로 하는 상태이고, 우선 요꼬하마(橫濱)로 와서 고오베(神戶)까지 배로 가서, 여기서 또 갈아타고 에도나이까이(瀨戶內海)를 지나 나가사끼에 가

역주5) 1835 -1915. 일본의 정치가로 1876년 전권대사로서 강화조약을 맺고,1884년 임오 군란 때는 한성조약을 체결한 사람이다.

서, 거기서 또 배를 갈아타고 이즈가하라(嚴ヶ原)6)에 기항(寄港)하고, 그리고 나서 부산을 거쳐 인천에 도착하게 되는 것이다.

인천에서 경성으로는 물론 기차는 없고, 가마를 타고 하루 걸려 가는 형편이었다. 게다가 고오베와 나가사끼, 나가사끼와 조선 사이의 배는 일주일에 한 번 정도 밖에 오지 않기 때문에, 이러한 체재에 여러 날을 필요로 하는 셈이었다. 당시는 그러한 불편을 견디지 않으면 안 될 뿐만 아니라, 일본이라는 나라가 조선에게 이해되지 않기 때문에, 까딱하면 사대주의로부터 중국에게만 억눌리기 쉬워서 상당한 고심을 거듭하고 있었던 것이다.

그런데 그후, 청일, 러일의 두 전쟁에 이겨 통감부가 설치되고, 명치 43(1910)년에는 드디어 한일합방이 되어 조선 사람들도 한결같이 우리 천황의 은혜를 받아 문명의 혜택을 입게 되었던 것은 조선 민중에게 있어서 한없는 행복이다. 그때부터 역대 총감이 열심히 이룬 시설에 의해 더 한층 조선을 문명으로 이끌고, 그 복지를 증진시킨 일, 참으로 위대한 것이다. 나는 옛날의 눈으로써 조선의 진보 상황을 보고, 상당히 경탄했다. 바라건대 그들 동포를 위해 융합 협력하고, 그 바탕 위에 더욱 더 행복의 증진을 도모하게 되기를 바란다.

역주6) 쓰시마에 있는 항구

근현대 교과서 정책과 국어과 교과서
- 근대계몽기에서 건국기까지 -

허재영*

1. 머리말

1) 연구 목적

국가 차원에서의 교육 정책은 교육 목표의 설정 작업과 그에 따른 교육 내용의 선정, 교육을 실행할 수 있는 방안(학제, 학교 시설, 교사 양성) 등을 대상으로 진행된다. 이러한 차원에서 국어 교육 정책도 목표 설정, 내용 선정(교육과정 제정) 및 이의 실천과 관련된 내용으로 구성된다고 할 수 있다.

이 글은 근대계몽기 이후 건국기까지의 국어 교육 정책 가운데 교과서 정책의 변화 과정을 기술하고자 하는 목적을 갖는다. 이러한 목적 아래 이 연구는 교과서 관련 정책과 이에 따라 각급학교에서 사용된 국어과 교과서를 일목요연하게 정리하는 작업에 목표를 둘 것이다.

* 건국대학교 강의교수
   이 논문은 한국 학술진흥재단 지원, 서울대학교 국어교육연구소의 '근현대 민족어 문교육 기초연구(II)'에 의하여 이루어진 것으로, 2005년 11월 5일 내부자 발표회 를 거쳐 정리한 논문이다.

2) 연구 방법과 대상

교과서 연구는 여러 가지 차원에서 이루어질 수 있다. 예를 들어 교육 목표나 교육 과정과의 관련성을 분석하는 방법, 교재 구성의 원리나 교과서 개발의 원리를 찾는 방법, 교과서 제도나 정책을 분석하는 방법 등은 교과서 연구의 대표적인 분야라고 할 수 있을 것이다. 특히 교과서 정책 연구에서는 각종 교과서 관련 법령을 검토하고 교육과정을 분석하며, 이에 따라 교과서가 어떻게 개발되어 왔는지를 이해하는 일이 중요하다.

이와 같은 관점에서 이 글은 근대계몽기 이후의 각종 교과서 관련 정책을 제도적인 차원에서 검토하고, 이에 따라 개발된 교과서 목록을 작성하는 일을 중점적인 연구 대상으로 삼는다. 이러한 차원에서 본 연구는 다음의 두 가지 작업을 포함하게 될 것이다.

첫째는 교과서 개발과 관련된 정책이다. 교과서 개발은 교육 목표(이를 반영한 교육령이나 교육과정)에 따라 일정한 틀 안에서 이루어진다. 따라서 각 시대별 교과서 개발과 관련된 제도를 살핌으로써 교과서 개발에 작용된 정책적인 면을 검토할 수 있다.

둘째는 각 시대의 제도에 따라 개발된 국어과 교과서의 목록을 작성하는 일이다. 이 문제는 앞선 연구에서도 비교적 여러 차례 시도된 바 있으나, 국어과 교과서의 목록을 일목요연하게 작성한 적은 없는 것으로 보인다.

이와 같은 작업과 함께, 각 시대별 교과서 연구와 관련된 성과를 정리하는 일도 시급하다. 그러나 이와 관련된 연구는 본 연구의 시간 제약을 고려하여, 차후의 연구 과제로 남긴다.

3) 앞선 연구

근대계몽기 이후의 교과서에 대한 연구는 여러 가지 차원에서 진행되어 왔다. 그러한 연구는 크게 세 가지 차원에서 이루어진 것으로 정리할 수 있다.

첫째는 교과서 개발의 차원이다. 이러한 연구는 교과서가 존재하지 않았던 시기의 논설류를 비롯하여, 임시방편의 교과서를 만드는 과정, 또는 체계적인 교과서 개발이 가능한 시점에 이르러서도 끊임없는 논의 과제가 될 수밖에 없었다. 이러한 차원에서 미래의 교과서(전자 교과서, 또는 미디어 교과서 등) 개발 문제도 이 범주 안에서 활발하게 이루어질 것임은 틀림없다.

둘째는 교과서의 역사와 관련된 연구이다. 이 연구에서는 실증적인 교과서 수집과 정리를 강조하게 된다. 예를 들어 강윤호(1974), 국립중앙도서관(1979, 1982), 한국교과서연구재단(1999, 2001) 등은 이와 같은 흐름을 반영한다. 이러한 연구에서는 자료의 수집과 정리에 많은 관심을 기울일 수밖에 없는데, 이를 바탕으로 근대계몽기로부터 현대에 이르기까지 어떠한 교과서가 개발되어 왔는지를 확인할 수 있다. 그렇지만, 이와 같은 앞선 연구에도 불구하고 기초 자료의 수집과 정리의 차원에서 교과서 연구는 여러 가지 한계를 보인다. 예를 들어 기존의 연구는 교과서 개발의 흐름을 파악하는 데 주력하여, 각 교과별 교과서 개발의 전모를 확인하지 못한 상태로 보이는데, 국어과의 경우도 근대계몽기, 일제강점기, 건국기까지의 교과서 개발과 관련된 전모가 파악되었다고 할 수는 없다.

셋째는 교과서 정책과 관련된 연구이다. 이 분야의 연구는 사적(史的) 연구보다는 현실적 연구가 많은 비중을 차지한다. 따라서 교과서 정책의 역사만을 따로 기술한 연구 성과는 눈에 뜨이지 않는데, 이종국(2001)에서는 '교과용 도서 편찬 형식의 규준 사례'를 중심으로 한 연구를 진행한 바 있다.

교과서는 개발의 차원도 중요하지만, 그 운용 방식도 중요한 의미를 갖는다. 이 점에서 교과서 정책 연구는 교과서 개발과 관련된 정책, 교과서 운용과 관련된 정책으로 나누어 접근할 필요가 있을 것으로 보인다.

2. 근대계몽기의 교과서 정책

1) 근대계몽기 교과서 정책

근대계몽기 교과서 정책은 1895년 근대식 학제가 도입된 이후부터 실시되었다. 그 이전에는 자율적인 교재 편성 시기로, 정부가 내놓은 규제, 관리, 장려 정책이 존재하지 않았다. 다만 1880년대 이후로 교재 개발의 필요성을 느낀 선교사나 선각자들에 의해 몇몇의 교재가 만들어지기도 하였다. 예를 들어 『스민필지』와 같은 지지서(地誌書)가 있다.

1895년 학부 관제가 제정된 이후로 교과서 문제는 학부의 담당 업무였다. 1895년 3월 25일 공포된 학부 관제에 따르면, 교과서 업무는 편집국의 관장 사무였다. 이에 따라 이 시기에는 처음으로 국가가 관여하는 교과서의 개발이 이루어졌다. 당시의 소학교의 학과목은 <독서>, <작문>, <습자>였는데, 실제 개발된 교과서는 『국민소학독본』(1895), 『소학독본』(1895), 『신정심상소학』(1897)과 같은 독본류였다[1].

그런데 이 시기의 교과서 정책을 구체화한 법적 근거는 발견되지 않는다. 참고로 1895년(개국 504년)의 회계안에서 학부 본청의 소요 금액이 35,477원 가운데, 교과서 인쇄비가 5,000원이었음을 확인할 수 있다. 그밖의 교과서 관련 국가 정책 기록은 발견되지 않는다.

근대계몽기의 교과서 정책에 큰 변화를 보인 시점은 1906년 전후이다. 이 시기는 통감부의 지배를 받는 시기로, 국가의 교육 정책 전반에 걸쳐 철저한 통제가 이루어졌다. 이에 따라 교과서 개발 및 검인정 등이 통감부의 지배하에 놓이게 되었다.

먼저 1906년 8월 27일에 공포된 '보통학교 시행령' 제31조에 따르면, "보통학교 교과용 도서는 학부에서 편찬한 것을 사용하되, 특별한 경우에는 학교장이 학부대신의 인가를 받아 학부 편찬 이외의 도서를 사용"할 수 있도록 규정하였다. 이와 같은 규정에서 교과서의 개발 주최는 학부이며, 학부 편찬 이외의 교과서는 학부대신의 인가를 받도록 하였다[2]. 이러한 통제는 1908년 '검인정제'를 도입함[3]으로써, 더욱 강화되었다. 그 과정에서 교과서의 내용에 관한 조사가 이루어졌는데, 이를 기준으로 검정 기준을 삼았다. 그 내용은 다음과 같다.

---

1) 이들 독본류에 대한 서지 및 특성에 대해서는 강윤호(1977), 박붕배(1987), 이종국(1991, 2001) 등에서 비교적 자세히 언급되어 있다.
2) 이 규정은 소학교령에 따른 '소학교 교칙 대강'(1896)에는 보이지 않는 규정이다. 이 점을 고려할 때, 1906년 이전의 교과서 정책은 정부가 모든 것을 통제하는 제도는 아니었다. 그러나 통감시대에 이르러서는 각급학교의 교과서를 통감부의 통제 아래 두었음을 확인할 수 있다.
3) 교과용도서 검인정 규정은 1908년 8월 28일 공포되었다. 이에 대해서는 허재영(2003ㄴ)을 참고할 수 있음.

(1) 교과서의 내용에 관한 조사

學部에셔 各學校의 敎科用圖書를 檢定홈에 當ㅎ야 左의 三方面
으로 審査ㅎ는 方針을 取홈

甲 政治的 方面 此方面은 左開諸點에 著眼홈

⑴ 我國과 日本의 關係 幷 兩國 親交를 沮礙ㅎ고 又는 非議홈이
無흔지

⑵ 我國 國是에 違戾ㅎ야 秩序와 安寧을 害ㅎ고 國利民福을 無視
홈과 如흔 言說이 無흔지

⑶ 本邦에 固有흔 國情에 違홈과 如흔 記事가 無흔지

⑷ 奇矯ㅎ고 誤謬흔 愛國心을 鼓吹ㅎ는 事가 無흔지

⑸ 排日思想을 鼓吹ㅎ고 又는 특히 邦人으로 ㅎ야곰 日人 及 他
外國人에 對ㅎ야 惡感情을 抱케 홈과 如흔 記事 及 語調가 無
흔지

⑹ 其他 言論이 時事論評에 涉흔 事가 無흔지

乙 社會的 方面 此方面은 左開諸點에 著眼홈

⑴ 淫雜, 其他 風俗을 壞浮케 홈과 如흔 言辭 及 記事가 無흔지

⑵ 社會主義와 其他 社會의 平和를 害케 홈과 如흔 記事가 無흔지

⑶ 妄誕無稽흔 迷信에 屬홈과 如흔 記事가 無흔지

丙 敎育的 方面 此方面은 左開諸點에 著眼홈

⑴ 記載事項에 誤謬가 無흔지

⑵ 程度 分量 及 材料의 選擇이 敎科書의 目的흔 바에 適應흔지

⑶ 編述의 方法이 適當홈을 得흔지

이상과 같은 기준에 따라 교과용도서를 조사한 결과를 교육적인
면에서 5가지 사항으로, 정치적인 면에서 9가지 사항으로 발표하였
다. 이를 바탕으로 할 때, 당시의 검정 기준은 애국애족하는 사상을
배제하고, 친일적인 색채를 띠도록 하였으므로, 당시의 민간에서 제

작한 교과용도서는 수난[4])을 맞게 되었다.

2) 근대계몽기의 국어 관련 교과서

교과서 정책면을 고려할 때, 근대계몽기의 교과서 개발은 갑오개혁 시대와 통감시대 사이에 큰 차이를 보인다.

먼저 갑오개혁 당시의 교과서 개발은 일정한 정책이 없는 상태에서, 고전이나 외국의 서적을 번역하는 형식의 교재 개발이 이루어졌다. 이러한 점은 급속도로 이루어진 학제에 맞추어 적절한 교재를 개발할 여력이 없었고, 또 교재 개발 과정에서 일본인 교육 행정가들의 의견이 반영된 점도 있었을 것이다. 이에 대해서는 『신정 심상소학』(1896) 서문에 들어 있는 다음 내용을 통하여 짐작할 수 있다.

(2) 新訂 尋常小學 序

學ᄒᄂ 者ㅣ 젼혀 漢文만 崇尙ᄒᄋ 古롤 學홀 쁜 아니라 時勢롤 혜아려 國文을 參互ᄒᄋ 쏘흔 슈도 學ᄒᄋ 智識을 널닐 것시니 我國의 世宗大王게으셔 ᄒᄉ대 世界各國은 다 國文이 有ᄒᄋ 人民을 開曉ᄒᄃ 我國은 홀노 업다 ᄒᄉ 特別히 訓民正音을 지으ᄉ 民間에 廣布ᄒᄉ심은 婦孺와 與儓라도 알고 씨닷기 쉬운 然故ㅣ라 卽今 萬國이 交好ᄒᄋ 文明의 進步ᄒ기롤 힘쁜즉 敎育의 一事가 目下의 急務ㅣ라 玆에 <u>日本人 輔佐員 高見龜와 麻川宋次朗으로 더부러 小學의 敎科書롤 編輯홀시 天下萬國의 文法과 時務의 適用홀 者롤 依據ᄒᄋ 或 物象으로 譬喩ᄒ며 或 圖畵로 形容ᄒᄋ</u> 國文을 尙用홈은 여러 兒孩들을 위션 씨닷기 쉽고ᄌ 홈이오 漸次 쏘 漢文으로 進階ᄒᄋ 敎

---

4) 당시의 검정 신청 및 인가에 대해서는 한국교과서연구재단(2001 : 43)을 참고할 수 있으며, 금서에 대해서는 이종국(1991)을 참고할 수 있음.

育홀 거시니 므릇 우리 羣蒙은 國家의 實心으로 敎育ᄒ심을 몸바다
恪勤ᄒ고 勉勵ᄒ야 材器를 速成ᄒ고 各國의 形勢를 諳錬ᄒ야 竝驅
自主ᄒ야 我國의 基礎를 泰山과 磐石갓치 措置ᄒ기를 日望ᄒ노이
다 建陽元年 二月 上澣

(2)에 나타난 바와 같이, 초기의 교과서 개발에는 일본인 교육 행
정가의 견해가 많이 반영되었을 것으로 보이며, 교육 내용도 만국과
의 교유를 위한 재료가 중심이 되었음을 확인할 수 있다. 이러한 경
향은『국민소학독본』,『소학독본』,『신정 심상소학』의 내용을 통해서
도 짐작할 수 있다.

1906년 이후의 교과서 개발은 학부와 민간 저작물로 나누어 살필
수 있다. 먼저 학부 교과서로는『보통학교 학도용 국어독본』(1907)이
있는데, 이 교과서는 일본인 참여관의 소산으로 대일본도서주식회사
에서 인쇄를 하였을 정도로 일본의 영향 아래 놓여 있었다. 민간 차
원의 교과서로는 대한민국교육회 편저(김상만, 고유상, 주한영)『초
등소학』(1906)을 비롯하여 20여 종의 국어과 교과서가 발행되었다.
다음은 박붕배(1987)의 표를 참고한 당시의 국어과 교과서 목록이다.

(3) 근대계몽기 국어과 교과서

번호	책명	편저자	발행권자	권책수	사용문자	학교급	정가	인쇄출판사	발향연월일	판형	비고	자료
1	국민소학독본	학부편집국	학부	단권	국한문혼용	초등	25전		1895.7.(오추)	한지국판	갑오개혁 소학교령에 따른 최초의 신교육용 국어교과서, 41단원	개화기교과서총서
2	소학독본	학부편집국	학부	단권	국한문혼용	초등	15전		1895.8.(중동)	국판	개화기 신식 국어교과서, 명현의 用心, 行德 중심	개화기교과서총서
3	국문정리	리봉운	학부	단권	순국문	초중등	2냥 5돈	국문국	1897.1.	한지국판	문법교과서	대제각,역대문법
4	신정심상소학	학부편집국	학부	3권3책	국한문혼용	초등	34/36/16전		1897.2.	국판	양장본, 3년 연속체제, 언문일치에 가까운, 생활중심, 가정중심, 사회중심의 교과서	개화기교과서총서
5	초등소학	대한민국교육회	김상만, 고유상, 주한영	8권 4책	국한문혼용	초등	책당 1원 30전	경성일보사	1906.12.30.	국판	국문교육의 본보기 교재로, 우리말과 순칠글교재, 중학년부터는 국한문혼용	아세아, 박붕배본
6	유년필독	현채	현채	4권 1책	국한문혼용	초등	80전	휘문관	1907.5.5.	국판	한자에 국문토를 달음	아세아
7	초등여학독본	이원경	변형중	1권	국한문혼용	초등	30전	보문사	1908.3.10.	국판	수신교과와 겸용, 한문현토	아세아
8	몽학필독	최재학		1권	순한문	초등				국판	사학용 교재	아세아
9	노동야학독본	유길준	유길준	미상(권1)	국한문혼용	초등초보	30전	경성일보사	1908.7.13.	국판	노동 야학 교재	아세아
10	초목필지	정곤수	안형중	2권 1책	국문	초보	40전	보문사	1908.6.20.	국판	보습학습교재성이 강함	아세아
11	최신초등소학	정인호	정인호	4권2책	국한문혼용	초등	각50전	보성사우문관	1908.7.20.	국판	난이도를 조정하고 교수지침을 포함시킴	아세아
12	초등소학	보성관	보성관	미상(권1)	국문	초등		보성관		국판	순한글로 아주 후대 교과인듯	아세아
13	보통학교학도용 국어독본	학부	학부	8권 8책	국한문혼용	초등	각12전	한국정부인쇄국	1907.2.1.(1-5권), 3.1.(6권)	국판	일본인 참여관의 소산으로, 인쇄도 대일본도서주식회사에서 인쇄	아세아
14	신찬 초등소학	현채	현채	6권 6책	국한문혼용	초등	1-3 :15전 4-6 :20전	보성사일한인쇄	1909.9.23. 1909.10.20.	국판	유년필독이 금서가 되자 대용교과서로 만듦	아세아
15	녀ᄌ독본	장지연	김상만	2권 2책	순국문		1질60전	휘문관	1908.4.5.	국판	여성 교양을 높이고자 함	아세아
16	유부독습	강화석	이준구	2권 1책	순국문		45전	황성신문사	1908.7.	국판	문맹퇴치 정신 반영	아세아
17	국문초학	주시경	박문서관	단권	순국문	초등	10전	우문관	1908.2.15.	국판	49단원 구두점으로 띄어쓰기 대신함	주시경전집
18	국어철자첩경	한승곤	평양광명서관	단권	순국문		25전	경성우문관	1908.2.15.	국판	국어철자교습서	역대문법
19	대한문전	최광옥(유길준)	안악면학회		순국문	초중등	25전	보문사	1908.1.	국판	유길준의 저서를 최광옥 이름으로 변개한 것임	역대문법
20	고등소학독본	휘문의숙편집부	휘문의숙	2권 2책	국한문혼용	중등	각 25전	휘문의숙	1906.11.30. 1907.1.20.	국판	애국애족 국가의식 고취	아세아
21	유년필독 석의	현채	현채	상하	국한문혼용	교사용	합80전	중앙서관	1907.6.30. 1907.7.31.	국판	교사용 지도서	아세아
22	초등 작문법	원영의	이종정 이원상		국한문혼용		20전		1908.10.	국판	명칭은 작문서나 실상은 한문 문법서임	역대문법
23	대한문전	유길준	유길준	단권	국한문혼용	초중등			1909.3.18.	국판	문법서	역대문법
24	초등국어어전	김희상	김희상	3권	국한문혼용	초등			1909.3.20.	국판	국어문법서	역대문법
25	국어문법	주시경	주시경	단권	국한문혼용	초중등	40전	박문서관	1910.4.15.	국판	표기 난맥 통일	역대문법

이상의 교과서는 한국학문헌연구소 편(1977, 아세아문화사의 개화
기교과서총서), 고영근 외(1977, 탑출판사의 역대문법대계), 박붕배
외(2001, 한국교과서재단) 등에서 확인한 교과서류이다. 그밖에도 『아
학편』(1908.3. 정약용 지석영, 역대문법), 『말』(1908년경 추정, 주시경,
역대문법), 『대한문법』(1909년경 추정, 김규식, 역대문법) 등이 교재
로 사용되었을 것으로 추정된다.

3. 일제강점기의 교과서 정책

1) 조선총독부의 교과서 정책

일제강점기는 조선어과를 제외한 모든 교육이 일본어로 이루어졌
다. 그 과정에서 일본어 교과서가 국어 교과서의 자리를 대신하였으
며, 조선어과 교과서는 '조선어급한문(朝鮮語及漢文)'으로 명칭이 바
뀌면서, 언문 단원을 줄이는 방식으로 개발되었다.

일제는 식민 초기부터 조선에서의 교육을 위해 각종 조사 연구를
진행하였다. 1910년 9월 11일 동경제국교육회 조선교육부주사위원회
에서 공포한 조선교육 조사 방침은 다음과 같다.

(4) 조선교육방침, 『매일신보』, 1910.9.11.

第一 敎育勅語의 趣旨를 普悉케 ㅎ고 日本과 朝鮮間에ᄂ 從來로
特別ᄒ 關係가 有ᄒ즉 兩國의 合倂은 當然ᄒ 運命됨을 了解케 ㅎ고
且 日本의 臣民이 되야 文明ᄒ 舞臺에 活躍케 홈에ᄂ 朝鮮人民의
發展上 莫大ᄒ 利益되ᄂ 希望을 與홀 事

第二 日本語의 普及으로써 急務를 作ᄒ야 此에 全力을 注홀지니 此를 實行홀 方法은 左와 如홈
一 初等敎育에는 諺文漢文을 全廢ᄒ고 本語를 用홀 事
二 日本語 敎習學校에는 適當흔 補助를 與홀 事
三 師範學校를 增設ᄒ야 日本語에 熟達흔 敎員을 多數 養成홀 事
四 各種 專門學校에셔도 日本語로써 正則을 삼을 事
五 日本語로써 官用語를 삼을 事
六 日本文으로 작홀 家庭書類의 普及홀 方針을 講究홀 事
第三 敎科書의 編纂은 特히 重大흔 者인즉 總督이 直轄홀 機關을 設ᄒ야 從事케 홀 事

위에 나타난 바와 같이, 이 시기의 교과서 정책은 식민 교육의 취지를 실현하는 수단일 뿐만 아니라, 그 자체가 매우 중요한 일로 인식되었다. 이러한 교과서 정책은 일본어 보급, 교과서 개발, 교과서 관리라는 세 가치 차원으로 진행된 것으로 볼 수 있다. 그 가운데 일본어 보급은 위의 제2조에 나타난 바와 같이, 각종 학교의 교육 용어를 일본어로 하고, 일본어로 된 교과서를 개발하며, 일본어로 된 일반 가정 서류를 보급하는 일로 요약된다. 이와 같은 방침에 따라 1911년 조선교육령이 공포된 이래의 각종학교 규칙에 포함된 교과용도서 규정에서는 '조선총독부에서 편찬한 교과서를 사용하는 것을 원칙으로 하되, 그러한 도서가 없을 때에는 조선총독의 검정을 받은 교과용도서나 조선총독의 인가를 받은 도서를 사용'하도록 하였다. 당시의 보통학교규칙을 살펴보면 다음과 같다.

(5) '보통학교규칙'에서의 교과용도서 규정5)
第二十二條 普通學校의 敎科用圖書는 朝鮮總督府의 編纂흔 것을

用흠이 可흠 但 朝鮮總督府의 編纂흔 敎科用圖書가 無흔 째는 朝鮮
總督의 檢定을 經흔 敎科用圖書나 又는 朝鮮總督의 認可룰 受ᄒᆞ야
他圖書룰 用흠을 得홈

第二十三條 普通學校에셔 朝鮮總督의 檢定을 經흔 敎科用圖書룰
用흔 째는 其圖書의 名稱, 冊數, 使用ᄒᆞ는 學年, 著譯者 及 發行者의
氏名, 發行年月日을 具ᄒᆞ야 申請흠이 可홈

이러한 차원에서 일제강점기 교과서 정책은 1) 교과서 개발, 2) 교
과서 검인정, 3) 가정 일반에 보급할 서식류(호적 서식, 편지글 서식,
각종 기술서) 개발 등에 초점이 맞추어져 있었다.

2) 교과서 개발

일제강점기의 교과서 개발 주최는 조선총독부였다. 조선총독부는
식민 초기부터 교과서 개발에 주력하여, 1912년에는 각급학교의 일본
어과와 조선어과에 해당하는 교과서 개발을 완료하였다. 이와 같은
실정은 1911년 12월 28일자의 '교과용도서 일람표'를 통해서도 확인
된다. 이 일람표는 각종 사립학교에서 조선총독부 출판의 교과용도서
를 사용할 경우 인가를 받지 않고도 신고만으로 사용할 수 있도록 하
는 취지에서 공포되었는데, 이에 따르면『국어독본』(8책),『국어보충
교재』(1책),『조선어독본』(8책),『한문독본』(4책),『습자첩』(4책)이 발
행된 것으로 확인된다. 이와 같은 교재 개발은 보통학교를 중심으로
이루어졌으며, 고등보통학교나 여자고등보통학교의 경우는 이보다
약간 늦은 시기에 개발된 것으로 보인다.

---

5) 고등보통학교규칙이나 여자고등보통학교규칙의 교과용도서 규정도 이와 같음.

조선총독부의 교재 개발은 1911년부터 본격적으로 시작된 것으로 보이며, 교육령 변화에 따른 학제 변화를 반영하여, 그에 해당하는 교과서 개발을 진행한 것으로 보인다. 이를 고려하여 현재까지 확인된 일제강점기의 교과서 변천 과정을 간략하게 표로 나타내면 다음과 같다.

(6) 조선총독부의 일본어, 조선어, 한문과의 교과서 발행 역사6)

ㄱ. 일본어과(국어과)

교육령/연대별	학교급별	교과서명	발행연도	권수	비고
1910 (조선교육령)	보통학교	普通學校國語讀本	1911년 완료	8권	(2,7)
		普通學校習字帖	1913년 완료	4권	(1,3)
	고등보통학교	高等國語讀本	1913년 완료	8권	
		高等習字帖	1913년 완료	4권	
	여자고등보통학교	확인 안 됨			
	교수법, 기타	國語敎授法	1912.8.3.	1권	총독부내무부학무국
		速修國語讀本	1913.1.20.	1권	국어강습회용
1922 (신교육령)	보통학교	普通學校國語讀本	1923.1.15.	12권	
		普通學校書キ方手本	1925년 완료	7권	1학년 통합
	고등보통학교	新編高等國語讀本	1923-1925	10권	(5)
	여자고등보통학교	新編女子高等國語讀本	1923-1925	8권	
	기타	日本語法及文法敎科書	1925	1권	고보 수준

---

6) 이 표는 한국교과서재단(2001), 박붕배본(2003), 그밖의 수집 자료 등을 토대로 작성한 것이다. 현재 일제강점기 교과서 연구 실태는 기초 자료의 수집과 정리 단계에서부터 여러 가지 문제를 보이고 있다. 그 가운데 일본어과 교과서의 수집은 거의 이루어지지 않은 상태이며, 조선어과의 경우는 박붕배본(2003)과 같은 체계적인 수집 노력이 있었으나, 이 자료에도 누락된 것이 많이 보인다.

1930 (일부 수정)	보통학교	普通學校國語讀本 또는 國語讀本	1931-1937	12권	(1,3,5,8,9-12)
		四年制 普通學校國語讀本	1931-1937	8권	(8)
		實業補習學校 國語讀本	1931-1937	?	(권1)
		普通學校書方手本	1931-1937	?	학년당 상하
		書方手本	1931-1937	?	4년제 학년당 상하
		小學書方手本(文部省作)	1931-1937	?	조선총독부발행임
	고등보통학교	中等教育國文讀本	1931-1937	12권	(6,9)
		中等教育漢文讀本	1931-1937	?	(1,2)
	여자고등보통학교	中等教育女子國文讀本	1931-1937	?	(5)
1940 (개정 교육령-국 민학교령 이후)	초등교육	小學國語讀本(문부성저작)	1940.9.25.	12권	조선총독부발행 (9-12)
		初等國語讀本(간이학교용)	1940.9.25.	?	(1,4)
		初等國語(총독부 저작)	1943.9.15. (번각)	12권	(3,4,6학년)
	중등교육	단선 학제로 변화하면서, 문부성 저작물 또는 검인정 교과서로 대체			

ㄴ. 조선어과 교과서

연대	학교급별	교과서명	발행연도	권수	비고
1910 조선교육 령	보통학교	朝鮮語讀本	1911	8권	1911.12.28교과용도 서 일람표근거(실물 확인 안됨)
		普通學校學徒用 漢文讀本	1912.3.13.	?	(권4)
		普通學校朝鮮語及漢文讀本	1913-1919	5권	박붕배본
	고등보통학교	高等朝鮮語及漢文讀本	1914	4권	박붕배본
	여자고보	개발 안 됨			
1920 신교육령	보통학교	普通學校朝鮮語讀本	1925	6권	박붕배본
		普通學校 高等科 朝鮮語讀本	1925	?	도서일람표 참고
		普通學校 漢文讀本	1925	2권	(5,6학년용)
	고등보통학교	新編高等朝鮮語及漢文讀本	1925-1926	5권	박붕배본
	여자고보	女子高等朝鮮語讀本	1925	4권	박붕배본(3권 누락)
	기타	朝鮮語法及會話 外	1925		경성조선어연구회

1930 일부 수정	보통학교	普通學校 朝鮮語讀本	1933-1937	6권	박봉배본
	고등보통학교	中等教育 朝鮮語及漢文讀本	1933	6권	여자고보
	여자고보				
1940년 이후	초등교육	初等朝鮮語讀本(簡易學校用)編纂 趣旨書	1939.6.22.	1권	편찬취지서
		初等朝鮮語讀本	1939년 이후	?	(권2)

(?는 권수를 정확히 파악하지 못한 것을 뜻하며, 괄호는 필자 소장본을 뜻함.)

위의 표에 나타난 바와 같이, 일제강점기의 교과서 개발은 조선총독부의 주관 아래 체계적으로 이루어졌기 때문에, 식민 노예 교육이 가속화되었다. 흥미로운 점은 일제강점기의 경우 각급학교마다 교과목이 설정되면, 그에 따른 교과서 운영 방침을 명시하고, 이에 따른 교과서 개발을 진행하거나, 그러한 진행이 어려울 경우 문부성 교과서를 사용하는 방법과 검인정 교과서를 사용하도록 하는 방법을 취함으로써, 모든 교과 운영을 통제할 수 있었다.

3) 교과서 검인정

일제강점기 교과 운영에서 검인정제도는 식민 통치의 주요 수단이 되었다. 교과용도서의 검정 규정은 1912년 6월에 공포되나, 그 이전부터 교과용도서의 조사가 이루어졌으며, 이에 따라 이른바 '불량도서'를 조사하여 각 사립학교에서 사용하지 못하도록 하였다. 예를 들어 1911년 2월의 내무부장관 우사미(宇佐美勝夫)의 훈령을 참고할 수 있다.

(7) 교수상의 주의 병 자구 정정표, 『매일신보』 1911.2.22.

京鄕各地方 私立學校에서 不良흔 敎科書를 改版訂正흐야 施行케

홀 意로 內務部長官 宇佐美勝夫 氏가 各道 長官에게 發訓注意케 홈
은 已報ᄒ얏거니와 學務局에셔 舊學部 編纂 普通學校用 敎科書와
舊學部 檢定 及 認可의 敎科用圖書에 關ᄒᄂ 敎授上 注意 幷 字句
訂正表를 左와 如히 製定頒布ᄒ얏더라

一 舊學部編纂 及 檢定의 圖書ᄂ 勿論이어니와 舊學部로셔 使用
認可를 與ᄒ 圖書로 十分 其 內容을 審査ᄒ 者라도, 今回 朝鮮은 大
日本帝國의 一部分이 된 故로, 今後 朝鮮에 在ᄒ 靑年 及 兒童을 學
修홀 敎科書ᄂ 其 內容이 頗(파)히 不適ᄒ 者이 有홈에 至ᄒ지라 然
이나 今에 遽히 此等 多數ᄒ 圖書ᄅ 修整改版홈은 容易ᄒ 事이 안
임으로써, 先此 右圖書 中 敎材의 不適當ᄒ 者와 又ᄂ 語句의 適切
치 못ᄒ 者에 就ᄒ야 注意書 及 訂正表ᄅ 製ᄒ야 敎授者의 參考에
資ᄒ노니 官公私立을 不問ᄒ고 何學校에셔던지 宜當히 此에 依據
ᄒ야 敎授홀지니라

二 敎授者ᄂ 注意書 中의 各 注意事項을 熟讀ᄒ 後, 其 趣旨ᄅ 不
誤토록 愼重히 敎授홀지며 又 正誤表에 依ᄒ야 學徒 各自의 敎科書
ᄅ 適宜홀 方法으로써 訂正 敎授홀지니라

三 舊學部 編纂 普通學校用敎科書에 對ᄒ 注意書에ᄂ 修身書, 日
語讀本, 國語讀本 及 習字帖 中 不適當ᄒ 敎材에 就ᄒ야 一一히 敎
授上의 注意ᄅ 與ᄒ고 舊學部 檢定 及 認可의 圖書에 對ᄒ 注意書
에ᄂ 此等圖書 中에 現ᄒ 不適當ᄒ 事項을 槪括 列擧ᄒ야 一般的
注意ᄅ 與홀 事로 ᄒ노라

四 注意書 中에 與ᄒ 事項內 韓國合倂의 事實, 祝祭日에 關한 件,
新制度의 大要 等 爲先 敎授홈을 要홈으로 因ᄒᄂ 者ᄂ 반다시 注
意를 與ᄒ 當該科에 不限ᄒ고 適宜ᄒ 時期에 繰上 又ᄂ 繰下에 敎
授홈도 無妨ᄒ니라 …(중략)…

六 曩에 舊學部로셔 發한 通牒에 依ᄒ야 從來의 日語ᄂ 國語로
ᄒ고, 國語ᄂ 朝鮮語로 ᄒ야 措處홀 事로 定ᄒ게 되얏슴으로, 日語

讀本, 國語讀本과 여흔 名稱은 此룰 改흘 必要가 有ㅎ고 又 學部 檢
定 及 認可의 圖書 中 其 名稱에 '大韓' '本國' 等의 文字룰 用흠은
不可ㅎ나 如斯흔 名稱上의 訂正은 今에 暫時 此를 寬假ㅎ노라…(이
하 생략)

이와 같은 교과서 통제의 본질은 '합병(강제침탈)의 사정', '풍속 교
화' 등을 내세워 식민 노예교육[7]을 실시하는 데 있었다. 이러한 입장
에서 일제는 각종 저술가를 협박[8]하는 한편, 교과서 검인정 제도를
공포하게 되는데, 검인정 규정의 주된 내용은 다음과 같다.

(8) 교과서 검인정 규정, 조선총독부령 제112호, 1912.6.1.

敎科用圖書 檢定 規程
第一條 敎科用圖書의 檢定은 普通學校, 高等普通學校, 女子高等
普通學校, 實業學校 又는 私立學校의 生徒用 又는 敎師用圖書에 適
흠을 認定ㅎ는 것으로 홈
前項 敎師用圖書라 흠은 敎授홀 事項, 敎授上 注意及應用에 關ㅎ
는 事項 等을 記載흔 圖書 又는 生徒에게 示흠을 目的으로 ㅎ는 掛
圖類룰 謂홈
第二條 敎科用圖書의 發行者는 其圖書의 檢定을 朝鮮總督에게
申請흠을 得홈
前項의 請願者가 朝鮮內에 住所룰 有치 아니흔 째는 檢定에 關ㅎ
는 一切 事項을 代理케 ㅎ기 爲ㅎ야 朝鮮內에 住所룰 有흔 者에게

---

7) 이 용어는 박붕배(1987)에서 사용한 용어를 차용함
8) 예를 들어 『매일신보』 1910.11.25일의 사설은 '저술가 급 서포영업자에게 경고함'
이라는 제목이 달려 있다. 이 사설은 교과서 저작자나 서점 영업자들이 총독부의
방침을 따르지 않고, 소아의 지각을 흐리고 있음을 경고하는 내용이나 실제로는
식민 통치를 거부하는 사람들을 지칭한 것으로 해석할 수 있다.

就ᄒ야 代理人을 定홈이 可홈 但 此 境遇에ᄂ 檢定 願書에 委任狀
謄本을 添ᄒ야 提出홈이 可홈   …(중략)…

第五條 第二條에 依ᄒ야 檢定을 請願ᄒ 圖書 中 瑣少ᄒ 修正을
加ᄒ면 檢定을 與홈을 得홈으로 認ᄒᄂ 것이 잇ᄂ 째ᄂ 其 修正을
要홀 箇所ᄅ 檢定請願者에게 指示홈이 可홈

…(중략)…

第八條 檢定을 得ᄒ 圖書ᄂ 每冊表紙 又ᄂ 扉等(비등)의 見易處
에 左의 事項을 記載홈이 可홈

一 檢定年月日

二 朝鮮總督府檢定濟

三 目的으로 ᄒᄂ 學校

四 生徒用 敎師用의 區別(掛圖에 限ᄒ야 此ᄅ 省홈) …

第十三條 朝鮮總督이 必要타 認ᄒᄂ 째ᄂ 檢定ᄒ 圖書의 修正을
命홈이 有홈

第十四條 左의 各號의 一에 該當ᄒᄂ 째ᄂ 朝鮮總督은 圖書의 檢
定을 繳消홈이 有홈

一 第八條, 第九條 又ᄂ 第十二條 第一項의 規定에 違反ᄒ 째

二 第十三條의 命令에 從치 아니ᄒ 째

三 檢定圖書로 朝鮮總督府에 納付ᄒ 圖書에 比ᄒ야 紙質, 印刷 又
ᄂ 製本이 粗惡ᄒ 것을 發賣홀 째

四 其 內容이 敎科用에 不適當ᄒ 째 …(이하 생략)

위의 규정을 고려하면, 조선총독은 교과서의 개발, 제작 과정, 배포
과정에서 어느 때라도 통제를 할 수 있다. 달리 말해, 제14조에 따르
면 검정 과정뿐만 아니라 발매 과정에서의 관여가 가능한 셈이다.

이와 함께 조선총독부는 기존의 도서를 대상으로 인가 여부를 판
정했는데, 이러한 제도는 검인정 제도가 처음 실시된 통감시대부터

존재했다. 이러한 규제는 검인정 신청을 한 것 가운데, 불인가된 것과
기존의 검인정을 무효화한 것, 내부대신의 요청으로 발매를 금지하게
한 도서 등으로 나누어 규정되어 있다(이에 대해서는 한국교과서재
단 2001의 자료 참고).

4) 일반 가정용 서류 개발 보급

일반 가정용 서류는 다양한 척독류의 보급과 독학용 일본어 독본
을 개발하는 방향으로 진행되었다. 조선총독부는 1913년 각종 강습회
용『속수국어독본(速修國語讀本)』을 발행한 바 있는데, 그 서문은 다
음과 같다.

(9) 속수국어독본 서문

　一, 本書ハ國語ヲ速修セシメムガ爲 ニ編纂シタルモノナリ.

　一, 本書ハ獨習ノ便ヲ計リテ全部振假名ヲ施シ, 又, 第一編ヨリ第四
編マデハ朝鮮語ノ對譯ヲ附セリ.

　一, 本書ノ假名遣ハ普通學校國語讀本ト全然同一トス.

　但シ, 第五編ニハ文語體文章ヲ揭グ若干候文體ヲモ加ヘテ歷史的
假名遣ヲ用ヒ, 之ニ習熱セシムルノ便ヲ計レリ. サレドモ字音ノ振假
名ノミハ表音的假名遣トセリ.

　一, 本書第一編第二編第三編ハ片假名及ビ單語ヨリ始メテ, 秩序的
ニ敎材ヲ提出シタルヲ以テ, 順次ニ學習スルヲ要スルモ, 第四編會話
又ハ第五編文章ハ何レモ日常生活ニ須要ナル事項ヲ蒐メタルモノナ
レバ, 必ズシモ順ヲ追フヲ要セズ, 國語夜學會等敎授時間ノ少キ所ニ
テハ, 適當ニ取捨選擇シテ敎フベシ.

　一, 本書ニハ, 一般的知識ヲ修得セシメムガ爲附錄トシテ參考トナ
ルベキ諸種ノ事項ヲ記載シタリ.

이 책의 내용은 모두 5편으로 편저되었으며, 서언에서 밝힌 바와 같이 제1편부터 제4편까지는 조선어 대역을 실었고, 제5편은 일어로 되어 있다. 제1편은 편가명급단어[片假名及單語 : 가다가나], 제2편은 단구급단문(短句及短文), 제3편은 평가명[平假名 : 히라가나], 제4편은 회화(會話), 제5편은 문장(文章)으로 구성되었으며, 각 편은 과별 구성을 취하고 있다. 이와 같은 교재의 개발은 조선총독부에서 식민 초기부터 계획적으로 일본어 보급에 힘썼으며, 각급 학교뿐만 아니라 각종 일본어(국어)야학회를 두어 조선인들로 하여금 자발적으로 일본어를 익히도록 유도하였음을 알 수 있게 해 준다.

흥미로운 사실은 이러한 가정용 교재의 개발에서는 일본문과 조선문의 대역을 중시하고 있다는 점인데, 이러한 대역은 일본문과 조선문을 두 단으로 나누어 배치하는 방법도 있으나, 단을 나누지 않고 여러 문자를 함께 사용하는 '다문자체(多文字體)' 문장을 사용하는 경우도 있다. 특히 조선총독부 산하 각 도의 행정 지침과 관련된 서류(書類)에 이와 같은 문자체가 많이 사용되었는데, 예를 들어 『민적지침(民籍指針)』(경상북도 제일부장 요시마츠 지음, 1918.3.15. 대구인쇄합자회사) 등이 대표적이다. 뿐만 아니라 『잠업지남』(경상북도 내무부 편찬, 대구인쇄합자회사)와 같은 실용서도 한자, 한글, 일본문이 섞여 있는 문체를 사용하였다. 이와 같은 문체상의 변화는 일본어 보급 정책[9]과 밀접한 관련이 있을 것으로 보인다.

---

9) 이에 대해서는 허재영(2004ㄴ)을 참고할 수 있다.

4. 건국기의 교과서 정책

1) 건국기의 교과서 정책 변천

건국기의 교육 문제는 학무 행정의 성립, 새로운 학제에 맞는 적절한 교과서의 부재 등이 시급한 문제로 대두되었다. 당시의 미군정 교육 방침은 1945년 9월 18일 아놀드 군정 장관의 포고에 따라 군정청 학무국에서 각도에 지시한 '조선인의 조선인을 위한 교육 방침'에 잘 드러나 있다. 그 주요 내용은 전국의 초등학교를 다시 여는 일, 사립학교의 인가에 관한 일, 학교 교육에서 민족과 종교에 따르는 차별을 철폐하는 일, 교수 용어를 제정하는 일, 교과목 및 교직원에 관한 일이었다.

그 가운데 교수 용어의 제정과 교과목의 편제는 매우 중요한 일이었는데, 교수 용어는 "조선 국어로 할 것"을 원칙으로 하되, "조선 국어로 된 적당한 교재가 준비될 때가지는 외국어(일본어)의 교재를 사용할 수 있도록" 하였다. 또한 각급학교의 개교에 맞추어 교과목 편제와 시간 배당10)이 이루어졌는데, 그 과정에서 교원과 교과서 부족은 시급한 문제 가운데 하나였다. 이러한 사정은 정태수(1992)의 자료에 비교적 자세히 나타난다. 그 가운데 일부 자료를 옮겨보면 다음과 같다.

(10) 미군정기 교과서와 관련된 여러 가지 문제

ㄱ. 교육 자료 요청(1945.11.1.)
주한 미 육군 군정장관실, 학무국, 한국, 서울, 1945.11.1.

---

10) 이에 대해서는 박상만(1959), 중앙대학교 부설, 한국교육문제연구소(1974), 박붕배(1987), 이종국(2001)을 참고할 수 있다.

주제 : 교육자료 요청

수신 : 사령부(AFPAC)

1. 한국 미군정 학무국은 학교경영계획과 교과서의 준비에 필요한 다음과 같은 유형의 책들을 발송해 줄 것을 요청한다. 이 요청은 매우 긴급한 것이다.

    a. 다음과 같은 각 분야에서 이용 가능한 대표적인 미국 교과서는 :

        (1) 수학 – 초·중등학교…(중략)…

        (7) 사회생활과학, 역사, 지리, 공민학 – 초·중등학교

        (8) 영어 – 초·중등학교…(중략)…

    b. 다음과 같은 교육분야에서 미국의 표준 교재 :

        (1) 교육철학

        (2) 다음과 같은 것을 포함하는 교육 행정

        (a) 학교일반 행정   (b) 공립학교 감독   (c) 국립학교 행정

        (d) 공립학교 재무   (e) 자치학교 행정 …(이하 생략)…

ㄴ. 미국 교재 요청(1946.2.10.)

주한 미 군정 학무국, 한국, 서울, 1946.2.10.

주제 : 미국 교재 요청

수신 : 학무국 국장

1. 편수과에서는 과학, 보건, 직업, 지리, 민주주의, 교사에 관한 미국 교재들을 필요로 한다.

2. 11월에 미 육군성에 대표적인 교재들을 요청했으나 아무것도 도착하지 않았다.

3. 개인 출판업자들과 연락해서 책들을 요청했다. 제1종 우편으로 책들이 보내졌다는 11월의 편지는 접수됐으나, 요청된 교재는 아무것도 도착하지 않았다.

4. 도착까지에 장시간이 지연되는 사실 외에도, 우편으로 적절한 자료를 요청하는 것은 거의 불가능하다. 중앙교육협회에서 보

낸 소책자의 반이상이 한국에 대한 유용한 가치가 없었고 남은
반수도 단지 흥미 유발가치가 있었을 뿐이었다.

5. 현재 '시간'은 특별히 중요한 요소이다. 그 책들이 도착한 이후
라도 그것들이 편집자들에게 전달되어 유용하게 쓰이기 전에
번역되어야 한다. 이것은 약 석달이 소요된다. 우리는 앞으로
상당한 기간 동안 한국교육에 영향을 미치게 될 책들을 저술하
고 있기 때문에, 우리의 저자들이 최고의 자료들을 사용해야
한다는 사실은 특별한 중요성을 내포하고 있다.…(이하 생략)

위의 자료에서 우리는 미군정기 교과서 정책의 주요 문제가 무엇
이었는지를 확인할 수 있다. 그 가운데 대표적인 것은 학제 개편에
맞는 적절한 교과서가 없다는 점이며, 이를 개발할 시간이 부족하다
는 점이다. 특히 미국식 교육을 고려한 적절한 교재(내용이나 방법
상)의 부족과 조선어로 이루어진 교재의 부재는 당시 교과서 문제에
서 가장 시급한 문제였음을 의미한다.

이와 같은 입장에서 당시의 교과서 개발은 민간의 학회 주도로 이
루어졌다. 광복 직후인 1945년 8월 25일 조선어학회 임시 총회에서는
국어로 된 교과서 편찬을 결의하였으며, 미군정청으로부터 교과서 편
찬을 위촉받아 국어교과서편찬위원회[11]를 발족시켰다. 그 결과 1945
년 11월 6일에 처음으로 조선어로 된 교과서인 『한글첫걸음』을 개발
하였다. 이와 같은 상황 속에서 군정청 문교부 학무국에서는 <교수
요목> 제정 위원회를 조직하고, 교과서를 편찬하는 일에 착수하였다.
그 결과 초기의 조선어학회와 진단학회에서 개발한 교과서를 개편한

---

11) 이에 대해서는 한글학회(1970) 참조.

정부 교과서가 개발되기에 이르렀다.

정부 수립 이후의 교과서 정책은 교육법 제정(1949.12.31.)에 따라 중요한 변화를 맞게 된다. 왜냐 하면, 미군정 당시의 교육제도에서 교과서 정책을 뒷받침할 만한 충분한 법적 근거가 없었던 데 비해, 정부 수립 이후에는 교과서 정책에 대한 법적 근거가 마련되었기 때문이다. 당시의 교육법 및 교육법시행령에서 규정한 교과용도서는 다음과 같다.

(11) 교육법상 교과용 도서 규정

ㄱ. 교육법 제8장 제125조
師範大學, 大學을 除外한 各學校의 敎科用圖書는 文敎部가 著作權을 갖었거나 檢定 또는 認定한 것에 限한다.
敎科用圖書의 著作, 檢定 또는 認定에 關한 事項은 大統領令으로써 定한다.
前項의 大統領令에는 그 違反者에 對하여 版印本의 沒收 또는 十萬圓 以下의 罰金을 科하는 罰則을 規定한다.

ㄴ. 교육법시행령 제5장 교과용도서와 수업용보조물
第百八十八條 大學, 師範大學을 除外한 各學校(以下 本章에서는 各學校라 稱함)의 敎科用圖書의 選定은 學校長이 하되 文敎部가 著作權을 가진 敎科用圖書(이하 國定敎科書라 稱한다)가 있을 때에는 이를 使用하여야 하며, 國定敎科書가 없을 때에는 文敎部에서 檢定한 敎科用圖書(以下 檢定敎科書라 稱한다)를 使用하여야 한다.
前項에 依하여 學校長이 檢定敎科書를 選定하였을 때는 文敎部長官에게 報告하여야 한다.

第百八十九條 各敎科의 效果的인 學習指導를 爲하여 學校長
은 文敎部가 認定한 圖書(以下 認定敎科書)를 補充敎材로 選
定하여 倂用할 수 있다.

第百九十條 國定敎科書 또는 檢定敎科書가 없을 때에는 認定
敎科書를 敎科用圖書로 代用할 수 있다.

第百九十一條 學校長은 左의 境遇에는 文敎部長官의 認可를
받아야 한다.

一 特殊한 事情에 依하여 國定敎科書, 檢定敎科書 또는 認定
　敎科書 以外의 圖書를 敎材로 使用하고저 할 때

二 敎科用圖書를 使하지 아니하고 筆記 또는 謄寫로 敎科用圖
　書를 代用하고저 할 때

三 國定敎科書, 檢定敎科書 또는 認定敎科書 中에 揭載된 것
　以外의 歌詞樂譜을 敎授하고저 할 때 …(중략)…

第百九十三條 敎科用圖書를 解釋한 圖書, 上級學校 入學試驗
　準備書 또는 이와 類似한 圖書는 修業 中 使用할 수 없다.
　…(중략)…

第百九十五條 第百八十八條 乃至 第百九十四條에 規定한 事
　項 中 敎科用圖書의 著作, 檢定 및 其他 敎材의 認定에 關
　하여는 따로 定한다.

第百九十六條 國定敎科書의 飜刻, 發行과 販賣에 관하여는 文
　敎部長官이 정한다.

이 규정에서는 교과서를 국정, 검정, 인정의 세 가지 형태로 분류했
는데, 그 기준은 저작권 소유자와 학습에서 차지하는 비중을 고려한
것이다. 특히 이 시기의 인정교과서는 국정이나 검정교과서를 보충하
여 병용하기 위해 설정한 개념으로 보이는데, 그 이유는 광복으로부
터 정부 수립에 이르기까지 각종 민간 교재가 개발[12]되었기 때문으

로 보인다. 그런데 이 법령에 언급된 국정교과서의 저작에 관한 사항
은 따로 마련되었던 것 같지는 않다. 왜냐 하면, 이 법령이 구체적으
로 시행된 시점이 1950년 이후인데, 이 시기에는 교육과정 및 학제
개편에 관한 논의가 본격화되었고, 이에 따라 1951년부터 현행
'6-3-3'제가 실시되기 때문이다. 더욱이 교육과정 개편 논의가 일어
나는 시점에서 전쟁이 발발함으로써 교과서 개발 자체가 쉽지 않은
문제가 되었기 때문으로 보인다. 그러나 당시의 혼란스러웠던 교과서
문제를 해결하기 위해 '교과용도서 검정 규정'을 대통령령으로 발포
한다. 그 주요 내용은 다음과 같다.

(12) 교과용도서 검정 규정, 대통령령 제336호, 1950.4.29.

第一條 教科用圖書의 檢定 및 認定은 教育法 其他法令으로써 정
하는 大學과 師範大學을 除外한 各學校(以下 各學校라 칭
함)의 教育 目的에 符合하여 教科用圖書로써 適合하다고
査定함을 目的으로 한다.
본 規定에서 教科用圖書라 함은 各學校 및 이에 준하는 各
種 學校의 學生用圖書와 高等學校, 師範學校, 高等技術學
校를 除外한 各學校 및 이에 준하는 各種學校의 教授用의
掛圖, 地球儀類를 말한다.

第二條 檢定은 國民學校, 公民學校 및 이에 준하는 各鐘學校의 定
規 教科用圖書 중 따로 國定으로 制定하지 아니하는 教科
用圖書에 대하여 행한다. 단 實業科 其他 臨時로 制定하
는 國定教科用圖書는 例外로 한다.

---

12) 예를 들어 국어과의 경우 이병기본(금룡도서), 정인승본(정음사), 김병제본(고려
서적), 이극로·정인승본(정음사), 김사엽본(경상북도 학무국) 등의 교재가 사용되
었으며, 이러한 교과서는 후에 인정교과서로 분류된다.

第三條 認定은 各學校의 正規 敎科目의 敎授를 補充深化하기 위
      한 學生用 圖書, 國民學校와 이에 준하는 各鐘學校의 正
      規敎科目의 學習을 더욱 效果的으로 指導하기 위한 學生
      用 圖書 및 第一條 第二項에 規定한 掛圖, 地球儀類에 대
      하여 행한다.

第四條 敎科用圖書의 發行者는 그 圖書의 檢定을 文敎部長官에
      게 出願하여야 한다. …(이하 중략)…

第十二條 檢定 또는 認定을 받은 圖書를 出版할 때에는 그 때마
       다 發行後 三日 以內에 該圖書 二部를 文敎部에 納付하여
       야 한다.

第十三條 檢定, 또는 認定을 받은 圖書의 名稱, 冊수, 定價 및 그
       內容에 變更이 있을 때에는 檢定 또는 認定의 效力을 喪
       失한다. …(이하 생략)

　이와 같은 교과용도서 검정 규정은 당시의 혼란스러웠던 교과용도
서 문제를 해결하기 위한 방책에서 나온 것이라고 볼 수 있으나, 경
우에 따라서는 이 규정에 의해 교과용도서가 정부에 의해 전면적으
로 통제되는 결과를 가져왔다고 볼 수도 있다.

2) 건국기의 국어과 교과서

　건국기의 국어과 교과서는 임시방편으로 만든 것에서부터 시작하
여, 국정, 검정, 인정의 세 가지 형태로 발전되어 왔다. 이와 같은 발
전 과정은 미군정기, 정부수립기, 전시기, 전후로 나누어 고찰할 수
있다. 먼저 국정 국어과 교과서의 발행 상황을 정리해 보면 다음과
같다.

(13) 건국기의 국정 국어과 교과서 변천사

ㄱ. 초등(국민학교) 교과서

시기	연도	책명	발행자	저작자	비고
미군정기	1945-1946	한글첫걸음	군정청 학무국	조선 어학회	
		초등국어교본 (상,중,하)	군정청 학무국	조선 어학회	
	1946-1948	초등국어 (학년당 2권)	군정청 문교부	군정청 문교부	박붕배본에서는 이 두 종류를 같은 것으로 보고 있으나 실제는 다름
정부수립	1948-1950	초등국어 (학년당 2권) <바둑이와 철수> <학교와 들>	문교부	문교부	
전시기	1951-1954	국어 (학년당 2권, 5-6학년은 3권으로 발행)	문교부	문교부	1) 51,52,53,54 1월과 9월에 발행함. 2) 발행시마다 내용 불규칙 3) 운크라 지원에 의함 4) 펴낸 곳이 일정하지 않음 5) 5-3, 6-3의 성격이 모호함 6) 판형은 변형 사륙판
전후	1954-1955	국어(학년당 2권)	문교부	문교부	1) 55년 3월본은 운크라 지원 2) 55년 9월본은 운크라 지원 없음 3) 판형은 국판(교과서판)

ㄴ. 중등학교(중학교, 고등학교)의 국어과 교과서[13]

시기		연도	책명	발행자	저작자	비고
미군정기		1946~1947	중등국어교본 (상,중,하)	군정청 문교부	조선 어학회	처음에는 학무국
		1948	중등국어 (1,2,3)	군정청 문교부	군정청 문교부	권3은 정부 수립 이후 발행
정부수립기		1949~1950	중등국어 ①~⑥	문교부	문교부	건국기의 국어과 내용의 토대가 된 교과서임
전시기	중학교	1951~1953	중등국어 (학년당 2권)	문교부	문교부	1) 운크라 지원으로 이루어진 임시 교과서의 성격이 강함
	고등	1951~1953	고등국어 (학년당 2권)	문교부	문교부	2) 변형 사륙판 3) 학년-학기의 교재 내용 중복되는 경우가 있으며, 보충교재 부분을 두어 내용 보완하는 경우가 있음
전후	중학교	1953~1955	중학국어 (학년당 2권)	문교부	문교부	판형 국판으로 변화(55년은 운크라 지원이 부분적으로 이루어짐)
	고등	1953~1955	고등국어 Ⅰ,Ⅱ,Ⅲ	문교부	문교부	판형 국판으로 변화(학년당 1권으로)

이와 같은 국정 교과서는 초기의 조선어학회 저작을 거쳐, 후에는 전적으로 문교부가 저작 및 발행을 담당하였다. 그러나 출판 상황을 각 시대마다 차이가 있는데, 특히 전시기의 교과서 출판은 운크라(국제한국재건위원회)로부터 종이 지원을 받아 이루어졌으며, 그 과정에서 출판사가 동일하지 않은 점도 특징이다.

검인정 교과서의 경우는 그 실태 파악이 쉽지 않다. 그러나 현재 확인 가능한 초등 국어과 교재는 거의 존재하지 않는 것으로 보이

---

13) 이에 대해서는 허재영(2005)를 참고할 수 있다.

며14) 중등학교용 교재는 비교적 다수가 개발되었다. 그 가운데 두드
러진 것을 정리하면 다음과 같다.

(14) 건국기의 중등 국어과 개인 저작물(검인정은 50년 이후)

시기	과목 (영역)	연도	책명	저작자	발행자(출판)	비고
미군 정기	국어	1946	신생국어독본	김사엽	경상북도교육협회	상,하2권
		1946	중등국어 신생교본	김사엽	경상북도학무국	초급, 고급
		1946	중등국어	이숭녕,방종현	민중서관	1,2,3
		1947	고급국어	사범대국문학회	범인사	1-6
		1948	국어	이극노, 정인승	정음사	1,2
		1948	신편 중등국어	김병제	고려서적	1,2,3
	작문	1947	국어작문	고희준, 조종하	창인사	
		1947	중등작문	오상순	백영사	
		1947	신중등작문	이성두	대양출판사	초급
		1947	중등글씨본	이철경	조선교학도서(주)	습자 과목
		1948	새 중등작문교본	윤태영	삼중당	
		1948	현대 중등글짓기	최영조	금룡도서	1,2
	문법	1945	중등조선말본	최현배	정음사	세로쓰기
		1946	중등조선말본	최현배	정음사	가로쓰기
		1946	국어문법	이상춘	조선국어학회	
		1946	한글독본	정인승	정음사	국어관련
		1947	중등 새말본	장하일	교재연구사	
		1947	중학 국문법책	김근수	문교당	
		1947	신편 고등국어문법	정렬모	한글문화사	
		1948	중등 말본	김윤경	동명사	
		1948	중등 조선말본	최현배	정음사	
		1948	조선말본	최현배	정음사	
		1948	고등 국어문법	정렬모	고려서적주식회사	

---

14) 당시 국민학교 국어과 교육을 위한 프린트물이나 한글첫걸음류의 책은 여러 종이
발간된 것으로 보인다. 그러나 이러한 저작류는 검인정을 받은 것이 아니다. 국민
학교 교재류의 검인정은 제1차 교육과정의 작문 교재류에서 일부 이루어진 것으
로 보인다.

	기타	1946	중등 한문독본	임창순	경상북도 학무국	1,2,3
		1946	중등 한문독본	김경탁	동방문화사	1,2,3
		1946	한글 문예독본	정렬모	신흥국어연구회	
		1948	고등국어 현대문감	조윤제	대학출판사	
		1948	고등국어 고대문감	조윤제	대학출판사	
		1948	국문학 고전독본	양주동	박문출판사	
건국기	국어	1949	중등국어	이병기	금룡도서주식회사	1,2,3,4,5,6
		1949	신생중등국어	조윤제	대학출판사	1,2,3
	작문	1949	국어작문	고희준, 조종하	창인사	
		1950	모범 중등글짓기	이희승	신흥문화사	
		1950	중등작문	양주동, 모윤숙, 김동리, 조연현	홍지사	1,2,3(각각의 발행 연도는 동일하지 않은 듯)
	문법	1949	고등말본	최현배	정음사	
		1950	중등국어문법	박태윤	서울문화사	하급용
		1950	중등말본(초급소용)	최현배	정음사	
	타	1950	중등한문교본	김능근	문교도서	1,2,3,4
		1950	신수중등한문	김득초	탐구당	1,2,3,4
		1950	중등한문독본	김경탁	동방문화사	1,2,3,4,5,6
전시 이후	작문	1952	중등작문	양주동 외	홍지사	
		1952	작문독본	이은상	정음사	
		1956	신편중등글짓기	김현명, 김성배	교학도서	
		1956	고등문장교본	김용호	창인사	
	문법	1951	표준 우리말본	장하일	대동문화사	
		1953	표준 우리말본	정인승	을유문화사	
		1955	초급 국어문법	이희승	박문출판사	
		1954	고전문법	이숭녕	을유문화사	
		1956	고등국어문법	이숭녕	을유문화사	
		1956	표준 고등말본	정인승	신구문화사	
		1956	고등 문법	이희승	박문출판사	
	옛글 (문학)	1953	국어국문학사	이능우	홍지사	
		1953	국문학독본	김사엽	대동문화사	
		1954	가려뽑은 옛글	장지영	정음사	
		1955	증보 국문학사	김사엽	정음사	
		1956	고문 독본	김형규	백영사	
		1956	고등 고문선	이숭녕, 조혼파	창인사	
		1956	고등 국문선	손락범, 최창국	형설출판사	
		1956	옛글	구자균, 김사엽	사조사	

	1956	옛글	구자균, 김사엽	사조사	
	1956	고전 독본	양주동	탐구당	
	1956	새판 국문학사	김사엽	정음사	
한문	1956	고등한문	이창기, 정금화	창인사	

이와 같이 개인저작물은 검인정제 실시 이후, <국어>과에서는 사라져 간다. 그러나 <작문>, <문법>, <옛글>과 같은 형태의 교과서류는 검인정제 아래에서 다양하게 개발되어 왔다.

5. 맺음말

이 연구는 근대계몽기로부터 건국기에 이르기까지의 교과서 정책 및 국어과 교과서 개발 실태를 알아보고자 하는 목적에서 출발한 연구이다. 근대계몽기의 학제 도입과 더불어 시작된 교과서 정책은 관 주도의 교과서와 민간의 교과서로 나누어 개발되었다. 이와 같은 교과서 문제에서 정책적인 변화를 보이기 시작하는 시점은 통감시대의 검인정 제도라고 할 수 있다.

통감시대의 검인정 제도는 교과서를 통감부가 관장함으로써 교육적인 통제를 보다 쉽게 할 수 있는 제도였다. 이러한 흐름은 일제강점기에도 그대로 이어져, 당시 조선총독부의 어문 교육 정책의 핵심인 '일본어(국어) 보급 정책'을 강력하게 수행하는 제도로 활용되었을 뿐만 아니라, 식민 교육을 지탱하는 핵심적인 제도로 작용하게 되었다.

건국기의 교과서 제도는 광복 이후의 시급한 과제인 국어 회복 문제와 맞물리면서, 군정청 학무국(문교부)의 요청 아래 조선어학회에서 개발한 교과서가 처음으로 사용되었다. 그러나 미군정기의 학제 정비에 따라 국정교과서의 개발은 문교부 관장 사항이 되었으며, 1949년 교육법이 제정된 이후로는 그 동안 사용되었던 각종 개인 저작물에 대한 검인정을 실시함으로써, 초중등 교육에서 <국어> 교과에서 검인정 교과서가 사라지게 되었다. 또한 <작문>, <문법>, <국문학사>와 같은 영역의 국어 관련 교과의 교과서는 검인정 제도 아래 개발된 여러 가지 교재가 사용되었다.

본 연구는 여러 가지 면에서 한계를 갖고 있다. 그 가운데 대표적인 사항은 세 가지로 정리할 수 있다.

첫째는 기초 연구의 차원에서 자료 검증을 좀더 철저히 할 필요가 있다는 점이다. 예를 들어 근대계몽기나 일제강점기에 개발된 교과서 가운데 실물을 확보하지 못한 교과서가 상당한 양에 이른다. 이와 같은 한계는 선행 연구의 부족에도 기인하지만, 자료의 수집과 정리를 소홀히 해 온 국어 교육 연구 풍토와도 관련이 있다. 이 점에서 본 연구는 지속적인 자료 수집과 정리 작업을 통하여 보충해야 할 부분이 많음을 인정한다.

둘째는 교재 연구나 교과서 연구가 갖는 본질적인 의미를 좀더 천착할 필요가 있다는 점이다. 이 점에서 교재가 갖는 교육적인 의미, 교과서 개발의 바람직한 방향 등에 대한 논의가 좀더 철저하게 이루어져야 할 것이다. 그러나 이 연구는 국어과 교과서의 역사적 전개 과정을 탐구하는 데 목표를 두었으므로, 이러한 문제를 깊이 있게 논의하지는 못하였다.

셋째는 교육과정기 이후의 교과서 정책 및 국어과 교과서의 발전 과정을 기술하지 못했다는 점이다. 이 문제는 이 연구의 후속 작업을 통하여 해결할 것이다. 특히 교육과정기 이후의 교과서 정책과 국어과 교과서 발전 과정을 기술하면서, 국어과 교재 및 교과서가 갖는 의미를 좀더 학문적으로 규명할 수 있을 것으로 기대한다. 왜냐 하면, 교과서 개발은 각 시대와 환경에 따라 그 목표 및 실행 방법이 달라질 수 있기 때문이다. 더욱이 국어과 교육이 발전하면서, 교과서 개발도 '개발형 → 선택형 → 자유발행제'로 이행되어 갈 것임은 누구나 쉽게 짐작할 수 있는 일이다. 이 점에서 교과서 제도의 발전을 위한 전제 조건을 기술하고, 이를 실행할 수 있는 방안을 모색하는 일은 이 연구의 지속적인 과제가 될 것이다.

참고문헌

강윤호(1963), 「언어의 본질, 발달 등」, 『국어교육』(현대교육학총서1), 현대교육
　　　학총서출판사.

강윤호(1973), 『개화기의 교과용 도서』, 교육출판사.

고영근(1998), 『한국어문운동과 근대화』, 탑출판사.

고영근, 김민수, 하동호 편(1977), 『역대문법대계』, 탑출판사.

국립국어연구원(1991), 『국어학논저목록집』(국어정책), 국립국어연구원.

국립중앙도서관(1979), 『교과서 목록』, 국립중앙도서관.

국립중앙도서관(1982), 『교과서 목록』, 국립중앙도서관.

국회도서관(1982), 『정기간행물 기사 색인-해방 이후-』, 국회도서관.

국회도서관(1982), 『정기간행물 기사 색인-해방전 간행분』, 국회도서관.

김규창(1985), 『조선어과 시말과 일어교육의 역사적 배경』, 김규창교수논문간행
　　　위원회.

김대행(1995), 『국어교과학의 지평』, 서울대학교출판부.

김민수(1973), 『국어정책론』, 탑출판사.

김성배(1957), 『신국어교육론』, 대한교과서주식회사.

김성배(1976), 『국어교육의 연구』, 선명문화사.

김수업(1980), 『국어교육의 원리』, 청하.

김용묵 외(1957), 『초등학교 각과지도법』, 청문각.

김원경(1993), 『국어과 (교과)교육학』, 교학연구사.

김원규(1950), 「학제개혁론 비판」, 『신천지』5-1. 서울타임스.

노명완(1991), 『국어과교육론』, 갑을출판사.

노영택(1979), 『일제하 민중교육 운동사』, 탐구당.

木河竹次 外(1939), 『尋一合科敎育の敎育

문교부(1954), 『초등학교 교과과정』, 문교부.

문교부(1963), 『초등학교 교육과정해설』, 문교부.

민현식(1999), 『국어문법연구』, 역락.

민현식(2000), 『국어교육을 위한 응용국어학 연구』, 서울대학교출판부.

박붕배(1963), 국어교육 평가, 『국어교육』(현대교육학총서1), 현대교육학총서출

판사.

박붕배(1987), 『국어교육전사』(상), 대한교과서주식회사.

박붕배(1996), 『최근 국어과 교육의 이론과 현장의 조명』, 한샘.

박붕배(1997), 『국어과 교육 논총』1,2,3. 한국국어과교육개발연구소.

박붕배(1997), 『국어교육전사』(중), (하), 대한교과서주식회사.

박붕배 외(2001), 『교과서의 수집 정리 방안』, 한국교과서연구재단.

박붕배(2003), 『침략기의 교과서』, 국어교육연구회(영인본).

박상만(1959), 『한국교육사』, 중앙교육연구원.

박영목 외(1996), 『국어교육학 원론』, 박이정.

서상규, 한영균(2000), 『국어정보학입문』,태학사.

오천석(1964), 『한국교육사』, 현대교육학총서출판사.

윤정일 외(1991), 『한국의 교육정책』, 교육고학사.

윤치부(2004), 『국어교육 논저목록』1,2. 박이정.

乙竹岩造(1938), 『日本敎育學敎授法摘要』, 培風館.

이상태(1978), 『국어교육의 기본 개념』, 한신문화사.

이용주(1995), 『국어교육의 반성과 개혁』, 서울대학교출판부.

이응백(1963), 「국어교육의 목표, 교육과정」, 『국어교육』(현대교육학총서1), 현대
교육학총서출판사.

이응백(1975), 『국어교육사연구』, 신구문화사.

이종국(1991), 『한국의 교과서-근대교과용도서의 성립과 발전』, 대한교과서주식
회사.

이종국(2001), 『한국의 교과서 출판 변천 연구』, 일진사.

이해명(1991), 『개화기 교육개혁 연구』, 을유문화사.

이호성(1947), 『민주주의 국어교수법 강화』, 문교사.

이희복(1963), 「국민학교, 중학교 학습지도」, 『국어교육』(현대교육학총서1), 현대
교육학총서출판사.

이희복(1963), 『국어교육의 앞길』, 어문각.

이희승(1946), 「국어란 무엇인가」, 『신천지』1-3호, 서울타임스.

이희승(1946), 「언어와 민족」, 『신천지』창간호, 서울타임스.

이희승(1949), 「국어교육의 당면 문제」, 『새교육』2-2호. 대한교육연합회.

임한영 외(1967), 『한국교육의 당면과제』, 왕문사.

정범모(1956), 『교육과정』, 풍국학원.

정준섭(1995), 『국어과 교육과정의 변천』, 대한교과서주식회사.

정진석(1999), 『문자보급운동교재』, LG상남언론재단.

정태수(1992), 『미군정기 한국교육사 자료집(상),(하)』, 홍지원.

帝國地方行政學會(1923), 『綜合敎育學敎科書』, 朝鮮印刷株式會社.

중앙교육연구소(1954), 『아동과 교육과정(상)』, 대한교육연합회.

중앙대학교 부설 한국교육문제연구소(1974), 『문교사』, 중앙대학교출판국.

최창열(1978), 『국어교수법』, 개문사.

최현섭 외(1995), 『국어교육학의 이론화 탐색』, 일지사.

최현섭 외(1996), 『국어교육학개론』, 삼지원.

하동호 편(1977), 『국문론 논설 집성』, 탑출판사.

學部編輯局(1910), 『普通敎育學』, 學部(구한국시대).

한국교과서연구재단(2001), 『교과서의 수집 정리 방안』, 한국교과서연구재단.

한국교과서연구재단(2002), 『한국의 검인정 교과서 변천에 관한 연구』, 한국교과서연구재단.

한국교육10년사 간행위원회(1958), 『한국교육10년사』, 풍문사.

한국학문헌연구소 편(1977), 『개화기 교과서 총서』(영인본), 아세아문화사.

한글학회(1970), 『한글학회 50년사』, 한글학회.

행정신문출판부(1956), 『한국교육개관』, 행정신문사.

허만길(1994), 『한국 현대 국어정책 연구』, 국학자료원.

허재영(2002), 「근대계몽기의 어문정책」, 『국어교육연구』 제10호. 서울대학교 국어교육연구소.

허재영(2003ㄱ), 「근대계몽기의 어문문제와 어문운동의 흐름」, 『국어교육연구』 제11호, 서울대학교 국어교육연구소.

허재영(2003ㄴ), 「통감시대의 어문정책」, 『한국어교육』 제18호, 한국어문교육학회.

허재영(2004ㄱ), 「일제강점기 일본인을 대상으로 한 조선어교육」, 『한말연구』 제14집, 한말연구학회.

허재영(2004ㄴ), 「일제강점기 조선인을 대상으로 한 일본어 보급정책 연구」, 『일제강점기 일본어 보급 정책 자료』, 역락.

허재영(2005), 「건국기의 중등 국어교과서 연구」, 『어문연구』 제127호, 한국어문교육연구회.

홍웅선(1963), 「한글첫걸음 시대, 교과서, 교육과정」, 『국어교육』(현대교육학총서 1), 현대교육학총서출판사.

홍윤표 외(2002), 『한국어와 정보화』, 태학사.

『센과 치히로의 행방불명』에 나타난 상징적 요소와 그 의미
- 미야자키 하야오, 애니메이션, 그리고 한국과 일본 -

박현수*

1. 난해함과 호응의 아이러니, 『센과 치히로의 행방불명』

『센과 치히로의 행방불명』이 극장에서 상영되던 무렵의 신문 지면으로 기억한다. 영화를 보고 나서 엄마와 아이가 나누는 대화를 우연히 듣고 난 후 쓴 글이었다. 아이가 엄마에게 영화가 무슨 얘기였냐고 묻자 엄마가 귀찮은 듯 엄마 말 안 들으면 길 잃고 고생한다고 대답했다는 내용이었다. 당시 실소를 금할 수 없었던 것은 미야자키 하야오 감독이 『센과 치히로의 행방불명』을 통해 오히려 어른들에게 하고 싶은 말이 바로 그것이었을 거라는 생각이 들어서였다. 여기서 예전의 기억을 되살린 이유는 그 기억이 『센과 치히로의 행방불명』이 지닌 특징 하나를 말해 주고 있기 때문이다. 엄마의 황당한 대답은 사실 영화를 보고 나서도 『센과 치히로의 행방불명』이 무슨 이야기인지 쉽게 이해하기 힘들었다는 데 기인한다. 심지어 평론가조차 "『센과 치히로의 행방불명』은 선뜻 '이런 작품이다'라고 판단을 내리

---

* 성균관대학교 동아시아학술원 연구교수

기가 쉽지 않은 애니메이션"[1]이라고 하는 것 역시 이와 연결되는 것이다.

그런데 『센과 치히로의 행방불명』은 애니메이션으로는 처음으로 2002년 베를린 영화제에서 최우수 작품상을 수상했다. 이 글의 관심과 관련해 그것보다 더욱 중요한 사실은 『센과 치히로의 행방불명』이 일본에서 상영될 때 2,000만 명이 넘는 관객으로 그때까지 관객 동원의 최고 기록을 세웠다는 것이다. 한국에서도 관객들의 호응은 마찬가지여서, 개봉되었을 때 200만 명이 넘는 관객들이 극장을 찾았다. 관객 1,000만 명이 넘는 초히트작도 나오는 근래 한국 영화계에서 200만 명은 그리 많지 않은 관객 수로 느껴질 수도 있다. 하지만 한국에서 가장 성공한 애니메이션의 관객 수가 『슈렉 2』의 300만 명이었다는 것과 『센과 치히로의 행방불명』이 일본 애니메이션임을 고려할 때, 200만 명은 결코 만만치 않은 숫자라고 할 수 있다. 특히 간과해서는 안 될 것은 관객의 많은 수가 어린이들이었다는 점이다.

보고 나서 무슨 내용인지 알기도 힘든 영화가 많은 관객들에게 호응을 받았다는 사실. 언뜻 이러한 두 가지 상반된 내용의 결합은 의아하게 받아들여질 수도 있다. 실제 호응의 크기를 고려할 때 그것이 그전부터 존재해 왔던 미야자키 애니메이션의 매니아들로부터 비롯된 것이라고 보기도 힘들다. 또 관객의 많은 수가 어린이라는 점에서 다른 이유 때문에 이해하기 어려운 영화를 기꺼이 참고 견딘 관객이라고 하기도 어려울 것이다. 사실 『이웃집 토토로』, 『바람계곡의 나우시카』, 『모노노케 히메』 등 미야자키의 애니메이션은 디즈니나 드

---

1) 김재범, 「미리보는 미야자키 하야오 신작 『센과 치히로의 행방불명』」, 『시네』21, 2001.08.17.

림워크의 애니메이션처럼 쉽고 재미있다고 하기는 힘들다. 『센과 치히로의 행방불명』 역시 난해함이 더했으면 더했지 덜하다고는 할 수 없다. 게다가 게임을 바로 옮겨놓은 듯한 3D 애니메이션에 익숙한 요즘 아이들에게 거의 대부분이 고전적인 셀 애니메이션인 『센과 치히로의 행방불명』은 고색창연한 느낌마저 들었을 것이다. 그런데도 『센과 치히로의 행방불명』이 그토록 큰 호응을 받았던 것은 무엇 때문일까?

이러한 질문에 대답하기란 그리 쉬운 일이 아니다. 하지만 간단하게 답할 수도 있다. 『센과 치히로의 행방불명』이 호응에 걸맞는 매력을 지니고 있었기 때문이라는 대답이 그것이다. 그리고 그 매력은 '디즈니는 부모들이 좋아하는 영화를 만들고 미야자키는 아이들이 좋아하는 영화를 만든다'는 한 프랑스 만화가의 언급처럼 아이들이 지닌 흥미나 매혹이라는 코드에 연결되어 있을 가능성이 크다. 이 글은 이러한 점을 고려해 『센과 치히로의 행방불명』과 아이들을 연결시켜주는 주된 코드의 하나로 상징 체계에 주목하고자 한다. 베텔하임(Betterheim)은 민담에 관해 언급하면서 민담이 오랜 기간 사람들의 관심을 끌 수 있었던 이유에 대해 이야기한다. 민담의 표면적인 줄거리 밑에는 복잡하고 대부분 무의식적인 내용의 소용돌이가 숨어 있는데, 표면적인 단순성과 심층적인 복잡성 사이의 대조가 민담의 재미를 불러일으키며 수세기 동안 수백만 사람들을 매료시켜 왔다는 것이다. 그리고 표면적인 줄거리나 단순성 밑에 자리한 심층적·무의식적 의미, 곧 표면적인 의미와 심층적인 의미의 교차는 상징 체계를 통해 나타난다고 했다.[2] 이러한 언급은 미야자키의 애니메이션, 특히

---

2) Bruno Betterheim, 김옥순·주옥 역, 『옛이야기의 매력』, 시공사, 1998, 384~396

『센과 치히로의 행방불명』과 관련해 시사하는 바가 크다. 실제『센과 치히로의 행방불명』에는 많은 상징적인 요소들이 삽입되어 있고, 그 것이 난해함과 많은 관심이라는 모순을 해명할 수 있는 열쇠가 될 수 도 있기 때문이다.

　이 글은『센과 치히로의 행방불명』에서 나타나는 상징적인 요소를 통해 작품이 지니는 의미를 구명하고자 한다. 이를 위해 먼저 치히로 의 모험을 따라가 보려 한다. 다른 모험과는 달리 치히로의 그것은 모험이라는 용어에 걸맞지 않는 것일지도 모른다. 하지만 이 글은 치 히로의 뒤를 열심히 좇아가면서 쉽게 이해할 수 없는 곳에서는 잠깐 잠깐씩 발걸음을 멈추려 한다. 그리고 상징 체계의 도움을 빌려 그것 이 무엇을 의미하는지 생각해 보고자 한다. 이러한 과정을 통해 모험 이 끝날 무렵에는 치히로의 모험을 통해 미야자키가 하고자 했던 말 이 무엇이었는지 궁구해 볼 것이다. 그리고 마지막으로 한국과 일본 이라는 관계항 속에서『센과 치히로의 행방불명』이라는 애니메이션 이 지니는 의미에 대해 생각해 보고자 한다. 이러한 작업은 난해함과 큰 호응이라는『센과 치히로의 행방불명』이 지닌 아이러니를 해명하 는 길이자 미야자키 하야오의 애니메이션을 제대로 이해하는 도정이 기도 할 것이다.

2. 치히로의 모험, 그 낯섦과 낯익음

　'처음 받은 꽃다발이 이별의 꽃다발이라니, 정말 슬퍼…….'
　아빠가 운전하는 차의 뒷자리에 반쯤 누운 치히로(千尋), 시큰둥한

면 참조.

표정으로 친구에게 받은 꽃다발을 바라보며 되뇐다. 아빠, 엄마와 함께 새로 이사한 집을 찾아가는 중이다. 치히로와 처음 대면한 관객들은 낯섦과 낯익음을 동시에 느낄 수 있다. 낯섦은 다른 미야자키 애니메이션의 주인공과의 비교에서이다. 나른한 얼굴에 빼빼 마른 팔과 다리, 계속되는 짜증. '라나'나 '시타', '나우시카' 등 미야자키의 다른 히로인들과는 어딘지 많이 다르다. 똑같이 이사를 가는 장면으로 시작되면서도 『센과 치히로의 행방불명』이 『이웃집 토토로』의 분위기와 전혀 다른 것 역시 여기에 기인하는 바 크다. 그렇다면 낯익음은? 이건 조금 뒤에 이야기하도록 하자.

길을 잘못 들어 비포장 도로를 달리던 자동차는 어두운 터널까지 맞닥뜨리게 된다. 아빠, 엄마는 석상이 가로막고 선 어두운 터널에 호기심을 느껴 안으로 들어가 보려 한다. 관객들의 호기심 역시 아빠, 엄마 못지 않다. 대개 동굴은 다른 세계로 들어가는 입구라는 것을, 그래서 모험이 시작될 것이라는 점을 직감하고 있기 때문이다.[3] 『이웃집 토토로』에서 메이 역시 나무넝쿨로 된 동굴로 작은 토토로를 좇아가다가 새로운 세계와 접하게 된다. 그런데 치히로는 무언가 내키지 않는다. 빨리 돌아가자고 몇 번이고 칭얼대다가 어쩔 수 없이 아빠, 엄마를 따라 터널 안으로 들어간다. 이렇게 해 치히로는 원하지 않는, 준비되지 않은 모험을 떠나게 된다.

터널 건너편의 세계는 치히로의 예상을 크게 벗어나지 않는다. 황량한 들판에 오래 전 문을 닫은 듯한 가게와 식당들만이 눈에 띈다.

---

3) 동굴은 다른 세계로 들어가는 입구를 상징한다. 그래서 동굴을 통과하는 것은 하나의 존재 차원에서 다른 존재 차원으로, 현세에서 내세 혹은 초월 세계로의 이행을 의미한다.
   J. C. Cooper, 이윤기 역, 『세계문화상징사전』, 까치, 1994, 56·106·264면.

치히로의 아빠는 테마파크였을 거라고 외치지만 오히려 '유원지(遊園地)'라는 잊혀진 이름에 더욱 걸맞을 듯한 곳이다.[4] 내키지 않는 발걸음이 치히로를 인도한 곳은 '유야(油屋)'라는 간판을 내건 큰 목욕탕이다. 목욕탕으로 가는 다리 난간에서 기차가 지나가던 모습을 보던 치히로는 하얀 얼굴에 하얀 옷을 입은 소년을 만난다. 하쿠다.

> 치히로: (하쿠를 쳐다보며) 아……?
> 하쿠: 여기 들어오면 안 돼! 어서 돌아가!
> 치히로: 어……?
> 하쿠: 이제 곧 밤이 될 거야. 어두워지기 전에 어서 돌아가! 벌써 불이 켜진다. 서둘러!
> 치히로: …….
> 하쿠: 내가 시간을 끌 테니까 무조건 강으로 뛰어!

하쿠는 치히로에게 유야에 들어오면 안 된다고, 어두워지기 전에 돌아가라고 겁을 준다. 하지만 치히로는 어쩔 수가 없다. 주인 없는 식당에서 게걸스럽게 음식을 먹어대던 아빠, 엄마는 돼지로 변했고 왔던 길은 찰랑대는 물결에 잠겨버렸다. 그리고 날이 저물자 어두운 그림자를 지닌 정령(精靈)들이 하나, 둘씩 모습을 드러낸다. 도대체 여기는 어디일까? 치히로는 어떻게 아빠, 엄마를 만나 현실의 세계로 돌아갈 수 있을까?

치히로는 망연자실 쭈그리고 앉아 자신에게 일어난 일을 받아들이

---

4) 실제 터널의 건너편은 테마파크가 있었던 곳이 아니라 목욕탕인 '유야'를 중심으로 한 유흥가가 있었던 곳으로 보인다. 그것은 터널이 시작되는 건물 위에 있는 간판에도 '유야'라고 되어 있는 것을 통해 알 수 있다. 결국 터널은 '유야'라는 또다른 세계로 이어지는 통로라고 할 수 있다.

지 못한다. 그리고 모든 게 꿈이라고 전부 사라지라고 중얼거린다. 그러자 오히려 자신의 몸이 조금씩 사라지게 되고 치히로는 두려움에 떨며 눈물을 흘린다. 그때 다시 나타난 하쿠는 치히로를 안심시키고 환약을 먹여 몸이 사라지는 것을 막는다. 그리고는 여기서는 일을 하지 않으면 동물이 된다고 하고는 유야에서 일을 할 수 있는 방법을 가르쳐 준다. 유야의 주인인 '유바바(湯婆婆)'는 목욕탕에서 일을 하고 싶다는 치히로를 귀찮게 여기지만 그녀의 말을 거부하지는 못해 '치히로'라는 이름을 '센'으로 바꾼 후 일을 하게 허락한다.

유야는 8백 만이나 되는 정령들이 상처를 치유하거나 피로를 풀러 오는 곳이다. 그런데 그런 곳이라고 하기에는 유야는 무언가 이상하다. 입구에 있는 '회춘(回春)'이라는 글자에서부터 붉은 색을 주조로 한 화려한 색깔과 회전식 복도는 언뜻 환락가를 연상시킨다. 유야를 찾는 정령들도 목욕을 하기 위해서는 하나같이 돈을 내고 종업원들 역시 조금이라도 많은 돈을 벌기 위해 혈안이 되어 있다. 이렇듯 유야는 정령들의 휴식처와는 거리가 먼 것 같지만 한편으로는 그리 낯선 곳만도 아니다.

유야에서 일하게 된 치히로는 특별한 두 손님을 맞는다. 하나는 '오물신'이고 다른 하나는 '가오나시'이다. 오물신은 유바바의 명령으로, 가오나시는 자신의 실수로 관계를 맺게 된다. 멀리서도 상점의 문을 닫게 할 만큼 엄청난 악취를 풍기는 오물신은 종업원들의 제지에도 불구하고 유야에 들어선다. 모두가 꺼려하는 손님을 맡아 목욕을 거들던 치히로는 오물신의 몸에 무언가 삐죽한 것이 단단히 박혀있는 것을 발견한다. 유바바와 다른 종업원들의 도움으로 뽑아낸 그것은 자전거의 핸들 부분이었다. 그것을 뽑아낸 순간 오물신의 몸 속에서는 악취의 원인이었던 온갖 쓰레기와 폐수가 쏟아져 나온다. 사실 그 정령은 오물신이 아니라 강의 정령이었던 것이었다. 몸 속에서 쓰레기와 폐수를 뿜어낸 강의 정령은 큰 한숨과 함께 고맙다는 말을 마치고 용이 되어 밤하늘로 사라진다.

가오나시는 유야에 출입이 금지된 정령이다. 목욕탕 주위를 맴돌던 가오나시는 손님으로 착각한 치히로 덕분에 유야에 들어가게 된다. 어떻게든 자신의 관심을 표현해 보려던 가오나시는 치히로에게 많은 사금을 건네려 한다. 강의 정령이 사례로 남기고 간 사금에 흥분하던 종업원들을 보고 배운 것이었다. 그런데 치히로가 사금을 갖고 싶지 않다고 거절하자 가오나시는 무서운 요괴로 돌변한다. 그리고는 3명의 종업원을 삼켜버리는 등 삽시간에 유야를 난장판으로 만든다. 다친 하쿠를 구하기 위해 유야의 이곳저곳을 다니던 치히로는 유바바의 부름을 받고 다시 가오나시 앞에 서게 된다.

> 가오나시: (그래도 덜 흐트러진 요리를 내밀며 말한다) 이거, 먹겠느냐? 아주 맛있단다!
>
> 치히로: …….
>
> 가오나시: 황금을 줄까? 너 말고는……, 아무도 주지 않기로 했단다!
>
> 치히로: …….
>
> 가오나시: (조금씩 다가 오며) 이리 오렴! 갖고 싶은 게 뭐냐? 말해보거라!
>
> 치히로: 넌 어디에서 왔니? 미안하지만 난 지금 급히 가야할 데가 있어!
>
> 가오나시: 으…. 으….
>
> 치히로: 어쨌든 넌 왔던 데로 돌아가는 게 좋을 거야. **내가 갖고 싶은 건, 절대 너한테서 나올 수 없으니까.**
>
> 가오나시: (목을 움찔 넣으며) 아…. 아….

치히로: 집은 어디야? 너도 엄마, 아빠가 있을 거잖아.
가오나시: 싫어…. 싫어….
(강조는 인용자)

모든 종업원들이 두려워하는 가오나시의 회유와 협박에도 치히로는 자신의 생각을 똑똑히 말한다. 네가 온 데로 돌아가라고, 내가 원하는 건 절대 너한테서 나올 수 없다고. 여기에서 알 수 있듯 이미 치히로는 예전에 어찌 할 바를 모르고 쭈그리고 앉아 모든 것이 꿈이었으면 좋겠다고 되뇌던 소녀가 아니다. 하지만 이것만으로는 부족하다. 아빠, 엄마를 다시 만날 수 있게 되기에는, 또 다시 현실의 세계로 돌아가기에는.

비가 그친 다음날 치히로는 유야 앞이 바다로 변한 모습을 보다가 멀리서 하얀 용이 날아오는 것을 발견한다. 수많은 종이새(히토가타, 재앙을 쫓는 종이인형)에게 쫓기며 사투를 벌이는 용을 보고는 용이 하쿠임을 직감한다. 하쿠가 유바바의 명령으로 유바바의 언니 제니바(錢婆)의 도장을 훔쳐 나오다가 위기에 처한 것이었다. 하쿠는 치히로의 도움으로 목숨을 구하지만 그것도 잠깐뿐, 그 도장에는 도장을 훔쳐간 자가 죽는 마법이 걸려있었다. 치히로는 하쿠를 살리기 위해 제니바를 찾아가 도장을 돌려주고 용서를 빈다. 하지만 제니바는 그런 일은 스스로가 직접 하는 것이 이 세계의 규칙이라고 말해준다. 치히로는 마중 나온 하쿠와 같이 날아가다가 문득 생각난 듯 이야기한다.

치히로: 하쿠! 생각났어. 너무 오랜 전에 들은 얘기라서, 그 동안 까맣게 잊고 있었는데…….

> 하쿠: …….
> 치히로: 나 지금보다 한참 어렸을 때 강에 빠진 적이 있었대.
> ……(중 략)……
> 치히로: 그 강의 이름은……, 그 강의 이름은…… 고하쿠 강!
> 하쿠: …….
> 치히로: 네 진짜 이름은……, 고하쿠야!
> (공중에서 용의 비늘이 떨어지며 용이 하쿠로 변한다. 하쿠는 치히로의 손을 잡고 밝은 얼굴로 다가온다.)
> 하쿠: 치히로! 고마워. 내 진짜 이름은……, 니기하야미 고하쿠누시야.

치히로는 어릴 적 강에 빠졌던 기억을 되살려 하쿠의 잊혀졌던 이름을 되찾아준다. 고하쿠라는 이름을 되찾는 것과 함께 하쿠의 몸은 용에서 사람으로 바뀐다. 하쿠와 함께 유바바에게 돌아온 치히로는 인간 세계로 돌아가기 위한 마지막 시험을 보게 된다. 12마리의 돼지 중에서 아빠와 엄마를 찾아내는 것이었다. 12마리의 돼지 모두 아빠, 엄마가 아니라는 답을 통해 시험을 통과한 치히로는 다시 아빠, 엄마를 만나 터널을 건너오게 된다.

이렇게 해서 치히로는 힘든 여정을 마치고 다시 인간 세계로 돌아오게 된다. 그런데 아빠, 엄마는 아무것도 기억을 하지 못하고 터널을 건너올 때와 똑같은 말을 되풀이한다. 이삿짐센터에서 벌써 짐을 도착했을 거라고, 넘어지지 않게 조심하라고. 나뭇잎으로 뒤덮인 자동차만이 그동안 많은 시간을 흘러갔음을 말해줄 뿐 무엇 하나 변한 것이 없다. 모험을 계기로 해 많은 변화를 겪게 되는 다른 모험 이야기와는 무언가 다르다. 특히 모험이 끝나고 난 후에도 왜 아빠, 엄마는 돼지로 변했었는지, 왜 유야에서는 일을 하지 않으면 동물이 되는지,

하쿠가 훔쳐온 제니바의 도장은 무엇인지 하는 의문은 해결되지 않는다. 과연 치히로의 모험은, 나아가 『센과 치히로의 행방불명』은 무엇을 말하고자 했을까?

3. 상징 체계와 그 의미

먼저 치히로의 낯익음으로부터 의문에 접근해 보자. 치히로는 미야자키의 다른 주인공들과는 다르다. 시큰둥한 표정에 삐쩍 마른 다리와 팔, 익숙하지 않은 길을 가기를 망설이는 모습 등. 하지만 그리 낯설지는 않은 모습이다. 그건 치히로가 작가의 말대로 "많은 것에 둘러싸여 보호받으며, 그러면서도 소외된 채로 살아가는, 그리고 산다는 느낌조차 막연한"5) 요즘의 일반적인 아이들을 상징하고 있기 때문이다. 곧 치히로는 어느 집에서 볼 수 있는 열 살 자리 꼬마아이다. 가정이라는 울타리 속에서 끝없는 사랑을 받으며 또 그러면서도 늘 투정을 부리는. 치히로의 낯익음은 여기에 기인한다.

그런데 치히로의 투정은 계속될 수 없다. 이미 터널은 건너온데다 아빠, 엄마는 돼지로 변했기 때문이다. 그리고 스스로 일하고 싶다고 해 치히로가 아닌 센이 되었기 때문이다. 여기에서 치히로가 일하는 유야도 다시 한 번 생각해 볼 필요가 있다. 정령들의 휴식처라는 역할과는 어울리지 않게 유야를 지배하는 논리는 돈, 곧 자본이다. 정령들은 돈을 치르고 목욕을 하며, 종업원들은 돈을 벌기 위해 혈안이 되어 있다. 이러한 점은 유야의 꼭지점에 위치한 –실제 방도 가장 높

---

5) 「미야자키 하야오가 말하는 '이 영화가 노리는 점'」, 『시네21』, 한겨레신문사, 2001.8.17.

은 층의 가장 안쪽에 놓인, 유바바에게 역시 조금도 다르지 않다. 콘티에 유바바의 방은 "일본 환락가의 정점, 화려하고 현란한 양식, 뒤범벅된 동아시아 스타일"[6]로 되어 있는 것 역시 이와 연결된다고 할 수 있다. 이렇게 볼 때 유야는 정령들의 휴식처로 설정되었음에도 불구하고 실제 그것은 현실 세계를 상징하고 있다. 특히 자본이라는 논리가 적나라하게 통용되는 현실의 벌거벗은 모습을.

여기에서 치히로의 모험이 환상의 세계를 빌려 현실의 세계를 말하고자 했음을 알 수 있다. 치히로는 처음으로 현실과 직면하게 된 것이다. 어쩌면 원하지 않았던 세계에 내던져진 것인지도 모른다. 그런데 대부분의 아이들에게 현실은 이런 식으로 다가온다. 혹시 그들의 속성이 순수하고 착해 냉엄한 현실로부터 보호해야 한다고 생각하는 부모들도 있을지 모른다. 아니 많을 것이다. 『센과 치히로의 행방불명』에서 이런 아이와 부모의 관계를 상징하는 것이 보와 유바바이다. 보는 커다란 덩치를 하고는 밖에는 나쁜 병균이 무지무지 많아 병에 걸린다는 유바바의 말에 방안에서만 뒹굴거리고 있다. 하지만 유바바의 노력은 다른 부모들의 그것처럼 무의미한 것으로 아이들에게 현실 본래의 모습을 깨달을 기회를 빼앗을 뿐이다. 제니바가 생쥐로 변한 보에게 마법이 풀렸는데 다시 원래의 모습으로 돌아가려는지 물으니 고개를 젓는 보의 모습은 이와 잘 나타낸다.

치히로 역시 처음 터널 건너편의 다른 세계에 내던져졌을 때 쭈그리고 앉아 어쩔 줄을 모른다. 그저 이건 꿈이라고 모두 사라져버리라고 되뇔 뿐이다. 시큰둥한 표정으로 투정을 부리던 치히로가 보일 수

---

6) 여기서는 키리도시 리사쿠(切通理作)의 「프레임을 넘어선 표현을」(남도현 역, 『미야자키하야오論』, 열음사, 2002.), 407면에서 재인용.

있는 자연스러운 반응이다. 하지만 치히로는 곧 그것이 꿈이 아니라는 것을 알게 된다. 그리고 돼지로 변한 아빠, 엄마를 만나 다시 현실 세계로 돌아가기 위해서는 그곳에서 버텨야 한다는 것 역시 깨닫는다. 그리고 유야에서 일을 하면서 "치히로는 자신도 알지 못했던 적응력과 인내력을 발휘하게 되고, 과감한 판단과 대담한 행동을 할 수 있는 능력이 자신에게 있다는 사실을 깨닫게 된다."7) 그리고 이러한 변화는 어른들은 여전히 믿지 못하지만 지금 시큰둥한 표정으로 투정을 부리는 아이들 누구에게도 가능하다. 여기에서 한 가지 환기할 수 있는 장면은 치히로의 아빠, 엄마가 돼지로 변하는 그것이다. 아빠, 엄마는 주인 없는 식당에서 게걸스럽게 음식을 먹다가 돼지로 변한다. 『센과 치히로의 행방불명』에 등장하는 다른 먹는 행위들이 상징하듯 아빠, 엄마가 끊임없이 먹는 행위 역시 제어되지 않는 욕망의 충족을 상징한다. 돼지로 변한 것은 그 결과이다. 사실 이는 자본의 논리가 통용되는 현실 세계 속에서 대개의 어른들이 보이는 모습이기도 하다. 그리고 치히로가 돼지로 변한 아빠, 엄마와 대화가 불가능해졌듯이 현실 속의 아이들 역시 현실의 논리에 사로잡혀 있는 어른들과 더 이상 의사소통을 할 수 없다. 이와 관련해 유바바가 제니바의 마법에 의해 생쥐로 바뀐 보를 보고 그 더럽고 징그러운 생쥐는 뭐냐고 물어보는 장면은 상징하는 바가 크다. 또 하쿠가 유바바에게 가장 소중한 게 바뀌었는데 모르겠냐고 했을 때도 제일 먼저 확인한 것이 가오나시로부터 받은 사금이라는 것 역시 이와 관련된다.

　치히로는 유야에서 두 명의 특별한 손님을 경험한다. 나중에 강의

---

7) 「미야자키 하야오가 말하는 '이 영화가 노리는 점'」, 『시네21』, 한겨레신문사, 2001.8.17.

정령으로 밝혀진 오물신과 가오나시가 그들인데, 이 두 명의 특별한
손님은 무엇을 상징하고 있을까? 강의 정령은 처음 등장했을 때 유야
의 모든 종업원들로부터 오물신으로 오해받는다. 그건 유바바에게서
도 마찬가지였다. 온몸을 감싸고 있는 질척한 오물과 몇 킬로 밖에까
지 진동하는 썩은 냄새 때문이었다. 그렇다면 강의 정령이 오물신으
로 오해받게 만든 이유에 관해 생각해 볼 필요가 있다. 실제 강은 『센
과 치히로의 행방불명』에 나오는 다른 물과 마찬가지로 생성의 존재,
치유의 존재를 상징한다. 그런데 그런 존재를 오물로 오해받게 한 것
은 다름 아닌 인간이 버린 쓰레기이다. 치히로와 종업원 모두가 힘을
합쳐 몸에 박힌 자전거 핸들을 뽑아내자 강의 정령에게서 차례차례
쏟아져 나오는 덩어리들은 무엇이 오해의 원인인지를 분명히 보여준
다. 여기서 초점이 맞추어진 것은 강을 오물로 만든 것, 곧 강에다 쓰
레기를 버린 것이지만 보다 근원적인 문제는 무엇이 쓰레기를 만들
어 내는가 하는 점이다. 쓰레기를 만들어내는 주범은 과도한 생산과
소비, 또 그것을 야기하는 인간들의 욕망이다. 실제 그것은 축적을 주
된 논리로 하는 자본의 세계에서 피할 수 없는 것이기도 하다. 『센과
치히로의 행방불명』에서는 자전거 핸들을 뽑아내자 시원하다는 느낌
을 들 정도로 오물들이 쏟아져 나오고 강의 정령은 고맙다는 말과 함
께 용이 되어 힘차게 하늘로 날아 오른다.[8] 하지만 현실에서 오물이
시원하게 제거되어 맑은 강물이 힘차게 흐르는 것은 어쩐 일인지 요
원하게만 느껴진다.

　여기에서 오물신이 『이웃집 토토로』, 『바람 계곡의 나우시카』, 『모

---

8) 실제 콘티에는 오물신에서 오물이 쏟아져 나오는 것을 '변비가 해소되는 듯한 느
　낌으로 튀어나옴'이라고 되어있다고 한다.
　여기서는 키리도시 리사쿠(切通理作)의 앞의 글 411면에서 재인용.

노노케 히메』등 이전 작품에서부터 지녀온 미야자키의 관심사와 연결되어 있음을 알 수 있다. 그것은 바로 자연과 인간의 공생 혹은 상생의 문제이다. 잠깐 감독의 말에 귀를 기울여 보자.

> 우리의 삶은 현실의 균열 속에 존재하고 있습니다. 가치관이나 생활 방식, 사물을 받아들이는 방법, 생태계를 운운하는 것 모두 그렇습니다. 예를 들어 역사를 말할 때, 자연사를 빼놓는 것은 넌센스입니다. 중국사를 볼 때 흔히 있는 일이지만, 중국사를 인간사라고 착각하는 사람들이 있습니다. 자연사를 무시했기 때문에, 인간사만이 남은 거죠. 사실 한(韓) 시대에 자연사는 이미 끝나 버렸습니다. 그러니 전혀 다른 세계로 착각하는 것은 어쩌면 당연한 일인지도 모릅니다.9)

어쩌면 미야자키의 애니메이션 작업은 전혀 다른 세계로 착각하는 자연과 인간을 하나의 공간 속에 위치키고 이미 끝났다고 언급했던 자연사를 인간사와 함께 다루려는 고투인지도 모른다. 그리고 『모노노케 히메』결말 부분에서 아시타카의 입을 빌려 '그래도 살아야 한다'고 했던 것은 자연과 인간의 관계에 대한 감독 나름의 의지라고 할 수 있다.

『센과 치히로의 행방불명』에서 치히로가 맞은 또 하나의 특별한 손님은 가오나시다. 가오나시는 우리들 속에 가오나시가 있다는 미야자키 자신의 말처럼 하나의 존재라기보다는 우리 속에 있는 어떤 속성을 상징하는 것으로 보인다. 가오나시라는 이름은 '얼굴이 없다(か

---

9) 인터뷰 「미야자키 하야오에게 듣는다」(이나바 신이치로, 정윤아 역, 『미야자키 하야오의 나우시카를 읽는다』, 미컴, 1999.), 191면.

おなし)'는 뜻이다. 가오나시는 얼굴만 없는 것이 아니라 목소리도, 말도 없다. 그래서 자신의 의사나 감정을 표현하지 못하고 유야 주위를 맴돌기만 한다. '아…,아…'라는 소리만을 내는데 그 소리는 어쩐지 슬프고 애절하다. 아마 치히로의 실수가 없었다면 목욕탕 주위를 맴돌다가 그냥 돌아갔을지도 모른다. 그런데 가오나시는 치히로가 비를 맞고 서 있지 말라고 열어놓은 문을 통해 유야로 들어온 후 치히로의 친절에 답례를 하고 싶어한다. 고맙다는 자신의 마음을 표현하려 하는데 그 방법이 무척이나 서툴다. 열한 개나 되는 약탕을 사용할 수 있는 표찰을 건네주기도 하고, 사금 덩이를 주려고도 한다. 자신의 성의를 치히로가 거절하자 무서운 요괴가 되어 미쳐 날뛰기도 한다.[10)

가오나시 역시 생소하면서도 낯설지 않은 존재이다. 외로움에 지쳐 소통을 갈구하면서도 쉽게 마음을 열지 못하는 우리들의 모습이기 때문이다. 그리고 제대로 된 소통이 단절되었을 때 우리가 쉽게 찾는 방법 역시 가오나시에게서 발견할 수 있다. 맛있는 음식을 꾸역꾸역 먹어대는 모습이나 사금으로 종업원들을 현혹시키는 데서 드러나듯 그것은 자신이나 타인의 속물화된 욕망을 끊임없이 충족시키는 것이다. 이는 유야에서 벌어지는 질펀한 향연과 강의 신이 사례로 남겨놓은 사금에 현혹된 종업원들의 모습을 보고 그것만이 관계를 이루는 모든 것으로 파악한 데 따른 것이다. 하지만 그러한 욕망을 매개로 한 관계는 '내가 갖고 싶은 건 절대 너한테서 나올 수 없다'는 치히로의 말 한마디에 외롭다는 자신의 본심을 토로하고 마는 가오나시를

---

10) 시미즈 마사시는 가오나시를 현대인의 날카로운 풍자로 본다. 현대인은 모두 얼굴은 가지고 있으나 실제 본래의 얼굴을 잃고 있다는 것이다. 또 얼굴뿐 아니라 언어마저 잃고 어디서 와서 어디로 가야할 지를 상실한 존재라고 한다.
시미즈 마사시, 이은주 역, 『미야자키 하야오 세계로의 초대』, 좋은책만들기, 2004, 146~152면.

통해 그 허위성을 드러내고 만다. 그건 우리들의 관계에서도 마찬가지다. 속물화된 욕망의 충족만으로는 외로움이 사라지진 않는다. 또그것만으로는 얼굴을 되찾을 수도, 목소리나 말을 되찾을 수도 없다.

이렇듯 치히로는 강의 정령을 오물로부터 구해내고 가오나시의 그릇된 욕망을 일깨워준다. 그리고 그러한 과정을 통해 얕은 개울이나평범한 계단조차도 제대로 건너거나 내려가지 못했던 치히로는 스스로의 목소리를 분명히 낼 줄 아는 아이로 바뀌어 간다. 하지만 내 던져진 세계에서 자신의 역할을 하는 것만으로 다시 인간 세계로 돌아갈 수는 없다. 치히로가 다시 아빠, 엄마와 함께 인간 세계로 돌아오는 것은 하쿠의 이름을 되찾아주는 과정을 겪고 나서이다. 사실 치히로가 하쿠를 살리기 위해 제니바를 찾아간 것은 하쿠 역시 자신을 구해줬기 때문이다. 하쿠는 낯선 세계에서 어찌할 바를 모르는 치히로에게 용기를 불어넣고 또 유야에서 일을 하게 도와주기도 한다. 하지만 하쿠가 치히로를 구해준 것의 다음과 같은 조언을 통해서이다.

> (치히로가 친구에게 받은 카드를 보며 혼잣말을 한다)
> 치히로: 치·히·로?
> 하쿠: …….
> 치히로: 치히로라면……, 아! 이건 내 이름이야!
> 하쿠: 유바바는 상대의 이름을 빼앗아 지배하는 마녀지.
> 치히로: …….
> 하쿠: 항상 센으로 행동하되……, 네 진짜 이름을 잊어서는 안돼!
> 치히로: 나도 뺏기기 시작했나봐. 어느새 센이 되고 있었어.
> 하쿠: **이름을 뺏기면, 원래 세계로 돌아가는 길을 잊어버려. 난**
> **아무리 생각해도 기억이 나질 않아.**
> (강조는 인용자)

하쿠는 치히로에게 이름을 뺏기면 인간 세계로 돌아가는 길을 잊게 되니 진짜 이름을 잊지 말라고 한다. 이렇듯 '이름을 잊지 않는 것', '이름을 되찾는 것'은 『센과 치히로의 행방불명』에서 중요한 상징으로 사용되고 있다. 그런데 이름을 잊지 않다는 것은 무엇을 의미하는 것일까?

이 문제에 제대로 접근하기 위해서는 유바바에 의해 치히로라는 이름이 센으로 바뀌는 장면을 다시 한 번 떠올려 볼 필요가 있다. 유바바는 '荻野千尋(오기노 치히로)'라는 이름이 거창하다고 하고 '荻野千尋' 중 '荻', '野', '尋' 세 글자를 빼앗아 간 후 '千'만으로 '센'이라는 이름을 붙여준다. 여기에서도 익숙한 논리 하나를 발견할 수 있다. 그것은 어떤 것을 부르기 편하고 듣기 쉬운 기호로 규정하는 음성중심주의다. 그런데 그 편함과 쉬움은 존재를 대상화하는 과정을 통해서만 이루어진다. 이를 통해 모든 존재는 그 본원적 의미를 상실하고 도구적인 의미만을 지니게 된다. 또 이와 맞물려 인간들 역시 다른 인간들로부터, 모든 생명체들로부터, 그리고 스스로부터 소외되고 만다. 실제 이러한 음성중심주의는 인간중심주의의 또 다른 이름이자 근대의 기저를 이루는 논리로 작용해 왔다.[11]

앞서 살펴보았던 유야를 지배하는 돈의 논리 역시 여기에 그 연원을 두고 있다. 여기에서 이름을 잊지 않는다는 언급 역시 그 온전한 의미를 획득할 수 있다. 이름을 잊지 않는다는 것은 돈이 지배하는,

---

11) 가라타니 고진은 일본의 언문일치 운동을 구어와 문어의 일치가 아니라 문어의 개혁으로 파악한다. 실제 그것은 서구의 우월성에 기반한 음성문자의 경제성·직접성·민주성 강조를 통해, 문자는 음성을 위해 쓰여져야 한다는 구어에 대한 강조로 이어졌다고 한다. 또 이러한 음성중심주의를 이성중심주의, 남성중심주의, 인간중심주의와 이어진 것으로 파악한다.
柄谷行人, 박유하 역, 『일본근대문학의 기원』, 민음사, 1997, 62~69면 참조.

근대의 논리가 지배하는 세계에서도 잃지 않아야 할 근원이자 그것을 벗어날 수 있는 가능성이기 때문이다. 『센과 치히로의 행방불명』에는 이름을 잊은 결과 역시 잘 드러나 있다. 치히로가 애타게 불러도 돼지로 변해 밥을 실컷 먹고 자고 있는 아빠, 엄마의 모습이 그것이다. 또 마법사가 되겠다는 욕망에 유바바에게 이름을 빼앗기고 조금씩 창백한 얼굴과 날카로운 눈초리를 갖게 된 하쿠 역시 그렇다. 그리고 돼지로 변한 아빠, 엄마의 모습이나 창백하고 날카롭게 변해가는 하쿠의 얼굴은 우리들 자신의 그것이기도 하다.

또 하나 간과할 수 없는 문제는 앞서 언급했듯이 『센과 치히로의 행방불명』에서 치히로의 모험이 끝나고 나서도 여전히 해결되지 않는 문제들이 많다는 점이다. 그리고 이는 영화 속에서 모든 문제들이 해결되는 할리우드 영화에 익숙한 관객들에게 불편함을 느끼게 만드는 이유의 하나이다. 하지만 이는 미야자키의 다른 애니메이션에서와 마찬가지로 감독이 의도한 바이기도 하다. 실제 이야기의 앞뒤가 딱 맞고 그 속에서 모든 문제가 해결되는 것은 철저하게 준비된 결과로만 가능한 것이다. 그 주된 원리는 이야기 속에서 원인과 결과를 연결시키고, 결과가 다시 다른 결과의 원인으로 작용하는 인과율의 그것이다. 인과의 사슬을 통해 연결된 사건들은 중복이 없는 긴밀한 위계를 이루게 되며, 이를 통해 사건들은 불합리하지도 신비롭지도 않으며 분명하고 친숙한 것이 된다. 일련의 지속적인 사건들은 하나의 의미 있는 전체를 구축하게 되고, 이는 삶의 다른 행동이나 과정과 연결되고 나아가 세계의 흐름에 다가간다.[12] 실제 인과율은 원근법

---

12) Barthes R., Lavers A. · Smith C. trans., *WRITING DEGREE ZERO, HILL AND WANG*, 1967, pp.30~31.

과 함께 근대적 시공간을 지배하는 원리이기도 하다. 하지만 인과율 역시 근대와 맞물려 확립된 하나의 질서일 뿐이다. 질서는 사실의 의도적인 억압과 소외를 행하게 된다. 인과율를 구축하기 위해 많은 경험들로부터 몇몇의 행위를 선택하는 것 역시 하나의 억압과 소외라고 할 수 있다. 실제 이야기의 앞뒤가 딱 맞고 그 속에서 모든 문제가 해결되는 것은 다른 가능성의 억압이나 제거를 통해 사건의 비인과적인 연결에 결말이라는 느낌을 부여하는 과정이자 여러 가지 의미가 결합된 애매모호함에 선명한 인상을 각인시키는 작업을 통한 결과라는 것이다. 이렇게 볼 때 치히로의 모험이 끝나고 나서도 여전히 해결되지 않는 문제들은 이러한 작업으로부터 거리를 지니려는 의지의 결과라고 할 수 있다. 치히로의 모험은 시작되었지만 끝나지 않았으며 영원히 계속될지도 모른다. 그건 관객들에게도 마찬가지이다.

4. 한국, 일본, 그리고 미야자키 하야오

흔히 언급되듯이 『센과 치히로의 행방불명』은 치히로의 성장에 관한 이야기라고 할 수도 있다. 하지만 치히로의 모험이 끝나지 않았듯 치히로의 성장 역시 다른 성장 이야기에서와 같이 분명한 것은 아니다. 하지만 분명하진 않더라도 터널을 나올 때의 치히로는 예전의 치히로가 아니다. 치히로는 터널 건너편 세계에서의 경험을 통해 내던져진 현실에서 스스로 버텨야 한다는 것과 그 가운데서 지켜야 하는 것을 알았기 때문이다. 그리고 그 깨달음은 앞으로 치히로가 버텨내야 하는 이 세계를 살아가게 하는 힘이 될 것이기 때문이다. 『센과 치히로의 행방불명』이 분명한 계기를 통해 훌쩍 자라버리는 다른 성장 이야기보다 더욱 의미있게 다가오는 이유는 여기에 있다. 성장은 그렇게 쉽게 이루어지는 것이 아니기 때문이다.

미야자키는 이 애니메이션을 10살 정도 먹은 여자 친구를 위해 만들고 싶었다고 한다. 『센과 치히로의 행방불명』은 분명 감독이 그 정도 나이의 아이들에게 들려주고 싶은 이야기이다. 하지만 『센과 치히로의 행방불명』에는 이전까지 미야자키가 지향해 왔던 많은 메시지들이 녹아들어 있다. 오물신을 통해 드러나는 생태의 문제, 가오나시를 통해 드러나는 소외의 문제, 또 돼지로 변한 아빠, 엄마를 통해 드러나는 욕망의 문제 등. 그 가운데서도 이름을 잊지 말아야 한다는 상징을 통해 제기된 문제는 『바람계곡의 나우시카』나 『모노노케 히메』 등에서 나타난 '그럼에도 불구하고 어떻게 해야하는가' 하는 질문의 연속선상에 있다고 할 수 있다.

그런데 이러한 문제들이 애니메이션이라는 대중예술 장르를 통해 제기되었다는 사실은 많은 점을 시사해 준다. 특히 『센과 치히로의 행방불명』이 그때까지 관객 동원의 최고 기록을 세울 정도로 많은 호응을 받았다는 점에서 더욱 그렇다. 그것은 관객과 같이 호흡을 하면서 스스로 말하고자 하는 바를 전달할 수 있었음을 의미하기 때문이다. 이는 문학 등 흔히 예술의 적자(嫡子)로 파악되어 왔던 존재들이 예전과는 달리 극도의 위축을 보이는 요즘의 상황에 대한 반성의 계기로도 작용할 수 있다. 또 『센과 치히로의 행방불명』의 관객 가운데에는 그렇게 쉽지 않음에도 불구하고 애니메이션에 녹아 있는 상징의 의미를 무의식의 영역에서 받아들인 아이들 역시 많았다는 점 역시 간과해서는 안 될 점이다.

한국에서도 『센과 치히로의 행방불명』은 큰 호응을 얻었다. 특히 『바람계곡의 나우시카』나 『이웃집 토토로』와는 달리 일본과 거의 동시에 개봉되어 많은 관객들을 동원했다는 점에서 그 호응은 이전의 미야자키 매니아층에만 한정되는 호응도 아니었다. 하지만 이러한 큰 호응의 한편에는 『센과 치히로의 행방불명』가 지니는 문제점에 대한 환기 역시 존재했다. 그것은 『센과 치히로의 행방불명』에서 나타나는 '일본적인 것'과도 관련이 되지만 문제의 연원은 한국과 일본의 역사적 경험과 맞닿아 있다. 이는 『바람계곡의 나우시카』나 『이웃집 트토로』가 한국에서 제작된 지 10년 이상이 지나서야 개봉된 것과도 연결되는 것이다. 『센과 치히로의 행방불명』에서 나타나는 '일본적인 것'을 왜색이 짙다는 표현으로 비판하는 것은 차치하더라도 그것을 파시즘과 연결시키는 논의는 보다 엄밀히 짚어볼 필요가 있다.

약 100년 남짓한 시간을 거슬러 올라가 보면 일본이 이후 한국에게 남긴 역사의 상처를 준비하는 과정을 목도할 수 있다. 일본은 서구가 스스로에게 강제했던 오리엔탈리즘을 한국으로 이양해 한국을 부정적 타자로 상정한 후 국가적인 팽창을 거듭해 나갔다. 당시 나름의 모습을 갖추어 가던 일본의 문화는 그 과정을 철저히 외면하며, 오히려 그 외면을 통해 섬세함이나 세밀함으로 집약되는 자신의 특징으로 갖추어 나간다. 가라타니 고진의 말처럼 일본의 근대문화는 "국가주의적 팽창에 대한 저항을 계속하는 대신 그것을 경멸하고 투쟁을 내면적 과격성으로 전환시켰던"[13] 것이다. 그리고 그 반대편에서는 조선을 부정적 타자로 배제시켜 나가는 과정이 소리 없이 확산되어 나갔다. 이렇듯 일본에서 문화라는 것이 파시즘, 더 거슬러 올라가 국가주의를 조형하는 데 주된 역할을 했다는 데서 문화 속에 자리잡은 또 다른 의도를 읽어내는 것은 필요한 작업이라고 할 수 있다.

---

13) 柄谷行人, 앞의 책, 9면.

특히 그들의 파시즘적 욕망에 가장 큰 피해자였던 우리의 입장에서
는 더 말할 나위 없다.

하지만 하나의 작품 속에서 이러한 의도를 읽어내는 것은 보다 조
심스러운 접근이 요구되는 작업이다. 특히 목욕탕을 일본적 정신의
부활의 장소로 파악한다든가, 용의 비늘이 떨어져 하쿠로 변하는 장
면을 사쿠라꽃을 매개로 가마카제와 연결시킨다든가 하는 데서 나타
나듯이 작품의 일부분을 곧바로 파시즘이나 국가주의의 그것으로 연
결시키는 논의는 재고의 여지를 지닌다. 그러한 논의의 심층에는 스
스로가 비판하고자 했던 바로 그 논리의 회로가 작용하고 있기 때문
이다. 정당한 비판을 위해서는 먼저 『센과 치히로의 행방불명』 혹은
다른 작품들에서 미야자키가 하고자 하는 말을 제대로 해명하는 일
이 전제되어야 할 것이다. 실제 그것은 앞서 살펴보았듯이 상징으로
뒤덮여 있는 작품의 많은 부분의 심층적인 의미를 논구하는 것과 맞
물리는 작업이 될 것이다. 물론 『센과 치히로의 행방불명』 역시 많은
한계를 지니고 있다. 특히 치히로와 하쿠의 관계는 사츠키, 메이와 토
토로(『이웃집 토토로』), 아시타카와 산(『모노노케 히메』)의 관계와
비교할 때 많은 부분 아쉬움을 지닌다. 하지만 『센과 치히로의 행방
불명』에서 치히로의 모험을 통해 보여주고자 했던 성장의 의미는 이
러한 아쉬움을 상쇄시키고도 남음이 있다. 특히 모험에서 벗어나는
열쇠, 곧 '이름을 잊지 말아야 한다'는 말의 상징적 의미가 일본을 파
시즘의 도정으로 밀어 넣었던 사고의 출발에 대한 반성과도 맞물려
있다는 점에서 더욱 그렇다. 요컨대 한국과 일본이라는 관계 속에서
『센과 치히로의 행방불명』을 조명해 보는 작업 역시 그 출발은 작품
에 대한 꼼꼼한 읽기와 그것으로부터 얻어지는 작품의 심층적인 의
미의 대한 정당한 해명으로부터 이루어져야 한다는 것이다.

참고문헌

가라타니 고진, 박유하 역, 『일본근대문학의 기원』, 민음사, 1997.

시미즈 마사시, 이은주 역, 『미야자키 하야오 세계로의 초대』, 좋은책만들기, 2004.

이나바 신이치로, 정윤아 역, 『미야자키 하야오의 나우시카를 읽는다』, 미컴, 1999.

키리도시 리사쿠, 『미야자키하야오論』, 열음사, 2002.

Barthes R., Lavers A. · Smith C. trans., WRITING DEGREE ZERO, HILL AND WANG, 1967.

Bruno Betterheim, 김옥순 · 주옥 역, 『옛이야기의 매력』, 시공사, 1998.

J. C. Cooper, 이윤기 역, 『세계문화상징사전』, 까치, 1994.

동아시아에서 한류 소비에 나타난 '아시아 노스탤지어'

백지운*

1. 초국적 문화소비와 욕망의 지역적 버전들

현재 동아시아 지역에서 불고 있는 '한류' 현상은, 근대 이래 유례가 없을 만큼 강력한 파급효과를 띠고 있어 사회 전반의 관심거리다. 90년대 후반부터 '문화연구'가 아카데미즘 안에서 차츰 정식적인 학문분과로 자리잡아 나간 것과 맞물리면서 한류는 학문적 분야에서뿐 아니라[1] 정부기관과 기업의 정책 단위에서도 주요한 관심과 분석의 대상으로 떠오르고 있다.[2] 경제적 부를 산출했다는 점 외에도, 한류는 한국의 이미지를 향상시킴으로써 국제 사회에서 한국의 위상을

---

* 인천문화재단 책임연구원

1) 조한혜정 외, 『'한류'와 아시아의 대중문화』 연세대학교 출판부, 2004, 김현미 외, 『글로벌 시대의 문화번역』 또하나의 문화, 2005. 장수현 외, 『중국은 왜 한류를 수용하나』, 학고방, 2004, 백원담, 『동아시아의 문화선택, 한류』, 팬타그램, 2005, 히라타 유키에, 『한국을 소비하는 일본-한류, 여성, 드라마』 책세상, 2005.

2) IFAC, 『한류의 파급효과와 인천 연계 방안』 인천문화재단, 2006.2, 채지영, 『일본 한류 소비자 연구-한류 마니아와 일반 소비자의 소비 행태를 중심으로』, 한국문화관광정책연구원, 2005. 박재복, 『한류, 글로벌 시대의 문화경쟁력』, 삼성경제연구소, 2005.

끌어 올리는 데 큰 기여를 했다. '겨울 연가'의 주인공 배용준이 2004
년 일본을 방문했을 때 NHK 방송사의 에비사와(海老澤) 회장이 그
에게 '한일 양국의 상호 이해에 공헌했다'는 취지의 감사장을 수여한
것이나, 해외마케팅 역량을 한류에 총집결하겠다는 취지로 문광부와
한국관광공사가 합작하여 '한중우호의 밤'을 중국의 인민대회당에서
열고 거기에 보아와 동방신기, 그리고 '대장금'의 이영애 등을 출연시
킨 것에서 볼 수 있듯이[3], 한류는 이제 국제 사회에서 한국을 대표하
는 문화적 브랜드가 되어 있다.

　최근 들어 부쩍 늘고 있는 한류에 대한 실태조사나 정치적·외교
적 파급 효과에 대한 분석 논문들이 한류가 가지는 파급력이나 효과
를 수치적으로 보여주고 있기는 하지만, 한류라는 문화적 현상의 본
질과 그 내면논리에 대한 설명으로까지 파고들지는 못하는 것으로
보인다. 지금 왜 이 시점에서 '한류'라는 특수한 문화적 현상이 동아
시아 역내에서 일어나고 있는가 하는 점과, 그러한 문화현상의 문면
에 흐르는 내면논리는 무엇인가에 대해 심층적인 분석과 진단을 내
리는 것이 필요하다. 전반적으로 한류를 한국인의 문화적 잠재력의
표출로 보는 낙관론이 팽배한 가운데, 한편에서는 한류가 결국 동아
시아의 거대 자본에 의해 기획되고 조직된 상업주의의 문화적 버전
에 다름 아니며, 한국이 팔고 있는 문화제품은 미국상업문화의 한국
버전에 불과하다는 경계어린 진단도 나오고 있다.[4] 분명, 한류는 90
년대 이래 급속도로 발달한 한국의 경제성장을 기반으로 삼고 있으
며, 중국의 개방화로 인해 대중문화시장의 갑작스런 확장과 일본 대

---

3) Korean Wave 2004 in Beijing. <국정브리핑, 2004.7.19>
4) 백원담, 앞의 책, 9쪽. 조한혜정, 「글로벌 지각 변동의 징후로 읽는 한류열풍」 조
　한혜정 외, 앞의 책, 35쪽.

중문화의 상대적인 정체를 기화로, 시간적·공간적으로 내외적인 조건이 맞아떨어지면서 일어난 현상이다. 따라서 한류현상은 한국인의 문화적 저력이나 문화산업의 발달이라는 일국적인 차원에 한정하기보다, 동아시아라는 지역적 차원과 자본주의적 근대화라는 전지구적 차원, 이 삼자를 포괄하는 다각적인 시각에서 분석될 필요가 있다. 즉, 한류는 전지구적 차원에서 위성티브이와 인터넷의 발달을 기반으로 하여 대중적 차원에서 문화적 소비의 취향과 욕망이 균질해지는 추세와 궤를 같이 하며, 동아시아라는 지역의 차원에서는 근대 이래 아시아에서 패자의 자리를 지켜 온 일본의 중심적 위치가, 뒤따라 크고 작은 강국으로 떠오른 중국과 한국 등에 의해 균열됨에 따라 동아시아 역내에서 서구화=근대화에 대한 욕망의 지역적 버전들이 다양화되는 것과 관련된다.

그렇기 때문에 한류는 분석의 시야를 그것의 생산자에 제한해서는 안 되며, 한류를 소비하는 행위 속에 잠재된 논리와 욕망을 함께 읽어야만, 그것을 동아시아의 문화 현상으로서 맥락화할 수 있다. 문화 인류학자 김현미는 '한류'를 '아시아 지역의 욕망의 동시성'으로 읽을 것을 제안하면서, 한국의 대중문화 텍스트들이 국가의 경계를 벗어나 유통되고 소비될 때 어떤 이미지, 환상, 상상력의 상징 기호들을 운반하고 있는가, 생산지와 소비지 간의 상징체계들의 차이들과 대중문화 텍스트가 의미화되는 차이들이 어떻게 이해되고 있는가 하는 점들을 글로벌 자본주의라는 상황 속에서 구체적으로 분석해야 한다고 주장했다.[5] 동일한 한류상품이라도 그것이 소비되는 국가나 지역에 따라

---

5) 김현미, 「대만 속의 한국 대중문화–문화 '번역'과 '혼성화'의 문제를 중심으로」, 조한혜정 외, 앞의 책, 155쪽.

그 양상은 다소의 차이를 보이며, 그러한 차이에는 대중들의 기호와 차이로 설명되기에는 훨씬 더 복잡한 문화내외적인 맥락들이 들어 있다. 또한 그러한 차이들이 서로 무관하게 떨어져 있는 것은 아니다. 큰 틀에서 말하자면 그것은 동아시아 지역에 속한 국민국가들의 글로벌리즘을 향한 욕망의 다층성을 보여준다.

본고는 한류 중에서도 가장 영향력을 크게 미친 드라마 '겨울연가'와 '대장금'을 소재로 하여, 일본과 중국이 한류를 소비하는 과정에서 나타나는 문화적 욕망의 매카니즘을 분석하는 것을 목적으로 한다. 이러한 작업을 통해 생각해 보고자 하는 것은 다음 몇 가지 문제들이다.

첫째는 국경을 넘나드는 문화 유통이 활발하게 진행되는 오늘날, 타문화에 대한 소비와 재생산을 통해 문화의 내셔널한 자기정체적 성격에 어떤 수정과 변화가 발생하는가 하는 점이다. 동아시아에서 문화가 개별 국민국가의 내셔널한 자기정체성을 부여하는 기능을 해 온 것을 부정하기 어렵다고 한다면, 일국적 경계를 넘어 범지역적 차원에서 공통적으로 한류를 애호하는 현상을 통해, 문화가 갖는 일국적 정체성을 균열시킬 가능성을 발견할 수 있을까. 이러한 점을 진단하기 앞서 분석되어야 할 것은, 과연 동아시아 국가들에게서 한국의 문화가 아시아의 다양한 이문화의 하나로 인식되고, 그것이 자문화의 폐쇄적 경계 안으로 섞여들어가면서 진정한 문화적 혼종화가 진행되는가 하는 점이다. 그러나 본론에서 자세히 논하겠지만, 일본이나 중국에서 한국의 드라마가 환영받는 주요한 이유는 그것이 자신들의 자문화에 '가깝다'고 인식되기 때문이다. 일본에게 한류는 일본만큼 근대화되고 자본주의화된 한국을 발견하게 했으며, 중국인에게 그것은 세계화의 욕망을 부정하지 않으면서 동시에 중화문화의 정체성을 환기시켰다. 그리고 그것은 동아시아 역내에서 서로 다른 욕망의 표출로서 '지역문화'에 대한 관심으로 이어졌다.

그렇다면 이어지는 두 번째 문제는 이러한 '지역문화(regional culture)'가 신자유주의적 전지구화 과정 중 서구화·일원화되어 온 문화적 추세에 대한 '지역적' 대안이 될 수 있는가 하는 점이다. 문화 현상으로서의 한류가 문화 '담론화'되면서 눈에 띄는 점은, '아시아'가 다시 한 번 문화적 화두로 등장했다는 점이다. 한류의 주요 장르들이 '아시아적'인 것과는 무관해 보이는 댄스 음악과 트랜디 드라마임에도 불구하고 한류의 바람은 자연스럽게 '동양문화' '유교문화권' 등등 '아시아 문화'를 실체화하려는 움직임으로 이어졌고, 그러한 관심은 식민, 포스트식민 시대 이래 줄곧 서구의 문화제국주의의 영향권 아래에 있던 동아시아 지역에서 문화적 탈식민화에 대한 전망으로까지 이어지고 있다. 그러나 한류가 만들어낸 문화상품이 과연 아시아적인가 하는 점에 대해서는 논쟁의 여지가 있다. 역사극 형식을 띤 '대장금'의 경우는 잠시 논외로 치더라도, 한국의 트랜디 드라마는 서구적이고 모던한 취향을 기반으로 하고 있고 또 상당 부분 일본의 트랜디 드라마를 모방, 흡수한 것이다.6) 그럼에도 불구하고, 한국 드라마가 역내의 인접 국가에 의해 수용되는 과정에서 '아시아'의 상이 창출되고 있는 것은 분석을 요하는 일이다. 더구나 자본주의 발전의 정도가 매우 다른 중국과 일본이 한국의 드라마를 소비하는 과정에서, 동일하게 '잃어버린 과거', '잃어버린 아시아'에 대한 노스탤지어를 향수하는 현상 또한 흥미로운 분석거리가 아닐 수 없다.

---

6) 한국의 트랜디 드라마의 일본 드라마 표절 시비와 관련한 구체적 내용은, 이동후, 「한국 트랜디 드라마의 문화적 형성– 탈국가적 문화 수용 양식을 중심으로」, 조한혜정 외, 같은 책, 125-153쪽 참조.

2. '겨울연가'를 통해 '발견'된 아시아, 한국

한국의 대중문화상품이 일본에 소개된 것은 물론 지금의 한류가 시작되기 이전부터 있었다. 그러나 그것은 한국문화상품의 전반적 전파라기보다는 조용필, 계은숙, 김연자 등 특정한 연예인 개인의 활동에 의한 것이었다. 1996년 일본에서 다채널형 CS 디지털 위성방송에 KNTV, K-ch와 같은 한국어 전문 채널이 성립된 후 한국 방송 콘텐츠가 대량으로 일본에 방송되기 시작했지만 일본 전역으로 확대되지는 못했다. 그러던 것이 2002년 한일 월드컵 공동 개최를 전후로 일본 매스컴에 한국에 대한 우호적인 정보가 지속적으로 노출되는 것과 함께, 영화 '쉬리', 'JSA', 한일합작드라마 '소나기', 한국 드라마 '이브의 모든 것' 그리고 대중가요에서 보아 등의 한국 문화상품이 일본 내에서 인지되기 시작했다. 그러다가 2004년 4월 NHK 지상파에서 방송한 '겨울연가'로 본격적인 한류 붐이 발생했다.[7]

일본에서 '겨울연가'는 외국문화 붐으로서도 하나의 이례적인 현상이다. 단순히 스타에 대한 팬의 열광이라는 차원을 넘어서, 일본인들은 '겨울연구'를 통해 자신의 삶을 돌아보고 나아가 변화를 실천하기도 했다. 그들은 '겨울연가'를 통해 가족의 소중함을 깨닫고 오랫 동안 찾지 않은 부모를 찾기도 하며 또 잊고 있던 자식에 대한 사랑을 확인하기도 했다. 한류에 대한 몇몇 연구논문을 보면 대부분의 인터뷰의 응답자들은 한국 드라마의 매력의 원인을 '진한 가족애'와 '순수한 사랑'에서 찾는다.

"'사랑하는 가족의 따뜻한 손과 발이 되어…' 이런 표현은 일본에

---

7) 채지영, 앞의 책, viii-ix 참조.

서는 들은 적이 없습니다. 굉장히 간결하고 마음에 곧장 와 닿는 대사입니다. (Seiko)"[8]

함한희와 허인순은 '겨울 연가'에 관한 연구보고서에서 일본문화와 한국문화를 다음 세 가지로 차별화하여 정리했다. 첫째는 뜨거운 가족과 차가운 가족, 둘째, 많이 표현하기와 적게 표현하기, 셋째, 스킨쉽의 있고 없음이다.[9] 드라마 '겨울연가'에 나오는 가족관계에서 보이는 사랑과 애정의 존재방식과 표현방식을 통해, 일본인들은 일본과는 '다른' 한국인의 문화를 본다. 그런데 재미있는 점은 그들이 일본과는 다른 한국 문화의 이질성을 느끼면서도 그것을 통해 일본의 과거를 보기도 한다는 점이다. 일본의 여성들이 '욘사마(배용준)'를 좋아하는 이유를 들어보면, 예의바름, 로맨틱함, 남자다움, 아름다운 언어, 가족을 소중히 함, 손위 사람을 공경함 등이 있다. '욘사마'의 이러한 면을 통해 일본인 여성들은 일본에서 희박해져 가는 오래된 가치관을 발견하며, 그로부터 어떤 노스탤지어를 느낀다고 말한다. 그런데 이지민의 연구에 의하면 일본에서 '겨울연가'나 '욘사마'의 팬은 지금까지 유래를 찾기 힘들 정도로 그 연령대가 넓다. 20대부터 50대까지 다양한 연령층에 속하는 이들이 '겨울 연가'를 통해 "오래되고 좋았던 시대", "일본에서는 사라진 과거의 일본"을 찾고 있다는 사실은 흥미롭다. 이러한 현상에 대해 이지민은 "오래되고 좋았던 시대"라는 허위적 과거의 공유경험으로 이행하는 과정에는 어떤 '해체'와 '여과'의 과정이 수반된다고 말한다. 여과의 과정을 통해 비적절한 것이나

---

8) 함한희·허인순, 『겨울연가와 나비 환타지—일본 한류를 만나보다』 소화, 2005. 109쪽에서 인용된 인터뷰.
9) 한한희·허인순, 같은 책, 87-99쪽 참조.

현실적인 것은 주변으로 밀려 망각되며 잔류된 것들이 상상적인 단계에서 상징적인 단계로 전이된다는 것이다.[10)]

'겨울 연가'와 같은 한국 드라마에 나오는 진한 가족애와 순수한 사랑 같은 것이 과거 일본에 있었던 것인지, 아니면 일본의 문화에서는 찾아볼 수 없는 이질적인 것이지만 너무 리얼해서 마치 주변에서 일어나고 있는 듯한 느낌을 주는 것인지 그 경계는 분명하지 않다. 그러나 일본의 '겨울 연가'를 좋아하는 20대에서 5, 60대를 아우르는 팬들이 모두 동일한 과거를 공유하고 있다고 보기는 어렵다. 그렇다면 이처럼 서로 다른 연령대에 속한 이들이 한국 드라마를 통해 동일한 '과거의 일본'을 발견하는 현상을 어떻게 보아야 할까. 이 문제를 생각해 보기 위해서 90년대 초반에 일본에서 일어났던 홍콩열을 참조해 보는 것이 필요하다.

일본의 문화학자 이와부치 고이치는 90년대 일본의 홍콩열을 통해 노스탤지어의 초국적 환기가 드러내는 정치학을 강조한다. 노스탤지어가 어떤 스타일의 함축을 통해 과거를 '전유'하는 것이라고 할 때, 커뮤니케이션이 고도로 발달한 현대 사회에서 '전유된 과거'의 상은 더 이상 일국적 범위 안에 제한되지 않고, 매체에 의해 매개된 타자의 문화의 상을 포괄한다.[11)] 90년대 초반 일본인은 문화적 타자인 홍콩을 통해 자신들이 잃어버렸다고 생각하는 과거의 상을 그렸다. 당시 이와부치의 인터뷰에 응한 일본의 홍콩 팬들은 홍콩 배우들의 남

---

10) 이지민, 「新聞に見る´ヨン様´浸透現象-呼称の定着と´オパファン´という存在」, 毛利嘉孝 編, 『日式韓流一冬のソナタと日韓大衆文化の現在』セリカ書房, 2004, 102-103쪽 참조.

11) Iwabuchi Koichi, "Nostalgia for a (Different) Asian Modernity," *Position 10:3 Winter*, 2002. p.549.

자다움과 활력에 매력을 느꼈다고 대답했고, 그것은 일본의 현재에 결핍된 원기를 채우려는 것으로 분석된다. 이와부치는 이러한 홍콩열이 80년대 버블 경제가 가라앉고 경제적으로 상대적 침체기에 들어섰던 90년대에 일어났다는 점을 강조한다.

그런데 중요한 것은 이처럼 자본주의 발전 속도에서 일정한 시간적 낙차를 띠고 뒤쳐져 있는 홍콩에 열광하는 문화현상이 전자본주의(premodern)에 대한 향수와는 거리가 멀다는 데 있다. 이와부치에 의하면 홍콩 열은 오리엔탈리즘의 일본적 버전으로, 아시아의 이같은 일본적 재현과 소비는 빠른 근대화와 지구화에 직면한 일본인이 자신의 문화적 정체성과 확정성을 상상하기 위해 문화적 타자의 상을 필요로 했기 때문이다. 여기에 주목해야 할 두 가지가 있다. 첫째는, 홍콩열을 통해 재현되고 소비된 아시아에 대한 일본의 노스탤지어가 서구적 영향권으로부터 탈피하기 위한 민족주의적인 욕망이 아니라, 반대로 서구가 주도하는 자본주의적 근대화와 더불어 실질적이고 근대화된 일본에서의 삶을 비전있게 만들고자 하는 욕망이라는 점이다(Iwabuchi, 566). 둘째는 당시 홍콩이 시간적 공간적으로 쉽게 타자화될 수 있는 '친밀한' 거리 안에 있었다는 점이다. 일본인에게 중국 대륙이 전근대적이고 야만적인 사회주의 국가라면, 그에 비해 홍콩은 낙후된 아시아의 상을 재현하면서도 문명권의 자장 안에 있기 때문에 길들이기 쉬운 타자였다. 말하자면 경제적 발전 정도는 타자인 아시아 문화를 '우리'의 근대화된 영역으로 진입시킬 수 있는 최소한의 조건이었던 것이다.

이상의 논의를 정리해 볼 때, 90년대 일본의 홍콩열을 통해 볼 수 있는 것은 일본이 아시아에서 경제적 혹은 문화적으로 중심적 위치가 불안해질 때, 문화적 타자와의 관계확인을 통해 자신의 정체성을

재확인하는 기제로서 상대적으로 친밀한 대상을 선택하여 나르시시
즘적으로 그것을 소비한다는 것이다. 또한 일본이 아시아에 대해 느
끼는 노스탤지어는 결코 전근대적인 것에 대한 향수가 아니며, 그보
다는 전근대적 아시아와 자본주의화된 아시아 간의 위계질서를 강화
함으로써 일본의 위치를 확정하고자 하는 욕망의 표현이다.

　그렇다면 약 10여 년의 간극을 두고 일어난 한류의 붐은 홍콩열과
어떤 관계에 있을까. 한류에 관한 또 다른 논문에서 이와부치는 홍콩
열에 전제되었던 시간적 낙차가 '겨울 연가'의 수용에서는 보이지 않
는다고 말하면서 홍콩열과 한류를 구분한다. 그는 한국에 대해 가깝
고도 먼 것이 혼재하는 친밀감, 낯익은 차이점과 낯선 동질감으로 인
해 동아시아 미디어 문화의 호의적 상호수용이 가능하다고 말하면서,
한류의 경우 홍콩처럼 시간적 낙차에 의해서가 아니라 한국 자체가
매력으로 느껴진다는 것에 결정적인 차이가 있다고 말한다.[12] 그러
나 사실상 한국의 문화 상품이 일본에서 붐을 일으키게 된 배경에는
분명 홍콩열의 경우에서 보였던 것과 비슷한 같은 맥락의 자아-타자
관계가 존재한다. 한류의 확산과 관련하여 간과해서는 안 될 것은, 한
류가 한국의 경제성장에 기반한 아이티 강국, 2002년 월드컵 공동개
최와 4강 신화를 통해 떠오른 스포츠 강국의 이미지와 긴밀하게 연동
되어 있다는 점이다. 일본인이 한류에 열광하게 된 데에는 과거 일본
인의 머리 속에 박혀있던 낙후하고 미개한 한국이 아닌 근대화되고
발전한 한국, 즉 '우리와 비슷한 한국'을 '발견'하게 된 것이 그 주요한
전제가 되고 있다. 2004년 9월에 NHK가 일본인 2천 2백 명을 대상으

---

12) 岩渕功一,「韓流が´在日´と出會ったとき−トランスナショナル　メディア交通と
　　ローカル多文化政治の交通」, 毛利嘉孝, 같은 책, 119-121쪽 참조.

로 실사한 설문조사에서 응답자 중 50퍼센트가 한국 드라마를 통해
서 한국 문화를 접했으며, 이들 중 26퍼센트가 한국을 보는 관점이
달라졌다고 응답했다.13) 무쯔미미라는 아이디를 가진 일본인은 '겨울
연가'를 통해 달라진 한국의 상에 대해 이렇게 말하고 있다.

> "우리들 시대(70년대)에 일본 방송에 나온 한국에 대한 뉴스는 광
> 주사건이나 계엄령 등 매우 무서운 이미지였습니다. 그러나 지금 한
> 국의 엔터테인먼트와 강좌 등을 통해 마음을 열고 공부해 보니, 이
> 웃나라인데도 아무 것도 몰랐던 저 자신이 부끄러워졌습니
> 다."(Mutsumimi, 2004.6.4)14)

일반적으로 90년대 이전까지 일본인이 갖고 있는 한국의 상은 크
게 두 가지였다. 첫째는 광주 항쟁 등 일본의 매체를 통해 왜곡된 방
식으로 재현된 '폭도'의 상이었고, 둘째는 197,80년대 일본 남성 사이
에서 형성된 기생관광의 나라라는 이미지였다. 여기에는 물론 한국에
대해 일본이 갖고 있던 제국주의 이데올로기적 시선이 작용하고 있
으며, 그런 면에서 본다면 한류가 가져온 긍정적 효과를 부정할 수
없다. 한류는 일본의 대중이 국가의 공적 언어를 통해 한국의 상을
수동적으로 수용하는 것에서 벗어나, 발달한 매체를 기반으로 한국의
문화상품을 직접 소비함으로써 사적인 시선과 언어로 한국을 발견하
게 했다. 다시 말해 국경을 넘나드는 문화의 유통을 통해 대중이 국
가(이데올로기)의 언어가 아닌 민간의 언어로 타국과 타문화에 대해
말할 수 있게 된 것이다. 이러한 긍정성을 강조하는 입장으로는 모오

---

13) 『매일경제신문』, 2004년 12월 21일자.
14) 함한희·허인순, 같은 책, 131쪽 재인용.

리 요시타카와 히라타 유키에 등의 주장이 있다. 모오리는 한류를 팬문화 형성을 통한 능동적 문화실천이라는 점에서 강조하는데, 그가 말하는 팬문화란 미디어나 문화산업에 부화뇌동하는 수동적 존재가 아니라 미디어와 산업으로부터 주어진 정보를 적극적으로 재독하고 고쳐씀으로써 자신들의 문화를 형성하는 복잡한 존재이다. 과거 일본에서 한국에 대해 이야기하는 방식이 어느 쪽이든 공적인 것에 의존하여 대중 스스로 말할 수 있는 자신의 언어를 결핍하고 있었다고 한다면, '겨울연가' 등을 통한 팬문화의 형성은 이제까지 사회에서 주변화되어 온 여성들이 자신의 사적인 언어로 한일관계를 둘러싼 역사를 말할 수 있었다는 점에서 매우 중요한 의미를 갖는다. 또한, 젠더의 관점에서 한류를 분석하는 히라타 유키에는 '겨울 연가'의 테마관광을 소재로 하여, 여성이 자신의 시선으로 한일 양국 간의 트랜스내셔널한 관계를 재구성하는 측면을 강조한다.[15)]

그러나 이처럼 한류의 팬문화가 가져온 문화실천의 긍정성을 십분 인정한다 하더라도, 여기에는 석연치 않은 문제들이 여전히 남아 있다. 모오리의 관점이 노정하는 문제는 그가 팬문화에 의해 만들어진 사적 언어와 국가의 공적 언어를 대항 구도로 파악하고 후자에 대한 대안으로서의 전자의 가능성을 지나치게 낙관한다는 점이다. 대중문화에 대한 이러한 낙관론은, 신자유주의적 전지구화의 흐름 속에서 과거 국민국가 중심의 시스템이 유연화되면서 문화뿐 아니라 정치, 경제 전 분야에 걸쳐 초국가적인 생산과 소비가 일어나고 있다는 점을 간과한 데서 나온다. 다시 말해, 동아시아 역내에서 초국가적인 생

---

15) 毛利嘉孝,「'冬のソナタ'と能動的ファンの文化實踐」, 毛利嘉孝, 같은 책, 16-50쪽; 平田由紀江,「まなざす者としての日本女性觀光客」, 毛利嘉孝, 같은 책, 52-82쪽.

산과 소비는 민간의 힘에 의해 자발적이고 주체적으로 일어나는 측면도 있지만, 동시에 거기에는 자본의 논리와 공모하는 측면이 있으며 그것은 다시 국가의 욕망과도 무관하지 않다. 요약하자면 문제는 국민국가의 벽을 통과하여 동아시아 지역과 전지구적 차원을 관통하여 흐르는 자본의 논리로부터 완벽하게 벗어난 대중의 주체적인 문화의 소비와 재생산이 과연 어느 정도까지 가능한가 하는 점이다.

그런 점에서 볼 때, 한류가 민간의 시선에 의한 한국의 '발견'이라는 점은 또 다른 측면에서 면밀하게 검토되어야 할 대목이다. 분명 한류를 통해, 과거 국가 언어에 의해 주입되고 상상된 한국은 사적인 차원에서 새롭게 '발견'되었다. '욘사마'의 부드럽고 온화한 이미지는 과거 광주항쟁이나 학생시위에서 나타난 '성난 폭도'와는 전혀 다른 한국 남성의 상을 일본인에게 각인시켰다. 일본의 팬들에게 '욘사마'는 배용준 개인이 아니라 이제까지 몰랐던 한국의 남성상으로 '발견'되었고 그것은 다시 과거에 인지하지 못했던 한국의 '발견'으로 이어졌다. 이러한 '발견'에는 앞서 홍콩열의 경우에서 분석된 바 있는 자아-타자와 거리의 문제가 들어 있다. '발견'은 미개한 '저들'과 문명화된 '우리' 사이의 간극을 좁혔으며, 그러한 거리조정을 통해 동아시아 내에 존속되어 온 자아-타자의 위계질서가 재조정되기 시작한 것이다.

일례로 한류에 수반된 한국어 배우기 붐에 대해서 살펴보자. 2004년 '겨울연가' 붐은 한국어 배우기 붐으로 확산되었다. 1994년도의 통계에 따르면 NHK TV 어학 텍스트 발행 부수의 순위(영어 제외)를 살펴보면 독일어와 불어, 중국어, 스페인어의 순이었으며 한국어는 약 8만 부를 발행하여 이탈리아어와 공동 5위를 차지했다. 그러나 10년 후인 2004년도의 발행 부수를 보면 한국어 강좌 텍스트는 20만부를 발행하여 1위에 올랐으며, 중국어, 이탈리아어, 독일어, 스페인어가 그 뒤를 이었다. 특히 2004년도 4월에 비해 2005년도 4월에는 어학 텍스트 발행 부수가 두 배로 증가하여 최근 일고 있는 한류 붐이 한국어 학습에 미치는 영향력을 잘 보여준다.16) 이처럼 일본 대중들 사이에서 한국어 배우기 열이 확산되는 것은 최근 한국에서 중국어 배우기 열이 일어나는 것과는 달리, 실용적 문맥보다는 문화적 문맥이 크게 작용한다. 여기서 눈여겨 볼 것은 한국어를 배우는 일본인들에게 작용하는, 한국어에 대한 미적인 감수성의 변화이다. 한국어를 배우기 시작한 동기로 이들은 "전에는 시끄럽고 거칠게 들리던 한국어가 지금은 아름답게 들린다"고 말한다. 이와부치가 말한 것과 다른 맥락에서, 한국에 대해 일본인이 갖는 이러한 '낯선 친밀감'은 문화적 타자로서의 한국의 상이 일본과 한층 가까운 거리 안으로 재조정되면서 나타난 효과라고 볼 수 있지 않을까. 홍콩열의 경우 '저들'이었던 문화적 타자 홍콩을 '우리' 안에 진입시키는 과정을 통해 자아의 정체성을 재확인하고 타자와의 위계질서를 재구획하는 것이었다고 할 때, 사실상 비슷한 맥락이 한류를 소비하고 재생산하는 과정 속에도 들어있어 보인다. 한국어와 한국이 친밀하게 느껴지는 지금 이 순간에도 북한이나 '자이니찌 코리안'에 대한 일본인의 배타적인 시선이 여전히 존재한다는 점은 그런 점에서 시사적이다. 한국이 일본의 '우리' 안으로 한층 가까이 다가갔다면 북한이나 자이니찌는 여전히 그들에겐 미개한 아시아인이며, 결코 '우리'가 될 수 없는 문화적 타자이다.

일찍이 일본의 사상가인 다케우치 요시미는 당시 일본에 조선어를

---

16) 채지영, 앞의 책, 32-33쪽.

가르치는 곳이 거의 없다고 개탄하면서 일본이 아시아의 정체성을 버리고 서구화를 추종하는 것을 비판한 적이 있다.[17] 그러나 백만이 넘는 일본인이 한국어를 배우고 있는 오늘날, 일본이 과연 '탈아입구(脫亞入歐)'로부터 방향을 선회했다고 할 수 있을까.

3. '대장금'을 통해 발견된 중화문명

90년대 동아시아 역내에서 국경을 넘나드는 문화의 소비와 재생산에서 노스탤지어는 매우 중요한 문화적 현상이다. 노스탤지어는 현재에 대한 부정도 아니며 과거에 대한 단순한 향수도 아니다. 그것은 과거를 기억하는 행위를 통해 사실상 과거를 재구성하며, 그것을 통해 현재와 미래에 대한 욕망에 정서적 위안과 합리화를 제공한다. 중요한 점은 국가 간의 경계가 무너지면서 과거에 대한 기억이 일국적인 차원에 머물지 않는다는 점이다. 기억은 자신의 과거뿐 아니라 타자의 과거로까지 침투해 들어가며 기억하는 행위를 통해 자아와 타자 간의 관계가 재구성된다. 그런 점에서 볼 때, 범동아시아적 차원에서 소비되는 한류 현상에 노스탤지어의 정서가 공통적으로 깃들어 있는 점은 흥미롭다. 일본의 경우와 마찬가지로, 중국에서 한국의 드라마가 크게 환영받는 가장 큰 이유는 그것이 중국인의 과거를 기억하게 한다는 점이다. 그 주요한 요인들을 들어보면, 부모를 공경하고 남녀 간에 예를 지키는 윤리적 측면이 가장 크게 거론된다. 경제발전 속도의 순서로 보더라도, 중국인이 한국 문화를 통해 과거에 대한 향

---

17) 다케우치 요시미(竹內好)/서광덕·백지운 역, 「방법으로서의 아시아」, 『일본과 아시아-다케우치 요시미 평론집』 소명, 2004.

수를 느낀다는 것은 언뜻 보아서는 잘 이해되지 않는다. 그러나 노스텔지어가 앞서 말한 것처럼 과거에 대한 향수가 아닌 자본주의적 근대화에 대한 문화적 욕망이라는 점을 상기한다면, 오늘날 빠른 속도로 자본주의적 전지구화에 편승하고 있는 중국 사회가 한류를 통해 노스텔지어를 향유하는 현상은 결코 이상한 일이 아니다.

'한류'라는 용어는 1999년 문화관광부가 한국가요의 홍보용 음반으로 제작한 CD의 중국 제목 '韓流-Song of Korea'에서 나온 말이 '서울음악실'을 통해 상하이, 광저우 등 중국의 10개 도시로 전파되면서 시작되었다. 처음 음악에서 시작된 용어는 1997년부터 '별은 내 가슴에', '사랑이 뭐길래' 등을 통해 본격적으로 전파되었다. 그러나 일본과 달리 중국에서는 정부의 엄격한 제한 속에서 한국의 드라마가 수용되었고, 수용자층의 구매능력과 광고주의 관심사, 그리고 방송시간대의 제한된 편성 등 여러 가지 측면에서 장애요인이 있었기 때문에 2000년도 초반만 하더라도 이 한류의 현상이 장기적으로 이어지지 못할 것이라는 비관적 전망이 적지 않았다.[18] 그런데 이러한 우려스런 진단을 비웃기라도 하는 듯이 2005년에 방영된 '대장금'은 중국에서 한국문화에 대한 전례없는 열풍을 불러 일으켰다.

중화권에 '대장금'이 처음으로 방영된 것은 홍콩에서였다. 2005년 4월과 5월에 걸쳐 공중파 페이추이타이(翡翠臺)에서 '대장금'을 방영했고 이어 타이완의 화위타이(華娛臺)가 보통화 버전으로 황금 시간대에 방영했다. 그러나 신호의 제한으로 인해, 대륙에서는 오직 상하이와 광둥의 제한된 지역에서만 이 두 방송국을 통해 '대장금'을 볼

---

18) 이치한·허진, 「'한류' 현상과 한중 문화교류」, 『중국연구』 제30집, 2002, 504-507쪽.

수 있었다. 그 후 후난 위성방송국이 타이완의 8대 방송국의 중개와 중국 정부의 복잡한 심의 수속을 통해 '대장금'을 중국 본토로 들여왔다. 저녁 7시에서 10시 사이, 즉 황금시간대를 피한 저녁 11시에 방송되었음에도 불구하고, 2005년 9월 1일 첫 방송 후 전국 12개 중심도시에서 '대장금'의 평균 시청률은 2.44퍼센트에서 10.86퍼센트로 늘어났다. 비황금시대간에 10퍼센트를 넘었다는 것, 그리고 심지어 황금시간대 드라마의 시청률을 넘었다는 것은 근년 이래 중국에서 볼 수 없는 이례적인 현상이다.[19] 대장금에 대한 이같은 열풍은 중국 내에서 한류에 대한 거부와 혐오증까지 불러 일으켰으며, 그것은 성룡과 짱궈리(張國立) 등 중화권 스타 배우들의 공개적인 반한류 발언으로 이어지기도 했다.[20] 그러나 이같은 거부감에도 불구하고 '대장금'의 인기는 좀처럼 사그라지지 않아, 최근 중국에서는 한국음식, 한국복장에 대한 애호가 나날이 커져가고 있으며 심지어는 한복을 입고 결혼사진을 찍는 신혼부부들까지 생겨나는 상황이다.

　이 절에서 필자가 주목하고자 하는 것은 궁중음식과 의술이라는 한국의 전통문화를 소재로 한 드라마 '대장금'이 중국에서 소비되는 특정한 맥락에 관한 것이다. 2005년 9월부터 2006년 1월 사이 중국의 포탈 전문 사이트 Sina에 올라온 신문기사와 칼럼 등을 분석한 결과, '대장금'에 대한 중국인의 반응에서 보이는 흥미로운 특징을 발견할 수 있었다. 그것은 중국의 시청자들이 '대장금'에 나타나는 한국의 전통문화를 자신의 전통문화와 동일시한다는 사실이다. 사실 그런 면에서 친한류와 반한류는 일맥상통한다. 즉, '대장금'은 오사(五四) 이래

---

19) 「我爱长今」『南方日報』 2005.12.28. http://ent.sina.com.cn.
20) 짱궈리는 한국의 드라마 방영을 '문화침입'으로 규정하고 중국 방송국이 한국 드라마를 방영해서는 안 된다고 주장했다. http://ent.sina.com.cn 2005.9.30.

줄곧 서구문화에 의해 억압당하고 부정당하면서 억눌러 온 전통문화
에 대한 콤플렉스를 자극함으로써, 한국 문화에 대한 반감과 환영을
동시에 불러일으킨 것이다. 중국 사회과학원 아태(亞太) 연구소의 리
원은 「'대장금'이 '뿌리'의 사고를 촉발시켰다」라는 글에서 다음과 같
이 말한다.

> 전지구화를 향해 나날이 발전하는 오늘날 서방문화와 동방문화가
> 한 곳에서 맞부딪쳤다. 미국을 대표로 하는 서방문화는 전세계를 완
> 전히 석권했다. 성숙하고 체계적인 자본의 상업화 운용을 통해, '개
> 성 강조', '자아 찾기', '자유와 민주의 추구'를 선양하는 미국식 서양
> 문화는 전 세계 각지로 침투했다. 그러나 장기적인 시각에서 볼 때
> 문화의 다양성은 존재하며 주류문화가 비주류문화를 쉽게 소멸시킬
> 수는 없었다. '대장금'은 이처럼 맥도날드와 코카콜라를 먹고 자란
> 동양의 신세대들에게 크게 어필했다. 어떤 문화든 진선미를 추구한
> 다는 점에서 인류의 문화는 공통점을 가진다. 한국문화의 연원과 그
> 발전은 사실 중국대륙을 대표로 하고 유교문화를 근본으로 하는 대
> 중화문화권(大衆化文化圈) 안에 속해 있다. 그렇기 때문에 '대장금'
> 에서 전개된 우아한 전통적 한국문화가 중국 관중에게 중화전통을
> 훨씬 더 많이 연상시킨 것이다.[21]

여기서 주목할 점은 '대장금'에 나온 한국 문화가 중화문화와 동일
시된다는 사실이다. '대장금'으로 표상되는 한국문화는 중국인에게
이질적인 타문화가 아닌 자문화의 일부로 인식됨으로써 나르시시즘
적으로 소비된다. 그런데 이러한 소비의 배후에는 더 중요한 문맥이
깔려 있다. 중국에서의 '대장금' 열풍은 단순히 한국과 중국이라는 양

---

21) 李文, 「'大長今'引發'根'的思考」 http://ent.sina.com.cn 2005.9.26

자 간의 관계 속에서 읽혀서는 안 된다. 그것은 중국과 서양, 나아가 전지구적 자본주의의 근대화의 궤도 위에 편승하는 과정에서 흔들리고 상처받은 중국인의 정체성이라는 문맥에서 분석되어야 한다.

인터넷 게시판을 통해 중국인이 '대장금'을 좋아하는 요인들을 살펴보면, 그 중 가장 빈번히 언급되는 것이 '인', '의', '효순', '경애', '충성' 등 유가전통을 대표하는 요소들이다. 그런데 이러한 유가적 전통 요소들은 전통 그 자체에 대한 중국인의 애호로써가 아닌, 전통적 윤리도덕이 현대사회에서 어떠한 긍정적인 효과를 발휘하는가를 입증함으로써 그 존재가치를 확인받는다. 이를 테면 상하이 대학 영상예술과주임 진단위엔(金丹元)은 '대장금'의 스토리 구조가 착한 사람이 억울한 고통을 당하는 운명적 비극이라는 중국 전통 소설의 이야기구조를 따르고 있다고 말하면서, 이같은 전통적 이야기 구조가 현대의 서구적 추세를 모방하는 텔레비전 드라마보다 훨씬 더 대중의 구미에 맞음을 증명했다는 논의로 끌고 나간다.[22] 말하자면 현대 사회에서 대중과 시장의 구미에 적합한 것이 서구적인 것이 아니라 전통적인 것임을 '대장금'이 증명했다는 것이다. 비슷한 논의가 남녀간의 사랑을 표현하는 방식에서도 나타난다. 민정호와 장금의 사랑은 극 중에서 윤리적 거리를 두고 상당히 절제되면서도 애틋하게 그려지고 있는데, 이러한 전통적인 애정 표현은 성과 애정을 노골적이고 직설적으로 표현하는 최근 중국의 트랜디 드라마들과 대비되면서, 정서적으로 중국의 관중들에게 훨씬 더 많은 공감을 얻어냈다. 현대적이고 서구화된 애정표현보다 전통적인 절제된 감정표현이 더 미적인 것으로 인지됨에 따라, 이러한 인식은 자연스럽게 중국의 오천년 역사와 문화

---

22) 「'大長今'如何吊起觀衆胃口」『浙江日報』 http://ent.sina.com.cn 2005.9.15

의 가치를 추억하고 회고하는 것으로 이어진다.

그런데 앞서 일본의 홍콩열이나 한류에서 보였던 바, 과거에 대한 노스탤지어가 전근대에 대한 향수가 아니었던 것과 마찬가지로, 중국인이 '대장금'을 통해 전통문화를 회고하는 것이 오늘날 빠른 속도로 진행되는 근대화의 추세를 반성하거나 부정하는 것이 아니라는 점이 중요하다. 오히려 반대로 전통문화에 대한 이같은 노스탤지어는 근대화·세계화를 향해 앞만 보고 달려온 중국인들에게 잠깐 동안의 정신적 위안과 쉴 공간을 제공함으로써, 근대화가 가져온 잔인한 현실에 대한 의도적 회피와 비호의 공간을 마련한다.[23] 외부의 온갖 음해에도 불구하고 임금과 나라에 대한 충성과 주변사람에 대한 신의를 잃지 않고 굳건하게 살아가는 장금의 삶에 울고 웃으면서, 중국인들은 인정이 각박해지고 냉정한 경쟁논리만이 살아남은 작업장에서 자신이 겪었던 간난한 역정을 떠올리며 스스로를 장금과 동일시한다. 장금의 미덕은 주변의 숱한 경쟁 속에서 용서와 화해의 신조를 잃지 않았다는 점인데, 장금의 이같은 선량함과 자애로움은 강호(江湖)의 은원(恩怨)과 복수 그리고 암투로 점철된 중국의 무협드라마나 역사극과 선명한 대비를 이루면서, 고속 경제발전 과정에서 각종의 경쟁의 압력을 받아 온 중국 관중에서 영혼의 위로를 주는 양약이 된다. 이처럼 장금에게서 묻어나는 전통적인 윤리와 문화적 향기는 중국인에게 근대화 과정에서 억압당해 온 자신의 문화적 자존심을 회복하게 해 줄 뿐 아니라, 동시에 근대화된 사회에 더 잘 적응하고 버텨갈 수 있는 힘의 원천을 제공하기도 하는 것이다.

---

23) 현대 중국 대중문화 속에서 노스탤지어 현상에 대한 자세한 분석으로는 다이진화/백지운 역, 「상상된 노스탤지어」, 『문학수첩』 2005년 봄호 참조.

'대장금'의 가장 큰 긍정적인 의미는 전지구적 자본주의 시대에 중
국인의 문화적 정체성을 회복하게 해 주었다는 데 있다. '대장금'은
중국인에게 사실상 낯선 한국의 문화를 보여주고 있음에도 불구하고
중국의 시청자들은 그것을 자문화로 소비한다. 중국의 어느 인터넷
신문 기사에서는 중국의 '대장금' 효과를 '낯설게 하기' 효과로 설명했
다. 자신에게 익숙한 전통 문화가 한국의 배우, 한국의 영상을 통해
재연될 때, 일종의 '낯설게 하기' 효과에 의해 중국인에게 미적으로
다가온다는 논리이다. 이처럼 중국인들은 '한류'가 한국적 포장에 의
해 상품화된 중국문화라고 본다.[24] 그럼에도 불구하고 한류에 가치
가 있는 이유는, 그것이 현대사회에서 생존능력을 상실하여 내쳐졌던
자신의 문화를 상품적으로 매우 가치 있는 문화로 재포장했기 때문
이다. '대장금'이 중국인들 사이에서 열렬한 환영을 받았던 것은, 그
것이 동아시아 지역의 성공한 문화상품의 원천이 바로 자신의 문화
였다는 발견을 통해 아시아 지역 내에서 중국인의 문화적 위치를 재
확인할 수 있게 해 주었다는 데 있다. 중국인들은 스스로 억압하고
부정해 온 자신의 문화적 과거를 정시하고 그로부터 미래의 답안을
마련할 수 있다는 확신을 얻게 된 것이다. 이러한 위치의 재확인은
나아가 서구와의 오랜 경쟁 구도 속에서 다시 한 번 중화문명의 자신
감을 회복하고, 비단 동아시아 역내뿐 아니라 전지구적 차원에서 자
신의 문화적 정체성을 확인하게 한다. 개혁개방 이래 중국이 자신의
문화적 전통을 헌신짝처럼 내버리고 홍콩과 타이완 식의 서구적 취
향의 문화상품을 만드느라 급급할 때, 한국은 대담하게 자신의 전통
문화를 상품화하여 그 경쟁력을 인정받았다. 그것을 통해 입증된 것

---

24) 「長今爲什么这么红?」 『新民周刊』 http://ent.sina.com.cn. 2005.9.28.

은 전통문화가 전지구적 자본주의의 근대 사회에서 서구 문화에 대한 경쟁력을 가진다는 점이며, 따라서 중국인은 더 이상 서양에 대해 문화적으로 콤플렉스를 가지지 않아도 된다는 점이다.

4. 아시아에 대한 노스탤지어

여기까지의 논의를 정리하면서, 이제 한류가 중국과 일본에서 소비되면서 '아시아'의 상이 환기되는 현상에 대해서 생각해 보고자 한다. 역사적 경험이 알려 주듯이, '아시아'가 문화적인 담론이 될 때 가장 경계해야 할 것은, 아시아 내부의 문화적 다양성과 차이가 특정한 자아를 중심으로 하는 위계질서 하에 구획되기 쉽다는 것이다. 한류라는 타문화가 중국과 일본의 대중들 속으로 소비되는 과정에서 나타난 것은, 전지구적 자본주의의 흐름 속에서 동아시아 지역 내 자신의 문화적 정체성을 확인함으로써 자아 중심의 위계질서를 확정하고자 하는 욕망이다. 일본의 경우 한류의 소비는 문화적 타자였던 한국을 자아의 영역 안으로 끌어들임으로써 기존의 위계질서를 재조정하는 과정이며, 그 과정에서 자아, 즉 자본화되고 발전한 아시아의 상이 다시 한 번 확인된다. 중국의 경우, 한류의 소비과정에서 나타난 것은 한국문화를 중화문화권 안으로 편입하면서, 동아시아 내에서 중국문화의 중심적인 위치를 재정립하고 나아가 전지구적 차원에서 중국문화의 입지를 확보하고자 하는 욕망이다.

이처럼 한류 현상을 통해 일본과 중국에서 나타난 공통점을 추려보면, 첫째, 타문화에 대한 나르시시즘적인 소비를 통해 자아의 정체성을 확인하고 강화하고자 한다는 점이며, 둘째로는 그러한 자아 정체성에 대한 확인이 근대화, 세계화를 향한 욕망과 긴밀하게 맞물려 있다는 점이다. 과거에 대한 노스탤지어적인 정서는 이같은 자기 정체성의 확인과 근대화를 향한 문화적 욕망을 재현한다. 바로 이런 것이 한류가 동아시아 지역 내부에서 소비되고 재생산되는 매카니즘이라고 할 때, 우리가 물어야 할 것은 아시아 공통의 문화가 무엇인가가 아니라 그것을 말하는 언설 구조 속에서 무엇이 이야기되는가, 그리고 그것이 이야기되는 과정 속에는 어떠한 욕망의 구조가 작동하고 있는가 하는 점이어야 한다.

참고문헌

조한혜정 외, 『한류와 아시아의 대중문화』 연세대학교출판부, 서울, 2004.

장수현 외, 『중국은 왜 한류를 수용하나』 학고방, 서울, 2004.

백원담, 『동아시아의 문화선택, 한류』, 팬타그램, 서울, 2004.

IFAC 정책보고서, 『한류의 파급 효과와 인천 연계 방안』, 인천문화재단, 2006.2.

채지영, 『일본 한류 소비자 연구-한류 마니아와 일반 소비자의 소비 행태를 중심
        으로』, 한국문화관광정책연구원, 2005.

박재복, 『한류, 글로벌 시대의 문화 경쟁력』, 삼성경제연구소, 2005.

함한희 · 허인순, 『겨울연가와 나비 환타지-일본 한류를 만나보다』 소화, 서울,
        2005.

다케우치 요시미/서광덕 · 백지운 역, 『일본과 아시아-다케우치 요시미 평론집』
        소명, 서울, 2004.

김현미 외, 『글로벌 시대의 문화번역』 또 하나의 문화, 서울, 2005.

毛利嘉孝 編, 『日式韓流─冬のソナタと日韓大衆文化の現在』 セリカ書房, 東京,
        2004.

이치한 · 허진, 「'한류' 현상과 한중 문화교류」, 『중국연구』 제30집, 2002.

다이진화/백지운 역, 「상상된 노스탤지어」, 『문학수첩』 2005. 봄호.

Iwabuchi Koichi, "Nostalgia for a Different Asian Modernity," *Position 10:3
        Winter*, 2002.

http://ent.sina.com.cn (2005.9~2006.3)

Korean Wave 2004 in Beijing, 『국정브리핑, 2004.7.19』

『매일경제신문』 2004.12.21일자.

◉ 필자소개

최유찬　연세대학교 교수

허경진　연세대학교 교수

표언복　목원대학교 교수

다무라 히데아키　전주대학교 전임강사

이승이　목원대학교 겸임교수

김광해　전 서울대학교 교수

김남돈　연세대학교 연구교수

김슬옹　목원대학교 겸임교수

허재영　건국대학교 강의교수

박현수　성균관대학교 동아시아학술원 연구교수

백지운　인천문화재단 책임연구원

목원문학총서

해방 60년, 한국어문과 일본

초판 1쇄 발행 _ 2006년 2월 28일

편저자 _ 목원대학교

발행인 _ 김흥국

발행처 _ 도서출판 보고사

등　록 _ 1990년 12월(제6-0429)

주　소 _ 서울시 성북구 보문동 7가 11번지 2층

전　화 _ 922-5120/1(편집) 922-2246(영업)

팩　스 _ 922-6990

메　일 _ kanapub3@chol.com

홈페이지 _ www.bogosabooks.co.kr

ISBN _ 89-8433-371-9(93810)

정　가 _ 13,000원